Portrait d'une inconnue

Du même auteur

L'Espion qui n'existait pas
La Marque de l'assassin
L'Assassin anglais
Le Confesseur
Le Messager
L'Affaire Caravaggio
L'Espion anglais
La Veuve noire
La Maison aux espions
L'Infiltré de Moscou
L'Impossible Alliance
L'Ordre
La Violoncelliste

DANIEL SILVA

Portrait d'une inconnue

Traduit de l'anglais (États-Unis) par
THIBAUD ELIROFF

Harper Collins
NOIR

Titre original :
PORTRAIT OF AN UNKNOWN WOMAN

Ce livre est publié avec l'aimable autorisation de HarperCollins Publishers, LLC, New York, U.S.A.

HARPERCOLLINS FRANCE
83-85, boulevard Vincent-Auriol, 75646 PARIS CEDEX 13
Tél. : 01 42 16 63 63

www.harpercollins.fr

ISBN 979-1-0339-1344-3 — ISSN 2551-0096

À Burt Bacharach

Et comme toujours, à ma femme, Jamie,
et à mes enfants, Lily et Nicholas

« Tout ce qui reluit n'est pas or. »

William Shakespeare, *Le Marchand de Venise*

PREMIÈRE PARTIE

Craquelure

1

Mason's Yard

N'importe quel autre jour, Julian l'aurait directement jetée à la poubelle. Mieux encore, il l'aurait passée à la déchiqueteuse professionnelle de Sarah. Durant le long et morne hiver de la pandémie où ils n'avaient pas vendu un seul tableau, elle avait utilisé sa machine pour faire un tri impitoyable dans les archives de la galerie. Julian, traumatisé par son empressement, avait craint que Sarah, une fois à court d'inutiles rapports de vente et autres bordereaux d'expédition, ne s'en prenne à lui. Il aurait quitté ce monde sous la forme de fines bandes de papier jauni recyclées avec le reste des déchets de la semaine. Dans son existence suivante, il se serait réincarné en une tasse de café écoresponsable. Il y avait pire destin, supposait-il non sans raison.

La lettre était arrivée à la galerie un vendredi pluvieux de fin mars, adressée à M. Julian Isherwood. Sarah l'avait néanmoins ouverte ; ancienne agente infiltrée de la CIA, elle n'éprouvait aucun remords à lire le courrier des autres. Intriguée, elle l'avait posée sur le bureau de Julian avec d'autres documents anodins parvenus le matin même par la poste, le seul genre de correspondance qu'elle l'autorisait habituellement à voir. Il l'avait lue une première fois avant d'avoir ôté son imperméable trempé, son abondante chevelure grise toujours ébouriffée par le vent. Il était 11 h 30, fait notable en soi. Ces jours-ci, Julian mettait rarement les pieds à la galerie avant midi. Cela lui laissait tout juste le temps d'embêter le monde avant le créneau de trois heures qu'il se ménageait pour déjeuner.

Il pensa en premier lieu que l'autrice de la lettre, une certaine Mme Valérie Berrangar, avait l'écriture la plus exquise qu'il lui ait été donné de voir depuis longtemps. Elle avait apparemment pris connaissance du récent article du *Monde* sur la vente de *Portrait d'une inconnue*, huile sur toile, 115 x 92 cm, du peintre flamand baroque Antoine Van Dyck, négociée par Isherwood Fine Arts pour plusieurs millions de livres sterling. Mme Berrangar nourrissait à propos de la transaction des inquiétudes d'ordre légal et éthique – inquiétudes dont elle souhaitait discuter avec Julian en personne. Elle l'attendrait, seul, au Café Ravel à Bordeaux, lundi à 16 heures.

— Qu'en penses-tu ? demanda Sarah.

— Qu'elle est folle à lier, répondit Julian en lui montrant la lettre, comme pour appuyer ses paroles. Comment est-elle arrivée ? Par pigeon voyageur ?

— DHL.

— Il y avait une adresse de retour sur le bordereau ?

— Celle d'un DHL Express à Saint-Macaire. C'est à environ cinquante kilomètres de...

— Je sais où est Saint-Macaire, coupa Julian, et il regretta aussitôt son ton cassant. Pourquoi ai-je la désagréable sensation qu'on essaie de me faire chanter ?

— Elle ne me fait pas l'impression d'une maître chanteuse.

— C'est là que tu te trompes, ma belle. Tous les maîtres chanteurs et les extorqueurs que j'ai un jour rencontrés avaient des manières irréprochables.

— Alors tu devrais peut-être appeler la Met[1].

1. Metropolitan Police Service of London. *(Toutes les notes sont du traducteur.)*

— Impliquer la police ? Tu as perdu la tête ?

— Montre-la au moins à Ronnie.

Ronald Sumner-Lloyd, l'avocat hors de prix de Julian.

— J'ai une meilleure idée, dit-il.

Il était 11 h 36 quand, sous l'œil désapprobateur de Sarah, Julian laissa pendre la lettre au-dessus de son antique poubelle en métal, relique de l'époque glorieuse où la galerie était située sur New Bond Street – ou New Bonstrasse, comme on l'appelait dans certains cercles. Pourtant Julian semblait incapable de lâcher ce fichu bout de papier. Ou peut-être, songerait-il plus tard, était-ce la lettre de Mme Berrangar qui ne voulait pas le lâcher.

Il la mit de côté, examina le reste du courrier du jour, passa quelques coups de fil et se fit briefer par Sarah sur une vente imminente. Puis, n'ayant rien d'autre à faire, il partit déjeuner au Dorchester en compagnie d'une employée d'une vénérable maison de vente aux enchères londonienne, une femme récemment divorcée, sans enfant, bien trop jeune pour lui, mais pas au point de faire scandale. Julian l'impressionna avec sa connaissance des peintres de la Renaissance italienne et néerlandaise et la régala du récit de ses acquisitions les plus spectaculaires. C'était un personnage qu'il incarnait avec un certain succès d'aussi loin que remonte sa mémoire. L'incomparable Julian Isherwood, Jules pour ses amis, Jules le fripon pour ses partenaires de beuverie occasionnelle. Il était loyal, beaucoup trop confiant et anglais jusqu'au bout des ongles. Anglais comme le thé de 5 heures et les mauvaises dents, comme il aimait à le dire. Et pourtant, s'il n'y avait eu la guerre, il aurait été une tout autre personne.

Lorsqu'il revint à la galerie, il découvrit que Sarah avait collé un post-it fuchsia sur la lettre de Mme Berrangar, l'invitant à reconsidérer la question. Il la relut avec attention. Son ton était aussi formel que le papier de qualité sur lequel elle était écrite. Julian devait admettre que cette femme semblait parfaitement raisonnable, loin des élucubrations habituelles des extorqueurs. Il ne risquait sûrement rien à écouter ce qu'elle avait à dire. À défaut d'autre chose, ce voyage le détournerait un temps de sa charge de travail écrasante à la galerie. De plus, la météo londonienne prévoyait plusieurs jours consécutifs de froid et de pluie. Mais dans le sud-ouest de la France le printemps était presque là.

L'une des premières choses que Sarah avait faites en prenant ses fonctions à la galerie avait été de remercier Ella, la sublime quoique inutile secrétaire de Julian. Elle n'avait jamais jugé opportun de la remplacer. Elle était parfaitement capable, disait-elle, de répondre au téléphone et aux mails, de tenir l'agenda et de faire monter les visiteurs qui se présentaient à la porte toujours fermée de Mason's Yard.

Organiser les voyages de Julian était cependant une limite qu'elle refusait de franchir, ce qui ne l'empêcha pas de jeter un coup d'œil par-dessus son épaule lorsqu'il s'acquitta lui-même de cette tâche, ne serait-ce que pour s'assurer qu'il ne confondait pas l'Eurostar avec l'Orient-Express. De Paris, un TGV l'emmènerait à Bordeaux en deux heures et quatorze minutes et en première classe. Il parvint même à réserver une *Junior Suite* à l'InterContinental – deux nuits, pour parer à toute éventualité.

Cela fait, il se rendit au Wiltons boire un verre avec Oliver Dimbleby et Roddy Hutchinson, les deux galeristes les moins recommandables de Londres d'après certains. Une tournée en appelant une autre, comme souvent avec ces deux personnages, il était plus de 2 heures du matin quand Julian s'écroula enfin dans son lit. Il passa son samedi à cuver sa gueule de bois et l'essentiel de son dimanche à faire sa valise. À une époque, il était prêt à sauter dans le premier Concorde avec un attaché-case et une jolie fille. Mais aujourd'hui la perspective de traverser la Manche requerrait toutes ses facultés de concentration, nouvelle disgrâce à mettre au compte de son grand âge, tout comme son inquiétante étourderie, les étranges sons qu'il émettait ou son incapacité à traverser la moindre pièce sans buter dans quelque chose. Pour expliquer son humiliante maladresse, il s'en sortait toujours par l'autodérision : il n'avait jamais été un grand sportif, c'était la faute de cette foutue lampe, la table basse lui en voulait personnellement.

Il dormit mal, comme souvent avant un important voyage, et se réveilla avec la sensation tenace qu'il était sur le point d'allonger la liste de ses effroyables erreurs. Son humeur s'égaya cependant quand l'Eurostar émergea du tunnel et fila à travers les champs gris-vert du Pas-de-Calais en direction de Paris. Il emprunta le métro entre la Gare du Nord et la Gare Montparnasse et déjeuna fort convenablement dans la voiture-bar du TGV tandis que la lumière transformait peu à peu le paysage en un tableau de Cézanne.

Il se rappelait nettement le jour où il avait vu pour la première fois cette éblouissante lumière du sud. C'était aussi à bord d'un train en partance de Paris. Son père, Samuel Isakowitz, marchand d'art juif allemand, était assis en face de lui dans leur compartiment. Il lisait le journal de la veille, comme si rien ne sortait de l'ordinaire. La mère de Julian, les mains nouées sur les genoux, regardait dans le vide, le visage sans expression.

Plusieurs toiles roulées dans des feuilles de papier paraffiné étaient cachées parmi les bagages au-dessus d'eux. Le père de Julian avait laissé quelques œuvres de moindre importance à sa galerie, rue La Boétie, mais l'essentiel de sa collection avait déjà rejoint le château qu'il louait à l'est de Bordeaux. Julian lui-même avait habité là-bas jusqu'au terrible été 1942, avant d'être conduit par deux bergers basques par-delà les Pyrénées jusqu'à l'Espagne neutre. Ses parents avaient été arrêtés en 1943 et déportés au camp d'extermination de Sobibor, où ils avaient été gazés dès leur arrivée.

La gare de Bordeaux-Saint-Jean se découpait sombrement sur la Garonne, au bout du cours de la Marne. Dans le hall rénové, les départs s'affichaient sur un tableau dernier cri – plus personne n'applaudissait quand il se mettait à jour –, mais la façade Beaux-Arts, avec ses deux horloges massives, était restée telle que dans son souvenir. De même que les bâtiments Louis XV ocre bordant les boulevards qu'emprunta son taxi. Certains d'entre eux paraissaient éclairés de l'intérieur tant leur couleur resplendissait. Mais d'autres étaient assombris par la saleté. Cela tenait à la piètre qualité de la pierre locale, lui avait expliqué son père. Poreuse, elle absorbait la poussière ambiante et devait être nettoyée de temps à autre, comme les peintures à l'huile.

Par miracle, l'hôtel n'avait pas perdu sa réservation. Après avoir fourré un pourboire outrageusement généreux dans les mains du chasseur, il rangea ses vêtements dans la penderie et se retira dans la salle de bains pour se rendre plus présentable. Il était 15 heures passées quand il capitula. Il mit ses objets de valeur dans le coffre de la chambre et hésita un moment à emporter la lettre de Mme Berrangar au café. Une voix intérieure – celle de son père, sans doute – lui conseilla de la cacher parmi ses bagages.

La même voix l'incita à prendre son attaché-case, qui lui conférerait un vernis d'autorité parfaitement injustifié. Il s'engagea sur le cours de l'Intendance et laissa derrière lui plusieurs boutiques de luxe. Il n'y avait pas de voitures, seulement des piétons, des cyclistes et des trams électriques qui glissaient sur leurs rails sans bruit ou presque. Julian marchait à un pas de sénateur, la main droite serrée sur sa mallette, la gauche sur la carte magnétique de sa chambre d'hôtel au fond de sa poche.

Il bifurqua à gauche dans rue Vital-Carles à la suite d'un tram. Droit devant s'élevaient les flèches gothiques jumelles de la cathédrale Saint-André, entourée d'une grande place aux pavés récemment restaurés. Le Café Ravel en occupait le coin nord-ouest. Ce n'était pas le genre d'endroit fréquenté par les Bordelais, mais il était central et facile à trouver. C'était sans doute pour cette raison que Mme Berrangar l'avait choisi.

La silhouette imposante de l'hôtel de ville plongeait la plupart des tables dans l'ombre, mais celle qui se trouvait le plus près de la cathédrale était libre et ensoleillée. Julian s'installa, posa son attaché-case à ses pieds et observa les autres clients. À l'exception possible de l'homme assis trois tables plus loin, aucun ne semblait être français. Tous les autres étaient des touristes, des clients de tour operators pour l'essentiel. Julian faisait exception ; avec son pantalon de flanelle et sa veste sportswear grise, il semblait tout droit sorti d'un roman d'EM Forster. Au moins n'aurait-elle aucune difficulté à l'identifier.

Il demanda un café crème avant de revenir à la raison et de commander une demi-bouteille de bordeaux blanc, bien frais, avec deux verres. Il fut servi à l'instant où les cloches de la cathédrale sonnaient 16 heures. Julian lissa distraitement le devant de sa veste en fouillant la place du regard. Mais à 16 h 30, alors que les ombres s'allongeaient jusqu'à sa table, Valérie Berrangar n'était toujours pas là.

Lorsque Julian eut fini la bouteille, il était presque 17 heures. Il régla en espèces, prit son attaché-case et passa de table en table comme un mendiant, mais le nom de Mme Berrangar ne disait rien à personne.

L'intérieur du café était désert à l'exception de l'homme derrière le comptoir en zinc. Il n'avait aucun souvenir d'une quelconque Valérie Berrangar, mais il suggéra à Julian de laisser son nom et son numéro de téléphone.

— Isherwood, précisa-t-il quand le barman loucha sur les pattes de mouche griffonnées au dos d'une serviette en papier. Julian Isherwood. Je suis à l'InterContinental.

Les cloches de la cathédrale sonnèrent de nouveau. Julian suivit un pigeon sur les pavés de la place, puis il reprit la rue Vital-Carles. Il se rendit compte au bout d'un moment qu'il s'en voulait d'être venu si loin pour rien – et d'avoir laissé cette femme, cette Mme Berrangar, remuer des souvenirs douloureux.

— Comment ose-t-elle ? s'écria-t-il, effrayant un pauvre passant.

Sa récente propension à énoncer ses pensées à voix haute était un autre désagrément de l'âge, pour le moins déstabilisant.

Les cloches se turent enfin, et le doux murmure de la vénérable cité reprit ses droits. Un tram passa dans un silence feutré. Julian, dont la colère retombait, s'arrêta devant une petite galerie d'art et examina avec un dédain professionnel les tableaux d'inspiration impressionniste en vitrine. Il entendait vaguement une moto approcher. Pas un scooter, songea-t-il. Pas avec un tel moteur. C'était l'une de ces machines ramassées dont les conducteurs portaient une combinaison résistante au vent.

Le propriétaire de la galerie apparut sur le pas de la porte et invita Julian à entrer jeter un coup d'œil à sa collection. Il déclina et poursuivit son chemin en direction de l'InterContinental, son attaché-case à la main gauche, comme à son habitude. Le volume sonore du moteur avait sensiblement augmenté et jouait une partition plus aiguë. Julian remarqua soudain une vieille femme qui le montrait du doigt et criait quelque chose en français qu'il n'entendit pas.

Craignant d'avoir de nouveau proféré quelque chose d'inapproprié, il se tourna dans la direction opposée et vit la moto fondre sur lui, une main gantée tendue vers son attaché-case. Il ramena la mallette contre sa poitrine et pirouetta hors de la trajectoire du véhicule, et ce faisant se cogna contre un poteau métallique.

Tandis qu'il s'écroulait, pris de tournis, il vit plusieurs visages planer au-dessus de lui, tous figés sur une expression de pitié. Quelqu'un suggéra qu'on appelle une ambulance ; un autre, les gendarmes. Humilié, Julian dégaina une de ses excuses toutes prêtes. Ce n'était pas sa faute, expliqua-t-il. Ce foutu lampadaire lui en voulait personnellement.

2

Venise

Francesco Tiepolo, alors qu'il se tenait au-dessus de la tombe du Tintoret en l'église de la Madonna dell'Orto, avait affirmé à Gabriel que celui-ci reviendrait un jour à Venise. La remarque n'était pas une vaine spéculation, comme Gabriel l'avait découvert quelques soirs plus tard, lors d'un dîner à la chandelle avec sa belle et jeune épouse sur l'île de Murano. Il avait opposé plusieurs arguments de pure forme à ce plan, sans conviction ni succès, et au lendemain d'un conclave survolté à Rome le marché avait été conclu. Les termes étaient équitables, et tout le monde était content. Surtout Chiara. Aux yeux de Gabriel, rien d'autre ne comptait.

Il fallait admettre que cela ne manquait pas de bon sens. Après tout, Gabriel avait fait son apprentissage à Venise, et il avait restauré anonymement certaines des plus grandes œuvres de la ville. Néanmoins, l'arrangement n'était pas sans chausse-trapes potentielles, notamment l'organigramme sur lequel ils s'étaient entendus pour les Ateliers de Restauration Tiepolo, la plus grosse entreprise de Venise dans son domaine. Selon les termes de leur accord, Francesco resterait aux commandes de la société jusqu'à sa retraite, après quoi Chiara, Vénitienne de naissance, en prendrait le contrôle. En attendant, elle occuperait le poste de directrice générale, et Gabriel celui de directeur artistique. Autrement dit, pour le meilleur et pour le pire, il allait travailler avec sa femme.

Il avait approuvé l'acquisition d'un luxueux cinq-pièces *piano nobile* avec vue sur le Grand Canal, dans le quartier de San Polo, mais autrement il avait laissé les rênes de leur déménagement aux mains capables de Chiara. Elle avait supervisé la rénovation et la décoration de l'appartement depuis Jérusalem pendant que Gabriel effectuait la fin de son mandat Boulevard du Roi Saül. Les derniers mois étaient vite passés – il y avait toujours une dernière réunion à laquelle il devait assister, une dernière crise à éviter –, et à la toute fin de l'automne il s'était lancé dans ce qu'un célèbre chroniqueur de *Haaretz* avait surnommé les « longs adieux ». Cela s'était traduit par toutes sortes de cocktails et de dîners où les hommages s'étaient multipliés, et par une fête d'anthologie à l'hôtel King David à laquelle avaient assisté les espiocrates du monde entier, y compris le puissant chef du Mukhabarat jordanien et ses homologues d'Égypte et des Émirats arabes unis. Leur présence était la preuve que Gabriel, qui avait cultivé de solides partenariats dans tout le monde arabe, avait laissé une marque indélébile sur cette région déchirée par des décennies de guerre. Malgré les problèmes qu'il connaissait encore, le Moyen-Orient avait changé pour le mieux sous son patronage.

Solitaire par nature et mal à l'aise en société, il avait trouvé insupportable l'attention dont il était l'objet. Il préférait largement les soirées tranquilles qu'il avait passées avec les membres de sa garde rapprochée, les femmes et les hommes avec qui il avait mené à bien certaines des plus illustres opérations de l'histoire d'un service non moins illustre. Il avait supplié Uzi Navot de lui accorder son pardon. Il avait dispensé des conseils professionnels et conjugaux à Mikhail Abramov et Natalie Mizrahi. Il avait pleuré de rire en racontant de désopilantes anecdotes survenues durant les trois ans qu'il avait passés sous couverture en Europe de l'Ouest avec l'hypocondriaque Eli Lavon. Dina Sarid, archiviste du terrorisme palestinien et islamique, l'avait imploré de lui accorder une série d'entretiens de départ afin qu'elle puisse garder la trace de ses exploits dans l'histoire officielle non classifiée. Sans surprise, il avait décliné. Il n'avait aucune intention de s'attarder sur le passé, lui avait-il dit. Seul l'avenir l'intéressait.

Deux officiers de sa garde rapprochée, Yossi Gavish du service Recherches et Yaakov Rossman des Opérations spéciales, étaient pressentis pour prendre sa suite. Mais l'un comme l'autre avaient sauté de joie en apprenant que Gabriel leur avait préféré Rimona Stern, la directrice du service Récupération. Par un vendredi après-midi venteux de mi-décembre, elle était devenue la première directrice générale de l'histoire du Bureau. Et Gabriel, après avoir apposé sa signature sur une montagne de documents concernant sa modeste pension et les conséquences dramatiques s'il venait à divulguer ne serait-ce qu'un seul des secrets dont il avait connaissance, était devenu l'espion à la retraite le plus célèbre au monde. Une fois dépouillé de ses attributs, il avait fait le tour du Boulevard du Roi Saül, étage par étage, pour serrer des mains et essuyer quelques joues baignées de larmes. Il avait assuré à ses troupes éplorées qu'elles n'en avaient pas fini avec lui, qu'il avait bien l'intention de garder un pied dans le métier. Personne ne l'avait cru.

Le même soir, il avait assisté à une dernière réunion, cette fois sur les rives du lac de Tibériade. À la différence des précédentes, la rencontre avait parfois été conflictuelle, mais à la fin une sorte de paix avait été trouvée. Le lendemain matin, il avait fait un pèlerinage sur la tombe de son fils au sommet du mont des Oliviers – et à l'hôpital psychiatrique près du vieux village arabe de Deir Yassin, où la mère de l'enfant résidait dans la prison de ses souvenirs et d'un corps ravagé par les flammes. Avec la bénédiction de Rimona, la famille Allon s'était envolée pour Venise à bord du Gulfstream du Bureau, et à 15 heures, au terme d'une traversée venteuse de la *laguna* dans un bateau taxi rutilant en bois, elle était arrivée dans sa nouvelle maison.

Gabriel se rendit directement dans la grande pièce inondée de lumière qu'il avait choisie pour studio et y trouva un antique chevalet italien, deux projecteurs halogènes et un chariot en aluminium rempli de pinceaux en poil de martre, de pigments, de médium et de solvants. Son vieux lecteur CD taché de peinture avait été remplacé par une chaîne hi-fi de fabrication britannique et une paire d'enceintes en pied. Son immense collection de disques était rangée par genre, par compositeur et par artiste.

— Qu'est-ce que tu en penses ? lança Chiara depuis le seuil.

— Les concertos pour violon de Bach sont dans la section Brahms. À part ça, c'est…

— Stupéfiant, n'est-ce pas ?

— Comment as-tu réussi un tour de force pareil depuis Jérusalem ?

Elle chassa la question d'un geste négligent.

— Il reste de l'argent ? demanda-t-il.

— Pas grand-chose.

— Je prendrai quelques commandes privées une fois que nous serons installés.

— Je crains que ça ne soit hors de question.

— Pourquoi ?

— Parce que tu as interdiction de travailler avant de t'être convenablement reposé. (Elle lui tendit un morceau de papier.) Mais tu peux t'occuper de ça.

— Une liste de courses ?

— Il n'y a rien à manger.

— Je croyais que je devais me reposer.

— Tout à fait, répondit-elle avec un sourire. Prends ton temps, mon chéri. Fais donc quelque chose de *normal*, pour changer.

Le supermarché le plus proche était le Carrefour voisin de la basilique des Frari. Le stress de Gabriel semblait descendre d'un cran chaque fois qu'il mettait un article dans son panier vert citron. De retour à la maison, il regarda les dernières nouvelles du Moyen-Orient d'un œil distrait pendant que, dans la spectaculaire cuisine, Chiara préparait le dîner en chantonnant. Ils burent les dernières gouttes du barbaresco sur le toit-terrasse, lovés l'un contre l'autre dans le froid de décembre. Plus bas, les gondoles oscillaient à l'amarrage. Au-delà des courbes douces du Grand Canal, le pont du Rialto brillait de mille feux.

— Et si je peignais une composition originale ? demanda Gabriel. Est-ce que ce serait du travail ?

— À quoi penses-tu ?

— Une vue du canal. Ou peut-être une nature morte.

— Une nature morte ? Quel ennui.

— Alors pourquoi pas une série de nus ?

Elle leva un sourcil.

— Je suppose que tu auras besoin d'un modèle.

— Oui, confirma Gabriel en tirant sur la fermeture Éclair du manteau de Chiara. C'est une bonne supposition.

Chiara attendit janvier pour prendre son nouveau poste aux Ateliers. L'entrepôt de la société se trouvait sur le continent, mais son siège était situé dans la très chic calle Larga XXII Marzo à San Marco, à dix minutes de vaporetto. Francesco la présenta à l'élite artistique de la ville et lâcha des allusions cryptiques à un vague plan de succession. L'information parvint jusqu'à *Il Gazzettino*, et fin février un bref article parut dans les pages culture du quotidien. Il présentait Chiara sous son nom de jeune fille, Zolli, et soulignait ses liens de parenté avec le grand rabbin de la communauté juive de Venise réduite à peau de chagrin. À l'exception de quelques commentaires haineux de certains lecteurs sensibles au discours populiste d'extrême droite, la nouvelle fut bien accueillie.

L'article ne faisait aucune mention d'un quelconque époux ou compagnon, seulement de deux enfants, apparemment jumeaux, dont l'âge et le sexe n'étaient pas connus. À la demande insistante de Chiara, Irene et Raphael intégrèrent la *scuola elementare* du quartier plutôt que l'une des nombreuses écoles internationales privées de Venise. Non sans à-propos, la leur portait le nom de Bernardo Canal, le père de Canaletto. Gabriel les déposait devant tous les matins à 8 heures et venait les chercher à 15 h 30. Cela et une visite quotidienne au marché du Rialto, où il achetait les ingrédients du dîner familial, constituaient la somme totale de ses responsabilités domestiques.

Puisqu'il lui était interdit de travailler, et même de mettre un pied dans les bureaux des Ateliers, il imagina plusieurs façons de remplir le vaste réservoir de son temps disponible. Il lut d'épais livres, écouta sa collection de disques sur son tout nouveau système audio, peignit ses nus – de mémoire, bien sûr, son modèle n'étant plus disponible. Elle passait parfois en milieu de journée pour « déjeuner », comme ils appelaient les parties de jambes en l'air voraces auxquelles ils se livraient dans leur somptueuse chambre à coucher surplombant le Grand Canal.

Mais la plupart du temps il marchait. Cela n'avait rien à voir avec les éprouvantes randonnées en bord de falaise qu'il avait pratiquées lors de son exil dans les Cornouailles ; plutôt des promenades sans but précis dans Venise, à la manière d'un flâneur. Quand l'envie le prenait, il passait voir l'un ou l'autre des tableaux qu'il avait restaurés, ne serait-ce que pour mesurer les effets du temps sur son travail. Après quoi il se réfugiait dans un bar pour boire un café et, s'il faisait froid, quelque chose de plus fort pour réchauffer ses os. Il arrivait souvent qu'un autre client tente d'engager la conversation avec lui à propos du temps ou des nouvelles du jour. Autrefois, il aurait découragé ces initiatives, mais il y répondait aujourd'hui d'un mot d'esprit ou d'une observation profonde dans un italien parfait quoique teinté d'un léger accent.

L'un après l'autre, ses démons s'envolèrent, et la violence de son passé, les nuits de sang et de feu s'éloignèrent de ses pensées et de ses rêves. Il riait plus facilement. Il se laissa pousser les cheveux. Il s'acheta d'élégants pantalons cousus main et des vestes en cachemire qui seyaient à un homme de son rang. Bientôt il eut du mal à reconnaître la silhouette qu'il apercevait chaque matin dans le miroir de son dressing. La mue était presque achevée. Il n'était plus l'ange vengeur d'Israël, mais le directeur artistique des Ateliers de Restauration Tiepolo. Chiara et Francesco lui avaient donné sa seconde chance. Il se jura que, cette fois, il ne commettrait pas les mêmes erreurs.

Début mars, durant un épisode de pluies torrentielles, il demanda à Chiara la permission de se mettre au travail. Comme elle refusa une fois de plus, il acheta un yacht, un Bavaria C42 de douze mètres, et passa les deux semaines suivantes à préparer un itinéraire détaillé pour une croisière estivale sur l'Adriatique et la Méditerranée. Il s'en ouvrit à Chiara au terme d'un « déjeuner » particulièrement satisfaisant dans la chambre à coucher de leur appartement.

— Je dois admettre, dit-elle dans un soupir rassasié, que c'était une de tes meilleures performances.

— Il faut croire que tout ce repos m'a fait du bien.

— Vraiment ?

— Si ça continue, je vais finir par m'ennuyer ferme.

— Alors j'ai peut-être une idée pour pimenter un peu plus ton après-midi.

— Je doute que ce soit possible.

— Que dirais-tu d'aller boire un verre avec un vieil ami ?

— Ça dépend qui.

— Julian m'a appelée juste avant que je parte du bureau. Il m'a dit qu'il était à Venise et m'a demandé si tu aurais une minute ou deux à lui consacrer.

— Et que lui as-tu répondu ?

— Que tu irais boire un verre avec lui sitôt que tu aurais fini de t'occuper de moi.

— J'imagine que tu ne le lui as pas dit comme ça ?

— Je crois bien que si.

— À quelle heure m'attend-il ?

— 15 heures.

— Et les enfants ?

— Ne t'inquiète pas, je m'en charge. (Elle jeta un coup d'œil à sa montre.) Reste à savoir ce que nous allons faire d'ici là.

— Puisque tu es dans le plus simple appareil…

— Oui ?

— Tu ne veux pas venir poser pour moi ?

— J'ai une meilleure idée.

— Quoi donc ?

— Le dessert, répondit Chiara avec un sourire gourmand.

3

Harry's Bar

Sous une cascade d'eau brûlante, tout désir assouvi, Gabriel rinça le souvenir de Chiara sur sa peau. Ses vêtements gisaient en boule au pied du lit défait, froissés, un bouton arraché à sa chemise. Il choisit une tenue propre dans son dressing, s'habilla rapidement et descendit. Par chance, un vaporetto l'attendait au bout du quai de l'arrêt San Tomà. Il l'emprunta jusqu'à San Marco et pénétra dans l'enceinte feutrée du Harry's Bar à 15 heures tapantes.

Julian Isherwood, installé à une table d'angle, était concentré sur son téléphone portable, un bellini à moitié bu à mi-distance de ses lèvres. Quand Gabriel le rejoignit, il leva des sourcils froncés, comme agacé par l'intrusion. Puis Julian le reconnut, et son visage exprima une approbation sans réserve.

— Je suppose que Chiara ne plaisantait pas quant à la façon dont vous occupiez votre pause déjeuner.

— C'est l'Italie, Julian. On prend au moins deux heures pour manger.

— Tu as l'air d'avoir rajeuni de trente ans. C'est quoi, ton secret ?

— Deux heures de déjeuner avec Chiara.

— Mais il y a autre chose, n'est-ce pas ? insista le marchand d'art en plissant les yeux. Tu as l'air d'avoir été…

Il laissa sa phrase en suspens.

— Quoi, Julian ?

— Restauré, répondit-il au bout d'un moment. Tu t'es débarrassé du vernis sale et tu as réparé les dégâts. Comme s'il ne t'était rien arrivé.

— Il ne m'est rien arrivé.

— C'est drôle, parce que tu ressembles vaguement à un garçon morose qui s'est perdu dans ma galerie, il y a quelque cent ans de cela. Ou était-ce deux cents ?

— Cela non plus n'est jamais arrivé. Du moins pas officiellement. J'ai enterré ton volumineux dossier dans les profondeurs du Boulevard du Roi Saül. Tes liens avec le Bureau sont maintenant formellement rompus.

— Mais pas avec toi, j'espère.

— Je crains que tu ne doives me supporter encore quelque temps.

Un serveur déposa deux nouveaux bellinis sur leur table. Gabriel leva son verre.

— Alors, qu'est-ce qui t'amène à Venise ? s'enquit-il.

— Ces olives, dit Julian en en saisissant une dans le bol au milieu de la table et en la fourrant dans sa bouche d'un geste théâtral. Elles sont dangereusement bonnes.

Il portait un de ses costumes sur mesure et une chemise bleue à poignets mousquetaires. Ses cheveux gris auraient eu bien besoin d'une coupe, mais ni plus ni moins que d'habitude. L'un dans l'autre, il avait bonne mine, si l'on ne tenait pas compte du pansement collé à sa joue droite, quelques centimètres sous l'œil.

Gabriel lui demanda prudemment ce qui lui était arrivé.

— Je me suis disputé avec mon rasoir ce matin, et je crains qu'il n'ait eu le dernier mot, répondit Julian en pêchant une autre olive. Et que fais-tu de tes journées quand tu ne déjeunes pas avec ta magnifique épouse ?

— Je passe autant de temps que possible avec mes enfants.

— Ils n'en ont pas déjà marre de toi ?

— Apparemment, non.

— Ne t'inquiète pas, ça ne tardera pas.

— Dit celui qui est resté célibataire toute sa vie.

— Ça a ses avantages, tu sais.

— Cite-m'en un.

— Donne-moi une minute, je vais trouver, dit Julian avant de terminer son premier bellini pour s'attaquer au second. Et le travail ?

— J'ai peint trois nus de ma femme.

— Pauvre de toi. Ils sont bons ?

— Pas mal.

— Trois Allon originaux te rapporteraient une jolie somme sur le marché.

— Ils ne sont que pour mes yeux, Julian.

À cet instant, la porte s'ouvrit sur un bel Italien brun en pantalon slim et veste Barbour doublée. Il s'assit à une table voisine et commanda un Campari soda avec un accent du sud.

Julian contemplait le bol d'olives.

— Tu as nettoyé quelque chose récemment ? demanda-t-il.

— Toute ma collection de CD.

— Je parlais de peinture.

— Les Ateliers Tiepolo viennent de remporter un appel d'offres du ministère de la Culture pour restaurer les quatre évangélistes de Giulia Lama à l'église San Marziale. Chiara a dit que si je continuais à bien me conduire elle me laisserait m'en occuper.

— Et combien les Ateliers de Restauration Tiepolo toucheront-ils en compensation ?

— Ne demande même pas.

— Je pourrais peut-être te tenter avec quelque chose d'un peu plus lucratif.

— Comme ?

— Un joli paysage du Grand Canal que tu pourrais remettre d'aplomb en une semaine ou deux sans quitter des yeux la vue de la fenêtre de ton atelier.

— Attribué à ?

— L'école nord-italienne.

— Quelle précision, ironisa Gabriel.

L'attribution à une « école » était la désignation la plus obscure pour situer l'origine d'un tableau de vieux maître. Dans le cas présent, cela voulait dire que l'œuvre avait été produite par *quelqu'un* travaillant *quelque part* au nord de l'Italie, dans un passé indéterminé. À l'autre opposé du spectre, le terme « de » signifiait que le galeriste ou le commissaire-priseur à l'initiative de la vente était certain que l'œuvre avait été peinte par l'artiste dont le nom lui était attaché. Entre les deux se succédait toute une série d'appellations subjectives et volontiers spéculatives allant du respectable « atelier de » à l'ambigu « d'après », destinées à aiguiser l'appétit d'acquéreurs potentiels tout en protégeant le vendeur d'un recours en justice.

— Avant de m'envoyer sur les roses, dit Julian, sache que je te propose assez pour te payer ce nouveau voilier. Tu pourras même en acheter deux.

— C'est trop pour un tel tableau.

— Tu m'as apporté ton lot d'affaires juteuses quand tu étais à la tête du Bureau. C'est le moins que je puisse faire.

— Ça ne serait pas éthique.

— Je suis marchand d'art, mon beau. Si je m'intéressais à l'éthique, je travaillerais pour Amnesty International.

— As-tu demandé son avis à ta partenaire ?

— Sarah et moi ne sommes pas vraiment partenaires. Mon nom a beau s'étaler en lettres capitales sur la porte, ces temps-ci je suis largement dépassé. Je suppose que je dois te remercier pour ça aussi, ajouta-t-il avec un sourire.

C'était Gabriel qui s'était arrangé pour que Sarah Bancroft, ancien agent de la CIA et historienne de l'art surdiplômée, prenne le contrôle des affaires courantes d'Isherwood Fine Arts. Il lui avait aussi facilité les choses lorsqu'elle s'était résolue au mariage. Pour des raisons liées au passé compliqué de son mari, la cérémonie s'était tenue en secret dans une maison refuge du MI6 quelque part au milieu du Surrey. Julian avait fait partie des invités triés sur le volet. Gabriel, qui était arrivé en retard depuis Tel-Aviv, avait mené la future mariée à l'autel.

— Et où donc se trouve ce chef-d'œuvre ? demanda-t-il.

— À Londres, sous bonne garde.

— Il y a une date butoir ?

— Pourquoi, tu as d'autres engagements urgents ?

— Ça dépend.

— De quoi ?

— De ta réponse à ma prochaine question.

— Tu veux savoir ce qu'il est réellement arrivé à mon visage ?

— La vérité cette fois, Julian.

— J'ai été attaqué par un lampadaire.

— Encore ?

— Je le crains.

— Je t'en prie, dis-moi que c'était par une nuit brumeuse à Londres.

— En fait, c'était hier après-midi à Bordeaux. J'y suis allé à la demande d'une certaine Valérie Berrangar. Elle voulait me dire quelque chose à propos d'un tableau que j'ai vendu récemment.

— Pas le Van Dyck ?

— Celui-là même.

— Il y a un problème ?

— Je n'en sais rien. Vois-tu, Mme Berrangar a perdu la vie dans un accident de voiture en chemin pour notre rendez-vous.

— Y a-t-il un rapport entre l'accident et le lampadaire ?

— Deux hommes à moto ont essayé de m'arracher ma mallette alors que je rentrais à mon hôtel. En tout cas, c'est ce qu'il m'a semblé. Pour ce que j'en sais, peut-être qu'ils ont essayé de me tuer, moi aussi.

4

San Marco

Place Saint-Marc, un quatuor à cordes fatigué divertissait les derniers clients du jour du Caffè Florian.

— Sont-ils capables de jouer autre chose que Vivaldi ? s'interrogea Julian.

— Qu'est-ce que tu as contre Vivaldi ?

— Je l'adore. Mais pourquoi pas Corelli ou Haendel, pour changer ? Est-ce si difficile de nous offrir du Haendel, pour l'amour du ciel ?

— Ou du Antoine Van Dyck ?

Gabriel s'arrêta un instant devant une vitrine sous l'arcade sud de la place, avant de reprendre :

— L'article original d'*ARTnews* ne mentionnait pas la provenance[1] du tableau. Ni l'identité de l'acquéreur. Le prix a cependant fait couler beaucoup d'encre.

— Six millions et demi de livres, rappela Julian avec un sourire. Maintenant demande-moi combien il m'a coûté.

— J'allais y venir.

1. La « provenance » d'une œuvre d'art désigne la chronologie de ses différents propriétaires ou emplacements. À distinguer de « l'origine » de l'œuvre, qui renvoie au moment de sa première apparition.

— Trois millions d'euros.

— Un joli bénéfice de plus de cent pour cent.

— Mais c'est comme ça que fonctionne le marché de l'art ancien, mon beau. Les négociants comme moi dénichent des tableaux mal attribués, égarés ou sous-évalués et les mettent sur le marché, en espérant avoir assez de flair et de panache pour attirer un ou plusieurs clients aux poches profondes. Et n'oublie pas que j'ai quelques frais à couvrir.

— Comme les longs déjeuners dans les meilleurs établissements de Londres ?

— En l'occurrence, ils ont surtout eu lieu à Paris. J'ai acheté ce tableau à une galerie du VIIIe arrondissement. Rue La Boétie, figure-toi.

— Cette galerie a-t-elle un nom ?

— La galerie Georges Fleury.

— Tu avais déjà fait affaire avec ce monsieur ?

— Et comment ! Fleury est spécialisé dans les peintres français des XVIIe et XVIIIe siècles, mais il vend aussi des Néerlandais et des Flamands. Il a d'excellentes relations avec bon nombre des plus anciennes fortunes françaises. Le genre de familles qui vivent dans des châteaux pleins de courants d'air et d'œuvres d'art. Il me contacte quand il déniche quelque chose d'intéressant.

— Où a-t-il trouvé *Portrait d'une inconnue* ?

— Dans une vieille collection privée. C'est tout ce qu'il a bien voulu me dire.

— Attribution ?

— À la manière d'Antoine Van Dyck.

— Quelle précision.

— Certes, convint Julian. Mais Fleury affirmait y voir la main du maître. Il m'a demandé un deuxième avis.

— Et ?

— À l'instant où j'ai posé les yeux dessus, j'ai eu cette sensation bizarre dans la nuque.

Ils émergèrent des arcades dans la lumière déclinante de l'après-midi. À leur gauche se dressait le Campanile. Gabriel conduisit Julian de l'autre côté, au-delà de la façade ornementée du palais des Doges. Sur le ponte de la Paglia, ils se joignirent à un groupe de touristes qui se pâmaient devant le pont des Soupirs.

— Tu cherches quelque chose ? demanda Julian.

— Tu sais ce qu'on dit des vieilles habitudes.

— Je crains que la plupart des miennes ne soient très mauvaises. Toi, en revanche, tu es la créature la plus disciplinée que j'aie jamais connue.

De l'autre côté du pont s'étendait le *sestiere* de Castello. Ils passèrent en vitesse devant le kiosque à souvenirs bordant la riva degli Schiavoni, puis bifurquèrent à gauche vers le campo San Zaccaria, qui abritait l'antenne régionale des *carabinieri*. Julian avait déjà passé une nuit blanche dans une salle d'interrogatoire au premier étage du bâtiment.

— Comment va ton vieil ami le général Ferrari ? s'enquit Julian. Il arrache toujours les ailes des mouches ? Ou bien s'est-il trouvé un nouveau passe-temps ?

Le général Cesare Ferrari était le commandant de la division des *carabinieri* en charge de la protection du patrimoine culturel, plus connue sous le nom d'Art Squad. Le siège de la division se trouvait à Rome, dans un palais de la piazza di Sant'Ignazio, mais trois de ses officiers demeuraient en permanence à Venise. Quand ils ne cherchaient pas des tableaux volés, ils gardaient à l'œil un ancien maître espion et assassin israélien qui vivait paisiblement à San Polo. C'était le général Ferrari qui avait permis à Gabriel d'obtenir un *permesso di soggiorno*, un titre de résident italien permanent. Par conséquent, Gabriel s'efforçait de rester dans ses bonnes grâces, ce qui n'était pas toujours facile.

Le quartier général des *carabinieri* était flanqué de l'église qui avait donné son nom à la place. Parmi les nombreuses et monumentales œuvres d'art ornant la nef, on trouvait une crucifixion exécutée par Antoine Van Dyck au cours des six années qu'il avait passées à étudier et à travailler en Italie. Gabriel s'arrêta devant elle, le menton dans la main, la tête légèrement inclinée de côté.

— Tu étais sur le point de me parler de la provenance du tableau.

— Elle m'a paru plutôt fiable.

— C'est-à-dire ?

— C'est celle d'un portrait de la fin des années 1620 qui a circulé à travers les siècles des Flandres à la France. Elle ne comporte rien d'alarmant.

— Le tableau avait besoin d'une restauration ?

— Fleury s'en était occupé avant de me le montrer. Il a son propre artisan. Pas de ton calibre, rassure-toi. Mais un type compétent.

Julian traversa la nef et se posta devant le majestueux *Retable de San Zaccaria* de Bellini.

— Tu as fait un travail formidable sur celui-ci. Le vieux Giovanni aurait approuvé.

— Tu crois ?

Julian lui adressa un regard réprobateur par-dessus son épaule.

— La modestie ne te va pas, mon garçon. Ta restauration de cette œuvre a été très remarquée dans le monde de l'art.

— J'ai mis plus de temps à la nettoyer que Giovanni à la peindre.

— Tu avais des circonstances atténuantes, si je me souviens bien.

— J'en avais souvent, confirma Gabriel en rejoignant Julian devant le retable. Je suppose que Sarah et toi avez demandé un deuxième avis sur l'attribution, quand le tableau est arrivé à Londres.

— Pas seulement un deuxième, mais un troisième, un quatrième et même un cinquième. Et tous nos experts cousus d'or ont conclu qu'il était de la main d'Antoine Van Dyck et non d'un de ses disciples. Dans la semaine, nous avions une guerre d'enchères sur les bras.

— Qui est l'heureux acquéreur ?

— Masterpiece Art Ventures, un fonds spéculatif artistique dirigé par une connaissance new-yorkaise de Sarah. Un certain Phillip Somerset.

— Ce nom m'évoque vaguement quelque chose.

— Masterpiece Art Ventures achète et vend un nombre faramineux de tableaux. Des vieux maîtres jusqu'à aujourd'hui. Phillip Somerset fait gagner à ses investisseurs des bénéfices de vingt-cinq pour cent par an, tous les ans, sur lesquels il prélève une part substantielle. Et il peut se montrer implacable s'il croit qu'on l'a grugé. Poursuivre des gens en justice est son passe-temps préféré.

— Raison pour laquelle tu as sauté dans un train pour Bordeaux quand tu as reçu une lettre pour le moins ambiguë d'une parfaite étrangère.

— En fait, c'est Sarah qui m'a convaincu d'y aller. Quant à la lettre, les motards devaient croire que je l'avais dans mon attaché-case. Et c'est pour ça qu'ils ont voulu me le voler.

— Il pourrait s'agir de simples voleurs à la tire, tu sais. La petite criminalité est l'un des rares secteurs en croissance en France, ces temps-ci.

— Non, ce n'était pas ça.

— Comment peux-tu en être sûr ?

— Quand je suis rentré à l'hôtel après avoir été libéré par *l'hôpital**[1], je me suis rendu compte que ma chambre avait été fouillée. Heureusement, ils n'ont pas trouvé ce qu'ils cherchaient, ajouta Julian en tapotant l'avant de sa veste.

— Fouillée par qui ?

— Deux hommes bien habillés. Ils ont donné cinquante euros au chasseur pour les laisser entrer dans ma chambre.

1. Tous les mots et expressions en italique suivis d'un astérisque sont en français dans le texte.

— Et combien il t'a soutiré pour te le dire ?

— Cent. Comme tu l'imagines, j'ai passé une très mauvaise nuit. À mon réveil ce matin, j'ai trouvé un exemplaire de *Sud Ouest* devant ma porte. Après avoir lu l'article sur un accident de la route fatal sans cause apparente au sud de Bordeaux, j'ai pris mes cliques et mes claques et j'ai sauté dans le premier train pour Paris. Je suis arrivé juste à temps pour attraper le vol de 11 heures pour Venise.

— Parce que tu ne peux pas résister aux olives du Harry's Bar ?

— En fait, je me demandais…

— Si tu pouvais me convaincre de découvrir ce que Valérie Berrangar voulait te dire à propos de *Portait d'une inconnue* d'Antoine Van Dyck.

— Tu as des amis haut placés au gouvernement français, ce qui te permettra de mener l'enquête en toute discrétion, et donc d'éviter un scandale.

— Et si j'y parviens ?

— Je suppose que ça dépendra de la nature de l'information. S'il y a effectivement un problème d'ordre légal ou éthique avec la vente, je rembourserai Phillip Somerset sans tambour ni trompette avant qu'il ne me traîne en justice et détruise ce qu'il reste de ma réputation glorieuse d'antan. Sans parler de celle de ta chère amie Sarah Bancroft.

Julian tendit à Gabriel la lettre de Mme Berrangar. Gabriel hésita un instant avant de la prendre.

— J'aurais besoin des rapports d'attribution de tes experts. Et de photographies du tableau, bien sûr.

Julian sortit son smartphone.

— Où dois-je te les envoyer ? demanda-t-il.

Gabriel lui donna son adresse ProtonMail, le service de messagerie électronique chiffré basé en Suisse. Un moment plus tard, portable sécurisé en main, il examinait la joue pâle de l'inconnue en haute résolution.

— Est-ce qu'un de tes experts a regardé de près la craquelure ?
— Pourquoi poses-tu la question ?
— Tu sais, cette impression bizarre qui t'est venue quand tu as vu le tableau pour la première fois ?
— Oui ?
— Je viens de la ressentir, moi aussi.

Julian avait réservé une chambre au palais Gritti. Gabriel le raccompagna jusqu'à la porte puis gagna le campo Santa Maria del Giglio. Il n'y avait pas un touriste en vue. On aurait dit qu'une bonde s'était ouverte et les avait tous aspirés dans la mer.

Côté est de la place, près de l'hôtel Ala, se trouvait l'entrée d'une étroite et sombre *calle*. Gabriel la suivit jusqu'à la station de vaporetto et se joignit aux trois autres passagers – un couple de Scandinaves d'une soixante d'années apparemment prospères et une Vénitienne désabusée d'environ quarante ans – qui attendaient sous l'abri. Les Scandinaves étaient recroquevillés autour d'une carte. La Vénitienne regardait un Numéro 1 remonter paresseusement le Grand Canal depuis San Marco.

Quand l'embarcation buta contre le quai, la Vénitienne embarqua la première, suivie des Nordiques. Tous trois s'installèrent dans la cabine. Gabriel, comme à son habitude, resta debout dans le passage à ciel ouvert derrière le poste de pilotage. De là, il put observer à loisir un retardataire émerger de la *calle*.

Cheveux bruns. Pantalon slim. Barbour doublé.

L'homme du Harry's Bar.

5

Canal Grande

L'homme entra dans la cabine et se laissa tomber dans un siège en plastique bleu-vert au premier rang. Il était plus grand que dans le souvenir de Gabriel, formidablement bâti, dans la fleur de l'âge. Quelque part entre trente et trente-cinq ans. La mauvaise odeur qu'il laissait dans son sillage indiquait qu'il était fumeur. La légère bosse à gauche de sa veste, qu'il était armé.

Heureusement, Gabriel était lui aussi en possession d'un pistolet – un Beretta 92FS 9 mm à crosse de noyer –, avec la bénédiction du général Ferrari et des *carabinieri*. Néanmoins, il espérait désamorcer la situation sans avoir à sortir son arme, car un acte de violence, même en état de légitime défense, se traduirait par la révocation immédiate de son *permesso*.

Le plan d'action le plus évident consisterait à semer l'homme aussi rapidement que possible. Dans une ville comme Venise traversée de rues labyrinthiques et de *sotoportegi* obscurs, ce ne serait pas difficile. Mais cela priverait Gabriel de l'occasion de comprendre pour quelle raison l'homme le suivait. Mieux valait avoir une conversation discrète avec lui que de le perdre.

Son regard balaya le palazzo Venier dei Leoni, qui abritait la collection Peggy Guggenheim. Les deux Scandinaves débarquèrent à l'Accademia ; la Vénitienne, à Ca'Rezzonico. San Tomà, l'arrêt de Gabriel, était le suivant. Il demeura parfaitement immobile derrière le poste de pilotage le temps que monte un unique passager.

Lorsque le bateau s'écarta du quai, il leva brièvement les yeux vers les fenêtres en ogive de son nouvel appartement. Elles brillaient d'une lumière ambrée. Les enfants faisaient leurs devoirs. Sa femme préparait le dîner, sans doute préoccupée par son absence prolongée. Il rentrerait bientôt, se promit-il. Il avait juste une petite affaire à régler avant.

Le vaporetto traversa le canal jusqu'à la station de Sant'Angelo, puis revint côté San Polo et s'arrêta à San Silvestri. Cette fois Gabriel débarqua, laissa la plate-forme derrière lui et s'engouffra sous un *sotoportego* non éclairé. Il entendit des pas derrière lui – les pas d'un homme formidablement bâti dans la fleur de l'âge. Peut-être, se dit-il, qu'une petite dose de violence serait nécessaire, après tout.

Gabriel adopta l'allure tranquille de ses flâneries à travers la ville. Même ainsi, il dut s'attarder deux fois devant une vitrine pour que son poursuivant ne le perde pas. De toute évidence, ce n'était pas un professionnel de la filature. Il ne semblait pas non plus connaître les rues du *sestiere*, une lacune qui procurait à Gabriel l'avantage du terrain.

Il poursuivit vers le nord-ouest – traversa le campo Sant'Aponal, parcourut plusieurs ruelles, franchit un pont bossu – et arriva à un *corte* bordé sur trois de ses côtés par des immeubles d'habitation qu'il savait inoccupés. Il avait précisément choisi sa destination en raison de leur état de décrépitude avancé.

Il se posta dans un coin sombre et tendit l'oreille. Il s'écoula un long moment avant que l'homme n'entre sans discrétion dans son champ de vision. Il s'arrêta dans la lueur d'un rayon de lune puis, s'avisant qu'il était dans une impasse, fit demi-tour.

— Vous cherchez quelque chose ? demanda Gabriel d'une voix posée, en italien.

L'homme pivota sur lui-même et eut le réflexe de porter la main à sa poitrine.

— Je ne ferais pas ça si j'étais vous.

L'homme se figea.

— Pourquoi me suivez-vous ?

— Je ne vous suis pas.

— Vous étiez au Harry's Bar. Vous étiez dans le Numéro 1. Et vous voilà ici, dit Gabriel en sortant de l'ombre. Deux fois, c'est une coïncidence. La troisième, c'est la bonne.

— Je cherche un restaurant.

— Dites-moi son nom, et je vous y emmènerai.

— L'Osteria da Fiore.

— Qui se trouve à l'autre bout de la ville, commenta Gabriel en s'avançant encore d'un pas. Je vous en prie, essayez de nouveau de sortir votre arme.

— Pourquoi ?

— Comme ça, je ne me sentirais pas coupable de vous casser le nez, la mâchoire et plusieurs côtes.

Sans un mot, le jeune Italien se tourna de profil, leva la main gauche devant lui pour se protéger et serra le poing droit contre sa hanche.

— Très bien, soupira Gabriel. Puisque vous insistez.

Le krav maga, la discipline martiale israélienne, se caractérise par une constante agressivité, des mesures simultanées d'attaque et de défense, et une cruauté sans bornes. La vitesse est déterminante. Les engagements ne durent en général que quelques secondes décisives. Une fois lancée, une attaque ne cesse que lorsque l'adversaire est complètement neutralisé. Les dommages permanents sont monnaie courante. La mort est une issue possible.

Aucune partie du corps n'est interdite. D'ailleurs, les pratiquants de cette discipline sont encouragés à viser les points les plus sensibles et vulnérables. L'ouverture de Gabriel consista en un violent coup de pied à la rotule gauche de son adversaire. Puis il remonta vers l'aine et le plexus solaire, avant d'asséner plusieurs rapides coups de coude et du tranchant de la main à la gorge, au nez et à la tête. Jamais l'Italien, pourtant plus jeune et plus grand, ne parvint à placer un coup de pied ou de poing. Gabriel ne ressortit cependant pas indemne de l'affrontement. Sa main droite le lançait, en raison d'une probable fracture mineure, l'équivalent au krav maga d'un but contre son camp.

Des doigts de la main gauche, il s'assura que son opposant respirait encore. Satisfait, il fouilla l'avant de sa veste et obtint la confirmation qu'il était armé – d'un Beretta 8000, l'arme de service des *carabinieri*. Ce qui expliqua les documents que Gabriel trouva dans la poche de l'homme inconscient. Ils l'identifiaient comme le capitaine Luca Rossetti de la division vénitienne de l'Unité de protection du patrimoine artistique.

L'Art Squad…

Gabriel remit le pistolet dans son holster et les papiers d'identification dans leur poche, puis il appela l'antenne régionale des *carabinieri* pour signaler la présence d'un homme blessé et inconscient sur un *corte* près du Campo Sant'Aponal. Il prit soin de masquer son numéro et de s'exprimer anonymement dans un *veneziano* impeccable. Il s'occuperait du général Ferrari le lendemain matin. En attendant, il devait inventer une excuse plausible pour expliquer sa blessure à Chiara. L'idée lui vint en traversant le ponte San Polo. Ce n'était pas sa faute, lui dirait-il. Ce foutu lampadaire l'avait attaqué.

6

San Polo

Cinq minutes plus tard, tandis qu'il approchait de la porte de son appartement, Gabriel fut accueilli par une irrésistible odeur de ragoût de veau au vin et aux aromates. Il entra le code digital et fit pivoter le loquet, le tout de la main gauche. Il garda la droite dans la poche de sa veste en entrant dans le salon, où il trouva Irene étendue à plat ventre sur le tapis, un crayon à la main, son petit visage de poupée froncé.

— Il y a un joli bureau dans ta chambre, tu sais, lui dit-il en italien.

— Je préfère travailler par terre. Ça m'aide à me concentrer.

— Sur quoi travailles-tu ?

— Les maths, idiot, le railla-t-elle en levant sur lui des yeux si semblables à ceux de sa mère. Où tu étais ?

— J'avais un rendez-vous.

— Avec qui ?

— Un vieil ami.

— Il travaille pour le Bureau ?

— Où es-tu allée chercher une idée pareille ?

— Parce que c'est ce que font tous tes vieux *amis*.

— Pas tous.

Gabriel tourna les yeux vers Raphael, avachi sur le canapé. Derrière ses longs cils, ses yeux de jade fixaient avec une intensité perturbante l'écran de sa console de jeux portable.

— À quoi joue-t-il ?

— *Mario.*

— Qui ?

— C'est un jeu vidéo.

— Pourquoi ne fait-il pas ses devoirs ?

— Il a fini. Tu peux regarder, ajouta-t-elle en désignant le cahier de son frère de la pointe de son crayon.

Gabriel jeta un coup d'œil au travail de Raphael. Vingt équations rudimentaires impliquant des additions et des soustractions, toutes résolues du premier coup et sans erreur.

— Est-ce que tu étais bon en maths quand tu étais petit ? interrogea Irene.

— Ça ne m'intéressait pas beaucoup.

— Et maman ?

— Elle a étudié l'histoire romaine.

— À Padoue ?

— Oui.

— C'est là qu'on ira à l'université, Raphael et moi ?

— Tu n'es pas encore un peu jeune pour penser à ça ?

Irene soupira et se lécha le bout de l'index pour tourner un page de son manuel. Dans l'air chaud de la cuisine, Chiara était en train de déboucher une bouteille de brunello-di-montalcino. Andrea Bocelli sortait de l'enceinte Bluetooth sur le plan de travail.

— J'ai toujours aimé cette chanson, déclara Gabriel.

— Je me demande pourquoi, dit-elle en baissant le volume sur son téléphone. Tu vas quelque part ?

— Pardon ?

— Tu n'as pas enlevé ton manteau.

— J'ai un peu froid, c'est tout.

Il se rapprocha du four Vulcan en inox rutilant et jeta un coup d'œil par la vitre à la cocotte orange dans laquelle Chiara cuisinait d'ordinaire l'osso-buco.

— Qu'ai-je fait pour mériter ça ? demanda-t-il.

— J'ai bien une idée ou deux. Ou trois.

— C'est prêt dans combien de temps ?

— Une demi-heure, répondit-elle en remplissant deux verres de brunello. Ça te laisse juste le temps de me raconter ta conversation avec Julian.

— On en parlera après le dîner, si tu veux bien.

— Il y a un problème ?

— Pourquoi me demandes-tu ça ? fit-il en se tournant soudainement vers elle.

— Parce que c'est souvent le cas avec Julian, répondit-elle en posant un regard pénétrant sur lui. Et parce que tu sembles perturbé.

Il décida, non sans une certaine culpabilité, qu'il serait plus sage de mettre ça sur le compte de l'agacement que lui inspirait Raphael.

— Ton fils n'a même pas remarqué que j'étais rentré à cause de son stupide jeu vidéo.

— Je lui ai donné la permission.

— Pourquoi ?

— Parce que ses exercices de maths lui ont pris cinq minutes. Ses professeurs le croient surdoué. Ils voudraient qu'il commence à travailler avec un spécialiste.

— Il ne tient certainement pas ça de moi.

— Ni de moi, renchérit Chiara en lui tendant un verre de vin. Il y a un colis dans ton studio. On dirait que ça vient de ta chère Anna Rolfe, précisa-t-elle avec un sourire acide. Va donc te détendre en écoutant un peu de musique, tu te sentiras mieux.

— Je me sens très bien.

Gabriel prit son verre et se retira dans la salle de bains de la suite parentale, où il examina minutieusement sa main blessée à la lumière de la coiffeuse de Chiara. La douleur aiguë qu'il ressentit à la palpation indiquait au moins une fêlure du cinquième métacarpe. C'était enflé, mais s'il y avait un hématome il n'était pas encore visible. Au minimum, il aurait fallu l'immobiliser et appliquer du froid, mais les circonstances rendaient l'un comme l'autre impossible, aussi Gabriel se rabattit-il sur l'alcool et les calmants.

Il sortit une plaquette d'ibuprofène de l'armoire à pharmacie et en avala plusieurs comprimés avec une gorgée de Brunello. Dans son studio, il trouva le colis. Il provenait du service marketing de Deutsche Grammophon et contenait un double CD des cinq remarquables concertos pour violon de Mozart. L'enregistrement avait ceci de particulier que la soliste les interprétait avec l'instrument même sur lequel ils avaient été composés.

Gabriel inséra le premier disque dans sa platine CD, lança la lecture et alla à son chevalet. Il posa les yeux sur une belle jeune femme drapée dans sa nudité sur un sofa couvert de brocart, son regard mélancolique fixé sur l'observateur – en l'occurrence, sur l'artiste qui l'avait immortalisée. « Il y a un problème ? » Non, songea-t-il alors que sa main le lançait. Aucun problème.

Gabriel parvint à écouter les deux premiers concertos avant que Chiara ne l'appelle pour dîner. Le repas sur la table de la salle à manger donnait l'impression d'avoir été disposé pour un shooting photo de *Bon Appétit* – le risotto, les légumes rôtis brillant d'huile d'olive et, bien sûr, les épais jarrets de veau baignant dans leur sauce à base de tomate, d'herbes et de vin. Comme toujours, ils étaient si tendres que Gabriel put manger à une main, en gardant l'autre prudemment sur ses genoux. Le brunello et l'Advil avaient fait des merveilles ; il ne ressentait plus qu'une douleur diffuse. Il ne doutait cependant pas qu'elle reviendrait se venger à l'instant où le médicament cesserait de faire effet, quelque part autour de 3 heures du matin.

Les yeux brillants à la lumière de la chandelle, Chiara mena la conversation. Elle souleva diplomatiquement le sujet des prouesses de Raphael en mathématiques, ce qui orienta la discussion vers le meilleur usage possible de ses talents. Irene, l'écologiste de la famille, suggéra à son frère une carrière de climatologue.

— Pourquoi ? la titilla Gabriel.

— Tu as lu le dernier rapport du G7 à propos du réchauffement climatique ?

— Parce que tu l'as lu, toi ?

— On en a parlé à l'école. Signora Antonelli dit que Venise sera bientôt sous les eaux à cause de la fonte des glaces du Groenland, et que tout ça ne serait jamais arrivé si les États-Unis ne s'étaient pas retirés de l'accord de Paris.

— C'est discutable.

— Elle dit aussi qu'il est trop tard pour éviter une augmentation importante de la température mondiale.

— Là-dessus, elle n'a pas tort.

— Pourquoi les Américains ont fait ça ?

— Parce que l'homme qui était président à cette époque pensait que le réchauffement climatique était un canular.

— Qui serait assez bête pour croire ça ?

— C'est une tare commune à de nombreux Américains d'extrême droite. Mais vous ne voulez pas qu'on parle de choses plus gaies ?

Ce fut Raphael qui choisit le sujet.

— Qu'est-ce que ça veut dire, *woke* ?

Gabriel tourna le regard vers son fils et s'efforça de répondre du mieux possible.

— C'est un terme qui a émergé parmi la communauté noire américaine. Si tu es *woke*, c'est-à-dire « éveillé », cela signifie que tu te préoccupes des problèmes d'intolérance raciale et d'injustice sociale.

— Est-ce que tu es *woke* ?

— De toute évidence.

— Je crois que je le suis aussi.

— Je le garderais pour moi, si j'étais toi.

À la fin du dîner, les enfants se portèrent volontaires pour débarrasser, une tâche qu'ils accomplirent sans trop se chamailler et sans rien casser. Chiara versa les dernières gouttes du vin dans leurs verres et leva le sien à la lumière de la chandelle.

— Par quoi commence-t-on ? attaqua-t-elle. Ton rendez-vous avec Julian ou ton nouveau tatouage à la main droite ?

— Ce n'est pas un tatouage.

— Quel soulagement. Alors qu'est-ce que c'est ?

Gabriel sortit sa main de sous la table et la posa avec précaution sur la nappe.

— Épouvantable, commenta Chiara avec une grimace.

— Oui, confirma sombrement Gabriel. Mais tu devrais voir l'autre gars.

7

San Polo

— Tu as essayé de tenir un pinceau ?

— Je ne suis pas sûr d'en être de nouveau capable un jour.

— C'est très douloureux ?

— Pour le moment, je ne sens rien.

Gabriel était juché sur un tabouret de la cuisine, devant l'îlot central, la main plongée dans un saladier rempli d'eau et de glaçons. Cela n'avait en rien réduit le gonflement. Au contraire, il avait l'air d'empirer.

— Tu devrais vraiment passer une radio.

— Et que dirais-je au médecin quand il me demandera comment je me suis fait ça ?

— Comment t'es-tu fait ça ?

— En frappant du tranchant de la main, je suppose.

— Où le coup a-t-il atterri ?

— Je préfère ne pas le dire.

— Tu es sûr de ne pas l'avoir tué ?

— Il s'en sortira.

— Vraiment ?

— Avec le temps.

Chiara poussa un soupir contrarié et s'intéressa à la lettre de Valérie Berrangar.

— D'après toi, que voulait-elle dire à Julian ? demanda-t-elle.
— J'ai plusieurs hypothèses. À commencer par la plus évidente.
— Laquelle ?
— Le tableau lui appartenait.
— Si c'était le cas, pourquoi n'a-t-elle pas contacté la police ?
— Qui te dit qu'elle ne l'a pas fait ?
— Julian a certainement consulté le Registre des œuvres d'art perdues avant de le mettre sur le marché.
— Aucun marchand n'achète ou ne vend quelque œuvre que ce soit avant d'avoir vérifié qu'elle n'a pas été fauchée.
— À moins que le marchand en question ne veuille pas le savoir.
— Notre Julian a ses défauts, dit Gabriel, mais il n'a jamais vendu sciemment un tableau volé.
— Même pour ton compte ?
— Je ne crois pas.
Chiara sourit.
— Hypothèse numéro deux ?
— L'œuvre a été confisquée à la famille Berrangar durant la guerre, et elle vient seulement de la retrouver.
— Tu crois que Valérie Berrangar était juive ?
— Ai-je dit une chose pareille ?
Chiara reposa la lettre.
— Hypothèse numéro trois ?
— Déverrouille mon téléphone.
Chiara composa les quatorze caractères de son mot de passe.
— Que dois-je regarder ?
— Un détail de *Portrait d'une inconnue.*
— Il y a un problème ?
— Que t'évoque le motif de la craquelure ?
— De l'écorce.
— Et donc ?
— Je m'en remets à ton savoir encyclopédique sur la question.

— Ce genre de fissures en surface est typique de la peinture flamande, expliqua Gabriel. Van Dyck était flamand, bien sûr, mais il travaillait avec les mêmes matériaux que ses contemporains néerlandais.

— Donc ses fissures devraient avoir un aspect plus néerlandais que flamand ?

— Exact. Si tu regardes *Lady Elizabeth Thimbelby et Dorothy* sur le site de la National Gallery, tu verras de quoi je parle.

— Je te crois sur parole, concéda Chiara en tapotant l'écran du portable de Gabriel.

— Qu'est-ce que tu cherches ?

— L'article de *Sud Ouest*. Tiens, le voilà. L'accident s'est produit hier après-midi sur la D10, à la sortie nord de Saint-Macaire. Les gendarmes semblent croire qu'elle a perdu le contrôle de sa voiture.

— Quel âge avait-elle ?

— Soixante-quatorze ans.

— Mariée ?

— Veuve. Apparemment elle avait une fille, Juliette Lagarde. Peut-être qu'elle acceptera de te voir, ajouta Chiara après une pause.

— Je croyais que j'étais censé me reposer.

— Certes. Mais étant donné les circonstances, il vaudrait peut-être mieux que tu quittes Venise quelques jours. Avec un peu de chance, ton avion aura décollé avant que le général Ferrari ne s'aperçoive de ton départ.

Gabriel sortit la main de l'eau.

— Qu'est-ce que tu en penses ? demanda-t-il.

— Une attelle suffira. Tu pourras en acheter une à la pharmacie sur le chemin de l'aéroport. Mais je te conseille d'éviter de frapper quiconque quand tu seras à Bordeaux.

— Ce n'était pas ma faute.

— De qui était-ce la faute, chéri ?

De Mme Berrangar, pensa-t-il. Pourquoi n'avait-elle pas simplement téléphoné à Julian, à Londres ? Il avait fallu qu'elle lui envoie une lettre. Et maintenant elle était morte.

8

San Polo

Épuisé, Gabriel rampa dans son lit et, la main serrée contre la poitrine, sombra dans un sommeil sans rêves. La douleur le réveilla à 4 heures. Il resta étendu une heure de plus, en écoutant le ballet des barges sur le Grand Canal en route pour le marché du Rialto, avant de gagner la cuisine à pas feutrés et d'allumer la Lavazza *automatico*.

Pendant que le café passait, il sortit son téléphone de veille et constata avec soulagement qu'il n'avait aucun message du général Ferrari. Un coup d'œil à *Sud Ouest* lui confirma que Valérie Berrangar, soixante-quatorze ans, était toujours morte. L'article avait été amendé des détails de ses funérailles. La cérémonie se tiendrait vendredi à 10 heures en l'église Saint-Sauveur, à Saint-Macaire. Quelles qu'aient été ses convictions religieuses au commencement de sa vie, Mme Berrangar terminait celle-ci dans la foi catholique romaine.

Gabriel avala une nouvelle dose d'ibuprofène avec son café. Puis il se doucha, s'habilla et mit quelques affaires dans une valise cabine pendant que Chiara, emmêlée entre les draps en coton égyptien, dormait dans la chambre voisine. Les enfants émergèrent de leurs lits à 6 h 30 et exigèrent d'être nourris.

Irene fixa Gabriel d'un regard accusateur par-dessus son bol de muesli au yaourt.

— Maman a dit que tu allais en France.

— Pas pour longtemps. Votre grand-mère ira vous chercher à l'école pendant quelques jours.

— Combien de jours ?

— Je ne sais pas encore.

— Nous, on aime quand c'est toi qui viens nous chercher, déclara Raphael.

— Parce que je vous emmène toujours à la *pasticceria* sur le chemin du retour.

— Pas seulement.

— J'aime bien aller vous chercher, aussi, dit Gabriel. En fait, c'est l'un des meilleurs moments de mes journées.

— C'est lequel, ton préféré ?

— Question suivante.

— Pourquoi il faut que tu partes, cette fois ? demanda Irene.

— Un de mes amis a besoin de mon aide.

— Un *autre* ami ?

— C'est le même, en fait.

Sa fille gonfla les joues et remua le contenu de son bol sans plus d'appétit. Gabriel ne savait que trop bien ce qui l'angoissait. Durant son mandat de directeur général du Bureau, des assassins l'avaient pris pour cible à trois reprises. La dernière tentative avait eu lieu le jour de l'investiture du président américain, à Washington, où une représentante du congrès du Midwest lui avait tiré dans la poitrine, le prenant pour le membre d'un culte de satanistes pédophiles buveurs de sang. Les fois précédentes, quoique plus prosaïques, avaient toutes deux eu lieu en France. La plupart du temps, les enfants faisaient comme si aucun de ces incidents, bien que largement commentés dans la presse, ne s'était produit. Gabriel, qui souffrait toujours du contrecoup, était enclin à réagir de la même façon.

— Il ne va rien se passer, affirma-t-il pour rassurer sa fille.

— Tu dis ça à chaque fois. Mais il se passe *toujours* quelque chose.

N'ayant aucun argument à lui opposer, Gabriel leva les yeux et vit leur mère dans l'encadrement de la porte de la cuisine, une expression modérément amusée au visage.

— Elle marque un point, tu sais, dit Chiara en se servant une tasse de café sans quitter des yeux la main de Gabriel. Ça va mieux ?

— Comme si rien ne s'était passé.

Elle la palpa délicatement.

— Aucune douleur ?

Il grimaça pour toute réponse.

— C'est bien ce que je pensais, fit-elle en relâchant sa main. Tes bagages sont prêts ?

— Presque.

— Qui emmène Chose Numéro Un et Chose Numéro Deux à l'école ?

— Papa, s'exclamèrent les enfants à l'unisson.

Il retourna dans la chambre et déverrouilla le coffre caché dans le dressing. Il contenait deux faux passeports allemands, vingt mille euros en espèces et son Beretta. Il prit un des passeports, mais laissa son pistolet, car son accord avec les autorités italiennes ne lui permettait pas de l'emporter dans un avion. Du reste, si les circonstances l'exigeaient, il pourrait se procurer une arme intraçable en France au prix d'un seul coup de fil, avec ou sans la complicité de son ancien service.

Il déposa sa valise dans l'entrée et, à 7 h 45, suivit Chiara et les enfants dans la cage d'escalier du palazzo. Dehors, Chiara partit vers l'arrêt de vaporetto. Puis elle s'arrêta brusquement et revint embrasser Gabriel sur les lèvres.

— Tu feras attention en France, n'est-ce pas ?

— Croix de bois, croix de fer.

— Mauvaise réponse, chéri.

Elle posa la main sur le côté gauche de la poitrine de Gabriel au moment où son téléphone se mit à vibrer.

— Tiens donc. Je me demande qui ça peut bien être.

9

Bar Dogale

Après avoir confié Irene et Raphael à signora Antonelli, leur professeure écoresponsable et sans erreur possible sociodémocrate, Gabriel traversa des rues vides jusqu'au campo dei Frari. La place demeurait dans l'ombre matinale, mais un soleil bienveillant avait élu domicile sur les toits de tuiles rouges de l'imposante basilique gothique. Au pied du campanile, le deuxième plus haut de Venise, se dressaient huit tables couvertes de nappes bleues, propriété du Bar Dogale, un des meilleurs cafés à touristes de San Polo.

À l'une de ces tables l'attendait le général Ferrari. Il avait troqué son uniforme bleu bardé de médailles et d'insignes pour un costume de ville et un pardessus. Il manquait deux doigts à la main qu'il tendit à Gabriel, résultat d'un colis piégé qu'il avait reçu en 1988 lorsqu'il était capitaine de la division napolitaine des *carabinieri*. Sa poigne n'en était pas moins un étau.

— Quelque chose ne va pas ? demanda-t-il en avisant la blessure de Gabriel.

— Trop d'années à tenir un pinceau.

— Estimez-vous heureux. J'ai dû tout réapprendre avec la main gauche. Et ensuite il y a eu ça, bien sûr, ajouta le général en désignant son œil droit artificiel. Vous, en revanche, semblez vous être tiré de votre dernière confrontation avec la mort sans une égratignure.

— Pas vraiment.

— C'est passé près, à Washington ?

— Ils ont perdu mon cœur deux fois. La deuxième, je suis resté cliniquement mort pendant près de dix minutes.

— Est-ce que vous avez vu quelque chose ?

— Comme quoi ?

— Une intense lumière blanche ? Le visage du Tout-Puissant ?

— Pas que je m'en souvienne.

Le général sembla déçu par la réponse de Gabriel.

— Je craignais que vous ne disiez ça.

— Ça ne signifie pas qu'il n'y a pas de vie après celle-ci, Cesare. Simplement que je n'ai aucun souvenir de quoi que ce soit après que j'ai perdu conscience.

— Avez-vous déjà réfléchi à ces sujets ?

— À l'existence de Dieu ? De l'au-delà ?

Le général hocha la tête.

— L'Holocauste a dépouillé mes parents de leur croyance en Dieu. La religion de mon enfance, c'était le sionisme.

— Vous êtes complètement laïque ?

— Ma foi va et vient.

— Et votre femme ?

— Elle est fille de rabbin.

— Je sais de source sûre que les gardiens culturels et artistiques de Venise sont tous amoureux d'elle. Il semblerait qu'un avenir radieux se dessine pour vous deux ici. Ce qui rend votre comportement d'hier d'autant plus difficile à expliquer, ajouta-t-il après l'avoir regardé en silence un moment.

Il déverrouilla son téléphone et le posa sur la table. Gabriel baissa brièvement les yeux sur l'écran. Le visage enflé et contusionné qui s'y affichait n'avait qu'une vague ressemblance avec celui qu'il avait vu la veille au soir.

— Il a fallu maintenir sa mâchoire fermée avec du fil, précisa le général Ferrari. Pour un Italien, c'est un sort pire que la mort.

— Il se prélasserait à une terrasse de café à l'heure qu'il est s'il m'avait seulement donné son identité.

— D'après lui, vous ne lui en avez pas vraiment laissé l'occasion.

— Pourquoi me suivait-il ?

— Il ne vous suivait pas. Il suivait votre ami.

— Julian Isherwood ? Et pourquoi donc ?

— Depuis cette malheureuse affaire du lac de Côme il y a quelques années, signore Isherwood figure sur la liste de surveillance de l'Art Squad. Nous gardons un œil sur lui chaque fois qu'il vient en Italie. Le jeune Rossetti, qui a été muté à Venise la semaine dernière, a tiré le mauvais numéro.

— Il aurait dû quitter le Harry's Bar à la minute où il a vu Julian avec moi.

— Je lui ai donné l'ordre de rester.

— Parce que vous vouliez savoir ce que nous nous racontions ?

— Il y a sans doute de ça.

— Ça n'explique toujours pas pourquoi il m'a suivi à bord du vaporetto.

— Je voulais m'assurer que vous rentriez chez vous sans encombre. Et comment récompensez-vous cet acte de bonté ? En battant comme plâtre une de mes meilleures recrues dans un obscur *corte*.

— C'était un malentendu.

— Quoi qu'il en soit, ça me laisse face à un dilemme délicat.

— C'est-à-dire ?

— La déportation immédiate ou une longue incarcération. Je penche pour la deuxième option.

— Et que dois-je faire pour éviter un tel sort ?

— Vous pouvez commencer par montrer un minimum de contrition.

— *Mea culpa, mea culpa, mea maxima culpa.*

— Beaucoup mieux. Maintenant dites-moi ce que signore Isherwood est venu faire à Venise, ajouta le général avec un coup d'œil à sa montre. Et dépêchez-vous, vous risquez de manquer votre vol.

Autour d'un petit déjeuner de *cappucini* et de *cornetti*, Gabriel répéta les mots de Julian. L'œil artificiel de Ferrari demeura fixé sur lui tout du long, sans jamais cligner. L'homme conserva une expression impassible, qui ne trahissait rien sinon un ennui modéré. Le général dirigeait l'unité de lutte contre le trafic d'œuvres d'art la plus importante et la plus sophistiquée au monde. Il avait déjà entendu bien pire.

— Provoquer un accident de la route est loin d'être facile, vous savez, dit-il.

— À moins que ce ne soit l'œuvre de professionnels.

— Vous l'avez déjà fait ?

— Tuer quelqu'un de cette manière ? Pas que je m'en souvienne, répondit Gabriel. Mais il y a une première fois pour tout.

Le général poussa un petit rire sec.

— Il n'empêche qu'un accident fortuit reste l'explication la plus plausible.

— Et les deux hommes qui ont tenté d'arracher son attaché-case à Julian ?

— De simples voleurs, fit Ferrari avec un haussement d'épaules.

— Et ceux qui ont fouillé sa chambre d'hôtel ?

— La fouille est plus difficile à expliquer, concéda le général. En l'état actuel des choses, je conseillerais à votre ami d'aller raconter son histoire à nos homologues français, une division de la Police nationale nommée Office central de lutte contre le trafic des biens culturels.

— Vous parlez d'un nom à rallonge.

— Son sigle, OCBC, sonne mieux.

— C'est souvent le cas.

— Je serais ravi d'en toucher deux mots à mon homologue français, Jacques Ménard. Il ne me déteste que modérément.

— Signore Isherwood n'a pas l'intention d'impliquer la police dans cette affaire.

— Et pourquoi pas ?

— Une allergie, je suppose.

— Une affection commune chez les galeristes et les collectionneurs. Jusqu'à ce qu'un de leurs précieux tableaux disparaisse, évidemment. Quand ça arrive, nous devenons soudain très populaires, ajouta le général avec quelque chose qui ressemblait à un sourire. J'imagine que vous allez commencer par la fille ?

— Si elle accepte de me voir.

— Qui résisterait à la perspective d'un rendez-vous avec le grand Gabriel Allon ?

— Une femme qui pleure la mort de sa mère.

— Et le galeriste parisien ?

— Julian se porte garant de sa probité.

— Si vous voulez, je peux interroger notre base de données pour voir si on a quelque chose contre lui.

— J'ai mes propres contacts dans le milieu de l'art parisien.

— Un milieu pas très clair, si mes souvenirs sont bons. Ce qui nous ramène au sujet du jeune *capitano* Rossetti, dit Ferrari en poussant un soupir.

— Peut-être devrais-je lui parler.

— Je peux vous assurer qu'il n'a aucune envie de vous voir. Pour dire la vérité, il est un peu gêné par la tournure qu'ont prise les choses hier soir. Après tout, vous êtes deux fois plus petit que lui.

— Et deux fois plus vieux.

— Pas faux.

Gabriel consulta sa montre.

— Vous allez quelque part ? s'enquit le général.

— À l'aéroport, j'espère.

— Une patrouille des *carabinieri* passera vous chercher à San Tomà à 10 heures.

— Ça va faire un peu juste, vous ne croyez pas ?

— Un employé d'Alitalia vous fera passer la sécurité et vous amènera directement à votre avion. Et ne vous inquiétez pas pour Chiara et les enfants, ajouta le général en commandant deux nouveaux *cappucini*. Nous garderons un œil sur eux en votre absence.

10

Villa Berrangar

Au Moyen Âge, quand la monarchie anglaise revendiquait la propriété d'une grande partie de la France, le pittoresque village de Saint-Macaire avait été déclaré *ville royale d'Angleterre**. Apparemment, peu de choses avaient changé depuis cette époque. Une tour médiévale gardait l'entrée de la vieille ville, et son horloge indiquait 17 h 30. Un café, La Belle Lurette, la jouxtait. Gabriel tendit vingt euros au serveur et lui demanda s'il connaissait l'adresse de Mme Valérie Berrangar.

— Elle a été tuée dans un accident de la route lundi après-midi.

Gabriel lui donna un autre billet sans un mot.

— Sa villa est tout près du château Malromé. Environ deux kilomètres à l'est de celui-ci, ajouta le serveur en glissant l'argent dans son tablier. À gauche de la route. Vous ne pouvez pas la manquer.

Le château se dressait en haut d'une colline évasée au nord de Saint-Macaire, sur la commune de Saint-André-du-Bois. Reconnue pour la qualité de ses sols d'argile à graviers, la propriété de quarante hectares avait été acquise à la fin du XIXe siècle par la comtesse Adèle de Toulouse-Lautrec. Son fils, un peintre et illustrateur qui trouvait souvent l'inspiration dans les bordels et les cabarets parisiens, y passait ses étés.

À l'est du château, la route était dangereusement étroite et bordée de part et d'autre de vignobles. Gardant un œil sur le tableau de bord de sa berline de location, Gabriel parcourut exactement deux kilomètres et, comme promis, aperçut une maison un peu plus loin à gauche. Une Peugeot break bleu métallisé était garée dans la cour, immatriculée à Paris. Gabriel se gara à côté d'elle et coupa le moteur. Au moment où il ouvrit la portière, un chien se mit à aboyer furieusement. Évidemment, pensa-t-il, et il descendit.

Il s'approcha prudemment de l'entrée de la villa. Alors qu'il tendait la main pour appuyer sur la sonnette, la porte s'ouvrit sur une femme vêtue de noir, d'allure austère et à la peau très claire. Elle semblait avoir la petite quarantaine, mais Gabriel n'en aurait pas juré. Il était capable de dater un tableau de maître à quelques années près, mais les femmes d'aujourd'hui, avec leurs crèmes anti-âge et leurs injections, restaient un mystère pour lui.

— Madame Lagarde ?

— *Oui**. Puis-je vous aider, monsieur ?

Gabriel se présenta. Non pas sous un des pseudonymes qu'il avait autrefois utilisés, ni même sous un patronyme fantaisiste dicté par l'inspiration du moment, mais sous son vrai nom.

— Est-ce qu'on se connaît ? demanda Juliette Lagarde.

— J'en doute.

— Mais votre nom m'est familier. Votre visage aussi, ajouta-t-elle en plissant les yeux.

— Vous avez peut-être lu des articles à mon sujet.

— Des articles ?

— J'étais le directeur des services de renseignement israéliens. Je travaillais en étroite collaboration avec le gouvernement français dans la lutte contre l'État islamique.

— Pas *ce* Gabriel Allon ?

— Je crains que si, répondit-il avec un sourire d'excuse.

— Que diable faites-vous là ?

— Je voudrais vous poser quelques questions sur votre mère.

— Ma mère…

— A perdu la vie dans un accident de voiture mardi après-midi.

Gabriel jeta un coup d'œil par-dessus son épaule à l'imposant berger belge qui s'égosillait dans l'avant-cour.

— Serait-il possible d'aller parler à l'intérieur ?

— Vous n'avez pas peur des chiens, quand même ?

— *Non**. Seulement des chiens comme le vôtre.

Il s'avéra que Juliette Lagarde n'aimait pas beaucoup le chien non plus. Il appartenait au gardien, Jean-Luc, qui travaillait pour les Berrangar depuis plus de trente ans. Il surveillait la maison quand ils étaient à Paris et s'occupait du petit vignoble que le père de Juliette, un avocat d'affaires prospère, avait planté de ses mains. Il était mort d'une crise cardiaque foudroyante quand Juliette était encore étudiante à la Sorbonne. Elle y avait obtenu une inutile maîtrise de lettres modernes et travaillait à présent au service marketing d'une des plus grandes maisons de couture françaises. Sa mère, perturbée par les attentats de Paris, passait depuis l'essentiel de son temps à Saint-André-du-Bois.

— Elle n'était ni islamophobe ni séduite par les thèses de l'extrême droite, cela dit. Elle préférait simplement la campagne à la ville. Je m'inquiétais qu'elle souffre de la solitude, mais elle avait des amis ici. Elle vivait sa vie.

Debout dans la spacieuse cuisine de la villa, ils attendaient que l'eau du thé bouille. La maison était silencieuse.

— À quelle fréquence lui parliez-vous ? demanda Gabriel.

— Une à deux fois par semaine. Nos relations s'étaient distendues, ces temps-ci, ajouta Juliette Lagarde avec un soupir.

— Puis-je vous demander pourquoi ?

— Nous nous disputions sur la question du remariage.

— Elle était en couple ?

— Ma mère ? Oh ! non.

Juliette Lagarde leva la main gauche, où ne brillait nulle alliance.

— Elle voulait que je trouve un nouveau mari avant qu'il ne soit trop tard.

— Qu'est-il arrivé au premier ?

— J'étais si noyée dans mon travail que je ne me suis pas rendu compte qu'il était impliqué dans un *cinq à sept** passionné avec une de ses collaboratrices.

— Je suis désolé.

— Ne le soyez pas. Ce sont des choses qui arrivent. Surtout en France, ajouta-t-elle en versant l'eau bouillante dans une théière à fleurs. Et vous, monsieur Allon ? Vous êtes marié ?

— Avec bonheur.

— Des enfants ?

— Des jumeaux.

— Espions eux aussi ?

— Ils sont encore à l'école primaire.

Juliette Lagarde prit le plateau et guida Gabriel le long d'un couloir central jusque dans un salon à la décoration formelle, plus parisienne que bordelaise. Des peintures à l'huile dans d'antiques cadres ornementés étaient accrochées aux murs. Des œuvres de qualité, mais de peu de valeur marchande. Quelqu'un les avait choisies avec soin.

Juliette Lagarde posa le plateau sur une table basse en bois et ouvrit les portes-fenêtres pour laisser entrer la fraîcheur de l'après-midi.

— Savez-vous qui vivait ici ? demanda-t-elle en montrant la silhouette distante du château Malromé.

— Un peintre dont j'ai toujours admiré le travail.

— Vous vous intéressez à l'art ?

— On peut dire ça.

Elle s'assit et remplit deux tasses de thé.

— Vous êtes toujours si évasif ?

— Pardonnez-moi, madame. Mais je n'ai que récemment quitté le monde secret. Je n'ai pas l'habitude de parler de moi.

— Essayez, pour une fois.

— J'étudiais l'art quand j'ai été recruté par le renseignement israélien. Je voulais être peintre, mais je suis devenu restaurateur. J'ai travaillé plusieurs années en Europe sous une fausse identité.

— Votre français est excellent.

— Mon italien est meilleur.

Gabriel accepta une tasse de thé et l'emporta vers la cheminée. Des photographies dans des cadres en argent sophistiqués s'alignaient sur le manteau. L'une d'elles montrait la famille Berrangar dans des circonstances plus heureuses.

— Vous tenez beaucoup de votre mère. Mais je suis sûr que vous le savez déjà.

— Nous étions très semblables. Trop, peut-être.

Un silence s'étira entre eux. Juliette Lagarde le rompit.

— Maintenant que nous avons fait connaissance, monsieur Allon, peut-être pourriez-vous me dire en quoi sa mort intéresse un homme comme vous ?

— Elle se rendait à Bordeaux pour rencontrer un de mes amis quand l'accident s'est produit. Un galeriste du nom de Julian Isherwood. Ceci est arrivé à sa galerie, à Londres, vendredi dernier, dit-il en tendant la lettre à Juliette Lagarde.

Elle baissa les yeux et lut.

— C'est l'écriture de votre mère ?

— Oui, bien sûr. J'ai des boîtes entières de ses lettres. Elle était très vieux jeu. Elle détestait les mails et perdait toujours son téléphone portable.

— Auriez-vous une idée de ce à quoi elle faisait référence ?

— Les problèmes d'ordre légal et éthique à propos du tableau de votre ami ? Oui, monsieur Allon, affirma-t-elle en se levant subitement. Je crois bien que je sais.

Elle lui fit franchir les doubles portes menant à un salon voisin, plus petit que le précédent, plus intime. Une pièce où on lisait, devina Gabriel, et où l'on écrivait des lettres à des galeristes londoniens. Six tableaux de vieux maîtres joliment encadrés et éclairés décoraient les murs – dont un portrait de femme, huile sur toile, environ 115 x 92 cm, manifestement d'origine néerlandaise ou flamande.

— Ressemblante, n'est-ce pas ? lança Juliette Lagarde.

— Très, répondit Gabriel en se prenant le menton dans la main d'un air songeur. Sauriez-vous où votre père l'a achetée ?

— À une petite galerie de la rue La Boétie, à Paris.

— La galerie Georges Fleury ?

— Oui, c'est ça.

— Quand ?

— Il y a trente-quatre ans.

— Vous avez bonne mémoire.

— Mon père l'a offert à ma mère pour son quarantième anniversaire. Elle a toujours adoré ce tableau.

Gabriel inclina la tête de côté.

— Elle a un nom ?

— Le tableau s'appelle *Portrait d'une inconnue*. Tout comme celui de votre ami, ajouta-t-elle après un silence.

— Et l'attribution ?

— Il faudrait que je vérifie dans les papiers de mon père, mais je crois qu'il s'agit d'un disciple d'Antoine Van Dyck. Pour être honnête, j'ai toujours trouvé les différentes catégories d'attribution très arbitraires.

— Comme beaucoup de marchands d'art. Ils choisissent en général celle qui leur rapportera le plus d'argent.

Gabriel sortit son téléphone, prit le visage de la femme du tableau en photo et agrandit l'image.

— Vous cherchez quelque chose en particulier ?

— Le motif des craquelures en surface.

— Il y a un problème ?

— Non. Aucun problème.

11

Villa Berrangar

Ils décrochèrent le tableau et l'emportèrent dans la pièce d'à côté, où la lumière naturelle abondait. Là, Gabriel sortit la toile de son cadre et la soumit à un examen préliminaire, en commençant par l'image elle-même – le portrait en genoux d'une jeune femme d'une trentaine d'années portant une robe de soie dorée et de dentelle blanche. Le vêtement était identique à celui qu'arborait le sujet du tableau de Julian, mais les couleurs étaient plus ternes, les subtils plis et froissements du tissu moins précisément exécutés, les mains maladroites et le regard vide. L'artiste, quel qu'il soit, avait échoué à donner vie au personnage à qui Antoine Van Dyck, l'un des portraitistes les plus demandés de son époque, devait sa renommée.

Gabriel retourna le tableau et examina le dos de la toile. Elle concordait avec d'autres peintures néerlandaises et flamandes du XVIIe siècle qu'il avait restaurées. De même que le châssis. Il semblait fait du bois d'origine, sans l'ajout des deux renforts horizontaux typiques du XXe siècle. En d'autres termes, il n'y avait rien d'anormal ni de suspect. Son examen superficiel permettait à Gabriel de conclure que ce tableau était une copie du portrait original de Van Dyck que Julian avait vendu à Phillip Somerset, le spéculateur de New York, pour la somme de six millions et demi de livres.

Il y avait cependant un problème manifeste.

Les deux œuvres étaient sorties de la même galerie du VIIIe arrondissement de Paris, à trente-quatre ans d'écart.

Gabriel posa la version du tableau de la famille Berrangar en équilibre contre la table basse et s'assit à côté de Juliette Lagarde. Au bout d'un moment, elle demanda :

— Qui était-ce, d'après vous, notre inconnue ?

— Tout dépend de l'endroit où elle a été peinte. Van Dyck avait deux ateliers florissants, l'un à Londres et l'autre à Anvers, et il naviguait entre les deux. L'atelier de Londres était surnommé le salon de beauté. C'était une machine plutôt bien huilée.

— Il peignait entièrement les portraits ?

— Il se limitait en général à la tête et au visage. Il ne cherchait pas à flatter ses sujets en modifiant leur apparence, ce qui ne plaisait pas à tout le monde. On pense qu'il a produit environ deux cents portraits, mais certains historiens penchent plutôt pour cinq cents. Il avait tant de disciples et d'admirateurs que leur authentification est parfois délicate.

— Mais pas pour vous ?

— Sir Antoine et moi nous connaissons bien.

Juliette Lagarde se tourna vers le tableau.

— Elle a l'air plus hollandaise ou flamande qu'anglaise, fit-elle remarquer.

— Je suis d'accord.

— La femme ou la fille d'un notable ?

— Ou la maîtresse, suggéra Gabriel. Possiblement l'une des amantes de Van Dyck. Il en a eu beaucoup.

— Les peintres, dit Juliette Lagarde en levant les yeux au ciel, avant de remplir de nouveau la tasse de Gabriel. Disons, de façon purement hypothétique, qu'Antoine Van Dyck a peint le portrait original de notre inconnue vers la fin des années 1640.

— Soit.

— Alors qui a peint celui-ci, et quand ?

— Un disciple imite le style de son maître, mais n'est pas forcément un membre de son cercle rapproché.

— Un inconnu ? C'est ce que vous dites ?

— Si cette toile est représentative de son œuvre, je doute qu'il ait eu le moindre succès.

— Comment s'y est-il pris ?

— Pour faire une copie ? Il a peut-être tenté de le faire à main levée. Mais à sa place j'aurais décalqué l'original et j'aurais transféré le tracé sur une toile de dimensions similaires.

— Comment aurait-il pu faire ça au XVIIe siècle ?

— J'aurais commencé par percer des trous d'épingle sur les contours de mon tracé. Puis j'aurais posé la feuille sur ma toile et je l'aurais aspergé de poudre de charbon, ce qui aurait laissé une trace légère mais géométriquement exacte de l'original sur ma toile vierge.

— Une ébauche ?

— Précisément.

— Et après ?

— J'aurais préparé ma palette et je me serais mis à peindre.

— Avec l'original à portée de regard ?

— Il se trouvait probablement sur un chevalet à proximité.

— Une contrefaçon, donc.

— Ça n'aurait été une contrefaçon que s'il avait essayé de faire passer sa copie pour un original de Van Dyck.

— Vous en avez déjà fait ?

— Des copies ?

— Non, monsieur Allon. Des contrefaçons.

— Je suis restaurateur, répondit Gabriel avec un sourire. Les mauvaises langues prétendent que nous passons notre temps à contrefaire des tableaux.

La pièce s'était soudainement refroidie. Juliette Lagarde ferma les portes-fenêtres et observa Gabriel remettre la toile dans son cadre. Ils rapportèrent le tableau dans la pièce voisine.

— Quelle est la meilleure version ? Celle-ci ou celle de votre ami ?

— Je vous laisse en juger par vous-même.

Gabriel approcha son téléphone du tableau. L'écran affichait la version de Julian du *Portrait d'une inconnue*.

— Qu'en pensez-vous ? interrogea-t-il.

— Je dois admettre que l'autre est bien meilleur. C'est perturbant de les voir l'un à côté de l'autre.

— Ce qui l'est encore plus, c'est que les deux tableaux soient passés par la même galerie.

— Une coïncidence ?

— Je ne crois pas aux coïncidences.

— Pas plus que ma mère.

Raison pour laquelle elle était maintenant morte, s'abstint de commenter Gabriel.

Il glissa son téléphone dans la poche intérieure de sa veste.

— Les gendarmes vous ont-ils rapporté ses effets personnels ?

— Hier soir.

— Quelque chose vous a semblé sortir de l'ordinaire ?

— Son téléphone portable était absent.

— Elle ne l'avait pas en partant pour Bordeaux ?

— Pas d'après les gendarmes.

— Vous avez cherché dans la maison ?

— J'ai regardé partout. Cela dit, elle l'utilisait rarement. Elle préférait de loin ses postes fixes. Voici celui qu'elle utilisait le plus, dit Juliette Lagarde en désignant l'élégant secrétaire.

Gabriel s'approcha du bureau et alluma la lampe. Il trouva dans la mémoire du téléphone cinq appels entrants de la galerie Georges Fleury et trois autres du numéro central de la Police nationale à

Paris. Il découvrit aussi, dans le calendrier de Mme Berrangar, le rappel de son rendez-vous de 16 heures, le jour de sa mort.

M. Isherwood. Café Ravel.

Il se retourna vers Juliette Lagarde.

— Avez-vous essayé d'appeler sur son portable récemment ?

— Pas depuis ce matin. Je suppose que sa batterie est vide.

— Vous permettez que j'essaie ?

Juliette Lagarde lui donna le numéro de mémoire. Quand Gabriel le composa, son appel atterrit directement sur la boîte vocale. Il raccrocha et soutint le regard impassible de l'inconnue du tableau, certain désormais que Valérie Berrangar avait été assassinée.

— Votre mère avait-elle un ordinateur ?

— Oui, bien sûr. Un Mac.

— Il n'a pas disparu, n'est-ce pas ?

— *Non**. J'ai consulté ses mails ce matin.

— Vous avez trouvé quelque chose d'intéressant ?

— Le jour de sa mort, elle a reçu une notification de sa compagnie d'assurances qui souhaitait augmenter le montant de sa prime. Je ne sais vraiment pas pourquoi. C'était une excellente conductrice. Elle n'a même jamais oublié de payer son stationnement.

La pluie se mit à tomber alors qu'il rentrait à Saint-Macaire. Gabriel prit sa chambre à l'hôtel, puis retourna dîner à La Belle Lurette, un livre pour toute compagnie. Après avoir commandé un *poulet rôti** et des *pommes frites**, il appela Chiara. Ils utilisaient des Solaris de confection israélienne, les téléphones les plus sûrs au monde. Même ainsi, ils choisirent leurs mots avec soin.

— Je commençais à m'inquiéter, dit-elle.

— Désolé. Après-midi chargé.

— Productif, j'espère.

— Tout à fait.

— Elle a accepté de te voir ?
— Elle m'a offert le thé. Et elle m'a montré un tableau.
— Attribution ?
— Un disciple d'Antoine Van Dyck.
— Sujet ?
— Portrait d'une inconnue d'une trentaine d'années. Pas très jolie.
— Que portait-elle ?
— Une robe de soie dorée et de dentelle blanche.
— Ça pose un problème, n'est-ce pas ?
— Plusieurs, en réalité. Dont le nom de la galerie où son père l'a acheté.
— Tu crois que sa mère a été…
— Oui.
— Tu le lui as dit ?
— Je n'en ai pas vu l'intérêt.
— Que comptes-tu faire ?
— Je vais aller à Paris discuter avec un vieil ami.
— Transmets-lui mes amitiés.
— Ne t'inquiète pas. Je n'y manquerai pas.

12

Bordeaux – Paris

Gabriel dormit mal, se réveilla tôt et quitta Bordeaux avant que le jour ne soit complètement levé. Un kilomètre au nord du village de Sainte-Croix-du-Mont, ses phares éclairèrent la tache gris-blanc des restes d'une fusée éclairante. Les marques de pneu apparurent quelques secondes plus tard, deux balafres noires traversant la voie opposée.

Il s'arrêta sur l'herbe du bas-côté et regarda autour de lui. À droite de la route, des rangs de vignes s'alignaient sur la pente d'une colline abrupte. À gauche, plus près du fleuve, il y avait aussi des vignobles, mais sans relief. Et sans arbres non plus, observa Gabriel, à l'exception d'un bosquet de peupliers blancs vers lequel se dirigeaient les traces de pneu.

Gabriel sortit une lampe de poche à LED de la boîte à gants et attendit qu'un poids lourd passe avant de descendre de voiture et de traverser la route. Il n'eut pas besoin d'aller beaucoup plus loin que la ligne blanche discontinue délimitant le bord de la chaussée. De là, les dégâts étaient parfaitement visibles.

Deux des peupliers s'étaient brisés sous la violence de l'impact, et la terre détrempée était jonchée de cubes de verre feuilleté. Gabriel estima que Valérie Berrangar avait été tuée sur le coup par la collision. Ou peut-être était-elle restée assez longtemps consciente pour voir la main gantée passer à travers la fenêtre éclatée, non pas pour lui porter secours, mais pour s'emparer de son téléphone. Gabriel en composa le numéro, dans l'espoir d'entendre un râle d'agonie parmi les arbres, mais il aboutit de nouveau à la boîte vocale.

Coupant la communication, il se retourna et observa les traces de pneu parallèles. Elles croisaient la ligne centrale à un angle d'environ quarante-cinq degrés. Oui, se dit-il, il était possible que Valérie Berrangar ait été distraite par quelque chose et ait brusquement braqué à gauche, droit dans le seul bosquet à des kilomètres à la ronde. Mais selon toutes probabilités sa voiture avait été poussée hors de la route par le véhicule qui la suivait. Une voiture approcha par le nord, ralentit brièvement puis poursuivit son chemin en direction de Sainte-Croix-du-Mont. Deux minutes s'écoulèrent avant qu'il n'en vienne une autre, du sud cette fois. Ce n'était pas une portion de route très fréquentée. Et elle ne devait pas l'être davantage à 15 h 15, un lundi après-midi. Mais même alors, les complices de l'homme qui avait provoqué la collision avaient probablement pris des mesures pour interrompre le trafic dans les deux directions afin qu'il n'y ait pas de témoins. Le général Ferrari avait raison ; provoquer un accident de la route n'avait rien de facile. Mais ceux qui avaient assassiné Valérie Berrangar savaient ce qu'ils faisaient. Après tout, se répéta Gabriel, c'étaient des professionnels. De cela, il était certain.

Il retraversa la route et se glissa derrière le volant de sa voiture de location. Il lui fallut trente minutes pour rejoindre l'aéroport. Son vol pour Paris décolla à 9 heures, et à 11 h 30, après avoir confié sa valise à la réception de l'hôtel Bristol, il remontait la rue de Miromesnil, dans le VIIIe arrondissement.

Tout au bout de la rue, côté nord, il y avait une petite boutique nommée Antiquités scientifiques. Une pancarte dans la vitrine annonçait *ouvert**. La sonnette produisit un hurlement inhospitalier. Plusieurs secondes s'écoulèrent sans qu'on l'invite à entrer.

Finalement, le verrou s'ouvrit dans un claquement sourd et Gabriel se faufila à l'intérieur.

Le matin du 22 août 1911, Louis Béroud arriva au musée du Louvre pour reprendre sa copie du portrait d'une noble italienne, 77 x 53 cm, huile sur panneau de peuplier, accroché dans le salon Carré. Le Louvre ne décourageait pas le travail des artistes comme Béroud. Il leur permettait même de laisser leur peinture et leurs chevalets sur place la nuit. Il leur était cependant interdit de produire des copies aux dimensions exactes des originaux, car le marché européen de l'art était à cette époque inondé de contrefaçons de tableaux de vieux maîtres.

Sobrement vêtu d'une redingote noire et d'un pantalon rayé, Béroud pénétra avec entrain dans le salon Carré ce mardi matin-là et découvrit que le portrait en question, *La Joconde* de Léonard de Vinci, avait été retiré de sa vitrine de verre et de bois. Il était déçu, mais pas excessivement inquiet. Pas plus, d'ailleurs, que Maximilien Alphonse Paupardin, le gardien qui surveillait le salon Carré et ses trésors sans prix, en général depuis son tabouret sur le seuil. Le Louvre était en train de photographier tout son catalogue de tableaux et autres objets d'art. Le brigadier Paupardin ne doutait pas que Mona Lisa se faisait tirer le portrait.

Mais quelques instants plus tard, après une visite au studio du photographe, ce fut un Paupardin affolé qui prévint le président en exercice du Louvre que *La Joconde* avait disparu. Les gendarmes arrivèrent à 13 heures et bouclèrent immédiatement le musée. Il resterait fermé durant toute la semaine suivante tandis que la police passait Paris au peigne fin. Leur enquête, si l'on peut l'appeler ainsi, fut une farce. Parmi les premiers suspects figuraient un jeune et impétueux peintre espagnol du nom de Pablo Picasso et son ami le poète Guillaume Apollinaire.

Ainsi qu'un certain Vincent Peruggia, le menuisier d'origine italienne qui avait contribué à la confection de la vitrine de *La Joconde*. Mais la police l'innocenta au terme d'un bref entretien dans son appartement parisien. C'est pourtant dans un coffre de la chambre à coucher de ce même appartement que *La Joconde* demeura jusqu'en 1913, année durant laquelle l'humble menuisier tenta de vendre le tableau à un éminent marchand d'art de Florence. Celui-ci l'emmena à la galerie des Offices, et Peruggia fut promptement arrêté. Jugé coupable par un tribunal italien du plus grand crime de l'histoire de l'art, il fut condamné à un an de prison, mais libéré au bout de sept mois.

C'est l'incroyable histoire du vol de *La Joconde* qui incita un commerçant parisien agité du nom de Maurice Durand, au cours du morne hiver 1985, à voler son premier tableau – une petite nature morte de Jean-Baptiste-Siméon Chardin accrochée dans un coin rarement visité du musée des Beaux-Arts de Strasbourg. À la différence de Peruggia, Durand avait déjà un acquéreur, un collectionneur à la triste réputation qui cherchait un Chardin et ne s'embarrassait pas de détails sans intérêt comme sa provenance. Durant fut payé rubis sur l'ongle, le client jubila, et une lucrative carrière naquit.

Deux décennies plus tard, une chute à travers un Velux mit un terme à la carrière de monte-en-l'air de Durand. Désormais, il officiait en tant que courtier en vol sur commande. Ou, comme il aimait à le dire, il supervisait l'acquisition de tableaux qui n'étaient techniquement pas à vendre. Travaillant avec une écurie de cambrioleurs professionnels basés à Marseille, il était l'éminence grise derrière certains des plus spectaculaires casses du XXIe siècle. Rien qu'au cours de l'été 2010, ses hommes avaient dérobé un Rembrandt, un Picasso, un Caravage et un Van Gogh. À l'exception du Rembrandt, exposé aujourd'hui à la National

Galery of Art de Washington, aucun de ces tableaux n'avait refait surface.

Durand dirigeait son petit empire depuis la boutique d'antiquités scientifiques que possédait sa famille depuis trois générations. Sur ses étagères éclairées avec goût s'alignaient d'anciens microscopes, appareils photographiques, lunettes, baromètres, théodolites et globes terrestres, disposés avec soin. Maurice Durand portait la même attention méticuleuse à son apparence : costume sur mesure bleu marine, chemise rayée, cravate couleur feuille d'automne. Son crâne chauve luisait tant il était poli.

— Alors comme ça, c'est vrai, dit-il en guise de salutations.

— Quoi donc ? demanda Gabriel.

— Que les hommes de votre profession ne prennent jamais leur retraite.

— On peut en dire autant de vous, apparemment.

Avec un sourire, Durand souleva le couvercle d'une boîte rectangulaire vernie.

— Ceci vous intéressera peut-être. Un ensemble de lentilles d'essai d'opticien. Tout début du siècle. Très rare.

— Presque aussi rare que l'aquarelle que vous avez volée au musée Matisse il y a quelques mois. Ou l'adorable scène de genre de Jan Steen que vous avez dérobée au musée Fabre.

— Je n'ai rien à voir avec la disparition de ces deux œuvres.

— Ni avec leur vente ?

Durand referma le couvercle sans un bruit.

— Mes associés et moi avons acquis un grand nombre d'objets de valeur pour vous et vos services au fil des années, dont une remarquable hydrie en terre cuite du Peintre d'Amykos. Sans parler de ce que nous avons fait à Amsterdam. On a mis un sacré bazar, cette fois-là, pas vrai ?

— Raison pour laquelle je me suis retenu de donner votre nom aux autorités françaises.

— Et le général Cyclope, votre ami des *carabinieri* ?

— Il ne connaît pas votre identité. Ni celles de vos associés à Marseille.

— Et que dois-je faire pour que les choses restent en l'état ?

— Me donner quelques informations.

— À quel sujet ?

— La galerie Georges Fleury. Elle se trouve rue…

— Je sais où elle se trouve, monsieur Allon.

— Faites-vous des affaires avec lui ?

— Avec Georges Fleury ? Jamais. Mais j'ai bêtement accepté de voler un tableau pour lui, une fois.

— Qu'est-ce que c'était ?

L'expression de Durand s'assombrit.

— Un désastre.

13

Rue de Miromesnil

— Connaissez-vous Pierre-Henri de Valenciennes ?

Gabriel poussa un soupir avant de répondre :

— Valenciennes était l'un des plus éminents paysagistes de la période néoclassique. Il fut l'un des premiers à promouvoir le travail *en plein air** plutôt que dans un studio. Dois-je poursuivre ? ajouta-t-il après un silence.

— Je ne voulais pas vous offenser.

— Je ne le suis pas, Maurice.

Ils avaient migré vers l'exigu bureau de Durand à l'arrière de la boutique. Gabriel avait pris place dans l'inconfortable fauteuil en bois réservé aux visiteurs ; Durand, derrière sa table de travail immaculée. La lumière de sa lampe ancienne qui se reflétait dans les verres de ses lunettes à monture invisible cachait ses yeux marron vigilants.

— Il y a quelques années, reprit-il, la galerie Georges Fleury a exposé un magnifique paysage prétendument peint par Valenciennes en 1804. On y voyait des villageois danser autour de ruines antiques au crépuscule. Huiles sur toile, 66 x 98 cm. État impeccable, comme le sont toujours les tableaux de M. Fleury. Un collectionneur, dont l'expertise n'avait d'égale que la fortune et que nous appellerons M. Didier, entama des négociations pour en faire l'acquisition.

Mais les pourparlers ont vite tourné court, car M. Fleury refusait catégoriquement de baisser son prix.

— Qui était ?

— Disons quatre cent mille.

— Et combien M. Didier proposait-il de rémunérer vos services ?

— En règle générale, un tableau ne conserve que dix pour cent de sa valeur, sur le marché noir.

— Quarante mille, c'est une broutille pour vous.

— C'est ce que je lui ai dit. Et il m'en a offert deux cent mille.

— Vous avez accepté ?

— Malheureusement.

Durand sortit une bouteille de calvados et deux antiques verres en cristal taillé du meuble derrière son bureau. Presque tout ce que contenait cette pièce était d'un autre âge, même le petit écran noir et blanc dont il se servait pour garder un œil sur sa porte d'entrée.

Il remplit les deux verres et en tendit un à Gabriel.

— Il est un peu tôt pour moi.

— N'importe quoi, dit Durand en consultant sa montre. Et puis, un peu d'alcool à midi, c'est bon pour le sang.

— Mon sang se porte à merveille, merci.

— Aucune séquelle de vos mésaventures à Washington ?

— Juste une inquiétude tenace pour l'avenir de la démocratie américaine, répondit Gabriel en acceptant le calvados à contrecœur. Qui s'est chargé de vous le récupérer ?

— Votre vieil ami, René Monjean.

— Des complications ?

— Aucune avec le cambriolage lui-même. Le système de sécurité de la galerie était pour le moins obsolète.

— Je suppose que vous ne vous êtes pas contenté d'une seule œuvre.

— Bien sûr que non. René en a pris quatre autres pour brouiller les pistes.

— Des choses intéressantes ?

— Un Pierre Révoil. Un Nicolas-André Monsiau. Et deux portraits d'Ingres, ajouta Durand avec un haussement d'épaules.

— Cinq tableaux, c'est une sacrée prise. Comment se fait-il que les journaux n'en aient pas parlé ?

— De toute évidence, M. Fleury n'a jamais sollicité la police.

— Curieux.

— Je trouve aussi.

— Mais vous avez néanmoins poursuivi la vente.

— Quel autre choix avais-je ?

— À quel moment les choses se sont-elles compliquées ?

— Environ deux mois après avoir pris possession du tableau, M. Didier a demandé à être remboursé.

— Encore plus curieux. Du moins dans votre partie.

— Parfaitement inédit, même.

— Pourquoi voulait-il reprendre son argent ?

— Il prétendait que le Valenciennes n'était pas un Valenciennes.

— Il pensait que c'était une copie ?

— C'est une façon de le dire.

— Il y en a une autre ?

— M. Didier était convaincu qu'il s'agissait d'une contrefaçon récente.

Évidemment, pensa Gabriel. Une petite voix lui soufflait cette hypothèse depuis l'instant où il avait repéré l'incongrue craquelure flamande sur la photo que lui avait montrée Julian.

— Comment avez-vous géré la situation ?

— J'ai expliqué à M. Didier que j'avais honoré mes obligations et que s'il avait des réclamations il devrait s'adresser à la galerie Georges Fleury. Heureusement, ajouta Durand avec un petit sourire, il n'a pas pris ma suggestion au pied de la lettre.

— Vous lui avez rendu son argent ?

— La moitié. Et bien m'en a pris, car nous avons souvent fait affaire ensemble depuis.

Gabriel porta le verre de calvados à ses lèvres pour la première fois.

— Vous ne l'auriez pas gardé, par hasard ? demanda-t-il.

— Le faux Valenciennes ? Non, je l'ai brûlé.

— Et les quatre autres tableaux ?

— Je les ai vendus à prix cassé à un négociant de Montréal. À peine de quoi couvrir les frais de René. Un fiasco sur toute la ligne, ajouta-t-il avec un soupir.

— Tout est bien qui finit bien.

— Sauf pour les clients de la galerie Georges Fleury.

— Le faux Valenciennes n'est pas une exception ?

— *Non**. Apparemment, la galerie fait son beurre sur la vente de contrefaçons. Ne me faites pas dire ce que je n'ai pas dit : Fleury vend quantité d'œuvres authentiques. Mais ce n'est pas là-dessus qu'il gagne de l'argent. C'est en tout cas ce qu'on m'a expliqué.

— Qui ?

— Vous avez vos sources, j'ai les miennes. Et elles m'ont assuré que Fleury vendait des faux sans valeur depuis des années.

— J'ai la désagréable impression qu'un de mes amis en a acheté une.

— Un collectionneur ?

— Un galeriste.

— Pas M. Isherwood ?

Gabriel hésita un instant avant de hocher la tête avec gravité.

— Pourquoi ne le rend-il pas et ne demande-t-il pas un remboursement ?

— Il a vendu le tableau à un Américain procédurier.

— Y a-t-il des Américains qui ne le sont pas ? fit Durand en observant dans son moniteur un client potentiel s'attarder devant la vitrine de son commerce. Puis-je vous poser une question, monsieur Allon ?

— Si vous insistez.

Durand fit la grimace.

— Qu'est-il donc arrivé à votre main ?

Après avoir quitté la boutique de Maurice Durand, Gabriel descendit la rue de Miromesnil jusqu'à la rue La Boétie. Il s'attarda un moment devant le numéro 19, puis poursuivit son chemin entre les élégants immeubles jusqu'à la galerie Georges Fleury. Trois grandes peintures à l'huile s'exposaient en vitrine. Deux étaient de style rococo. La troisième, le portrait d'un jeune homme par François Gérard, appartenait à la fin de la période néoclassique.

C'était du moins ce qu'on pouvait en déduire au premier regard. Mais un examen approfondi par un professionnel qualifié – un restaurateur d'art, par exemple – aboutirait peut-être à une tout autre conclusion. Un tel diagnostic ne pouvait se faire dans la précipitation. Le restaurateur en question devrait accorder à chaque œuvre de la galerie le temps qu'elle méritait, sacrifier à la tradition consacrée par des générations de connaisseurs avant lui. Il toucherait les peintures, inspecterait leur surface à la loupe, leur dirait même quelques mots dans l'espoir qu'elles lui répondent. Il serait préférable que le galeriste – rendu vigilant par ses activités criminelles – ne soit pas dans les parages tandis qu'il accomplirait ce rituel. Mieux encore, il faudrait qu'il soit distrait par la présence d'un tiers.

Mais qui ?

Telle était la question à laquelle Gabriel cherchait une réponse alors qu'il regagnait l'hôtel Bristol. Après avoir pris sa chambre, il appela Chiara et lui fit part de son dilemme. Elle lui répondit en lui envoyant la liste des concerts à venir de l'Orchestre de chambre de Paris.

— Ta bonne amie est en ville tout le week-end. Peut-être aura-t-elle quelques minutes demain après-midi pour te servir de diversion.

— Elle sera parfaite. Mais tu es sûre que ça ne te pose pas problème ?

— Que tu passes le week-end à Paris avec une femme dont tu étais autrefois follement amoureux ?

— Je n'ai jamais été amoureux d'elle.

— N'oublie pas de le lui rappeler à la première occasion.

— Ne t'inquiète pas, dit Gabriel avant de raccrocher. Je n'y manquerai pas.

14

Hôtel Bristol, Paris

Elle était descendue au Crillon, dans la suite Leonard Bernstein. Un des rares chefs d'orchestre, précisa-t-elle avec malice, avec lequel elle n'avait pas eu d'aventure.

— Tu es déjà arrivée ?

— Si tu veux tout savoir, j'ai interrompu ma répétition pour prendre ton appel. Tout l'Orchestre de chambre de Paris est suspendu à mes lèvres.

— Quand seras-tu de retour à ton hôtel ?

— Pas avant 16 heures. Mais j'ai des interviews jusqu'à 18.

— Mes condoléances.

— J'ai l'intention d'être infecte.

— Pourquoi n'irions-nous pas boire un verre aux Ambassadeurs quand tu auras terminé ?

— Et si nous dînions, plutôt ?

— Dîner ?

— Oui, tu sais, ce repas que la plupart des gens prennent en début de soirée. Sauf les Espagnols, bien sûr. Je vais demander au concierge de nous réserver une table pour deux dans le restaurant le plus romantique de Paris. Avec un peu de chance, les paparazzi nous trouveront, et nous aurons droit à un beau *scandale**.

Elle raccrocha avant que Gabriel ne puisse s'y opposer. Il envisagea un instant de prévenir Chiara de ce nouveau dilemme, mais se dit que ce ne serait sans doute pas très avisé. Au lieu de quoi il composa le numéro du téléphone disparu de Valérie Berrangar, et tomba une nouvelle fois sur la boîte vocale.

Il coupa la communication et fit défiler ses contacts jusqu'au nom de Yuval Gershon, le directeur général de la redoutable division du renseignement numérique israélien, l'Unité 8200. Gabriel ne lui avait pas parlé – ni à aucun autre de ses anciens collègues, du reste – depuis son départ d'Israël. C'était un moment charnière, qui risquait d'encourager de nouvelles relations, possiblement non désirées. Gabriel jugea néanmoins que le jeu en valait la chandelle. Si quelqu'un pouvait localiser le téléphone de Mme Berrangar, c'était Yuval et les hackers de l'Unité.

Il répondit à la première sonnerie, comme s'il s'était attendu au coup de fil de Gabriel. Connaissant les extraordinaires aptitudes de l'Unité, ce n'était pas du domaine de l'impossible.

— Je t'ai manqué, pas vrai ?

— Presque autant que le trou dans ma poitrine[1].

— Alors pourquoi appelles-tu ?

— J'ai un problème que toi seul peux résoudre.

Yuval poussa un profond soupir dans le micro.

— Quel numéro ?

Gabriel le lui récita.

— Et le problème ?

— Sa propriétaire a été assassinée il y a quelques jours. J'ai le pressentiment que ses tueurs ont été assez idiots pour lui prendre son portable. Je voudrais que tu me le retrouves.

1. Gabriel fait référence à l'agression dont il a été victime à la fin du tome précédent (*La Violoncelliste*). Une députée américaine adhérant aux thèses de QAnon lui a tiré presque à bout portant dans la poitrine.

— Ça ne sera pas un problème si l'appareil est toujours intact. Mais s'ils l'ont brisé en mille morceaux ou jeté dans la Seine…

— Pourquoi parles-tu de la Seine, Yuval ?

— Parce que tu m'appelles de Paris.

— Enfoiré.

— Je t'enverrai une fusée éclairante quand j'aurai quelque chose. Et amuse-toi bien à ton dîner.

— Comment es-tu au courant ?

— Anna Rolfe vient de t'envoyer un texto. Tu veux que je te le lise ?

— Pourquoi pas ?

— La réservation est à 20 h 15.

— Où ?

— Elle ne le dit pas. Mais ça doit être pas loin du Bristol, car elle vient te chercher à 20 heures.

— Je ne t'ai jamais dit que j'étais au Bristol.

— Quelque part au deuxième étage.

— Au troisième, mais qui compte ?

La première fois que Gabriel avait vu Anna Rolfe, c'était sur une scène bruxelloise, où elle avait donné une interprétation magistrale du *Concerto pour violon en ré majeur* de Tchaïkovski. Il avait quitté la salle de concert ce soir-là sans s'imaginer qu'ils se rencontreraient un jour. Mais plusieurs années plus tard – après le meurtre du père d'Anna, le banquier suisse immensément riche Augustus Rolfe –, ils avaient été formellement présentés l'un à l'autre. À cette occasion, Anna lui avait tendu la main en guise de salutations. Aujourd'hui, lorsque Gabriel la rejoignit à l'arrière d'une limousine Mercedes-Maybach de courtoisie, elle jeta ses bras autour de son cou et l'embrassa sans cérémonie sur la joue.

— Considère-toi comme mon otage, dit-elle tandis que la voiture s'éloignait de l'hôtel. Cette fois, toute fuite est impossible.

— Où comptes-tu m'emmener ?

— Au Crillon, dans ma suite, évidemment.

— Tu m'avais promis un dîner.

— Une habile ruse de ma part.

Anna était simplement vêtue d'un jean, d'un pull en cachemire et d'une veste trois-quarts en cuir. Même ainsi, il était impossible de la prendre pour qui que ce soit d'autre que la plus célèbre violoniste au monde.

— Mon attachée de presse t'a-t-elle envoyé mon nouveau CD ?

— Il est arrivé avant-hier.

— Et ?

— Un triomphe.

— Le critique du *Times* prétend qu'il témoigne d'une nouvelle maturité. Que crois-tu qu'il a voulu dire ? demanda-t-elle en fronçant les sourcils.

— Que tu vieillis, mais poliment.

— On ne le dirait pas, sur la photo du livret. C'est incroyable ce qu'on arrive à faire aujourd'hui en quelques clics. J'ai l'air plus jeune que Nicola Benedetti.

— Tu peux être sûr qu'elle t'idolâtrait quand elle était petite.

— Je ne veux être l'*idole* de personne. Je veux juste retrouver mes trente-trois ans.

— À quoi bon ?

Gabriel jeta un coup d'œil par la fenêtre aux gracieux immeubles haussmanniens bordant la rue du Faubourg-Saint-Honoré.

— Où va-t-on dîner ?

— Surprise.

— Je déteste les surprises.

— Oui, fit Anna d'une voix lointaine. Je m'en souviens.

15

Chez Janou

Le restaurant se révéla être Chez Janou, un bistrot animé de l'ouest du Marais. Un murmure étouffé traversa la salle quand on les amena à leur table. Anna prit son temps pour retirer sa veste et s'asseoir sur la banquette rouge. Une performance de virtuose, apprécia Gabriel.

Quand le choc se dissipa, elle se pencha sur la petite table en bois et murmura :

— Pas trop déçu que je n'aie pas choisi un endroit plus romantique ?

— Au contraire, je suis soulagé.

— Je plaisantais, tu sais.

— Vraiment ?

— J'ai fait une croix sur toi il y a longtemps, Gabriel.

— Il y a deux maris, en l'occurrence.

— C'était méchant et gratuit.

— Peut-être, mais néanmoins exact.

Les deux mariages d'Anna avaient été brefs et malheureux, et tous deux s'étaient terminés par de spectaculaires divorces. Leur avait succédé une série d'aventures désastreuses, toujours avec des hommes riches et célèbres. Gabriel avait été une exception. Il avait survécu à ses sautes d'humeur et à ses épisodes d'intense témérité plus longtemps que la plupart de ses conquêtes – six mois et quatorze jours –, et à l'exception d'un vase brisé leur rupture était restée courtoise. Il ne mentait pas en disant qu'il ne l'avait jamais vraiment aimée, mais il avait eu de l'affection pour elle, et il avait été heureux qu'après une interruption de quelque vingt ans ils aient noué une nouvelle amitié. Anna était un peu comme Julian Isherwood. Elle mettait indéniablement du piment dans sa vie.

Comme d'habitude, elle survola le menu, et son choix, décisif, poussa Gabriel dans ses retranchements, car il avait prévu de commander la même chose. Il se replia sur une ratatouille suivie de foie et de pommes de terre qui firent naître une moue dubitative sur le visage célèbre de sa convive.

— Paysan, cracha-t-elle.

Le serveur déboucha une bouteille de bordeaux et fit goûter Gabriel. Pour ce qu'il en savait, les grappes qui avaient servi à produire ce vin provenaient peut-être du vignoble au nord de Saint-Macaire où Valérie Berrangar avait perdu la vie. Il huma, goûta et indiqua au serveur de remplir leurs verres d'un hochement de tête.

— À quoi buvons-nous ? s'enquit Anna.

— Aux vieilles amitiés.

— C'est effroyablement ennuyeux.

Son rouge à lèvres laissa une trace sur le bord du verre. Elle le reposa sur la table et le fit tourner dans sa main, consciente des nombreux regards dirigés vers elle.

— T'es-tu déjà demandé à quoi auraient ressemblé nos vies si tu ne m'avais pas plaquée ?

— Ce n'est pas ainsi que je décrirais ce qui s'est passé.

— Tu as jeté tes maigres affaires dans un sac marin, tu es monté dans ta voiture et tu as quitté ma villa portugaise pied au plancher. Et je n'ai pas reçu la moindre…

— Je t'en prie, ne recommençons pas.

— Pourquoi pas ?

— Parce que je ne peux pas changer le passé. Du reste, si je ne t'avais pas quittée, tu te serais débarrassée de moi tôt ou tard.

— Pas toi, Gabriel. Tu es de ceux qu'on garde.

— Et qu'aurais-je fait de mes journées pendant que tu étais en tournée ?

— Tu aurais pu m'accompagner et m'empêcher de m'attirer des ennuis.

— Te suivre de ville en ville et te regarder te complaire dans l'adulation de tes fans ?

— Ça résume assez bien les choses, répondit-elle avec un sourire.

— Et comment aurais-tu expliqué ma présence ? Qui aurais-je été ?

— J'ai toujours adoré Mario Delvecchio.

— Mario était un mensonge. Mario n'a jamais existé.

— Mais il m'a fait les choses les plus délicieuses au lit. (Elle soupira et but une nouvelle gorgée de vin.) Tu ne m'as jamais dit le nom de ta femme.

— Chiara.

— À quoi ressemble-t-elle ?

— Un peu à Nicola Benedetti, mais en plus jolie.

— Italienne, si je comprends bien.

— Vénitienne.

— Ce qui explique pourquoi tu vis de nouveau là-bas.

Il acquiesça d'un hochement de tête.

— Elle dirige la plus grosse entreprise de restauration d'art de la ville. J'irai travailler avec elle, un jour ou l'autre.

— Un jour ou l'autre ?

— Je suis en congé administratif jusqu'à nouvel ordre.

— À cause de ce qui s'est passé à Washington ?

— Et toutes sortes d'autres traumatismes.

— Il y a pire endroit que Venise pour s'en remettre.

— Clairement.

— Je pense que je vais y donner une représentation. Une soirée Brahms et Tartini à la Scuola Grande di San Rocco. Je prendrai une suite dans ce petit hôtel de San Marco, le Luna Baglioni, et j'y resterai un mois ou deux. Tu passeras me voir tous les après-midi, et...

— Attention, Anna.

— Me présenteras-tu au moins à ta famille un jour ?

— Tu ne crois pas que ce serait un peu bizarre ?

— Pas du tout. En fait, je pense que tes enfants aimeraient passer du temps avec moi. Malgré mes défauts et mes échecs nombreux, tous commentés sans une once de compassion par les tabloïds, la plupart des gens me trouvent infiniment fascinante.

— Raison pour laquelle je souhaiterais emprunter une ou deux heures de ton temps demain.

— Qu'avais-tu en tête ?

Il lui fit part de son projet.

— Est-il vraiment raisonnable de se rendre dans une galerie d'art parisienne avec toi ?

— C'était il y a longtemps, Anna.

— Dans une autre vie. Mais pourquoi moi ?

— J'ai besoin que tu fasses diversion pendant que j'examine minutieusement ses tableaux.

— Tu veux que j'apporte mon crincrin et que je lui joue un morceau ou deux ?

— Ce ne sera pas nécessaire. Contente-toi d'être aussi ensorcelante que d'habitude.

— Le numéro de charme ?

— Exactement.

Elle tira sur la peau de sa mâchoire.

— Je suis un peu vieille pour ça, tu ne crois pas ?
— Tu n'as pas changé depuis…
— Le matin où tu m'as plaquée ?
Le serveur déposa leurs entrées devant eux puis repartit. Anna baissa les yeux et ajouta :
— *Bon appétit**.

16

Rue La Boétie

Gabriel appela la galerie à 10 heures le lendemain, et au terme d'un échange grincheux avec un réceptionniste nommé Bruno, fut mis en relation avec M. Georges Fleury lui-même. Sans surprise, le malhonnête galeriste n'avait jamais entendu parler d'un quelconque Ludwig Ziegler.

— Je conseille une cliente prise de passion pour la peinture néoclassique, expliqua Gabriel dans un français teinté d'accent germanique. Il se trouve qu'elle est à Paris pour le week-end et voudrait visiter votre galerie.

— La galerie Georges Fleury n'est pas une attraction touristique, monsieur Ziegler. Si votre cliente souhaite voir des tableaux français, je lui suggérerais d'aller au Louvre.

— Ma cliente n'est pas en vacances. Elle joue ce week-end à la Philharmonie de Paris.

— Votre cliente serait-elle…

— Oui.

Fleury adopta soudain un ton beaucoup plus accommodant.

— À quelle heure Mme Rolfe souhaiterait-elle passer ?

— À 13 heures, aujourd'hui.

— Je crains de n'avoir déjà un client à cette heure-ci.

— Reportez. Et dites à Bruno de faire traîner son déjeuner. Je le trouve agaçant, et Mme Rolfe sera de mon avis. Au cas où vous vous poseriez la question, elle boit de l'eau minérale à température ambiante. *Plate**, avec une tranche de citron. Pas un quartier, monsieur Fleury, une tranche.

— Une marque d'eau en particulier ?

— Tout sauf de la Vittel. Et pas de photos ni de poignées de main. Pour des raisons bien compréhensibles, Mme Rolfe ne serre pas de main avant une représentation.

Gabriel raccrocha puis composa le numéro d'Anna. Elle répondit d'une voix ensommeillée.

— Quelle heure est-il ? grogna-t-elle.

— 10 heures passées de quelques minutes.

— Du *matin* ?

— Oui, Anna.

Elle raccrocha en jurant dans sa barbe. Mme Rolfe, se souvint Gabriel, ne se levait jamais avant midi.

Gabriel quitta le Bristol à 12 h 30 et gagna le Crillon sous un ciel de plomb. Il était 13 h 15 quand Anna, en jean et sweat à glissière, descendit enfin de sa suite. Ils montèrent à l'arrière de la Maybach pour le court trajet jusqu'à la galerie Georges Fleury.

— Des instructions de dernière minute ? demanda-t-elle en jaugeant son apparence dans le miroir de courtoisie.

— Sois charmante, mais difficile.

— Naturelle, donc. C'est bien ce que tu veux ?

Anna mit du brillant sur ses lèvres en forme de cœur alors que la voiture tournait au coin de la rue La Boétie. Un instant plus tard, elle s'arrêtait devant la galerie. Son propriétaire et homonyme attendait sur le trottoir comme un portier. Il garda les mains le long de son corps quand Anna émergea de l'arrière de la limousine.

— Bienvenue à la galerie Georges Fleury, madame. C'est vraiment un honneur de vous rencontrer.

Anna répondit aux salutations du galeriste d'un hochement de tête régalien. Il tendit une main nerveuse en direction de Gabriel.

— Et vous devez être Herr Ziegler.

— Ce doit être ça, fit Gabriel d'une voix uniforme.

Fleury le considéra un moment à travers une paire de lunettes à monture invisible.

— Est-il possible que nous nous soyons croisés quelque part ? À une vente aux enchères, peut-être ?

— Mme Rolfe et moi les évitons, répliqua Gabriel en tournant les yeux vers la lourde porte en verre de la galerie. Pourrions-nous entrer ? Mme Rolfe attire les foules comme la lumière, les papillons.

Fleury utilisa une télécommande pour déverrouiller la porte. Dans le vestibule, un buste en bronze à l'échelle d'un jeune Grec ou Romain coiffait un socle de marbre noir. Un bureau de réception inoccupé le jouxtait.

— Comme vous l'avez demandé, Herr Ziegler, il n'y a que nous trois.

— Il ne l'a pas mal pris, j'espère.

— Pas du tout.

Fleury posa la télécommande sur le bureau et les guida dans une salle haute de plafond au parquet de bois sombre et aux murs rouge grenat.

— Ma salle d'exposition principale, expliqua-t-il. Les meilleurs tableaux sont à l'étage. Si vous le souhaitez, nous pouvons commencer là-haut.

— Mme Rolfe n'est pas pressée.

— Moi non plus.

Ébloui, Fleury fit faire à sa visiteuse de renommée internationale un tour laborieux de sa collection pendant que Gabriel, laissé sans surveillance, se livrait à son propre examen. La première œuvre qui attira son œil de connaisseur fut une grande peinture rococo montrant une Vénus dénudée et trois jeunes vierges. La signature en bas de la toile indiquait que le tableau avait été exécuté par Nicolas Colombel en 1697. Gabriel doutait que ce soit le cas.

Il se prit le menton dans la main et inclina la tête de côté. Il s'écoula un moment avant que Fleury ne remarque son intérêt et ne le rejoigne devant la toile.

— Je l'ai acquis il y a quelques mois.

— Puis-je vous demander où ?

— Une vieille collection privée, ici en France.

— Dimensions ?

— À vous de me le dire, monsieur Ziegler.

— Cent douze centimètres par cent quarante-quatre. À un ou deux près, ajouta-t-il avec un sourire désarmant.

— Pas loin du tout.

Uniquement parce que Gabriel avait délibérément donné de fausses dimensions. N'importe quel imbécile aurait vu que l'œuvre mesurait 114 x 148 cm.

— Il est dans un état remarquable, fit-il observer.

— Je l'ai fait restaurer.

— Puis-je voir le rapport d'expertise ?

— Maintenant ?

— Si ça ne vous dérange pas.

Quand Fleury se retira, Anna s'approcha du tableau.

— Il est magnifique, dit-elle.

— Mais trop grand pour être facilement emporté.

— Tu ne songes pas à acheter quelque chose, quand même ?

— Moi, non. Mais toi, oui.

Avant qu'Anna n'ait pu objecter quoi que ce soit, Fleury réapparut, les mains vides.

— Je crains que Bruno ne l'ait pas rangé au bon endroit. Mais si Mme Rolfe s'intéresse à cette œuvre, je peux vous en envoyer une copie par mail.

Gabriel sortit son téléphone.

— Verriez-vous un inconvénient à ce que je la photographie à côté du tableau ?

— Bien sûr que non. En fait, j'en serais honoré.

Anna s'approcha encore, se retourna et plaqua sur son visage le sourire qu'elle arborait face aux applaudissements d'une salle de concert pleine. Gabriel prit la photo puis passa au tableau voisin.

— Un disciple de Canaletto, indiqua Fleury.

— Un excellent disciple.

— C'est aussi ce que je me suis dit. J'en ai fait l'acquisition seulement la semaine dernière.

— D'où vient-il ?

— D'une collection privée. En Suisse, ajouta le galeriste en adressant un sourire dégoulinant à Anna.

Gabriel regarda la toile de plus près.

— Comment pouvez-vous être sûr de l'attribution ?

— Pourquoi posez-vous la question ?

Parce que le tableau, de 56 x 78 cm, était facilement transportable. Surtout une fois décroché de son châssis.

— Croyez-vous que Bruno ait une fois encore mal rangé son rapport d'expertise ?

— Je crains qu'il ne soit déjà en cours d'acquisition.

— N'est-il pas possible pour Mme Rolfe de vous faire une contre-offre ?

— J'ai déjà accepté l'argent du client.

— S'agit-il d'un négociant ou d'un collectionneur ?

— Pourquoi demandez-vous ?

— Parce que si c'est un négociant, il sera peut-être heureux que nous l'en débarrassions.

— Je ne peux pas révéler son identité. Les termes de la vente sont confidentiels.

— Pas pour longtemps, fit Gabriel avec un regard entendu.

— Que voulez-vous dire, monsieur ?

— Disons que j'ai une drôle d'impression quand je regarde ce tableau.

Gabriel le prit également en photo avant d'ajouter :

— Peut-être devriez-vous nous montrer les pièces de premier choix maintenant, monsieur Fleury.

17

Galerie Fleury

Fleury leur fit gravir une volée de marches jusqu'à la salle d'exposition du premier étage. Ici, les murs n'étaient plus rouges, mais gris anthracite, et les œuvres de toute évidence d'une bien meilleure qualité. Il y avait là plusieurs portraits néerlandais et flamands, et parmi eux deux exécutés à la manière d'Antoine Van Dyck. Il y avait aussi *Paysage fluvial aux moulins à vent lointains*, huile sur toile, 36 x 58 cm, qui portait les initiales reconnaissables du peintre de l'âge d'or néerlandais Aelbert Cuyp. Gabriel doutait de l'authenticité de celles-ci. D'ailleurs, au terme d'un moment de rêverie paisible, il arriva à la conclusion – fondée sur aucune analyse technique – que le tableau était une contrefaçon.

— Vous avez l'œil, lança Fleury de l'autre bout de la salle.

Il ajouta une tranche de citron à l'eau minérale d'Anna et demanda :

— Quelque chose pour vous, monsieur Ziegler ?

— L'attribution de ce tableau serait appréciable.

— De nombreux experts ont affirmé qu'il était de Cuyp lui-même.

— Comment ces experts expliquent-ils l'absence de signature ? Après tout, Cuyp signait les œuvres qu'il peignait de son nom complet et n'apposait ses initiales que sur les tableaux produits sous sa supervision.

— Il y a des exceptions, vous ne l'ignorez pas.

Il n'avait pas tort sur ce point, apprécia Gabriel.

— Provenance ?

— Longue et irréprochable.

— Précédent propriétaire ?

— Un collectionneur d'un goût sans faille.

— Français ou Suisse ? demanda sèchement Gabriel.

— Américain, en fait.

Fleury tendit son verre d'eau à Anna et lui montra les tableaux l'un après l'autre, laissant Gabriel libre de procéder à une seconde inspection discrète de l'inventaire de la galerie. Ils finirent par se rejoindre devant *Paysage fluvial aux moulins à vent lointains*, huile sur toile, 36 x 58 cm, de la main d'un faussaire au talent incontestable.

— Verriez-vous un inconvénient à ce que je le touche ?

— Je vous demande pardon ?

— Le tableau, précisa Gabriel. Je voudrais le toucher.

— Si vous faites attention.

Gabriel posa délicatement le bout de son doigt sur la toile et le laissa glisser sur les touches de pinceau.

— C'est vous qui l'avez fait nettoyer ?

— Non, il m'est arrivé dans cet état.

— Y a-t-il des lacunes de peinture ?

— Elles sont modérées. Mais oui, il y a un peu d'érosion. Notamment dans le ciel.

— Je suppose que le rapport de condition contient des photographies.

— Plusieurs, monsieur.

Gabriel se tourna vers Anna.

— Plaît-il à Mme Rolfe ? s'enquit-il.

— Tout dépend du prix. Qu'aviez-vous en tête ? lança-t-elle à Fleury.

— Un million et demi.

— Allons, allons, dit Gabriel. Soyons raisonnables.

— Combien Mme Rolfe est-elle prête à m'en donner ?

— Me demandez-vous de négocier avec moi-même ?

— Pas du tout. Je vous offre simplement l'opportunité de me donner votre prix.

Gabriel contempla le tableau sans valeur en silence.

— Eh bien ? le pressa Fleury.

— Mme Rolfe vous en propose un million d'euros et pas un de plus.

— Vendu, fit le marchand d'art avec un sourire.

En bas, dans le bureau de Fleury, Gabriel éplucha le rapport de condition et la provenance pendant qu'Anna, téléphone à l'oreille, virait la somme d'un million d'euros depuis son compte au Credit Suisse vers celui de la galerie à la Société Générale. Le prix de vente final incluait le cadre et le transport. Gabriel refusa cependant les deux. Mme Rolfe, dit-il, n'avait pas l'usage du cadre. Quant au transport, il s'en chargerait lui-même.

— Je devrais recevoir la licence d'exportation mercredi prochain au plus tard, dit Fleury. Vous pourrez passer chercher le tableau à ce moment-là.

— Je ne crois pas, non.

— Pourquoi pas ?

— Parce que Mme Rolfe et moi emportons le tableau immédiatement.

— *C'est impossible**. Il y a des documents à soumettre, des signatures à demander…

— La paperasse et les signatures sont votre problème. Du reste, quelque chose me dit que vous savez comment obtenir une licence d'exportation pour un tableau qui a déjà quitté le pays.

Le galeriste ne nia pas.

— Et pour ce qui est du conditionnement ? demanda-t-il.

— Faites-moi confiance, monsieur Fleury. Je sais m'occuper d'un tableau.

— La galerie décline toute responsabilité en cas de dégâts une fois la porte franchie.

— Mais vous *garantissez* l'attribution, ainsi que la véracité du rapport de condition et de la provenance.

— Oui, bien sûr.

Fleury tendit à Gabriel une copie du certificat d'authenticité, qui déclarait que le tableau était attribué sans doute possible à Aelbert Cuyp.

— C'est écrit ici.

Le marchand d'art posa le contrat d'acquisition devant Anna et lui indiqua où elle devait signer. Après avoir apposé son propre paraphe, il photocopia le document et le glissa dans une enveloppe, avec des copies de la provenance et du rapport de condition. Puis il emballa le tableau dans du papier cristal et du papier bulle, plus qu'il n'en méritait. À 15 h 15, il reposait sur la banquette arrière de la Maybach alors que celle-ci s'arrêtait devant l'hôtel Bristol.

— Je croyais m'en tirer avec un numéro de charme, dit Anna.

— Qu'est-ce qu'un million d'euros entre amis ?

— Beaucoup d'argent.

— Il sera de retour sur ton compte lundi après-midi au plus tard.

— Quel dommage… J'espérais que tu restes mon débiteur un peu plus longtemps.

— Pour quelle raison ?

— Ainsi j'aurais pu te demander d'assister à la représentation de ce soir. Elle sera suivie par une réception. Tout le beau monde sera là.

— Je croyais que tu détestais ce genre de chose.

— Avec passion. Mais avec toi, ça pourrait être tolérable.

— Et comment expliquerais-tu ma présence, Anna ? Qui serais-je ?

— Pourquoi pas Herr Ludwig Ziegler ? dit-elle en jetant un coup d'œil dubitatif à l'objet sur la banquette entre eux. Le respectable conseiller artistique qui vient de dépenser un million d'euros de mon argent pour une contrefaçon sans valeur.

Gabriel emporta le tableau dans sa chambre et déposa le châssis. Une heure plus tard, il arpentait le hall caverneux de la Gare du Nord en tirant derrière lui sa valise, dans laquelle la toile était logée. Il franchit le contrôle des passeports sans incident et embarqua à 17 heures dans un Eurostar à destination de Londres. Alors que les banlieues nord de Paris défilaient derrière sa fenêtre, il songea aux vicissitudes de sa carrière. À peine quatre mois plus tôt, il était le directeur général d'un des plus puissants services de renseignement au monde. À présent, pensa-t-il avec un sourire, il s'était trouvé une nouvelle activité professionnelle.

Trafiquant d'art.

18

Jermyn Street

Depuis que la pandémie avait éclaté, période durant laquelle le monde de l'art avait souffert de ce qui se rapprochait le plus d'un arrêt cardiaque, jamais Sarah n'avait connu si épouvantable semaine. Elle avait débuté par la désastreuse visite de Julian à Bordeaux, pour se terminer, tard cet après-midi-là, par le capotage d'une vente potentielle – la frilosité du client s'était heurtée à l'intraitable détermination de Sarah à ne pas vendre à perte l'*Adoration des mages* de Luca Cambiaso. Pour ne rien arranger, son époux de fraîche date avait quitté Londres pour un déplacement professionnel. Et comme il naviguait dans le monde de l'espionnage, il ne pouvait lui dire où il allait ni quand il reviendrait. Pour ce qu'elle en savait, Sarah ne le reverrait peut-être pas avant le milieu de l'été.

Ce qui explique pourquoi, après avoir enclenché le système de sécurité de la galerie et fermé à clé la porte d'entrée, elle s'était rendue directement au Wiltons et installée à sa table d'angle habituelle. Un parfait martini belvédère, saharan dry, arriva un moment plus tard entre les mains d'un beau et jeune serveur vêtu d'un blazer bleu et d'une cravate rouge. Peut-être, songea-t-elle en portant le verre à ses lèvres, que tout n'était pas si désespéré que ça.

Aussitôt éclata un rire tapageur, provoqué par Julian alors qu'il expliquait l'origine du vilain hématome violacé sur sa joue à Oliver

Dimbleby et Jeremy Crabbe, le directeur du département des vieux maîtres chez Bonhams. Dans cette version de l'histoire, la collision avec le lampadaire s'était produite à Kensington et non à Bordeaux, et ne résultait de rien de plus malveillant qu'une tentative malheureuse d'envoyer un texto en marchant.

Téléphone portable à la main, Julian rejoua l'incident fictionnel pour le plus grand plaisir des autres galeristes, des conservateurs et des commissaires-priseurs alignés devant le bar. En récompense, il obtint un baiser écarlate de l'éblouissant ex-top-modèle qui gérait maintenant une florissante galerie d'art moderne sur King Street. Observant la représentation depuis sa table d'angle, Sarah prit une gorgée de son martini et murmura :

— Garce.

Ce baiser n'était cependant qu'une maigre consolation pour Julian, cela sautait aux yeux. Il était mortifié par son apparence et bouleversé par la mort suspecte de la femme qui l'avait fait venir en France. Sarah l'était aussi. En plus de quoi elle s'inquiétait à propos du tableau qu'elle avait vendu à Phillip Somerset, un homme dont elle avait fait la connaissance quand elle travaillait au Museum of Modern Art de New York. Son vieil ami Gabriel Allon avait accepté de se pencher sur la question. Pour l'instant, il ne l'avait pas tenue au courant des progrès de son enquête.

Amelia March, d'*ARTnews*, s'écarta du bar et s'approcha de la table de Sarah. C'était une femme fine qui se tenait toujours très droite, aux cheveux bruns coupés courts et aux yeux trop grands qui ne clignaient pas, comme ceux des émojis Apple. C'était elle, avec l'aide anonyme de Sarah, qui avait rendu publics certains des détails de la vente de *Portait d'une inconnue*. Sarah regrettait à présent d'avoir fait fuiter ces informations. Si elle avait fermé sa bouche, la redécouverte et la vente du tableau seraient restées entourées de secret. Et Mme Valérie Berrangar serait toujours vivante.

— J'ai entendu une vilaine rumeur à votre sujet l'autre jour, lança Amelia.

— Une seule ? Je suis déçue.

Elle ne pouvait qu'imaginer le genre de potins qui parvenaient parfois aux oreilles vigilantes d'Amelia. Après tout, Sarah était une ancienne agente de la CIA sous couverture dont le mari avait travaillé comme tueur à gages avant de rejoindre le Secret Intelligence Service. Elle avait aussi été brièvement la conseillère artistique du prince héritier d'Arabie saoudite. C'était d'ailleurs elle qui avait convaincu Sa Majesté de mettre quatre cent cinquante millions de dollars sur la table pour le *Salvator Mundi* de Leonard de Vinci, la plus haute somme jamais payée aux enchères pour une œuvre d'art.

Rien de tout cela ne devrait jamais être imprimé. Aussi n'éleva-t-elle aucune objection quand Amelia s'assit à sa table sans y avoir été invitée. Sarah estima qu'il valait mieux entendre ce que la journaliste avait à dire et, si possible, profiter de l'occasion pour semer elle-même la discorde. Elle était d'humeur à cela.

— Qu'y a-t-il encore ?

— Je sais de source sûre…

— Oh ! pour l'amour du ciel.

— De source *très* sûre, poursuivit Amelia, que vous prévoyez de déménager Isherwood Fine Arts de son adresse historique pour, comment dire, une destination moins isolée.

— Faux.

— Vous avez visité deux locaux potentiels sur Cork Street la semaine dernière.

Certes, mais pas pour la raison que soupçonnait Amelia. Sarah avait l'ambition d'ouvrir une seconde galerie, spécialisée dans l'art contemporain, et qui porterait son nom. Elle n'avait pas encore abordé le sujet avec Julian et préférait qu'il ne l'apprenne pas dans les pages d'*ARTnews*.

— Je n'aurais pas les moyens de me payer Cork Street, objecta-t-elle.

— Vous venez de vendre un Van Dyck tout juste découvert pour six millions et demi de livres, dit Amelia en baissant la voix. Archi-secret. Acquéreur inconnu. Origine mystérieuse.

— Oui, fit Sarah. Je crois avoir lu ça quelque part.

— Je vous ai bien traités, Julian et vous, durant toutes ces années. Et à de nombreuses reprises, je me suis retenue de mettre mon nez dans des histoires qui auraient écorné la réputation de la galerie.

— Comme ?

— Votre rôle exact dans la réapparition de cet Artemisia, pour commencer.

Pour toute réponse, Sarah sirota une gorgée de son martini.

— Alors ? insista Amelia

— Isherwood Fine Arts ne quittera pas Mason's Yard. Ni aujourd'hui ni jamais. Pour les siècles des siècles. Amen.

— Alors pourquoi cherchez-vous un bail longue durée sur Cork Street ?

Parce qu'elle voulait faire de l'ombre à la galerie de l'ancien top-modèle, qui pour l'heure murmurait quelque chose à l'oreille de Simon Mendenhall, le premier commissaire-priseur sculptural de Christie's.

— Je vous jure, répondit Sarah, en tant qu'amie et en tant que femme, que je vous en parlerai en temps utile.

— Que vous m'en parlerez *en exclusivité*, insista Amelia. Et d'ici là, donnez-moi un potin juteux.

— Jetez un coup d'œil derrière votre épaule droite.

Amelia s'exécuta.

— La charmante Mlle Watson et le peu recommandable Simon Mendenhall.

— Torride, n'est-ce pas ?

— Je croyais qu'elle sortait avec un acteur.

— Ça ne l'empêche pas de s'envoyer en l'air avec le peu recommandable Simon.

À point nommé, un nouvel éclat de rire leur parvint de l'autre bout du bar, où Julian concluait une nouvelle représentation de l'incident fictif de Kensington – cette fois pour Nicky Lovegrove, le conseiller artistique des milliardaires.

— C'est vraiment comme ça que ça s'est passé ? demanda Amelia.

— Non, répondit Sarah avec un sourire triste. C'est le lampadaire qui l'a attaqué.

Quand elle eut fini son verre, Sarah essuya la trace de rouge à lèvres sur la joue de Julian et sortit sur Jermyn Street. Ne voyant aucun taxi, elle marcha jusqu'au coin de Piccadilly et en trouva un qui l'emmena vers l'ouest de Londres. En chemin, elle écuma la liste des restaurants proposés par Deliveroo, hésitant entre indien et thaï. Elle opta finalement pour un italien et regretta immédiatement son choix. Elle avait pris plus de deux kilos durant la pandémie, et deux autres depuis son mariage. Quoiqu'elle aille courir trois fois par semaine dans les allées de Hyde Park, elle n'arrivait pas à retrouver son poids habituel.

Alors que le taxi passait à toute vitesse devant le Royal Albert Hall, Sarah résolut de se lancer dans un nouveau régime. Mais pas ce soir ; elle avait assez faim pour manger un de ses escarpins Ferragamo. Après le dîner, qu'elle avalerait devant un programme débilitant à la télé, elle ramperait jusqu'au lit conjugal vide et y passerait l'essentiel du week-end, en écoutant *When Your Lover Has Gone* en boucle. L'enregistrement de 1956 de Billie Holiday, évidemment. Quand on était vraiment déprimé, aucune autre version ne convenait.

Elle fit sa meilleure imitation de Lady Day alors que le taxi s'engageait dans Queen's Gate Terrace et s'arrêtait en face de l'élégante maison georgienne sise au numéro 18. Elle ne leur appartenait pas dans sa totalité, seulement les deux étages inférieurs. Sarah fut prise d'un fol espoir en voyant la lumière dans la cuisine. Sensible aux questions écologiques, elle était certaine de ne pas l'avoir laissée allumée par mégarde. De toute évidence, son mari avait changé ses plans.

Elle paya le chauffeur et grimpa les marches du perron à toute allure. La porte était entrouverte et l'alarme désactivée. À l'intérieur, elle trouva une toile sans son châssis posée sur l'îlot central de la cuisine – un paysage fluvial avec des moulins à l'arrière-plan, d'environ 40 x 60 cm, portant ce qui semblait être les initiales du peintre de l'âge d'or néerlandais Aelbert Cuyp.

À côté de la toile, il y avait une enveloppe de la galerie Georges Fleury à Paris. Et un peu plus loin, une excellente bouteille de sancerre qu'un Gabriel grimaçant essayait vainement de déboucher. Sarah ferma la porte et, riant malgré elle, enleva son manteau. C'était, songea-t-elle, la parfaite conclusion à son épouvantable semaine.

19

Queen's Gate Terrace

Sarah consulta le statut de sa commande et vit qu'elle pouvait encore la modifier.

— Tagliatelles en sauce ou veau à la milanaise ?

— Je ne voudrais pas m'imposer.

— Mon mari est absent. Je ne suis pas contre un peu de compagnie.

— Dans ce cas, je prendrai le veau.

— Tagliatelles, donc.

Sarah amenda la commande puis baissa les yeux sur la toile nue gisant sur le plan de travail.

— Je suis sûre qu'il existe une explication rationnelle à ceci. Et aussi à ta main enflée.

— Par où veux-tu que je commence ?

— Pourquoi pas la main ?

— J'ai agressé un officier des *carabinieri* en civil après avoir croisé Julian à Venise.

— Et la peinture ?

— Je l'ai achetée cet après-midi à la galerie Georges Fleury.

— Je vois ça, dit Sarah en tapotant l'enveloppe. Mais où diable as-tu trouvé autant d'argent ?

Gabriel sortit le contrat de vente de l'enveloppe et posa l'index sur la signature de l'acquéreuse.

— Très généreux de sa part, commenta Sarah.

— La générosité n'a rien à voir là-dedans. Elle espère bien être remboursée en totalité.

— Par qui ?

— Toi, bien sûr.

— Alors la toile m'appartient ? C'est ce que tu dis ?

— Je suppose que oui.

— Combien m'a-t-elle coûté ?

— Un million d'euros.

— À ce prix-là, j'aurais pris le cadre, dit Sarah en tirant sur le coin effiloché de la toile. Et le châssis.

— La direction de l'hôtel Bristol aurait trouvé curieux que je laisse un cadre ancien dans ma chambre.

— Et le châssis ?

— Dans une poubelle de la Gare du Nord.

— Évidemment, fit-elle avec un soupir. Tu devrais la rentoiler demain à la première heure pour stabiliser l'image.

— Si je le faisais, il ne rentrerait plus dans mon bagage cabine.

— Où as-tu l'intention de l'emporter ?

— À New York, et tu viens avec moi.

— Pourquoi ?

— Parce que c'est une contrefaçon. Et j'ai la drôle d'impression que le tableau que tu as vendu à Phillip Somerset pour six millions et demi de livres en est une aussi.

— Oh ! merde. J'avais peur que tu dises un truc pareil.

Gabriel sortit son téléphone portable et afficha la photo du tableau qu'il avait vu chez Valérie Berrangar. *Portrait d'une inconnue*, huile sur toile, 115 x 92 cm, attribué à un disciple du peintre flamand baroque Antoine Van Dyck.

— Cela expliquerait la lettre qu'elle a écrite à Julian.

— En partie seulement.

— C'est-à-dire ?

— Elle a d'abord appelé la galerie Georges Fleury.

— Pourquoi ?

— Elle voulait savoir si sa version du tableau était également un Van Dyck, et donc s'il avait une quelconque valeur.

— Et qu'est-ce que M. Fleury lui a répondu ?

— D'après ce que je sais de cet individu, rien qui se rapproche de la vérité. Mais ce qu'il lui a dit lui a suffisamment mis la puce à l'oreille pour qu'elle contacte l'OCBC.

Sarah jura dans sa barbe en retirant le bouchon de la bouteille de sancerre.

— Ne t'inquiète pas, reprit-il. Je suis presque certain que la police l'a envoyée sur les roses. C'est pour ça qu'elle a demandé à Julian de venir à Bordeaux. Et c'est pour ça qu'elle est morte, ajouta-t-il après un silence.

— Elle a été…

— Assassinée. Et ses tueurs ont pris son portable pour faire bonne mesure.

— Tu connais leur identité ?

— J'y travaille. Mais je suis à peu près certain qu'il s'agissait de pros.

Sarah servit deux verres de vin et en tendit un à Gabriel.

— Quel genre de marchand d'art engage des tueurs professionnels pour régler un litige commercial ?

— Le genre qui est mouillé dans une entreprise criminelle lucrative.

Sarah prit le téléphone des mains de Gabriel et agrandit l'image.

— Celui de Mme Berrangar est un faux, lui aussi ?

— D'après moi, il est l'œuvre d'un disciple tardif de Van Dyck. Il y a quarante-huit heures, je pensais qu'il s'agissait d'une copie de celui que tu as vendu à Phillip Somerset, comme je l'ai dit à la fille de Mme Berrangar. Mais je suis maintenant convaincu que c'est l'inverse. Ce qui expliquerait pourquoi le tableau n'apparaît pas dans le catalogue raisonné de Van Dyck.

— Le faussaire a copié le disciple ?

— On pourrait dire ça comme ça, oui. Et il en a profité pour l'améliorer notablement. C'est tout à fait stupéfiant. Il peint vraiment comme Antoine Van Dyck. Pas étonnant que tes cinq experts aient été dupés.

— Comment expliques-tu les lacunes et les retouches qui sont apparues sous la lumière UV ?

— Le faussaire vieillit et endommage artificiellement sa peinture. Puis il la restaure en utilisant des pigments et des médiums modernes pour lui donner l'air authentique.

Sarah jeta un coup d'œil à la toile sur le plan de travail.

— Celle-ci aussi ?

— Absolument.

Gabriel sortit de l'enveloppe le rapport de condition du tableau. Trois photographies lui étaient attachées. La première montrait la toile dans son état actuel : retouchée, couverte d'une couche de vernis frais. La deuxième, prise sous lumière ultraviolette, révélait les lacunes comme un archipel de petites îles noires. La dernière présentait le tableau dans son état d'origine, sans retouches ni vernis. Les lacunes apparaissaient comme des taches blanches.

— L'aspect est très exactement celui d'une peinture vieille de quatre cents ans, dit Gabriel. Je déteste l'admettre, mais je pense que je me serais aussi fait avoir.

— Comment se fait-il que tu ne sois pas tombé dans le panneau ?

— Parce que je me suis rendu à la galerie précisément à la recherche de contrefaçons. Et parce que je pratique des tableaux de ce genre depuis cent ans. Les coups de pinceau des vieux maîtres me sont aussi familiers que les rides autour de mes yeux.

— Avec tout le respect que je te dois, ce n'est pas assez pour prouver une supercherie.

— C'est pour ça que nous allons la montrer à Aiden Gallagher.

Gallagher était le fondateur d'Equus Analytics, une société de recherche en art high-tech spécialisée dans les contrefaçons. Il louait ses services aux musées, aux galeristes, aux collectionneurs, aux commissaires-priseurs et, à l'occasion, au FBI. C'était Aiden Gallagher qui, dix ans plus tôt, avait prouvé que l'une des galeries d'art contemporain les plus florissantes de New York avait vendu pour près de quatre-vingts millions de dollars de faux tableaux à des clients de bonne foi.

— Son labo est à Westport, dans le Connecticut, poursuivit Gabriel. Si le faussaire a commis une erreur technique, il la trouvera.

— Et pendant qu'on attendra les résultats ?

— Tu t'arrangeras pour que je puisse jeter un coup d'œil au tableau que vous avez vendu à Phillip Somerset. Si, comme je le soupçonne, c'est un faux...

— Julian et moi serons la risée du monde de l'art.

Non, ajouta Gabriel pour lui-même en prenant son verre. Si le *Portrait d'une inconnue* se révélait être une contrefaçon, Isherwood Fine Arts, pourvoyeur de tableaux de vieux maîtres italiens et néerlandais rivalisant avec les meilleurs musées depuis 1968, serait ruiné.

20

Westport

Ils passèrent la sécurité de Heathrow séparément – Gabriel sous son vrai nom, le faux Cuyp tassé au fond de son bagage cabine – et se rejoignirent dans la salle d'embarquement. Pendant qu'ils attendaient qu'on appelle leur vol, Sarah écrivit un mail à Aiden Gallagher, pour l'informer qu'Isherwood Fine Arts de Londres souhaitait engager Equus Analytics pour procéder à l'évaluation technique d'un tableau. Elle n'identifia pas l'œuvre en question, mais elle laissa entendre que l'affaire était urgente. Elle devait atterrir à New York à midi et, sauf catastrophe majeure sur la route, arriverait à Westport à 15 heures au plus tard. Pourrait-elle lui livrer le tableau en mains propres ?

Une fois à bord, Sarah informa le steward qu'elle ne voudrait ni manger ni boire durant les huit heures qu'ils passeraient au-dessus de l'Atlantique Nord. Puis elle ferma les yeux et ne les rouvrit que lorsque l'appareil toucha la piste d'atterrissage à l'aéroport international John-F.-Kennedy. Armée de son passeport américain et de sa Global Entry Card[1], elle esquiva les formalités à l'arrivée

1. Carte délivrée par les douanes américaines permettant aux citoyens des États-Unis et de certains pays partenaires de s'affranchir des formalités douanières à leur arrivée sur le sol américain.

tandis que Gabriel, qui ne jouissait plus des avantages de son ancien statut, passa une heure à faire la queue dans le labyrinthe de piquets et de barrières en nylon rétractable réservé aux étrangers indésirables. Son périple se termina dans une pièce sans fenêtre, où il fut brièvement interrogé par un officier des douanes bien nourri.

— Qu'est-ce qui vous amène aux États-Unis, directeur Allon ?

— Des recherches privées.

— Est-ce que la CIA sait que vous êtes dans le pays ?

— Oui.

— Comment va votre poitrine ?

— Mieux que ma main.

— Quelque chose à déclarer dans votre valise ?

— Deux armes à feu et un cadavre.

L'officier sourit.

— Profitez bien de votre séjour.

Une ligne bleue conduisit Gabriel à la zone de récupération des bagages, où Sarah méditait, penchée sur son téléphone portable.

— Aiden Gallagher, dit-elle sans lever les yeux. Il m'a demandé si ça pouvait attendre lundi. Je lui ai dit que non.

À cet instant, un carillon annonça un mail entrant.

— Eh bien ?

— Il veut une description du tableau.

— *Paysage fluvial aux moulins à vent lointains*. Huile sur toile. 36 x 58 cm. Actuellement attribué à Aelbert Cuyp.

Sarah envoya le message. La réponse arriva deux minutes plus tard.

— Il nous retrouve à Westport à 15 heures.

Equus Analytics avait ses locaux dans un vieil immeuble en brique rouge sur Riverside Avenue, non loin de la passerelle du Connecticut Turnpike. Gabriel et Sarah arrivèrent quelques minutes après 14 heures à l'arrière d'un SUV Uber. Ils prirent un café chez Dunkin' Donuts un peu plus haut dans la rue et l'emportèrent sur un banc ensoleillé face aux eaux miroitantes de la Saugatuck. Des nuages blancs ventrus traversaient un ciel par ailleurs uniformément bleu. De petits bateaux de plaisance sommeillaient tels des jouets abandonnés à l'amarrage dans la modeste marina.

— Ça ressemble un peu à un tableau de Cuyp, fit remarquer Gabriel.

— Westport ne manque pas de charme. Surtout un jour comme aujourd'hui.

— Tu regrettes ?

— D'avoir quitté New York ? Non. Je n'ai pas perdu au change, tu ne crois pas ?

— Ça dépend.

— De quoi ?

— Est-ce que ton mariage avec Christopher t'apporte le bonheur que tu espérais ?

— Et plus encore. Mais je dois admettre que mon travail à la galerie n'est pas aussi intéressant que les missions que tu me confiais. Tu te rappelles notre voyage à Saint-Barthélemy avec Zizi al-Bakari ? demanda-t-elle en tournant le visage vers la chaleur du soleil.

— Comment pourrais-je l'oublier ?

— Et l'été que nous avons passé avec Ivan et Elena Kharkov à Saint-Tropez ? Ou le jour où j'ai tiré sur cet assassin russe à Zurich ? (Sarah consulta l'écran de son portable.) Il est presque 15 heures. On y va ? Je ne voudrais pas le faire attendre.

Ils se mirent en route sur Riverside Avenue et arrivèrent en vue d'Equus Analytics alors qu'une berline BMW Série 7 s'arrêtait dans le parking. L'homme qui émergea par la portière conducteur avait les cheveux noir de charbon et les yeux bleus, et il paraissait bien plus jeune que ses cinquante-quatre ans.

Il tendit la main vers Sarah.

— Mademoiselle Bancroft, je présume ?

— C'est un plaisir de vous rencontrer, docteur Gallagher. Merci d'accepter de nous recevoir si vite. Et un samedi.

— Je vous en prie. Pour tout dire, j'avais prévu de travailler un peu avant le dîner.

Son accent, quoique presque effacé, trahissait une origine dublinoise.

— Et vous êtes ? demanda-t-il en regardant Gabriel.

— Johannes Klemp, répondit Gabriel en exhumant un pseudonyme de son passé. Je travaille avec Sarah chez Isherwood Fine Arts.

— Est-ce qu'on vous a déjà dit que vous ressembliez trait pour trait à l'Israélien qui s'est fait tirer dessus le jour de l'Investiture ? Si je ne me trompe pas, il s'appelle Gabriel Allon.

— On me fait souvent la remarque.

— Je n'en doute pas, commenta Gallagher avec un sourire entendu avant de se tourner vers Sarah. Et donc, ce tableau ?

Elle désigna du menton la valise de Gabriel.

— Ah, fit Gallagher. Le mystère s'épaissit.

21

Equus

Les verrous posés sur la porte extérieure étaient aussi sophistiqués que ceux d'un musée, tout comme le système de sécurité et le matériel de laboratoire de Gallagher. La liste de ses gadgets high-tech incluait un microscope électronique, un appareil de réflectographie infrarouge à ondes courtes. Et un Bruker M6 Jetstream, un spectromètre extrêmement perfectionné. Il commença néanmoins son analyse à l'ancienne, en examinant la peinture à l'œil nu sous une lumière vive.

— Elle semble avoir survécu au vol sans dommage, mais je voudrais l'entoiler le plus rapidement possible, dit-il en jetant un regard de reproche à Gabriel. Si Herr Klemp n'y voit aucune objection, bien sûr.

— Peut-être devriez-vous utiliser mon vrai nom, dit Gabriel. Quant au châssis, un 14 x 22 pouces standard devrait faire l'affaire. Avec des montants biseautés aux cinq huitièmes.

Une expression perplexe traversa le visage de Gallagher.

— Êtes-vous peintre, monsieur Allon ?

Gabriel lui fit la même réponse qu'à la fille de Valérie Berrangar soixante-douze heures plus tôt, dans la commune de Saint-André-du Bois. Aiden Gallagher en fut tout aussi intrigué, quoique pour une tout autre raison.

— Il s'avère que nous avons beaucoup en commun.

— Désolé de l'entendre, ironisa Gabriel.

— Artistiquement, je veux dire. J'ai étudié la peinture au National College of Art and Design de Dublin avant de venir en Amérique et d'intégrer Columbia.

Où il avait obtenu un doctorat d'histoire de l'art et un master de conservation des biens culturels. Alors qu'il travaillait au sein du personnel de restauration du Metropolitan Museum of Art, Gallagher s'était spécialisé en recherche d'origine et, plus tard, en détection scientifique des contrefaçons. Il avait quitté le Met en 2005 et avait fondé Equus Analytics. *L'Art Newspaper* l'avait récemment comparé à une « rock star » sans équivalent dans son champ de compétences. Ce qui expliquait la BMW Série 7 flambant neuve garée devant la porte de son bureau.

Il se tourna vers la peinture.

— Où a-t-elle été achetée ?

— À la galerie Georges Fleury, à Paris.

— Quand ?

— Hier après-midi.

Gallagher releva brusquement les yeux.

— Et vous soupçonnez déjà une fraude ?

— Non. Je *sais* qu'il y a une fraude. C'est une contrefaçon.

— Et comment êtes-vous arrivé à cette conclusion ? demanda Gallagher d'un air dubitatif.

— L'instinct.

— Je crains que l'instinct ne suffise pas, monsieur Allon, objecta Gallagher en reportant les yeux sur le tableau. La provenance ?

— Une blague.

— Et le rapport de condition ?

— Une œuvre d'art à lui tout seul.

Gabriel sortit les deux documents de sa valise et les posa sur la table. Aiden Gallagher passa d'abord en revue la provenance et termina par les trois photos. Le tableau sous sa forme actuelle. Le tableau sous lumière ultraviolette. Puis le tableau avec ses lacunes exposées.

— Si c'est une contrefaçon, le faussaire savait ce qu'il faisait.

Gallagher éteignit les plafonniers et examina la peinture à la lumière d'une torche ultraviolette. L'archipel de taches noires correspondait à celles de la photo.

— Jusqu'ici, tout est normal.

Il ralluma les plafonniers et demanda à Gabriel :

— Êtes-vous familier du travail de Cuyp ?

— Très.

— Alors vous savez que son œuvre a souffert de confusion et de mauvaise attribution au fil des siècles. Il s'est largement inspiré de Jan Van Goyen, et ses disciples se sont largement inspirés de lui. L'un d'eux, Abraham Van Calraet était originaire de la ville néerlandaise de Dordrecht, comme Cuyp. Et comme ils partageaient les mêmes initiales, il est parfois difficile de distinguer leurs œuvres.

— Raison pour laquelle un faussaire porterait son dévolu sur un peintre comme Cuyp. Les bons contrefacteurs choisissent sciemment les artistes dont l'œuvre a été mal attribuée par le passé. Ainsi, quand un nouveau tableau réémerge miraculeusement d'une collection européenne poussiéreuse, les soi-disant experts sont plus enclins à l'accepter comme authentique.

— Et si je conclus que ce tableau est l'œuvre d'Aelbert Cuyp ?

— Je suis sûr que ça ne sera pas le cas.

— Êtes-vous prêt à parier cinquante mille dollars là-dessus ?

— Moi, non. Mais elle, oui, ajouta Gabriel en désignant Sarah.

— Je demande vingt-cinq mille pour démarrer mes investigations. Le reste quand je vous aurai fait part de mes découvertes.

— Il vous faudra combien de temps ? demanda Sarah.

— Ça peut se compter en semaines comme en mois.

— Le temps est une donnée essentielle, docteur Gallagher.

— Quand prévoyez-vous de rentrer à Londres ?

— À vous de nous le dire.

— Je peux vous fournir un rapport préliminaire pour lundi après-midi. Mais il y a un supplément pour les urgences.

— Combien ?

— Cinquante mille tout de suite, vingt-cinq mille à la livraison.

Après avoir signé une décharge de responsabilité et un chèque, Gabriel et Sarah se dépêchèrent de gagner la station de Metro North et achetèrent deux billets pour Grand Central.

— Le prochain train est 16 h 26, dit Sarah. Avec un peu de chance, on sirotera des martinis au Mandarin Oriental à 18 heures.

— Je croyais que tu préférais le Four Seasons.

— « Il n'y avait point de place dans l'hôtellerie »[1].

— Même pour toi ?

— Crois-moi, j'ai copieusement engueulé le responsable des réservations.

— Où crois-tu que Phillip Somerset passe le week-end ?

— Le connaissant, il pourrait être n'importe où. En plus de sa maison de la 74e Rue Est, il possède un chalet à Aspen, une propriété dans l'East End de Long Island et une portion non négligeable du lac Placid dans les Adirondacks. Il vole de l'un à l'autre dans son Gulfstream.

— Pas mal pour un ancien trader d'obligations de Lehman Brothers.

— Tu as bien fait tes devoirs.

— Tu me connais, je n'ai jamais réussi à dormir dans un avion, dit Gabriel en lui jetant un regard de biais. Comment est le temps à Lake Placid à cette époque de l'année ?

1. Luc, 2 : 7, Bible de David Martin, 1744.

— Affreux.

— Et à Aspen ?

— Pas de neige.

— Ce qui nous laisse Manhattan ou Long Island.

— Je l'appellerai lundi à la première heure.

— Occupe-t'en tout de suite. Tu te sentiras mieux.

— À moins que le Van Dyck ne se révèle être une contrefaçon.

Sarah ouvrit un nouveau mail à destination de Phillip Somerset.

— Je mets quoi en objet ? demanda-t-elle.

— Se revoir.

— Brillant. Continue.

— Dis-lui que tu passes à New York à l'improviste. Demande-lui s'il a quelques minutes à t'accorder.

— Dois-je parler du tableau ?

— Surtout pas.

— Comment dois-je te présenter ?

— Tu es une marchande d'art qui travaillait pour la CIA. Je suis sûr que tu vas trouver.

Elle termina le mail alors que le train entrait en gare. Et à 17 h 30, tandis qu'ils s'engouffraient dans un taxi devant Grand Central, Phillip Somerset lui téléphona sa réponse.

— Lindsay et moi recevons quelques amis à déjeuner à Long Island. Ce serait un grand plaisir de t'avoir avec nous. Et amène ton ami, ajouta-t-il. Je serais ravi de le rencontrer.

22

North Haven

Sarah déclina la proposition de Phillip Somerset de lui envoyer un chauffeur et préféra louer une berline européenne. Ils allèrent la récupérer dans un garage de Turtle Bay à 10 h 30 le lendemain matin, et à midi ils filaient à travers le comté de Suffolk sur la voie express de Long Island. Pour passer le temps, Sarah lisait à voix haute les noms des villes et des hameaux au charme désuet à mesure qu'ils apparaissaient sur les panneaux de sortie verts à moitié effacés – Commack, Hauppauge, Ronkonkoma, Patchogue. C'était un jeu idiot, expliqua-t-elle à Gabriel, auquel elle jouait quand elle était petite, à l'époque où les Bancroft passaient leurs vacances d'été à East Hampton avec d'autres familles aisées de Manhattan.

— Les nouveaux occupants des lieux sont bien plus riches que nous ne l'étions, et ils n'ont pas honte de le montrer. Les démonstrations grotesques d'opulence sont maintenant de rigueur.

Elle tira sur la manche du tailleur-pantalon qu'elle avait apporté de Londres.

— J'aurais préféré avoir le temps de trouver quelque chose de plus approprié.

— Tu es magnifique, dit Gabriel, une main en équilibre sur le haut du volant.

— Ce n'est pas la tenue qui convient pour une visite, même informelle, à North Haven chez Phillip Somerset.

— Que faut-il porter ?

— Les vêtements les plus chers, répondit Sarah alors que son téléphone signalait un message entrant. Quand on parle du loup…

— A-t-on été désinvités ?

— Il me demande où on en est.

— Tu crois qu'il pose la question à tous ses invités ou juste à toi ?

— Qu'est-ce que tu veux dire ?

— Que Phillip Somerset m'a semblé excessivement content d'avoir de tes nouvelles hier.

— Notre relation est à la fois personnelle et professionnelle, reconnut Sarah.

— Personnelle à quel point ?

— C'est un ami commun qui nous a présentés lors de la réception annuelle du MoMA. Phillip traversait un divorce difficile, à cette époque. On est sortis ensemble pendant quelques mois.

— Qui a mis fin à la relation ?

— Lui, si tu veux tout savoir.

— Quelle drôle d'idée lui est passée par la tête ?

— J'avais pas loin de quarante ans à cette époque, et Phillip cherchait quelqu'un d'un peu plus jeune. Quand il a rencontré la charmante Lindsay Morgan, un top-modèle adepte du yoga de douze ans ma cadette, il m'a lâchée comme il l'aurait fait d'actions non rentables.

— Et pourtant, tu as laissé ton argent dans le fonds spéculatif de Masterpiece Art Ventures.

— Comment tu le sais ?

— Un coup de chance.

— J'avais déjà confié à Phillip une petite part de mes actifs quand on a commencé à sortir ensemble. Je n'allais pas lui demander une rédemption simplement parce que notre relation partait à vau-l'eau.

— Petite à quel point, la part ?

— Deux millions de dollars.

— Je vois.

— Je t'ai pourtant parlé de la fortune que m'a laissée mon père, la dernière fois que nous sommes venus à New York.

— En effet, oui. J'espère juste que Phillip a bien pris soin de tes intérêts.

— Mon solde actuel est de quatre millions huit cent mille dollars.

— *Mazel tov.*

— Comparée aux autres clients de Phillip, je suis une pauvresse. Tout ce qu'il touche se transforme en or. C'est pour ça que tant de gens du monde de l'art se sont entichés de lui. Son fonds génère invariablement vingt-cinq pour cent de revenus annuels.

— Comment est-ce possible ?

— Par la magie d'une stratégie de trading propriétaire dont Phillip garde jalousement le secret. À la différence des autres fonds, Masterpiece ne révèle pas les tableaux qu'il possède. Son catalogue est totalement opaque. Et conséquent, apparemment. Phillip contrôle actuellement pour un milliard deux cents millions de dollars d'œuvres d'art. Il achète et vend constamment, et engrange des bénéfices substantiels au passage.

— Du fait du volume et de la vitesse ?

— Et des arbitrages, bien sûr. Masterpiece agit exactement comme un fonds spéculatif. La mise de départ pour les nouveaux clients est au minimum d'un million de dollars, et la somme est bloquée pendant cinq ans. Les frais sont ceux qui se pratiquent couramment dans ce genre de commerce : deux-vingt. C'est-à-dire deux pour cent de frais de gestion et vingt pour cent sur les profits.

— Je suppose que la société est domiciliée aux îles Cayman.

— Ne le sont-elles pas toutes ? dit Sarah en levant les yeux au ciel. Je dois admettre que j'aime voir le solde de mon compte grossir d'année en année. Mais d'un autre côté, je déteste penser aux tableaux comme à des marchandises qu'on vend et qu'on achète, comme le soja ou le pétrole brut.

— Il va falloir te débarrasser de cette idée si tu veux percer dans le négoce de l'art. La plupart des peintures achetées aux enchères ne seront plus jamais exposées aux yeux du public. Elles finissent enfermées dans des coffres ou aux ports francs de Genève.

— Ou dans un entrepôt climatisé géré par Chelsea Fine Arts Storage. C'est là où Phillip m'a demandé d'envoyer le Van Dyck.

Sarah montra le panneau de la sortie 66.

— Yaphank.

La péninsule ovoïde de North Haven fait une saillie dans la baie de Peconic entre Sag Harbor et Shelter Island. La résidence secondaire de Phillip Somerset, une acropole de cèdre et de verre de deux mille huit cents mètres carrés, se dressait sur la rive orientale. Sa jeune épouse aux cheveux d'or accueillit Gabriel et Sarah dans le hall cathédrale, vêtue d'un tailleur-pantalon en lin sans manches, sa taille de guêpe serrée par une ceinture, la peau si exempte de défauts qu'on aurait dit une photo filtrée sur les réseaux sociaux. Quand Gabriel se présenta, il récolta un regard vide en retour, mais Lindsay Somerset reconnut immédiatement le nom de Sarah.

— Vous êtes la galeriste de Londres qui a vendu le Van Gogh à mon mari.

— Van Dyck.

— Je les confonds toujours.

— C'est une erreur très commune, lui assura Sarah.

Lindsay Somerset se détourna pour saluer de nouveaux arrivants, une présentatrice du journal télévisé et son mari. D'autres journalistes de la presse écrite et du petit écran étaient rassemblés dans la grande salle lumineuse, ainsi que des gestionnaires de fonds spéculatif, des peintres, des galeristes, des créateurs de mode, des top-modèles, des acteurs, des scénaristes, un célèbre réalisateur de blockbusters, une star de la musique qui chantait la détresse de la classe ouvrière de Long Island, une députée progressiste du Bronx et un troupeau de jeunes assistants d'une maison d'édition new-yorkaise. De toute évidence, c'était une fête en l'honneur d'un livre.

— Carl Bernstein, chuchota Sarah. Il travaillait en binôme avec Bob Woodward au *Washington Post* durant le scandale du Watergate.

— Contrairement à toi, Sarah, j'étais vivant du temps où Richard Nixon était président. Je sais qui est Carl Bernstein.

— Tu voudrais le rencontrer ? Il est juste là, dit Sarah en subtilisant une coupe de champagne sur le plateau d'un serveur de passage. Et là, c'est Ina Garten. Et cet acteur dont je n'arrive jamais à me souvenir le nom. Celui qui vient de sortir de cure de désintox.

— Et un Rothko, dit Gabriel à voix basse. Et un Basquiat. Et un Pollock. Et un Lichtenstein, un Diebenkorn, un Hirst, un Adler, un Prince, un Warhol.

— Tu devrais voir son hôtel particulier sur la 74e Rue Est. On se croirait au Whitney.

— Pas tout à fait, fit une voix de baryton derrière eux. Mais je serais heureux de vous la faire visiter.

La voix était celle de Phillip Somerset. Il salua d'abord Sarah – d'un baiser sur la joue et d'un compliment –, avant de tendre une main dorée par le soleil à Gabriel. C'était un cinquantenaire de haute taille au physique sportif, au visage infantile coiffé de cheveux blond cendré et au sourire confiant typique des très riches. Il avait au poignet un formidable chronographe Richard Mille, un modèle sportif porté par les hommes fortunés qui se prétendaient navigateurs. Son sweat en cachemire à glissière se voulait aussi vaguement marin, tout comme son pantalon en coton clair et ses mocassins bleu électrique. De fait, tout chez lui laissait penser qu'il venait de descendre du pont d'un yacht.

Gabriel accepta la main tendue et donna son nom.

Phillip Somerset se tourna vers Sarah en quête d'une explication.

— C'est un vieil ami, dit-elle.

— Ouf, j'ai cru un instant que j'allais devoir passer l'après-midi à esquiver des questions sur ma stratégie d'investissement, plaisanta l'homme d'affaires. Quelle surprise, monsieur Allon. Que me vaut cet honneur ?

— J'espérais pouvoir jeter un coup d'œil à un tableau.

— Ma foi, vous êtes au bon endroit. Un en particulier ?

— *Portrait d'une inconnue.*

— D'Antoine Van Dyck ?

— Je l'espère, répondit Gabriel avec un sourire.

Phillip Somerset les fit monter dans un grand bureau inondé de lumière, pourvu d'écrans d'ordinateur démesurés et offrant une vue imprenable sur la baie crêtée d'écume. Le silence s'étira en longueur tandis qu'il les considérait d'un œil calculateur derrière le no man's land de son immense table de travail. Puis il regarda directement Sarah et dit :

— Tu devrais peut-être m'expliquer de quoi il retourne.

La réponse de Sarah fut précise et formelle.

— Isherwood Fine Arts a demandé à M. Allon de mener une enquête discrète sur les circonstances entourant la redécouverte de *Portrait d'une inconnue* et sa vente à Masterpiece Art Ventures.

— Pourquoi une telle enquête a-t-elle été jugée nécessaire ?

— Il y a une dizaine de jours, la galerie a reçu une lettre exprimant des inquiétudes quant à la transaction. La femme qui nous l'avait envoyée a été tuée dans un accident de la route près de Bordeaux quelques jours plus tard.

— La police suspecte un acte criminel ?

— Non, répondit Gabriel. Mais moi, oui.

— Pourquoi ?

— Son défunt mari a acheté plusieurs tableaux à la galerie même où Julian et Sarah ont acquis *Portrait d'une inconnue*. Quand je me suis rendu vendredi à la galerie, j'ai remarqué quatre tableaux qui sont de toute évidence des contrefaçons. J'ai acheté l'une d'elles et je l'ai confiée à Equus Analytics.

— Aiden Gallagher est le meilleur dans son domaine. Je fais moi-même appel à ses services.

— Il espère pouvoir nous fournir un rapport préliminaire demain après-midi. Mais en attendant…

— Vous vous êtes dit que vous jetteriez un coup d'œil au Van Dyck.

Gabriel hocha la tête.

— Je vous l'aurais montré bien volontiers, reprit Phillip Somerset, mais je crains que ce ne soit pas possible.

— Puis-je vous demander pourquoi ?

— Masterpiece Art Ventures l'a vendu il y a environ trois semaines. En réalisant un profit considérable, soit dit en passant.

— À qui ?

— Je suis désolé, monsieur Allon. Les détails de la transaction sont confidentiels.

— Y a-t-il eu un intermédiaire ?

— L'une des plus grandes maisons de vente.

— Est-ce que cette maison a demandé à ce que l'attribution soit expertisée ?

— L'acquéreur l'a exigé.

— Et ?

— *Portrait d'une inconnue* a été peint par Antoine Van Dyck, très certainement dans son studio d'Anvers, vers la fin des années 1630.

Ce qui signifie que, en ce qui concerne Isherwood Fine Arts et Masterpiece Art Ventures, l'affaire est close.

— Si ça ne te dérange pas, intervint Sarah, je voudrais que tu me le confirmes par écrit.

— Envoie-moi une ébauche demain matin, je jetterai un coup d'œil.

23

Galerie 617

Tôt le lendemain matin, Sarah appela son conseiller HSBC à Londres et lui demanda de virer un million d'euros sur le compte de la plus célèbre violoniste au monde. Puis elle composa le numéro de Ronald Sumner-Lloyd, l'avocat hors de prix de Julian, et ensemble ils rédigèrent une lettre garantissant Isherwood Fine Arts contre toute réclamation, présente et future, concernant la vente de *Portrait d'une inconnue* du peintre baroque flamand Antoine Van Dyck. Peu après 9 heures, elle envoya le document finalisé à Phillip Somerset. Il lui téléphona peu après depuis son hélicoptère Sikorsky, quelque part entre East Hampton et Manhattan.

— Les mots sont plutôt agressifs, tu ne trouves pas ? Notamment la clause de confidentialité.

— Je dois veiller à nos intérêts, Phillip. Et si ta vente se termine en eau de boudin, il est hors de question que le nom d'Isherwood Fine Arts se retrouve dans le *New York Times*.

— Je croyais avoir été clair : il n'y a aucun souci à se faire.

— Tu m'as aussi assuré un jour que tu étais intéressé par une relation à long terme.

— Tu n'es pas encore fâchée pour ça, n'est-ce pas ?

— Je ne l'ai jamais été, mentit Sarah. Maintenant rends-moi service et signe cette renonciation.

— À une condition.

— Laquelle ?

— Dis-moi comment tu connais Gabriel Allon.

— On s'est rencontrés quand je travaillais à Washington.

— C'était il y a longtemps.

— Oui. La charmante Lindsay devait encore être à l'école primaire, à cette époque.

— Elle m'a dit que tu avais été grossière avec elle.

— Elle ne fait pas la différence entre un Van Gogh et un Van Dyck.

— À une certaine époque, moi non plus. Et regarde où j'en suis, ajouta-t-il avant de raccrocher.

Le document réapparut dans la messagerie de Sarah cinq minutes plus tard, daté et signé électroniquement. Elle ajouta son propre paraphe et le transféra à Julian et à Ronnie à Londres. Puis après avoir confirmé deux places sur le vol British Airways de 19 h 30 à destination de Heathrow, elle appela Gabriel pour lui dire qu'Isherwood Fine Arts était désormais dégagé de toute responsabilité légale et éthique.

— Ce qui signifie que Julian et moi allons garder nos réputations intactes, sans parler de nos six millions et demi de livres. L'un dans l'autre, tout est bien qui finit bien.

— Quels sont tes projets pour le reste de la matinée ?

— Je vais commencer par faire mes valises. Puis je regarderai mon téléphone en attendant qu'Aiden Gallagher me dise que tu as inutilement dépensé un million d'euros de mon argent pour *Paysage fluvial aux moulins à vent lointains*.

— Que dirais-tu d'une longue promenade, plutôt ?

— Une bien meilleure idée.

C'était une de ces matinées printanières parfaites, au ciel clair et sans nuage, balayé par un vent malicieux montant de l'Hudson. Ils cheminèrent le long de la 59e Rue Ouest et de la Cinquième Avenue, puis bifurquèrent vers les quartiers résidentiels.

— Où m'emmènes-tu ?

— Au Metropolitan Museum of Art.

— Pourquoi ?

— Ses collections comportent plusieurs tableaux majeurs d'Antoine Van Dyck. Des vrais, ajouta Gabriel avec un sourire.

Sarah téléphona à une amie qui travaillait au service marketing du Met et lui demanda deux billets gratuits. Ils attendirent au bureau d'information du Grand Hall. Puis ils grimpèrent jusqu'à la galerie 617, une salle dédiée à l'art du portrait baroque. Elle contenait quatre œuvres de Van Dyck, dont son emblématique portait d'Henriette Marie, l'épouse du roi Charles Ier. Gabriel prit une photo du visage de la reine consort et la montra à Sarah.

— La craquelure, dit-elle.

— Vois-tu quelque chose d'inhabituel ?

— Non.

— Moi non plus. Elle est exactement comme elle devrait être. Maintenant regarde celle-ci, dit-il en lui montrant le visage de l'inconnue, la version que Julian et Sarah avaient vendue à Phillip Somerset. Le motif de la craquelure est différent.

— C'est léger. Mais oui, il y a une différence.

— Parce que le faussaire a utilisé un durcisseur chimique pour vieillir artificiellement la peinture. Un tel agent produit une craquelure de quatre cents ans en l'espace de quelques jours. Mais pas la *bonne*.

— Deux expertises indépendantes ont déclaré notre *Portrait d'une inconnue* authentique. Rome a parlé, Gabriel. L'affaire est close.

— Mais les deux expertises sont fondées sur l'avis d'un spécialiste et non sur la science.

Sarah poussa un soupir frustré.

— Peut-être que tu te trompes de perspective.

— Et quelle serait la bonne ?

— Peut-être est-ce celui-ci qui est faux, dit-elle en désignant le portrait d'Henriette Marie.

— Il ne l'est pas.

— Tu en es sûr ? demanda Sarah en le conduisant dans la salle voisine. Et ce paysage ici ? Es-tu absolument certain qu'il a bien été peint par Claude Lorrain ? Ou es-tu simplement enclin à le croire parce qu'il est exposé au Metropolitan Museum of Art ?

— Où veux-tu en venir ?

— Au fait, répliqua Sarah dans un murmure emphatique, que personne ne sait vraiment si toutes ces belles œuvres d'art accrochées dans les plus grands musées du monde sont authentiques ou pas. Encore moins les savants conservateurs et restaurateurs employés par de telles institutions. C'est un petit secret honteux dont personne ne veut parler. Oh ! ils font de leur mieux pour garantir l'intégrité de leurs collections. Mais à la vérité ils se font très souvent duper. À la louche, je dirais qu'au moins vingt pour cent des tableaux de la National Gallery de Londres sont attribués à tort ou carrément faux. Et je peux t'assurer que ce pourcentage monte en flèche sur le marché privé de l'art.

— Alors peut-être qu'on devrait faire quelque chose.

— En faisant fermer boutique à la galerie Georges Fleury ? Mauvaise idée, Gabriel, fit Sarah en secouant lentement la tête.

— Pourquoi ?

— Parce que le cataclysme que tu déclencheras à Paris ne s'arrêtera pas à Paris. Ça se répandra dans le reste du monde de l'art comme une épidémie, qui infectera les maisons de vente, les négociants, les collectionneurs et les clients ordinaires de musées comme le Met. Personne, pas même le plus virtuose d'entre nous, ne sera épargné par ses ravages.

— Et si Aiden Gallagher nous dit que le tableau est une contrefaçon ?

— Nous le restituerons discrètement, chacun partira de son côté et nous n'évoquerons plus jamais le sujet. Sans quoi nous risquerions de faire voler en éclats l'illusion que tout ce qui brille est or.

— *Reluit.*

Sarah consulta sa montre en fronçant les sourcils.

— Nous sommes officiellement l'après-midi, dit-elle.

Ils retournèrent au Mandarin Oriental et s'installèrent à la dernière table vide du très populaire bar de l'hôtel. À 14 h 15, alors qu'ils terminaient leur déjeuner, le téléphone de Sarah vibra pour annoncer un appel entrant. Equus Analytics.

— C'est peut-être *toi* qui devrais répondre.

Gabriel décrocha et porta l'appareil à son oreille.

— Merci, dit-il au bout d'un moment. Mais ça ne sera pas nécessaire. On arrive.

Sarah récupéra son téléphone.

— *Qu'est-ce* qui ne sera pas nécessaire ?

— Une analyse chimique additionnelle des pigments.

— Pourquoi pas ?

— Parce qu'Aiden Gallagher a découvert plusieurs fibres de laine polaire bleu marine incrustées dans la peinture, y compris à des endroits qui n'ont pas été retouchés. Ce tissu ayant été inventé dans le Massachusetts en 1979, il est raisonnable de penser qu'Aelbert Cuyp ne portait pas de pull ou de veste en laine polaire au milieu du XVIIe siècle. Ce qui signifie…

— Que Georges Fleury me doit un million d'euros.

Sarah changea leurs billets d'avion puis remonta à toute vitesse chercher ses bagages. Ils régleraient la question discrètement, songea-t-elle, et n'évoqueraient plus jamais le sujet.

24

Galerie Fleury

Le GPS du téléphone de Sarah estima le trajet entre Colombus Circle et Westport à quatre-vingt-dix minutes. Mais Gabriel, derrière le volant de leur voiture de location, parvint à couvrir la distance en à peine plus d'une heure. La BMW Série 7 clinquante d'Aiden Gallagher était garée devant Equus Analytics, et *Paysage fluvial aux moulins à vent lointains*, nouvellement rentoilé, les attendait sur la table d'examen du laboratoire. Une lettre de deux pages identifiant l'œuvre comme une contrefaçon moderne et trois photos prises au microscope étayant les conclusions de Gallagher y figuraient aussi.

— Pour être honnête, j'ai été un peu surpris que ça soit aussi évident. Vu la qualité de ses coups de pinceau, j'attendais mieux de lui. C'est vraiment une erreur de débutant, ajouta Gallagher en montrant les brins de tissu sur les photos.

— Peut-on expliquer autrement la présence de ces fibres ? demanda Gabriel.

— Absolument pas. Cela étant, préparez-vous à essuyer la colère de Fleury, avisa Gallagher en regardant Sarah. D'après mon expérience, la plupart des marchands d'art ne se séparent pas d'un million d'euros sans un minimum d'indignation.

— Je suis sûre que M. Fleury verra les choses de la même manière que nous. Surtout quand il aura lu votre rapport.

— Quand prévoyez-vous de lui révéler vos découvertes ?

— Nous partons ce soir pour Paris. D'ailleurs, ajouta Sarah en regardant sa montre, il faut que nous y allions.

Elle rédigea un chèque de vingt-cinq mille dollars à l'attention de Gallagher pendant que Gabriel détoilait *Paysage fluvial aux moulins à vent lointains* et fourrait la peinture dans son bagage cabine. L'embarquement du vol Air France commençait à 18 h 45. À 20 h 30, ils survolaient l'East End de Long Island.

— Là, c'est North Haven, dit Sarah en regardant par le hublot. Je crois bien que je distingue la maison de Phillip.

— On se demande bien comment Lindsay et lui arrivent à vivre dans deux mille huit cents mètres carrés.

— Tu devrais voir leur chalet dans les Adirondacks. J'y ai passé un long week-end, une fois, ajouta-t-elle en baissant la voix.

— À faire du kayak et de la randonnée ?

— Entre autres choses. Phillip a pas mal de jouets.

— En tout cas, il n'a pas gardé le Van Dyck très longtemps.

— Certains changent souvent de maison. Phillip, ce sont les tableaux.

Sarah accepta la coupe de champagne que lui tendit l'hôtesse et insista pour que Gabriel en prenne une aussi.

— À quoi boit-on ? s'enquit-il.

— À un désastre évité.

— Je l'espère, dit Gabriel, qui ne toucha pas à son verre.

Il était 9 heures passées de quelques minutes quand l'avion entama sa descente dans un ciel sans nuages et atterrit sur une des pistes de l'aéroport Charles-de-Gaulle. Après avoir franchi le contrôle des passeports et la douane, Gabriel et Sarah montèrent dans un taxi et partirent en direction du centre de Paris. Ils s'arrêtèrent d'abord à la brasserie L'Alsace sur l'avenue des Champs-Élysées, d'où, à 10 h 45, Gabriel appela une première fois la galerie Georges Fleury. Il n'obtint aucune réponse, et pas plus la deuxième fois. Mais à son troisième essai Bruno, le réceptionniste, décrocha. Se faisant une nouvelle fois passer pour Ludwig Ziegler, conseiller artistique de la célèbre violoniste suisse Anna Rolfe, Gabriel exigea de parler à M. Fleury immédiatement.

— Je suis désolé, mais M. Fleury est avec un autre client.

— Il est impératif que je le voie sur-le-champ.

— Puis-je vous demander à quel sujet ?

— *Paysage fluvial aux moulins à vent lointains.*

— Peut-être puis-je vous aider ?

— Je vous assure que non.

Le standardiste mit l'appel en attente. Deux minutes s'écoulèrent avant qu'il ne le reprenne.

— M. Fleury vous attend à 14 heures, dit-il, et il raccrocha.

Ce qui laissait à Gabriel et Sarah trois longues heures à tuer. Ils sirotèrent leur café à la brasserie L'Alsace jusqu'à midi puis remontèrent les Champs-Élysées jusqu'au Fouquet's pour un long déjeuner. Après quoi ils traversèrent l'avenue et, leurs bagages en remorque, firent du lèche-vitrines jusqu'à la rue La Boétie. Il était exactement 14 heures quand ils arrivèrent à la galerie. Gabriel tendit sa main blessée vers l'interphone, mais le verrou automatique claqua avant qu'il ne puisse poser l'index sur le bouton d'appel. Il tira la porte en verre et suivit Sarah à l'intérieur.

Le vestibule était vide, à l'exception du buste en bronze à l'échelle d'un jeune Grec ou Romain sur son socle de marbre noir. Gabriel appela Fleury et, ne recevant aucune réponse, conduisit Sarah dans la salle d'exposition du rez-de-chaussée. Elle aussi était déserte. Le grand tableau rococo à l'effigie de la Vénus dénudée et des trois jeunes vierges avait disparu, tout comme le paysage vénitien attribué à un disciple de Canaletto. Aucune autre œuvre ne les avait remplacés.

— On dirait que M. Fleury a fait des affaires, conjectura Sarah.

— Les tableaux manquants étaient des contrefaçons, fit remarquer Gabriel en se dirigeant vers le bureau de Fleury.

Là, il trouva le galeriste assis à sa table de travail, le visage levé vers le plafond, la bouche ouverte. Le mur derrière lui était éclaboussé de sang encore humide et de matière grise, résultat de deux tirs à bout portant au milieu du front. Le jeune homme gisant sur le sol avait lui aussi été abattu à bout portant – deux balles dans la poitrine et au moins une dans la tête. Tout comme pour Georges Fleury, sa mort ne faisait aucun doute.

— Bon Dieu, souffla Sarah sur le seuil.

Gabriel resta silencieux. Son téléphone sonna. Yuval Gershon l'appelait depuis le QG de l'Unité 8200 en banlieue de Tel-Aviv. Il ne s'embarrassa pas de salutations.

— Quelqu'un a allumé le téléphone de la défunte à environ 13 h 30, heure locale. On s'y est introduit il y a deux minutes.

— Où est-il ?

— Dans le VIIIe arrondissement de Paris. Rue La Boétie.

— J'y suis.

— Je sais. En fait, il semblerait qu'il soit dans la même pièce que toi.

Gabriel raccrocha et chercha le numéro de Valérie Berrangar dans son historique d'appels. Il se ravisa cependant quand son œil averti tomba sur la valise Tumi doublée d'aluminium, 52 x 77 x 28 cm, posée dans le coin du bureau encombré. Il était possible que M. Fleury ait prévu de partir en voyage à l'heure de sa mort. Mais, selon toutes probabilités, la valise contenait une bombe.

Une bombe qu'un appel sur le téléphone de Mme Berrangar ne manquerait pas de déclencher.

Il ne prit pas la peine d'expliquer tout ça à Sarah, qu'il tira par le bras à travers la salle d'exposition jusqu'à l'entrée de la galerie. La porte de verre était verrouillée, et la télécommande ne se trouvait pas sur le bureau du réceptionniste. C'était, Gabriel devait l'admettre, un plan parfait. Mais il n'en attendait pas moins de professionnels.

Cependant, même les professionnels commettaient des erreurs. La leur résidait dans le buste en bronze à l'échelle d'un jeune Grec ou Romain sur son socle de marbre noir. Gabriel souleva le lourd objet et, ignorant la douleur cuisante dans sa main, le jeta contre la porte en verre de la galerie Georges Fleury.

DEUXIÈME PARTIE

Dessin sous-jacent

25

Quai des Orfèvres

La police française crut au pire lorsque, à 14 h 1, par un bel après-midi de printemps, l'élégant VIIIe arrondissement de Paris fut secoué par une explosion. Les premières unités arrivèrent sur place quelques minutes plus tard et trouvèrent une galerie d'art dévorée par les flammes. Malgré tout, elles furent soulagées de ne pas tomber sur le genre de massacre que produisaient les attentats terroristes islamistes. De prime abord, la seule victime semblait être un buste en bronze gisant sur le pavé, entouré par des cubes gris-bleu de verre trempé. Un officier expérimenté, après avoir appris les circonstances dans lesquelles le lourd objet d'art avait été éjecté de la galerie, déclarerait plus tard qu'il s'agissait du premier cas documenté dans les annales de la police française d'effraction vers *l'extérieur* d'une galerie d'art.

Les auteurs de ce délit pour le moins inhabituel – un homme d'âge mûr et une séduisante femme blonde d'une petite quarantaine d'années – se livrèrent aux forces de l'ordre dans les minutes ayant suivi l'explosion. Et à 14 h 45, après une série de coups de fil hâtifs et incrédules entre des officiers du renseignement français et de hauts fonctionnaires de la sûreté, on les installa à l'arrière d'une Peugeot banalisée, direction le 36 quai des Orfèvres, siège historique de la Police criminelle.

Là, on les sépara et on les soulagea de leurs effets personnels. Le sac à main et le bagage de la femme ne contenaient rien qui sorte de l'ordinaire, mais son compagnon était en possession de plusieurs objets questionnables, dont un faux passeport allemand, un téléphone Solaris de conception israélienne, un *permesso di soggiorno* italien, une peinture sans cadre ni châssis, des documents de la galerie Georges Fleury et d'Equus Analytics, et une lettre manuscrite d'une certaine Valérie Berrangar adressée à Julian Isherwood, propriétaire exclusif d'Isherwood Fine Arts, 7-8 Mason's Yard, St James, Londres.

À 15 h 30, les objets furent disposés sur la table de la salle d'interrogatoire où l'on conduisit l'homme d'âge mûr. Y était déjà présent un élégant individu d'une cinquantaine d'années vêtu d'un costume de banquier, qui lui tendit une main cordiale et se présenta comme Jacques Ménard, commandant de l'Office central de lutte contre le trafic des biens culturels. L'homme sourit en se laissant tomber dans son siège. La forme siglique sonnait décidément mieux.

Jacques Ménard ouvrit le passeport allemand.

— Johannes Klemp ?

— Un petit homme aigri qui en veut à la Terre entière, répondit Gabriel. Détesté par tous les hôteliers et les restaurateurs de Copenhague au Caire.

— Est-ce que les Allemands savent que vous usurpez un de leurs passeports ?

— De mon point de vue, me laisser occasionnellement voyager en utilisant leur nationalité est la moindre des choses.

Ménard s'empara du Solaris.

— Il est aussi sûr qu'on le dit ?

— J'espère que vous n'avez pas essayé de le déverrouiller. Recharger mon répertoire, c'est un coup à devenir aveugle.

Ménard s'intéressa aux documents de vente de la galerie Georges Fleury.

— *La* Anna Rolfe ?

— Elle était en ville le week-end dernier. J'ai emprunté quelques heures de son temps.

— Elle a un faible pour Aelbert Cuyp ?

— Ce n'est pas un Cuyp, dit Gabriel en poussant vers son vis-à-vis le rapport d'Equus Analytics. C'est une contrefaçon. Raison pour laquelle je l'ai acheté.

— Vous arrivez à reconnaître une contrefaçon à l'œil nu ?

— Pas vous ?

— Non, avoua Ménard. Mais peut-être devrions-nous commencer par ceci, dit-il en désignant la lettre manuscrite. Par Mme Berrangar.

— Allons-y. Après tout, si vous aviez pris au sérieux sa plainte au sujet de *Portrait d'une inconnue*, elle serait toujours de ce monde.

— Mme Berrangar s'est tuée dans un accident de la route n'impliquant pas d'autre véhicule.

— Ce n'était pas un accident, Ménard. Elle a été assassinée.

— Comment le savez-vous ?

— Son téléphone.

— Eh bien ?

— Le poseur de bombe l'a utilisé pour déclencher le détonateur.

— Nous devrions peut-être commencer par le début, suggéra Ménard.

Il livra de son enquête sur la provenance et l'authenticité de *Portrait d'une inconnue* un compte rendu chronologique et presque complet. Il commença par la visite éclair de Julian à Bordeaux et termina par la destruction de la galerie Georges Fleury et le meurtre violent du propriétaire et de son assistant. Il laissa toutefois de côté ses accointances avec un certain antiquaire de la rue de Miromesnil ou l'aide que lui avait prodiguée Yuval Gershon. Pas plus qu'il ne divulgua le nom du riche investisseur américain qui s'était porté acquéreur de *Portrait d'une inconnue* auprès d'Isherwood Fine Arts – il se contenta de dire que le tableau avait été revendu à un autre acheteur non identifié et que l'affaire avait été résolue à la satisfaction de toutes les parties impliquées.

— C'est un Van Dyck ou pas ? questionna Ménard.

— Le commissaire-priseur qui a négocié la vente l'affirme.

— Alors votre enquête n'a servi à rien ? C'est ce que vous dites ?

— La mort de Valérie Berrangar et les événements de cet après-midi tendent à prouver le contraire, dit Gabriel, qui ajouta en baissant les yeux sur la contrefaçon : De même que cette peinture.

— Espériez-vous vraiment que Georges Fleury vous rembourse sur la foi d'un seul expert ?

— L'expert en question est considéré comme le meilleur au monde. J'étais sûr de convaincre Fleury d'accepter ses découvertes et de rendre l'argent.

— Vous comptiez le menacer ?

— Moi ? Jamais.

Ménard sourit malgré lui.

— Et vous êtes certain que Fleury était mort quand Mme Bancroft et vous êtes arrivés à la galerie ?

— Tout à fait certain. Bruno Gilbert aussi.

— Dans ce cas, qui vous a fait entrer ?

— L'assassin, bien sûr. Il a déverrouillé la porte en utilisant la télécommande habituellement posée sur le bureau du réceptionniste. Heureusement, il a attendu quinze secondes de trop avant de composer le numéro de Valérie Berrangar.

— Comment avez-vous su…

— Peu importe, le coupa Gabriel. Tout ce qui compte, c'est que vous avez maintenant la preuve du lien entre son assassinat et la destruction de la galerie.

— Vous parlez du numéro d'identification du portable et de la carte SIM ? Seulement s'ils ont survécu à l'explosion. C'était assez imprudent de sa part, vous ne trouvez pas ?

— Presque autant que de laisser ce buste en bronze près de la porte. L'homme qui l'a engagé devait penser que je trouverais l'absence du buste suspecte. Après tout, j'ai repéré trois faux en seulement quelques minutes dans cette galerie. Voilà pourquoi je devais mourir, dit Gabriel en baissant le volume de sa voix.

— Parce que vous êtes une menace pour son réseau de contrefaçons ? s'interrogea Ménard avec une moue dubitative.

— Ce n'est pas un réseau traditionnel. C'est une entreprise de grande ampleur qui inonde le marché de l'art de contrefaçons d'excellente qualité. Et l'homme qui la dirige gagne assez d'argent pour engager des tueurs professionnels.

Ménard prit une pose réflexive.

— Une théorie intéressante, Allon. Mais vous n'avez aucune preuve.

— Si vous aviez écouté Valérie Berrangar, vous auriez toutes les preuves dont vous avez besoin.

— Je l'ai écoutée, insista Ménard. Mais Fleury m'a assuré qu'il n'y avait rien d'anormal avec le tableau qu'il avait vendu à M. Isherwood, qu'il s'agissait simplement de deux exemplaires d'un même portrait.

— Et vous l'avez cru ?

— Georges Fleury était un membre respecté du milieu de l'art parisien. Mon unité n'a jamais reçu la moindre plainte contre lui.

— Parce que les contrefaçons qu'il vendait étaient assez bonnes pour tromper les meilleurs experts. D'après ce que j'ai vu du travail du faussaire, il rivalise avec les vieux maîtres eux-mêmes.

— Et d'après ce que j'ai entendu, vous-même n'êtes pas mauvais, Allon. Un des meilleurs restaurateurs au monde. C'est en tout cas ce que dit la rumeur.

— Mais j'utilise mes talents pour sauver des peintures bien réelles. Cet homme-là, dit-il en tapotant la surface de la contrefaçon, crée de nouvelles œuvres qui semblent avoir été exécutées par certains des plus grands artistes ayant un jour vécu.

— Avez-vous une idée de son identité ?

— C'est vous l'enquêteur, Ménard. Je suis sûr que vous le trouverez si vous vous creusez la cervelle.

— Et qui êtes-vous ces temps-ci, Allon ?

— Le directeur artistique des Ateliers de Restauration Tiepolo. Et j'aimerais rentrer chez moi, maintenant.

Ménard insista pour garder le faux tableau et les documents originaux, y compris la lettre de Valérie Berrangar. Gabriel, qui n'était pas en position de négocier, demanda seulement que ni son nom ni celui d'Isherwood Fine Arts ne soient cités.

Le Français se frotta la barbe sans rien promettre.

— Vous savez comment ça se passe, Allon. Les enquêtes criminelles peuvent être difficiles à contrôler. Mais ne vous inquiétez pas pour votre passeport allemand. Ce sera notre petit secret.

Il était presque 16 heures quand Ménard escorta Gabriel dans la cour, où Sarah l'attendait à l'arrière de la même Peugeot banalisée. Le véhicule les déposa à la Gare du Nord à temps pour attraper le dernier Eurostar à destination de Londres.

— L'un dans l'autre, dit Sarah, tout est bien qui finit mal.

— Ça aurait pu être pire.

— Bien pire. Mais pourquoi toutes ces choses explosent-elles quand je suis près de toi ?

— On dirait que je brosse certaines personnes dans le mauvais sens du poil.

— Mais pas Jacques Ménard ?

— Non. Nous nous sommes particulièrement bien entendus.

— Pour ce qui est de régler les choses en toute discrétion, on repassera. Mais je suppose que tu as obtenu exactement ce que tu voulais en définitive.

— Quoi donc ?

— Une enquête en bonne et due forme de la police française.

— Personne ne sera épargné ?

— Personne, répondit Sarah en fermant les yeux. Pas même toi.

26

San Polo

Durant toute la fin de ce glorieux mois d'avril, alors que la police et les procureurs français passaient au peigne fin les ruines de la galerie Georges Fleury, le monde de l'art retint collectivement son souffle, les yeux remplis d'horreur. Ceux qui connaissaient Fleury restèrent très prudents dans leurs commentaires, en privé et surtout vis-à-vis de la presse. Et ceux qui avaient fait affaire avec lui ne dirent rien ou presque. Le directeur du musée d'Orsay le qualifia de mois le plus perturbant pour le monde de l'art en France depuis que les Allemands étaient entrés dans Paris en 1940. Certains s'insurgèrent de la comparaison, mais bien peu ne partageaient pas son effroi.

Parce que *l'affaire Fleury** portait sur un attentat à la bombe qui avait fait deux victimes, la division de la Police nationale chargée des crimes les plus graves – la fameuse Direction centrale de la Police judiciaire – dirigeait l'enquête, Jacques Ménard et ses limiers ne venant qu'en soutien. Les journalistes d'investigation les plus aguerris sentirent immédiatement qu'il y avait quelque chose d'anormal, car leurs sources au Quai des Orfèvres semblaient incapables de répondre à leurs questions les plus basiques sur l'investigation en cours.

La *Police judiciaire** avait-elle la moindre idée de l'endroit où se trouvait le poseur de bombe ?

Si on le savait, répondait succinctement le Quai des Orfèvres, on l'aurait déjà arrêté.

Était-il vrai que Fleury et son assistant avaient été tués avant que la bombe n'explose ?

Le Quai des Orfèvres n'était pas en mesure de le confirmer.

Le mobile était-il le vol ?

Le Quai des Orfèvres examinait plusieurs pistes.

Des tiers étaient-ils impliqués ?

Le Quai des Orfèvres n'écartait aucune possibilité.

Et que dire de l'homme d'âge mûr et de la séduisante femme blonde qu'on avait vus sortir de la galerie avec fracas quelques secondes avant l'explosion ? Là encore, le Quai des Orfèvres resta évasif. Oui, la police avait les rapports des témoins oculaires et travaillait dessus. Pour l'instant, elle se garderait de tout autre commentaire, car l'enquête était en cours.

La presse, de plus en plus frustrée, finit par se détourner de l'affaire. Le flot des nouvelles révélations se réduisit à un filet d'eau, puis se tarit complètement. Les familiers du monde de l'art poussèrent un soupir de soulagement collectif. Leurs réputations et leurs carrières intactes, ils poursuivirent leurs activités comme s'il ne s'était rien passé.

Ce fut aussi le cas, dans une moindre mesure, pour l'homme d'âge mûr. Pendant plusieurs jours suivant son retour à Venise, il essaya d'épargner à sa femme les détails de son récent contact rapproché avec la mort. Il finit par lui révéler la vérité en tentant, avec un succès limité, de reproduire avec précision ses iris piquetés de miel et d'or sur la toile. La lumière de fin d'après-midi soulignant la courbe de son sein lui rendait la tâche difficile.

— Tu as violé toutes les règles possibles du métier, le réprimanda-t-elle. L'officier de terrain contrôle toujours son environnement. Et il ne laisse jamais la cible choisir l'heure d'un rendez-vous.

— Je n'étais pas en train de débriefer un agent infiltré dans les ruelles mal famées de Beyrouth. Je tentais de rendre une contrefaçon à un galeriste malhonnête dans le VIIIe arrondissement de Paris.

— Est-ce qu'ils réessayeront ?

— De me tuer ? Je ne crois pas.

— Pourquoi pas ?

— Parce que j'ai dit à la police française tout ce que je savais. Quel intérêt ?

— Quel intérêt de te tuer en premier lieu ?

— Il a peur de moi.

— Qui ?

— Essaie de ne pas parler, dit-il en chargeant son pinceau de peinture et en le posant contre la toile. Ça change la forme de tes yeux quand tu ouvres la bouche.

Elle ne sembla pas l'entendre.

— Ta fille a rêvé de ta mort, quand tu n'étais pas là. Un cauchemar horrible. Et tout à fait prophétique, en définitive.

— Pourquoi ?

— Dans son rêve, tu gisais sur un trottoir.

— Elle a dû rêver de Washington.

— Non, c'était différent.

— En quoi ?

— Tu n'avais plus ni bras ni jambes.

Cette nuit-là, Gabriel fit le même rêve. Il était si réaliste qu'il n'osa pas refermer les yeux de peur qu'il revienne. Il retourna dans son studio et termina le nu de Chiara en quelques heures de travail fiévreux et ininterrompu. Dans la lumière vive du matin, elle déclara qu'il s'agissait de la plus belle œuvre qu'il ait produite depuis des années.

— On dirait un Modigliani.

— Je prends ça comme un compliment.

— Il t'a inspiré ?

— Difficile de ne pas l'être.

— Tu pourrais en peindre un ?

— Un Modigliani ? Oui, bien sûr.

— J'aime bien celui qui s'est vendu aux enchères pour cent soixante-dix millions il y a quelques années.

Le tableau en question était *Nu couché*. Gabriel commença à travailler dessus après avoir déposé les enfants à l'école et le termina deux jours plus tard en écoutant le nouveau CD d'Anna Rolfe. Puis il produisit une seconde version du tableau, en changeant la perspective et en réarrangeant subtilement la pose du sujet. Il y apposa la signature de Modigliani, en haut à droite de la toile.

— Apparemment, ta main ne souffre pas de dégâts irrémédiables, observa Chiara.

— J'ai peint de la gauche.

— C'est stupéfiant. On dirait vraiment un Modigliani.

— *C'est* un Modigliani. Qu'il n'a pas peint.

— Est-ce qu'il pourrait tromper qui que ce soit ?

— Pas avec sa toile et son châssis modernes. Mais si je trouvais une toile telle que celles qu'il utilisait à Montmartre en 1917, et si j'étais capable de concocter une provenance convaincante…

— Tu pourrais le faire passer pour un Modigliani perdu ?

— Exactement.

— Combien tu en tirerais ?

— Deux cents, je dirais.

— Mille ?

— Millions, corrigea Gabriel en se prenant le menton dans la main. La question est : que doit-on en faire ?

— Brûle-le. Et n'en peins plus jamais.

Faisant fi des directives de Chiara, Gabriel accrocha les deux Modigliani dans leur chambre puis se retira de nouveau dans la tranquillité de sa semi-réclusion. Il déposait les enfants à l'école à 8 heures tous les matins puis venait les chercher à 15 h 30. Il passait au marché du Rialto acheter les ingrédients du dîner familial. Il lisait d'épais livres et écoutait de la musique sur sa nouvelle chaîne hi-fi britannique. Et si l'envie le prenait, il peignait. Un Monet un jour, un Cézanne le suivant, une étonnante réinterprétation d'*Autoportrait à l'oreille bandée* qui, n'eussent été la palette et la toile modernes de Gabriel, aurait mis le monde de l'art sur des charbons ardents.

Il suivait les nouvelles de Paris avec des sentiments partagés. Il était soulagé que le Quai des Orfèvres ait jugé bon de cacher son rôle dans cette affaire et que la réputation de ses vieux amis, Sarah Bancroft et Julian Isherwood, n'ait souffert d'aucun dommage. Mais, quand il s'écoula trois semaines de plus sans aucune arrestation – et rien dans la presse qui suggère que la galerie Georges Fleury avait inondé le marché de tableaux produits par l'un des plus grands faussaires de l'histoire de l'art –, Gabriel arriva à la conclusion qu'un pouce ministériel avait fait pencher la balance de la justice française.

L'arrivée du Bavaria C42 fut une distraction bienvenue. Gabriel lui fit faire deux galops d'essai dans les eaux protégées de la lagune. Puis, le premier samedi de mai, la famille Allon navigua jusqu'à Trieste pour le dîner. Durant leur retour sous les étoiles à Venise, Gabriel révéla que Sarah Bancroft lui avait proposé une commande mineure mais lucrative. Chiara suggéra qu'il se lance plutôt dans une œuvre originale. Il commença à travailler sur une nature morte à la manière de Picasso, puis l'ensevelit sous une version de *Portrait de Vincenzo Mosti* du Titien. Francesco Tiepolo déclara qu'il s'agissait d'un chef-d'œuvre et conseilla à Gabriel de ne plus jamais en produire de tels.

Il ne partageait pas l'avis de Francesco – ce n'était en aucun cas un chef-d'œuvre, bien loin de la puissance du Titien –, aussi découpa-t-il la toile sur son châssis et la brûla-t-il. Le lendemain matin, après avoir amené les enfants à l'école, il se rendit au Bar Dogale pour réfléchir à la meilleure façon de gaspiller les heures restantes de sa journée. Tandis qu'il buvait *un 'ombra*, un petit verre de *vino bianco* que les Vénitiens consommaient avec leur petit déjeuner, un ombre s'allongea sur sa table. Elle n'était jetée par nul autre que Luca Rossetti, le jeune *capitano* de l'Art Squad. Son visage ne portait plus que de lointains stigmates des blessures dont il avait souffert six semaines plus tôt. Il avait un message de Jacques Ménard.

— Il se demande si vous seriez disposé à le rejoindre à Paris.

— Quand ?

— Une place vous attend sur le vol Air France de 12 h 30.

— Aujourd'hui ?

— Vous avez quelque chose de plus urgent à faire, Allon ?

— Ça dépend. Si Ménard a l'intention de m'arrêter à la minute où je pose le pied sur le sol français…

— Vous n'aurez pas cette chance.

— Dans ce cas, pourquoi veut-il me voir ?

— Pour vous montrer quelque chose.

— A-t-il dit quoi ?

— Non. Mais il a précisé que vous voudriez peut-être emporter une arme.

27

Musée du Louvre

Jacques Ménard attendait à la porte des arrivées de Charles-de-Gaulle quand Gabriel émergea de la passerelle, un sac à l'épaule, rassuré par la présence d'un Beretta 9 mm calé au creux de ses reins. Après un passage éclair par le contrôle des passeports, ils s'engouffrèrent à l'arrière d'une berline banalisée et partirent en direction du centre de Paris. Ménard refusa de lui révéler leur destination.

— La dernière fois que quelqu'un m'a fait une surprise à Paris, ça ne s'est pas bien terminé.

— Ne vous inquiétez pas, Allon. En fait, je pense que ça va vous plaire.

L'A1 les fit passer devant le Stade de France, puis ils prirent le périphérique vers l'ouest. Quelque temps plus tard, le palais de l'Élysée se dressait devant eux.

— Vous auriez dû me prévenir, dit Gabriel. J'aurais mis quelque chose de plus approprié.

Ménard sourit alors que la voiture dépassait le palais présidentiel et tournait à gauche dans l'avenue des Champs-Élysées. Avant d'arriver à la place de la Concorde, ils passèrent sous un tunnel et s'engagèrent sur le quai des Tuileries jusqu'au pont du Carrousel. Traverser la Seine à cet endroit les aurait emmenés dans le Quartier latin. Mais ils tournèrent à gauche et, après avoir franchi une arche ornementée, s'arrêtèrent dans l'immense cour centrale du musée le plus célèbre au monde.

— Le Louvre ?

— Évidemment. Où croyiez-vous que je vous emmenais ?

— Dans un lieu un peu plus dangereux.

— Si c'est du danger que vous voulez, nous sommes clairement au bon endroit.

Une jeune femme à la silhouette svelte de danseuse de Degas les accueillit devant l'emblématique pyramide de verre et d'acier d'IM Pei. Sans un mot, elle leur fit traverser la cour Napoléon et franchir une porte réservée au personnel du musée. Deux gardes de sécurité en uniforme patientaient de l'autre côté, mais aucun d'eux ne s'émut quand Gabriel fit sonner le portique.

— Par ici, je vous prie, dit la femme, qui les mena le long d'un couloir éclairé par des néons.

Environ cinq cents mètres plus loin, ils arrivèrent à l'entrée du Centre de recherche et de restauration des musées de France, l'institut le plus avancé au monde en matière de conservation et d'authentification des œuvres d'art. Entre autres gadgets technologiques dernier cri, le C2RMF disposait d'un accélérateur de particules électrostatique qui permettait aux chercheurs de déterminer la composition chimique d'un objet sans avoir besoin de l'endommager en en prélevant un échantillon.

La femme tapa un code sur le pavé numérique, et Ménard précéda Gabriel à l'intérieur. Il régnait dans le laboratoire haut de plafond un air de soudain abandon.

— J'ai demandé au directeur de fermer tôt afin que nous ayons un peu de tranquillité.

— Pour faire quoi ?

— Examiner un tableau, Allon. Quoi d'autre ?

Le tableau en question était appuyé sur un chevalet de laboratoire, sous une feutrine noire que Ménard retira pour dévoiler un portrait en pied de Lucrèce nue pointant une dague sur sa poitrine.

— Lucas Cranach l'Ancien ?

— C'est ce que dit le cartel.

— D'où vient-il ?

— À votre avis ?

— De la galerie Georges Fleury ?

— On ne m'a pas menti sur vos compétences, Allon.

— Et où M. Fleury l'a-t-il trouvé ?

— Une éminente et très ancienne collection française, répondit Ménard avec une moue dubitative. Quand Fleury l'a montré au conservateur du Louvre, il l'a présenté comme l'œuvre d'un disciple tardif de Cranach. Le conservateur, guère convaincu, l'a apporté au centre pour expertise. Je suis sûr que vous devinez la suite.

— L'institut le plus avancé au monde en matière de restauration et d'authentification de tableaux a déclaré qu'il était de la main de Lucas Cranach l'Ancien et non d'un disciple tardif.

Ménard hocha la tête.

— Attendez, il y a mieux, dit-il.

— Comment est-ce possible ?

— Le président du Louvre l'a déclaré trésor national et a payé neuf millions et demi d'euros pour s'assurer qu'il reste définitivement en France.

— Et maintenant il se demande si c'est un Cranach ou de la camelote ?

— Clairement, dit Ménard en allumant un lampadaire halogène. Voudriez-vous y jeter un coup d'œil ?

À l'aide d'un compte-fils trouvé sur un chariot à outils, Gabriel scruta le travail au pinceau et la craquelure, puis il s'écarta du tableau et prit une pose contemplative, le menton dans la main.

— Alors ? le pressa Ménard.

— C'est le meilleur Lucas Cranach l'Ancien qu'il m'ait été donné de voir.

— Je suis soulagé.

— Ne le soyez pas.

— Pourquoi pas ?

— Parce que ce n'est pas Lucas Cranach l'Ancien qui l'a peint.

— Combien d'autres en avez-vous ? reprit Gabriel une fois le choc passé.

— Trois, répondit Ménard. Ils viennent tous de la galerie Georges Fleury, avec une provenance similaire et la même incertitude quant à l'attribution. Et les experts du C2RMF, après un examen minutieux, ont déclaré que les trois tableaux étaient des œuvres authentiques nouvellement découvertes.

— Quelque chose d'intéressant ?

— Un Frans Hals, un Gentileschi et le plus délicieux Van der Weyden sur lequel vous ayez jamais posé les yeux.

— Vous êtes un admirateur de Rogier ?

— Qui ne l'est pas ?

— Vous seriez surpris.

Ils étaient attablés au Café Marly, l'élégant restaurant du Louvre. Le soleil déclinant avait embrasé les panneaux de verre de la pyramide. La lumière aveuglait Gabriel.

— Avez-vous une formation classique ? s'enquit-il.

— D'historien de l'art ? Non, mais quatre de mes officiers ont des masters de la Sorbonne. Je viens de la fraude et du blanchiment d'argent.

— Dieu sait que rien de tout cela n'existe dans le monde de l'art.

Avec un sourire, Ménard sortit trois clichés d'une enveloppe kraft – un Frans Hals, un Gentileschi et un exquis portrait de Rogier Van der Weyden.

— Ils ont été acquis par le Louvre au cours de dix dernières années. Le Van der Weyden et le Cranach l'ont été durant le mandat de l'actuel président. Les deux autres, sur sa recommandation à l'époque où il était encore directeur du département des peintures.

— Ce qui signifie que ses empreintes digitales figurent sur les quatre.

— De toute évidence, M. Fleury et lui étaient très proches. Assez proches pour que des rumeurs circulent, ajouta-t-il en baissant la voix.

— Des rétrocommissions ?

Pour toute réponse, Ménard haussa les épaules.

— Il y a du vrai là-dedans ?

— Je n'en sais rien. Voyez-vous, on a expressément demandé à l'OCBC de ne pas enquêter là-dessus.

— Que se passera-t-il si les quatre tableaux se révèlent être des contrefaçons ?

— L'institut le plus avancé au monde en matière de conservation et d'authentification a déterminé qu'ils étaient authentiques. Par conséquent, en l'absence d'une confession filmée du faussaire, le Louvre maintiendra la version officielle.

— Dans ce cas, pourquoi m'avoir fait venir à Paris ?

Ménard sortit une autre photo de l'enveloppe et la posa sur la table.

28

Café Marly

Rien dans l'homme figurant sur la photo ne suggérait qu'il évoluait dans l'entourage d'une galerie d'art de l'élégant VIIIe arrondissement de Paris. Ni la casquette anonyme qu'il portait bas sur le front, ni ses lunettes de soleil enveloppantes, ni la fausse barbe collée à son visage. Et encore moins la valise Tumi doublée d'aluminium, 52 x 77 x 28 cm, qu'il tirait sur le trottoir de la rue La Boétie. Il était de constitution robuste mais compacte, et sa posture trahissait une certaine confiance en lui. Un athlète à la retraite, peut-être, ou un ancien soldat. Il portait un manteau vert olive et des gants en cuir – sans doute pour ne pas laisser d'empreintes sur la poignée de la valise ou dans le taxi qui s'éloignait du trottoir.

Le timecode de la photo était arrêté sur 13 :39 :35. Jacques Ménard tendit un second cliché à Gabriel, pris au même instant.

— La première photo vient de la vidéosurveillance du *tabac** en face de la galerie. La deuxième du Monoprix deux numéros plus loin.

— Rien de vos propres caméras ?

— Nous sommes à Paris, Allon, pas à Londres. Nous avons environ deux mille caméras qui surveillent les zones très touristiques et les bâtiments sensibles du gouvernement. Mais il y a des trous dans la raquette, que l'homme sur cette photo n'a pas manqué d'exploiter.

— Où le taxi l'a-t-il chargé ?

— Dans une petite commune à l'est de Paris, dans le *département** de la Seine-et-Marne. Mes collègues du Quai des Orfèvres n'ont pas pu déterminer comment il est arrivé là.

— Est-ce qu'ils ont retrouvé le chauffeur ?

— Oui. Il a dit que le client parlait français sans accent et avait payé la course en espèces.

— Ils ont vérifié ?

— Les infos du chauffeur ? Oui, aucun problème de ce côté-là.

Gabriel baissa les yeux sur le second cliché. Même timecode, angle légèrement différent. Un peu comme sa version de *Nu couché* de Modigliani, remarqua-t-il.

— Combien de temps est-il resté à l'intérieur ?

Ménard sortit deux autres photos de l'enveloppe. La première montrait un homme quittant la galerie à 13 :43 :34. L'autre, le même homme attablé à la brasserie Baroche, située à environ quarante mètres de la galerie, au coin des rues La Boétie et de Ponthieu. Le timecode indiquait 13 :59 :46. L'assassin regardait un objet dans sa main : la télécommande de la porte qu'il avait prise sur le bureau de Bruno.

— Mme Bancroft et vous êtes arrivés à la galerie par l'autre côté, dit-il en produisant une photo de Gabriel et de Sarah, comme pour prouver ses dires. Autrement, vous seriez passés devant lui.

— Où est-il allé ensuite ?

— Dans le XVIe, en taxi. Il a fait une longue promenade dans le bois de Boulogne, et puis pouf, il a disparu.

— Très professionnel.

— Nos experts en explosifs sont très impressionnés par sa bombe.

— Ont-ils réussi à identifier le téléphone qu'il a utilisé pour déclencher le détonateur ?

— Ils disent que non.

— Je suis certain que le téléphone de Valérie Berrangar était dans cette galerie.

— Mes collègues du Quai des Orfèvres ont des doutes là-dessus. Et ils sont enclins à accepter les conclusions de la gendarmerie locale, pour qui Valérie Berrangar est morte dans un malheureux accident de voiture.

— Je suis content que nous ayons tiré ça au clair, ironisa Gabriel. Quelles sont les autres conclusions du Quai des Orfèvres ?

— D'après eux, les deux hommes qui ont essayé de voler son attaché-case à M. Isherwood étaient probablement des voleurs ordinaires.

— Et ceux qui ont fouillé sa chambre à l'InterContinental ?

— D'après le chef de la sécurité de l'hôtel, ils n'ont jamais existé.

— Quelqu'un a pensé à regarder la vidéosurveillance interne ?

— Apparemment, elle a été effacée.

— Par qui ?

— Le Quai des Orfèvres ne peut le dire.

— Que *peut*-il dire ?

Ménard prit une inspiration avant de répondre.

— Le Quai des Orfèvres a conclu que le meurtre de Georges Fleury et la destruction de sa galerie étaient liés à un détournement de fonds organisé par Bruno Gilbert et l'homme à la valise.

— Y a-t-il la moindre preuve pour étayer cette absurdité ?

— Quelques heures avant que Mme Bancroft et vous n'arriviez à la galerie, quelqu'un a viré l'entièreté du solde des comptes de la galerie vers celui d'une société-écran anonyme enregistrée dans les îles Anglo-Normandes. Cette société a ensuite viré l'argent sur le compte d'une autre société-écran des Bahamas, qui l'a à son tour viré aux îles Cayman. Puis…

— Pouf ?

Ménard acquiesça d'un hochement de tête.

— De combien d'argent parle-t-on ?

— Vingt millions d'euros. Le Quai des Orfèvres est d'avis que le poseur de bombe voulait tout garder pour lui.

— Clair et limpide, commenta Gabriel. Et bien plus acceptable qu'un scandale lié à plusieurs millions d'euros de contrefaçons accrochées au mur du plus célèbre musée au monde.

— Trente-quatre millions d'euros, pour être exact. Dont la totalité a dû être levée de sources extérieures. Si cela devait arriver aux oreilles du public, la réputation de l'une des plus précieuses institutions françaises serait sévèrement écornée.

— Et on ne peut pas se le permettre.

— *Non**, confirma Ménard.

— Mais comment Sarah et moi cadrons dans leur tableau ?

— Mme Bancroft et vous n'avez jamais été là, vous vous souvenez ?

Gabriel montra la photo de leur arrivée à la galerie.

— Et que se passera-t-il si ceci devient public ?

— Ne vous inquiétez pas, Allon. Aucune chance que ça se produise.

Gabriel posa le cliché par-dessus les autres.

— Jusqu'où ça remonte ?

— Quoi donc ?

— La dissimulation.

— C'est un bien vilain mot, Allon. Tellement *américain**.

— *La conspiration du silence**.

— Bien mieux.

— Le directeur de la Police nationale ? Le préfet ?

— Oh ! non. Bien plus haut que ça. Les ministres de l'Intérieur et de la Culture sont impliqués. Peut-être même *le Palais**.

— Vous désapprouvez ?

— Je suis un loyal serviteur de la République française. Mais j'ai aussi une conscience.

— À votre place, je l'écouterais.

— Vous n'avez jamais violé la vôtre ?

— J'étais un agent du renseignement, répondit Gabriel sans développer.

— Et je suis un officier expérimenté de la Police nationale obligé de suivre les ordres de mes supérieurs à la lettre.

— Que se passerait-il si vous désobéissiez ?

— Je serais viré. On me passerait *à la guillotine**, fit Ménard en inclinant la tête vers l'ouest. *Sur la place de la Concorde**.

— Pourquoi ne pas faire fuiter l'information à un journaliste du *Monde* disposé à vous entendre ?

— Faire fuiter quoi, exactement ? L'histoire d'un galeriste londonien qui a acheté un faux portrait de Van Dyck à une galerie d'art parisienne puis l'a vendu à un investisseur américain ?

— La fuite pourrait peut-être être un peu plus précise.

— Précise comment ?

— Un Cranach, un Hals, un Gentileschi et le plus délicieux Van der Wayden sur lequel vous ayez un jour posé les yeux.

— Le scandale serait immense. Et ça ne nous rapprocherait en rien de notre but commun.

— De quel but parlez-vous ? demanda Gabriel avec méfiance.

— Mettre le faussaire hors d'état de nuire, répondit Ménard en poussant les photos de quelques millimètres vers Gabriel. Et au passage, découvrir qui a attenté à votre vie et à celle de Mme Bancroft.

— Comment suis-je censé m'y prendre ?

— Vous êtes un ancien agent du renseignement, Allon, rappela Ménard avec un sourire. Je suis sûr que vous le trouverez si vous vous creusez la cervelle.

Ce que Jacques Ménard lui proposa ensuite fut *une petite collaboration**, dont il définit les termes tandis qu'ils arpentaient les allées du jardin des Tuileries. Il s'agirait d'une relation secrète, où Ménard jouerait le rôle de l'officier traitant et Gabriel celui de son informateur et atout. Il appartiendrait à Ménard, et seulement à Ménard, de déterminer comment agir au mieux à partir de leurs découvertes. Si possible, il résoudrait le problème discrètement, sans infliger de dégâts inutiles à la réputation de ceux qui s'étaient fait rouler.

— Mais s'il faut casser quelques œufs au passage, eh bien, nous les casserons.

Gabriel n'exigea qu'une seule chose en retour, que Ménard ne tente pas de monitorer ses activités ou de suivre ses mouvements. Le Français accepta volontiers de détourner les yeux. Il demanda seulement à Gabriel d'éviter toute violence inutile, surtout sur le sol français.

— Et si je trouve l'homme qui a essayé de me tuer ?

Une expression d'indifférence traversa le visage de Ménard.

— Disposez de lui comme bon vous semble. Je ne vais pas pleurer pour un peu de sang versé. Assurez-vous seulement qu'il ne m'éclabousse pas.

Là-dessus, les désormais partenaires partirent chacun de son côté – Ménard pour le Quai des Orfèvres, Gabriel pour la Gare de Lyon. Et tandis que son train s'éloignait du quai, Gabriel passa deux coups de fil, l'un à sa femme à Venise, l'autre à Sarah. Ni l'une ni l'autre ne fit bon accueil à ses nouvelles et à ses projets de voyage. Sarah fut la plus virulente. Néanmoins, après avoir consulté son mari sur une autre ligne, elle accepta à contrecœur la requête de Gabriel.

— Comment comptes-tu faire la traversée ?

— Par le ferry du matin, à Marseille.

— Paysan, cracha-t-elle, et elle raccrocha.

29

Ajaccio

À 19 h 15 le lendemain, Christopher Keller était assis à la terrasse d'un café sur le port d'Ajaccio, un verre de vin vide sur la table devant lui, une Marlboro tout juste allumée entre l'index et le majeur du battoir qui lui servait de main droite. Il portait un costume Richard Anderson gris clair, coupé sur mesure chez l'un des meilleurs tailleurs de Londres, une chemise blanche au col ouvert et des chaussures de ville cousues main. Il avait les cheveux décolorés par le soleil, la peau tendue et sombre, les yeux bleu clair. La fossette au milieu de son menton épais semblait avoir été creusée par un burin. Sa bouche était figée dans un demi-sourire ironique.

La serveuse l'avait à raison pris pour un continental et lui avait réservé un accueil apathique confinant au mépris. Mais quand il s'adressa à elle dans un *corsu* courant, le dialecte du nord-ouest de l'île, son visage s'éclaira instantanément. Ils conversèrent à la manière corse – parlèrent de la famille, des étrangers et des dégâts causés par les vents printaniers –, et quand il eut terminé son premier verre de rosé, elle en posa un autre devant lui sans prendre la peine de lui demander s'il en voulait.

Ce deuxième verre de vin ne lui fit aucun bien, pas plus que la cigarette, la quatrième depuis qu'il était arrivé au café. C'était une habitude qu'il avait prise quand il travaillait sous couverture dans les quartiers catholiques de Belfast Ouest durant l'une des pires périodes des Troubles. Il servait à présent au sein d'une unité opérationnelle clandestine du Secret Intelligence Service parfois appelée à tort The Increment. Sa visite en Corse était cependant d'ordre privé. Un de ses amis avait demandé l'aide d'un homme pour qui Christopher avait autrefois travaillé – un certain Don Anton Orsati, patriarche de l'une des familles les plus célèbres de l'île. Et puisque le problème de cet ami impliquait une tentative de meurtre sur la femme de Christopher, il n'était que trop heureux de l'obliger.

C'est à cet instant qu'un ferry Corsica Linea pointa le bout de sa proue à l'intérieur de l'enceinte de l'ancienne citadelle. Christopher coinça un billet de vingt euros sous le verre vide et traversa le quai de la République jusqu'au parking situé en face du terminal moderne du port. Derrière le volant de sa vieille Renault Mégane, il observa les nouveaux arrivants descendre les marches de la passerelle. Des touristes chargés de bagages. Des Corses de retour sur l'île. Des Français continentaux. Un homme de taille et de constitution moyennes, vêtu d'un blouson sportswear italien bien coupé et d'un pantalon en gabardine.

Il jeta sa valise dans le coffre de la Mégane et se laissa tomber sur le siège passager. Ses yeux émeraude brillèrent de reproche à la vue de la cigarette qui se consumait dans le cendrier.

— C'est obligatoire ?

— J'en ai peur, répondit Christopher en démarrant le moteur.

Ils traversèrent la crête osseuse des collines au nord d'Ajaccio puis suivirent une route sinueuse qui les mena au Golfu di Liscia. Les vagues qui s'écrasaient sur la petite plage étaient inhabituellement grosses, poussées par le mistral, ce vent violent qui descendait en hiver et au printemps de la vallée du Rhône.

— Tu es arrivé juste à temps, dit Christopher, le coude saillant par la fenêtre ouverte. Un jour plus tard, et tu aurais été sacrément secoué dans le ferry.

— C'était déjà bien assez désagréable.

— Pourquoi n'as-tu pas pris un avion de Paris ?

Gabriel retira le Beretta de sa ceinture et le posa sur la console centrale.

— C'est rassurant de savoir que certaines choses ne changent pas. Ça ne te ferait pas de mal d'aller chez le coiffeur, ajouta Christopher en lui jetant un regard de biais. Mais sinon, tu as l'air en forme pour un homme de ton âge avancé.

— C'est le nouveau moi.

— Qu'est-ce qui n'allait pas avec l'ancien ?

— Un excès de bagages dont je devais me débarrasser.

— Je connais ça, dit Christopher en tournant le regard vers les vagues approchant par l'ouest. Mais en ce moment, l'homme que j'étais me revient subitement.

— Tu parles du directeur des ventes des Huiles d'olive Orsati pour l'Europe du Nord ?

— Quelque chose comme ça, oui.

— Sa Sainteté sait-elle que tu es de retour sur l'île ?

— Nous sommes attendus pour dîner. Comme tu peux l'imaginer, l'excitation est à son comble.

— Tu devrais peut-être y aller seul.

— La dernière personne qui a décliné une invitation de Don Anton Orsati est quelque part par là, fit Christopher en montrant les eaux de la Méditerranée. Dans un cercueil en béton.

— Est-ce qu'il m'a pardonné de t'avoir soustrait à lui ?

— Il tient les Britanniques pour responsables. Quant au pardon, ce n'est pas un mot avec lequel Don Orsati est très familier.

— Je ne suis pas non plus d'humeur au pardon.

— Comment crois-tu que je me sente ?

— Tu veux voir une photo de l'homme qui a essayé de tuer ta femme ?

— Pas pendant que je conduis, dit Christopher. C'est un coup à nous tuer tous les deux.

Le temps qu'ils atteignent le village de Porto, le soleil était un disque orange en équilibre sur l'horizon. Christopher se dirigea vers l'intérieur des terres en suivant une route bordée de pins laricios qui grimpait dans les montagnes. L'air sentait la *macchia*, la dense couche d'ajoncs, de ronces, de ciste, de romarin et de lavande qui couvrait l'intérieur de l'île. Les Corses assaisonnaient leurs mets et chauffaient leurs maisons avec la *macchia*, et ils s'y réfugiaient en temps de guerre ou de vendetta. La *macchia* n'avait pas d'yeux, disait un proverbe corse, mais elle voyait tout.

Après avoir traversé les hameaux de Chidazzu et de Marignana, ils arrivèrent en vue du village des Orsati à 10 heures passées de quelques minutes. Il existait, disait-on, depuis l'époque des Vandales, où les gens de la côte allèrent se cacher dans les collines. Derrière, dans une petite vallée qui produisait les meilleures olives de l'île, s'étendait la propriété de Don Orsati. Deux hommes armés jusqu'aux dents montaient la garde à l'entrée. Ils saluèrent Christopher en portant des doigts respectueux à leurs casquettes noires typiques de la région tandis que la voiture s'engageait dans l'allée.

Plusieurs autres gardes du corps se dressaient tel un statuaire dans l'avant-cour inondée de lumière de la villa palatiale. Gabriel laissa son Beretta dans la Renault et suivit Christopher dans l'escalier menant au bureau de Don Orsati. Ils trouvèrent ce dernier assis à une grande table en chêne, devant un livre de comptes ouvert. Comme à son habitude, il portait une chemise d'un blanc éclatant, un pantalon de coton bouffant et une paire de sandales en cuir poussiéreuses qui paraissaient avoir été achetées au marché du coin. Près de son coude se trouvait une bouteille d'huile d'olive Orsati décorative – la couverture dont le don se servait pour blanchir les profits du commerce de la mort.

Il se leva péniblement. Il était grand pour un Corse, pas loin d'un mètre quatre-vingt-dix, de larges épaules, des cheveux noir de charbon, une épaisse moustache et des yeux canins marbrés de taches brunes. Ces derniers se posèrent d'abord sur Christopher, sans aménité. Il s'adressa à lui en *corsu*.

— J'accepte tes excuses.

— Pour quoi ?

— Le mariage. C'est la plus grande insulte qu'on m'ait jamais faite. Et il a fallu qu'elle vienne de toi.

— Mes nouveaux employeurs auraient trouvé bizarre que tu sois là.

— Et comment expliques-tu cet appartement à huit millions de livres à Kensington ?

— C'est une maison, en fait. Et elle m'a coûté huit millions et demi.

— Que tu as gagnés en travaillant pour moi, dit le don en fronçant les sourcils. Est-ce qu'au moins tu as reçu mon cadeau de mariage ?

— Les cinquante mille livres de cristal de Baccarat ? Je t'ai envoyé une longue lettre de remerciement.

Don Orsati se tourna vers Gabriel et dit en français :

— Je suppose que *vous* étiez présent ?

— Seulement parce qu'il fallait quelqu'un pour amener la mariée à l'autel.

— C'est vrai qu'elle est américaine ?

— À peine.

— Qu'est-ce que ça veut dire ?

— Elle a passé la plus grande partie de son enfance en Angleterre et en France.

— C'est censé me rassurer ?

— Au moins n'est-elle pas italienne, fit observer Gabriel avec un air entendu.

— À la fin de tant de malheurs, dit Don Orsati en citant un proverbe corse, il y a toujours un Italien. Mais votre charmante épouse semble être une exception à la règle.

— Je suis sûr que vous trouverez Sarah tout aussi à votre goût.

— Elle est intelligente ?

— Elle a un doctorat de Harvard.

— Jolie ?

— Belle à couper le souffle.

— Elle est gentille avec sa mère ?

— Quand elles se parlent.

Don Orsati regarda Christopher avec horreur.

— Quel genre de femme ne parle pas à sa mère ?

— Leur relation a connu des hauts et des bas.

— Je voudrais lui en toucher deux mots aussitôt que possible.

— Nous espérions venir passer une semaine ou deux sur l'île cet été.

— Ceux qui vivent dans l'espoir meurent dans la merde.

— Quelle repartie, Don Orsati.

— Nos proverbes sont sacrés et exacts, déclara-t-il avec gravité.

— Et il y en a un pour chaque occasion.

Don Orsati posa sa main de granit sur la joue de Christopher.

— Les malheurs de la marmite, ne les connaît que la cuiller.

— Même le prêtre se trompe à l'autel, récita Christopher.

— Mieux vaut un peu que pas du tout.

— Mais celui qui n'a rien reste le ventre vide.

— Passons à table, conclut Don Orsati.

— Peut-être devrions-nous d'abord parler du problème de notre ami commun, suggéra Christopher.

— Ce qui s'est passé dans cette galerie d'art parisienne ?

— Oui.

— J'ai entendu dire que ta belle Américaine y était.

— J'en ai peur.

— Dans ce cas, fit Don Orsati, toi aussi tu as un problème.

30

Villa Orsati

Gabriel posa deux photos sur le bureau d'Orsati. Même timecode, angle légèrement différent. Le don les contempla comme s'il s'agissait de tableaux de vieux maîtres. C'était un connaisseur de la mort et de ceux qui la dispensaient contre rémunération.

— Vous le reconnaissez ?

— Je ne suis même pas sûr que sa mère le reconnaîtrait sous ce déguisement ridicule dit le don, puis il leva les yeux vers Christopher. On ne t'aurait jamais retrouvé mort dans un accoutrement pareil.

— Jamais. Il y a un standing à respecter.

Avec un sourire, Don Orsati reporta son attention sur les clichés.

— Qu'est-ce que vous pouvez me dire de lui ?

— D'après le chauffeur de taxi, il parlait français sans accent, répondit Gabriel.

— Ce chauffeur aurait dit la même chose de Christopher. On dirait un ancien soldat, ajouta-t-il en plissant les yeux.

— C'est aussi ce que j'ai pensé. En tout cas, les explosifs semblent n'avoir aucun secret pour lui.

— À moins que quelqu'un n'ait fabriqué la bombe pour lui. On trouve pas mal d'experts dans notre milieu. Tu n'es pas d'accord ? demanda Orsati en se tournant de nouveau vers Christopher.

— Plus autant qu'autrefois. Mais ne nous attardons pas sur le passé.

— Peut-être que nous devrions justement le faire, dit Gabriel. Pas plus d'une minute ou deux.

Le don joignit les mains sous le menton.

— Y a-t-il une question que vous souhaitiez me poser ?

— Il s'est produit un incident similaire à Paris, il y a environ vingt ans. La galerie appartenait à un marchand suisse qui vendait des tableaux spoliés par les nazis durant la guerre. La bombe avait été posée par un commando britannique qui...

— Je m'en souviens bien, le coupa Don Orsati.

— Moi aussi.

— Et maintenant vous vous demandez si l'homme sur ces photos travaille pour mon organisation.

— J'imagine que oui.

Le visage d'Orsati s'assombrit.

— Soyez sûr, mon vieil ami, que quiconque me proposerait de l'argent pour vous tuer ne quitterait pas cette île en vie.

— Il est possible qu'il m'ait pris pour un autre.

— Avec tout le respect que je vous dois, j'en doute. Pour un homme du monde secret, vous avez un visage plutôt connu. Quant à ce commando britannique, poursuivit Don Orsati en regardant Christopher avec un soupir, ses cheveux blonds, ses yeux bleus, son anglais parfait et son entraînement militaire d'élite lui permettaient d'honorer des contrats bien au-delà du niveau de compétences de mes *taddunaghiu* locaux. Il va sans dire que mes affaires ont souffert de sa décision de rentrer chez lui.

— Parce que vous avez refusé des contrats où le risque d'exposition était trop grand ?

— Plus que je ne peux en compter. Et mes profits ont drastiquement baissé, ajouta-t-il en tapotant son registre de mort relié de cuir. Oh ! ne me faites pas dire ce que je n'ai pas dit. Le crime ordinaire et les vengeances me donnent bien assez de travail. Mais mes clients les plus en vue sont partis ailleurs.

— Quelque part en particulier ?

— Une nouvelle organisation haut de gamme qui propose des services de concierge aux gants blancs au genre d'hommes qui voyagent en jet privé et s'habillent comme Christopher.

— De riches hommes d'affaires.

— C'est ce que dit la rumeur. Cette organisation est spécialisée en accidents et suicides apparents, le genre de choses dont les Huiles d'olive Orsati ne se sont jamais embarrassées. Il paraît qu'ils sont très forts pour maquiller une scène de crime, peut-être parce qu'ils emploient plusieurs anciens agents de police. On dit aussi qu'ils ont certaines compétences techniques.

— Comme le piratage des téléphones et des ordinateurs ?

— C'est votre champ d'expertise, répliqua le don en haussant les épaules. Pas le mien.

— Cette organisation a-t-elle un nom ?

— Si elle en a un, je ne le connais pas, dit Orsati en baissant de nouveau les yeux sur les photos. Mais la question qui prime, c'est qui a pu faire appel à cette organisation pour vous tuer ?

— Le chef d'un réseau de contrefaçon très sophistiqué.

— De tableaux ?

Gabriel confirma d'un hochement de tête.

— Il doit se faire pas mal d'argent.

— Trente-quatre millions rien qu'avec le Louvre.

— Je me suis peut-être trompé de métier.

— J'ai souvent pensé la même chose, Don Orsati.

— Et quel est le vôtre, ces jours-ci ?

— Directeur artistique des Ateliers de Restauration Tiepolo. Actuellement détaché auprès de la police française, ajouta Gabriel après un bref silence.

— Un facteur de complications, à tout le moins, déclara Orsati avec une grimace. Mais dites-moi en quoi je pourrais vous aider, vous et vos amis de la Police nationale.

— Je voudrais que vous trouviez l'homme sur ces photos.

— Et après ?

— Je lui poserais une question simple.

— Le nom de l'homme qui l'a engagé pour vous tuer ?

— Vous savez ce qu'on dit des assassinats, Don Orsati. L'important n'est pas de savoir qui a appuyé sur la détente, mais qui a payé la balle.

— De qui est-ce ? demanda le don, intrigué.

— Eric Ambler.

— De sages paroles. Mais selon toutes probabilités l'homme qui a essayé de vous tuer à Paris ne connaît pas le nom du commanditaire.

— Peut-être pas, mais il sera sans doute capable de m'orienter dans la bonne direction. Il pourra au moins me donner de précieuses informations sur votre concurrent. J'imagine que ça vous intéresse, Don Orsati, ajouta Gabriel en baissant la voix.

— Une main lave l'autre, et les deux lavent le visage.

— Un très vieux proverbe juif.

Le don chassa la remarque d'un geste de son énorme main.

— Je vais faire circuler ces photos demain matin à la première heure. Pendant ce temps, Christopher et vous êtes les bienvenus sur l'île, si vous voulez prendre quelques jours de repos.

— Rien ne vaut des vacances avec l'homme qui a un jour essayé de vous tuer.

— Si Christopher avait vraiment *essayé*, vous seriez mort à l'heure qu'il est.

— Tout comme celui qui a payé la balle, fit remarquer Gabriel.

— Eric Ambler a vraiment dit ça à propos des assassinats ?

— C'est une réplique dans *Le Masque de Dimitrios*.

— Intéressant, dit le don. J'ignorais qu'Ambler était corse.

L'odeur reconnaissable de la *macchia* flottait sur le festin somptueux qui les attendait dans le jardin de Don Orsati. Ils n'y restèrent pas longtemps. À peine cinq minutes après qu'ils se furent assis, les premières rafales cinglantes du mistral balayèrent le jardin. Avec l'aide des gardes du corps du don, ils se replièrent rapidement dans la salle à manger, et le repas reprit, mais sans les hurlements et les grattements de cet intrus venu du continent.

Il était minuit passé quand Don Orsati laissa enfin tomber sa serviette sur la table, signalant la fin des festivités. Gabriel se leva, remercia le don pour son hospitalité et lui demanda de conduire ses recherches avec la plus grande discrétion. Le don lui répondit qu'il ne ferait appel qu'à ses agents les plus dignes de confiance. Il ne doutait pas d'obtenir des résultats.

— Si vous le souhaitez, mes hommes peuvent le ramener ici, en Corse. Ainsi vous ne vous salirez pas les mains.

— Ça ne m'a jamais dérangé. Et puis, ajouta Gabriel en jetant un coup d'œil à Christopher, je l'ai lui.

— Christopher est maintenant un respectable espion anglais. Un homme distingué qui vit dans l'un des quartiers les plus chics de Londres. Il ne faudrait pas qu'il soit mêlé à une sale affaire comme celle-ci.

Là-dessus, Gabriel et Christopher partirent dans la nuit venteuse et montèrent dans la Renault. Ils quittèrent la propriété et prirent la direction de l'est et de la vallée suivante. La villa isolée de Christopher se dressait au bout d'un chemin carrossable bordé de part et d'autre de hauts murs de *macchia*. Quand les phares de la voiture éclairèrent trois vieux oliviers, il leva le pied de l'accélérateur et se pencha anxieusement sur le volant.

— Elle est sûrement morte aujourd'hui.

— On le saura dans une minute.

— Pourquoi ne pas avoir demandé au don ?

— Au risque de gâcher une soirée délicieuse ?

À cet instant, un bouc cornu domestique de plus de cent kilos émergea de la *macchia* et se posta au milieu du chemin. Il avait une robe palomino, une barbe rousse et des cicatrices anciennes. Ses yeux brillaient d'un air de défi dans le halo des phares.

— Ça doit être un autre.

— Non, répondit Christopher en écrasant la pédale de frein. C'est le même putain de bouc.

— Fais attention, je crois qu'il t'a entendu.

L'énorme caprin, tout comme les trois vieux oliviers, appartenait à Don Casabianca. Il considérait le chemin comme sa propriété privée et exigeait un tribut de ceux qui l'empruntaient. Et il éprouvait pour Christopher, un Anglais qui n'avait pas de sang corse dans les veines, un ressentiment certain.

— Tu pourrais peut-être en discuter avec lui de ma part, suggéra-t-il.

— Notre dernière conversation ne s'est pas très bien terminée.

— Qu'est-ce que tu lui as dit ?

— Il est possible que j'aie insulté ses ancêtres.

— En Corse ? Mais qu'est-ce qui t'est passé par la tête ?

Christopher fit avancer la voiture de quelques centimètres, mais l'animal baissa la tête et campa sur ses positions. Un petit coup de pare-chocs sur ses cornes n'eut pas davantage d'effet.

— Tu ne diras rien de tout ça à Sarah, n'est-ce pas ?

— Je n'en rêverais même pas, le rassura Gabriel.

Christopher tira le frein à main avec un profond soupir. Puis il ouvrit sa portière d'un coup et chargea le bouc dans son costume Richard Anderson sur mesure en agitant les bras comme un fou. Cette tactique se soldait habituellement par la capitulation immédiate de la bête. Mais cette nuit-là, la première du mistral, l'animal lutta pied à pied pendant une minute ou deux avant de s'enfuir enfin. Heureusement, Gabriel avait immortalisé sur son téléphone la confrontation, qu'il envoya immédiatement à Sarah à Londres. Tout bien considéré, ces vacances en Corse commençaient bien.

31

Haute-Corse

La villa avait un toit de tuiles rouges, une grande piscine bleue et une immense terrasse exposée au soleil le matin et ombragée par les pins laricios l'après-midi. Quand Gabriel se leva le lendemain, les dalles de granit étaient jonchées de branches d'arbre et de toutes sortes de végétaux. Dans la cuisine pourtant bien équipée, il trouva Christopher, en chaussures de randonnée et anorak imperméable, qui préparait du café au lait sur un réchaud à gaz. Une radio fonctionnant sur piles dispensait les nouvelles locales.

— Le courant a été coupé vers 3 heures du matin. Ça a soufflé à cent trente kilomètres heure cette nuit. Ils disent que c'est le pire mistral de printemps qu'on ait jamais vu.

— Ils ont mentionné un incident impliquant un Anglais et un bouc grabataire ?

— Pas encore. Mais grâce à toi tout le monde ne parle que de ça à Londres, dit Christopher en lui tendant un bol de café. Est-ce que tu as réussi à dormir ?

— Pas le moins du monde. Et toi ?

— Je suis un ancien soldat. Je peux dormir dans n'importe quelles conditions.

— Ça va durer combien de temps ?

— Trois jours. Peut-être quatre.

— J'imagine qu'on peut faire une croix sur la planche à voile.

— Mais pas sur l'ascension du Monte Rotondo. Tu m'accompagnes ?

— Ça a l'air tentant, répondit Gabriel, mais je crois que je préfère passer la matinée au coin du feu avec un bon livre.

Il emporta son café dans le salon confortablement meublé. Plusieurs centaines de romans et de récits historiques s'alignaient sur les étagères, et une modeste collection de tableaux modernes et impressionnistes garnissaient les murs. Le plus notable était un paysage provençal de Monet, que Christopher avait acquis via un mandataire chez Christie's à Paris. Ce matin-là cependant, c'était la peinture voisine qui attirait l'œil de Gabriel – un autre paysage, de Cézanne cette fois.

Il décrocha la toile et la sortit de son cadre. Le châssis semblait similaire à ceux qu'utilisait Cézanne au milieu des années 1880, tout comme la toile elle-même. Il n'y avait pas de signature – rien d'étonnant, car le peintre d'Aix-en-Provence ne signait que les œuvres qu'il considérait comme terminées – et le vernis avait la couleur de la nicotine. En dehors de ça, la peinture paraissait en bon état.

Et pourtant...

Gabriel posa la toile en équilibre dans le losange de lumière matinale filtrée par les portes-fenêtres, puis prit en photo un détail avec son téléphone. Il agrandit l'image sur son écran et examina les coups de pinceau. Il était si plongé dans ses pensées qu'il ne remarqua pas que Christopher, un maître de la filature, s'était glissé dans la pièce.

— Puis-je te demander ce que tu fais ?

— Je cherche quelque chose à lire, répondit distraitement Gabriel.

Christopher prit dans la bibliothèque la biographie de Kim Philby par Ben McIntyre.

— Tu devrais trouver ceci plus intéressant.

— Et pourtant incomplet, commenta Gabriel en se tournant de nouveau vers la toile.

— Il y a un problème ?

— Où l'as-tu acheté ?

— Dans une galerie, à Nice.

— Qui s'appelle ?

— La galerie Edmond Toussaint.

— Tu as demandé l'avis d'un expert ?

— M. Toussaint m'a fourni un certificat d'authenticité.

— Je peux le voir ? La provenance aussi.

Christopher monta dans son bureau et en revint avec une grande enveloppe kraft, qu'il tendit à Gabriel. Puis il passa un sac à dos en nylon à sa puissante épaule.

— Dernière chance.

— Profites-en bien, dit Gabriel alors qu'une rafale secouait les portes-fenêtres. Et mes amitiés à ton petit copain caprin.

Carrant les épaules, Christopher sortit et s'installa derrière le volant de la Renault. Un instant plus tard, Gabriel entendit le beuglement du klaxon, suivi d'une bordée de menaces d'une violence inouïe. En riant, il sortit le contenu de l'enveloppe.

— Idiot, dit-il à nul autre que lui-même.

Le mistral se calma vers 11 heures, mais il redoubla en fin d'après-midi, assez fort pour déloger plusieurs tuiles du toit de Christopher. Ce dernier rentra au crépuscule et montra fièrement à Gabriel le relevé météorologique qu'il avait fait sur la face nord du Monte Rotondo, indiquant que le vent avait soufflé jusqu'à cent trente-six kilomètres heure. Gabriel répliqua en lui faisant part de ses doutes sur l'authenticité du Cézanne, un tableau que Christopher avait acquis sous un faux nom français lorsqu'il était tueur à gages.

— Ce qui ne te laisse aucun recours juridique. Ni moral, d'ailleurs.

— Peut-être qu'un ou deux des gars les plus terrifiants du don pourraient en toucher deux mots à M. Toussaint de ma part.

— Ou alors, contra Gabriel, tu pourrais oublier que je t'ai dit quoi que ce soit et laisser tomber.

Le vent ne faiblit pas au cours de deux jours suivants. Gabriel se confina dans la villa tandis que Christopher se lançait à l'assaut de deux autres sommets – d'abord le Renoso, puis le d'Oro, où son anémomètre de poche enregistra des vents à cent quarante et un kilomètres heure. Ils dînèrent ce soir-là à la villa Orsati. Au café, le don reconnut que ses agents n'avaient de piste ni sur l'identité ni sur l'endroit où se trouvait le poseur de bombe. Il réprimanda ensuite Christopher sur la teneur et le ton de ses récentes confrontations avec le bouc de Don Casabianca.

— J'ai reçu un coup de fil très désagréable.

— Du don ou du bouc ?

— Ce n'est pas un sujet de plaisanterie, Christopher.

— Comment Don Casabianca sait-il que les choses se sont envenimées à ce point ?

— La nouvelle s'est répandue comme un feu de broussailles.

— Je n'en ai parlé à personne, tu peux me croire.

— Ça doit être la *macchia*, intervint Gabriel, et il cita le proverbe consacré, que le don ponctua d'un hochement de tête solennel avant de conclure que c'était la seule explication possible.

Le vent fit rage tout le reste de la nuit, mais à l'aube il s'était évanoui. Gabriel passa la matinée à aider Christopher à réparer les dégâts du toit et à dégager les débris de la terrasse et de la piscine. Puis, en fin d'après-midi, il se rendit au village, un amas de maisons couleur sable agglutinées autour du clocher de l'église, au pied duquel s'étendait une place poussiéreuse. Plusieurs hommes en chemise blanche repassée de frais disputaient âprement une partie de *pétanque**. En d'autres circonstances ils auraient considéré Gabriel avec suspicion – ou l'auraient montré du doigt à la façon corse, l'index et l'auriculaire tendus, pour éloigner l'*occhju*, le mauvais œil. Mais ils le saluèrent chaleureusement, car tout le village savait qu'il était un ami de Don Orsati et de l'Anglais qui, Dieu merci, était revenu après une absence prolongée.

— C'est vrai qu'il s'est marié ? demanda l'un des hommes.

— C'est ce que dit la rumeur.

— Est-ce qu'il a tué ce bouc ? le questionna un autre.

— Pas encore. Mais c'est une affaire de temps.

— Vous arriverez peut-être à le raisonner.

— J'ai essayé. Mais je crains qu'ils n'aient atteint un point de non-retour.

Ils insistèrent pour que Gabriel se joigne à la partie, car il leur manquait un joueur. Mais il déclina et se rendit au café qui occupait l'angle opposé de la place et commanda un verre de rosé corse. Alors que les cloches de l'église sonnaient cinq coups, une fillette de six ou sept ans frappa à la porte de la petite maison de guingois voisine du presbytère. Elle s'ouvrit de quelques centimètres sur une petite main pâle qui serrait un morceau de papier bleu. La fillette l'apporta au café et le posa sur la table de Gabriel. Elle ressemblait étrangement à Irene.

— Comment tu t'appelles ?

— Danielle.

Évidemment, songea Gabriel.

— Ça te dirait, une glace ?

L'enfant s'assit et poussa le papier bleu sur la table.

— Vous n'allez pas le lire ?

— C'est inutile.

— Pourquoi ?

— Parce que je sais déjà ce qui est écrit.

— Comment ?
— J'ai des pouvoirs, moi aussi.
— Pas comme les siens.
Non, convint Gabriel. Pas comme les siens.

32

Haute-Corse

La main que la vieille femme tendit à Gabriel était chaude et légère. Il la serra avec délicatesse, comme s'il s'agissait d'un oiseau en cage.

— Vous vous êtes caché de moi, dit-elle.

— Pas de vous. Du mistral.

— J'ai toujours aimé le vent. C'est bon pour les affaires, ajouta-t-elle sur le ton de la connivence.

La vieille femme était une *signadora*. Les Corses croyaient qu'elle avait le pouvoir de guérir ceux que l'*occhju* avait infectés. Gabriel avait autrefois cru qu'elle n'était qu'une prestidigitatrice et une habile diseuse de bonne aventure, mais plus aujourd'hui.

Elle posa la main contre sa joue.

— Vous êtes brûlant de fièvre.

— Vous dites toujours ça.

— C'est parce que vous donnez toujours l'impression d'être en feu.

Sa main descendit vers le haut de sa poitrine, côté gauche, juste au-dessus du cœur.

— C'est là où la balle de cette folle a pénétré.

— C'est Christopher qui vous l'a dit ?

— Je ne lui ai pas parlé depuis qu'il est revenu, dit-elle en soulevant le devant de la chemise de Gabriel pour examiner sa cicatrice. Vous êtes mort pendant plusieurs minutes, n'est-ce pas ?

— Deux ou trois.

— Pourquoi me mentez-vous ? demanda-t-elle en fronçant les sourcils.

— Parce que je préfère ne pas trop penser au fait que je suis mort pendant dix minutes. Où avez-vous trouvé cette enfant ? interrogea-t-il en levant le bout de papier bleu.

— Danielle ? Pourquoi posez-vous cette question ?

— Elle me rappelle quelqu'un.

— Votre fille ?

— Comment pourriez-vous savoir à quoi elle ressemble ?

— Peut-être voyez-vous simplement ce que vous voulez voir.

— Ne me parlez pas par énigmes.

— Vous avez appelé votre fille Irene en souvenir de votre mère. Chaque fois qu'elle vous regarde, vous voyez le visage de votre mère et les numéros qu'on a écrits sur son bras dans un camp sinistre.

— Un jour, il faudra que vous me disiez comment vous faites.

— C'est un don de Dieu.

Elle lâcha sa chemise et leva sur lui des yeux d'une noirceur sans fond. Le visage autour était aussi blanc que de la farine de boulanger.

— Vous souffrez de l'*occhju*, reprit-elle. C'est clair comme le jour.

— J'ai dû le contracter au contact du bouc de Don Casabianca.

— C'est un démon.

— Ne m'en parlez pas

— Je ne plaisante pas. Cet animal est possédé. Restez à distance.

La *signadora* le fit entrer dans le salon de sa minuscule maison. Sur la petite table ronde, il y avait une bougie, une assiette creuse contenant de l'eau et un récipient rempli d'huile d'olive. Tels étaient les outils de son commerce. Elle alluma la bougie et s'assit à sa place habituelle. Après une hésitation, Gabriel l'imita.

— Le mauvais œil, ça n'existe pas, vous savez, dit Gabriel. C'est juste une superstition commune parmi les anciens peuples de la Méditerranée.

— Vous-même êtes un ancien de la Méditerranée.

— On pourrait difficilement faire plus ancien, acquiesça-t-il.

— Vous êtes né en Galilée, pas loin de l'endroit où Jésus a vécu. La plupart de vos ancêtres ont été tués par les Romains durant le siège de Jérusalem, mais quelques-uns ont survécu et sont arrivés jusqu'en Europe. Faites, dit-elle en poussant le récipient d'huile d'olive vers lui.

Gabriel le lui retourna.

— Vous d'abord.

— Vous voulez que je vous prouve que ce n'est pas un tour de passe-passe ?

— Oui.

La vieille femme plongea l'index dans l'huile. Puis elle le tint au-dessus de l'assiette et laissa trois gouttes tomber dans l'eau. Elles se fondirent en une seule bulle.

— À vous, maintenant.

Gabriel procéda au même rituel. Cette fois l'huile se scinda en des milliers de gouttes, qui disparurent aussitôt.

— *Occhju*, souffla la vieille femme.

— Prestidigitation, détournement de l'attention, répliqua Gabriel.

— Comment va votre main ? demanda-t-elle en souriant.

— Laquelle ?

— Celle que vous avez abîmée en agressant l'homme qui travaille pour le cyclope.

— Vous n'auriez pas dû me suivre.

— Faites la paix avec lui, dit la *signadora*. Il vous aidera à trouver la femme.

— Quelle femme ?
— L'Espagnole.
— Je cherche un homme.
— Celui qui a essayé de vous tuer à la galerie d'art ?
— Oui
— Don Orsati n'a pas réussi à le trouver. Mais ne vous inquiétez pas. L'Espagnole vous guidera à celui que vous cherchez. Don Orsati la connaît.
— Comment ?
— Il n'est pas en mon pouvoir de vous le dire.

Sans un mot de plus, la *signadora* s'empara de la main de Gabriel et se lança dans le rituel familier. Elle prononça une ancienne prière corse. Elle sanglota tandis que le mal passait du corps de Gabriel dans le sien, puis elle ferma les yeux et plongea dans un profond sommeil. Quand elle se réveilla enfin, elle demanda à Gabriel de se livrer de nouveau au test de l'huile et de l'eau. Cette fois l'huile ne forma qu'une seule goutte.

— À votre tour, dit-il.

La vieille femme soupira et s'exécuta. L'huile se fragmenta.

— Exactement comme la porte de cette galerie d'art, dit-elle. Ne vous inquiétez pas, l'*occhju* ne restera pas longtemps en moi.

Gabriel posa plusieurs billets de banque sur la table.

— Y a-t-il autre chose que vous puissiez me dire ?
— Peignez quatre tableaux. Et elle viendra à vous.
— C'est tout ?
— Non. Vous n'avez pas contracté l'*occhju* du bouc de Don Casabianca.

À son retour à la villa, Gabriel informa Christopher que les recherches de Don Orsati ne donneraient rien et que le bouc de Don Casabianca était le démon incarné. Christopher ne remit en question ni l'une ni l'autre de ces assertions, puisque toutes deux venaient de la bouche de la *signadora*. Il lui conseilla cependant de ne pas demander au don de cesser ses investigations prématurément. Mieux valait, dit-il, laisser la roue tourner jusqu'à ce que la boule s'arrête.

— À moins que la roue ne continue de tourner pendant encore une semaine ou deux.

— Crois-moi, ça n'arrivera pas.

— Je crains qu'il n'y ait autre chose.

Gabriel lui rapporta les propos de la vieille femme au sujet de l'Espagnole.

— Comment le don la connaîtrait ?

— Elle a précisé qu'il n'était pas en son pouvoir de me le dire.

— Tu parles. C'est sa version de : « sans commentaire ».

— T'est-il arrivé de rencontrer une Espagnole à l'époque où tu travaillais pour le don ?

— Une ou deux, dit Christopher dans sa barbe.

— Comment devrait-on aborder la question avec lui ?

— Avec des pincettes. Sa Sainteté n'aime pas qu'on remue le passé. Surtout quand ça vient de la *signadora*.

C'est ainsi que deux soirs plus tard, assis sous une lune voilée dans le jardin de la villa Orsati, Gabriel feignit l'incrédulité en apprenant que les agents du don avaient échoué à trouver le poseur de bombe de la galerie Fleury. Puis, après avoir laissé passer un silence confortable, il demanda prudemment à Don Orsati s'il avait déjà rencontré une Espagnole qui pourrait avoir des liens avec les milieux du crime et de l'art.

Le don plissa ses yeux marbrés de brun.

— Quand lui avez-vous parlé ?

— À l'Espagnole ?

— À la *signadora*.

— Je croyais que la *macchia* voyait tout.

— Vous voulez que je vous parle de l'Espagnole ou pas ?

— Il y a deux jours, avoua Gabriel.

— Je suppose qu'elle savait aussi que je n'arriverais pas à trouver l'homme que vous cherchez.

— Je voulais vous le dire, mais Christopher pensait que ce serait une erreur.

— Vraiment ? fit Don Orsati en jetant un regard noir à Christopher avant de revenir à Gabriel. Il y a plusieurs années, peut-être cinq ou six, une femme est venue me voir. Elle était de Roussillon, une commune du Luberon. Pas loin de la quarantaine, très calme. Elle donnait l'impression d'être à l'aise en présence de criminels.

— Son nom ?

— Françoise Vionnet.

— C'était son vrai nom ?

Don Orsati hocha la tête.

— Quelle était son histoire ?

— L'homme avec qui elle vivait avait disparu un après-midi alors qu'il se promenait dans les environs d'Aix-en-Provence. La police avait retrouvé son corps quelques semaines plus tard à proximité du mont Ventoux. Il avait été abattu de deux balles dans la nuque.

— Elle réclamait vengeance ?

Le don confirma une nouvelle fois de la tête.

— L'argent ne se gagne pas en chantant, mon ami, dit Orsati en citant l'un de ses proverbes préférés – slogan officiel des Huiles d'olive Orsati. On le gagne en acceptant d'honorer des contrats.

— Quel était le nom de la cible ?

— Miranda Álvarez. La Vionnet était convaincue qu'il s'agissait d'un pseudonyme. Elle nous a fourni une description et une profession, mais pas grand-chose d'autre.

— Pourquoi ne pas commencer par la description ?

— Grande, cheveux noirs, très belle.

— Âge ?

— À l'époque, milieu de trentaine.

— Et sa profession ?

— Marchande d'art.

— Où ?

— Peut-être à Barcelone, répondit le don en haussant ses épaules massives. Peut-être à Madrid.

— C'est maigre, comme informations.

— J'ai accepté des contrats avec moins que ça, à condition que le client s'engage à me confirmer l'identité de la cible une fois celle-ci trouvée.

— Pour éviter un bain de sang inutile.

— Dans ma partie, les erreurs sont fréquentes.

— J'en déduis que vous ne l'avez jamais trouvée ?

Le don secoua la tête.

— Françoise Vionnet m'a supplié de continuer à chercher, mais je lui ai dit que c'était vain. Je lui ai rendu son argent, sauf le dépôt et l'avance pour les frais, et nous sommes partis chacun de notre côté.

— Est-ce qu'elle vous a dit pourquoi son compagnon avait été tué ?

— Apparemment, c'était une dispute d'ordre professionnel.

— Lui aussi était galeriste ?

— Non, peintre. Pas très connu, me direz-vous. Mais elle tenait son travail en haute estime.

— Est-ce que vous vous rappelleriez son nom, à tout hasard ?

— Lucien Marchand.

— Et où Christopher et moi pourrions-nous rencontrer Françoise Vionnet ?

— Chemin de Joucas, à Roussillon. Si vous voulez, je peux vous retrouver l'adresse exacte.

— Si ce n’est pas trop vous demander.

— Pas du tout.

Elle se trouvait dans son bureau. Dans son registre de morts relié de cuir.

33

Le Luberon

Le ferry suivant à destination du continent partait d'Ajaccio le lendemain à 20 h 30 et arrivait à Marseille peu après l'aube. Gabriel et Christopher, après avoir passé la nuit dans des cabines voisines, louèrent une Peugeot au port et rejoignirent l'A7, qu'ils empruntèrent vers le nord jusqu'à Cavaillon. Puis ils suivirent une caravane de cars touristiques qui s'enfonçait dans le Luberon. Les maisons dorées de Gordes, perchées au sommet d'une éminence calcaire qui dominait la vallée, étincelaient dans la lumière cristalline du matin.

— C'est ici qu'a vécu Marc Chagall, fit observer Christopher.

— Dans une ancienne école pour filles de la rue de la Fontaine-Basse. Sa femme, Bella, et lui rechignaient à partir après l'invasion allemande. Ils ont finalement fui aux États-Unis en 1941 avec l'aide du journaliste et universitaire Varian Fry et du Centre américain de secours.

— J'essayais juste de faire la conversation.

— On peut se contenter de profiter du paysage.

Christopher alluma une Marlboro.

— As-tu réfléchi à la façon dont nous allions l'aborder ?

— Françoise Vionnet ? Je pensais commencer par *bonjour** et espérer que tout se passe au mieux.

— Brillant.

— Peut-être lui dirai-je que je suis envoyé par une mystique corse qui m'a guéri de l'*occhju*. Ou mieux, que je suis un ami de la sommité du crime organisé de l'île de Beauté qu'elle a engagé pour assassiner une galeriste espagnole.

— Un bon moyen de se la mettre dans la poche.

— Combien crois-tu que le don lui a facturé ? demanda Gabriel.

— Pour un boulot comme celui-ci ? Pas grand-chose.

— C'est-à-dire ?

— Quelque chose comme cent mille.

— À combien se montait le contrat sur ma tête ?

— Un nombre à sept chiffres.

— Je suis flatté. Et pour Anna ?

— C'était un deal global pour vous deux.

— Le tarif est dégressif dans ces cas-là ?

— C'est un mot dont le sens échappe au don. Mais ça me fait chaud au cœur de savoir que vous avez renoué des liens après toutes ces années.

— Le cœur n'y est pour rien. Et nous n'avons pas de liens.

— Ne lui as-tu pas emprunté un million d'euros pour acheter le faux paysage de Cuyp ?

— Elle a été remboursée trois jours plus tard.

— Par ma femme. Quant à ton approche de la susmentionnée Françoise, je te suggère d'avancer masqué. D'après mon expérience, les résidents respectables du Luberon n'apportent pas de mallettes pleines de billets à quelqu'un comme Sa Sainteté Don Anton Orsati.

— Es-tu en train de dire que Françoise Vionnet et Lucien Marchand, un peintre inconnu qui n'a jamais rien vendu, pourraient avoir été impliqués dans une quelconque entreprise criminelle ?

— Je parierais mon Cézanne là-dessus.

— Tu n'as pas de Cézanne.

Au détour d'un virage, la vallée du Luberon dévoila son patchwork de vignobles, de vergers et de champs de fleurs sauvages aux couleurs vives. Les bâtiments bruns de la vieille ville de Roussillon se dressaient au sommet d'une crête d'argile ocre au sud. Christopher aborda le village par l'étroit chemin de Joucas et s'arrêta sur le bas-côté précisément là où la pente de la colline rencontrait le plancher de la vallée. Un champ récemment labouré s'étendait d'un côté de la route. De l'autre, partiellement masquée par un mur de végétation mal entretenu, apparaissait une villa de plain-pied. Quelque part, un gros chien faisait entendre ses aboiements de baryton étouffés.

— Évidemment, grommela Gabriel.

— Mieux vaut un canidé qu'un caprin.

— Les caprins ne mordent pas.

— Où as-tu été pêcher une idée pareille ? fit Christopher en s'engageant dans l'allée.

Aussitôt un chien gros comme un tonneau aux mâchoires de rottweiler jaillit par la porte d'entrée. Une jeune femme aux pieds nus d'une petite vingtaine d'années sortit sans hâte à sa suitc. Elle portait un legging et un pull en coton froissé. Ses cheveux châtain clair se balançaient librement dans son dos sous la lumière provençale.

— Trop jeune, déclara Gabriel.

— Et celle-ci ? demanda Christopher quand une version plus âgée de la fille émergea de la villa.

— On dirait déjà plus une Françoise.

— Ouais. Mais comment vas-tu t'y prendre ?

— Je vais attendre que l'une d'elles maîtrise ce chien.

— Et après ?

— Je pensais commencer par *bonjour** et espérer que tout se passe au mieux.

— Brillant, commenta Christopher.

Lorsque Gabriel ouvrit sa portière et leva la main en guise de salut, sa posture et son accent étaient de nouveau ceux de Ludwig Ziegler de Berlin. Mais ce Herr Ziegler-là n'était pas le conseiller artistique exclusif d'une cliente célèbre. Il se présenta comme un courtier – un négociant sans galerie ni inventaire – spécialisé dans les œuvres produites par les peintres contemporains sous-évalués. Il prétendit avoir entendu parler de Lucien Marchand par un de ses contacts et être intrigué par la terrible histoire de sa disparition et de sa mort. Il introduisit Christopher sous le nom de Benjamin Reckless, son représentant à Londres.

— Reckless ? s'étonna Françoise Vionnet avec un air sceptique[1].

— C'est un vieux nom anglais, expliqua Christopher.

— Vous parlez français sans le moindre accent.

— Ma mère était française.

Dans la cuisine rustique de la villa, tous quatre prirent place autour d'une cafetière pleine et d'un pichet de lait mousseux. Françoise Vionnet et la fille aux pieds nus allumèrent chacune une cigarette tirée du même paquet de Gitanes. Elles avaient les mêmes yeux indolents aux paupières lourdes. Ceux de la fille étaient soulignés par des demi-lunes de chair gonflée.

— Elle s'appelle Chloé, dit Françoise Vionnet, comme si la jeune femme était muette. Son père était un sculpteur sans le sou de Lacoste qui nous a abandonnées peu après sa naissance. Heureusement, Lucien nous a recueillies. Nous n'étions pas une famille au sens traditionnel du terme, mais nous étions heureux. C'est le seul père qu'elle ait jamais connu.

La fille bâilla, s'étira ostensiblement puis se retira. Un moment plus tard leur parvint le bruit reconnaissable d'un corps mince entrant dans l'eau d'une piscine. Françoise Vionnet écrasa sa cigarette en fronçant les sourcils.

1. *Reckless* signifie imprudent, téméraire.

— Excusez le comportement de ma fille. Je voulais déménager à Paris après la mort de Lucien, mais Chloé refusait de quitter le Luberon. L'élever ici a été une terrible erreur.

— C'est très beau, fit remarquer Gabriel dans un français teinté d'accent allemand.

— *Oui**. Les touristes et les riches étrangers adorent la Provence. Surtout les Anglais, ajouta-t-elle en jetant un coup d'œil à Christopher. Mais pour des filles comme Chloé sans diplôme universitaire ni ambition, le Luberon est un piège dont il est difficile de s'échapper. L'été elle travaille dans un restaurant du *centre-ville**, et l'hiver, dans un hôtel à Chamonix.

— Et vous ? s'enquit Gabriel.

— Je me débrouille avec ce que Lucien a pu me laisser, répondit-elle avec un haussement d'épaules.

— Vous étiez mariés ?

— Pacsés. Chloé et moi avons hérité de la villa après que Lucien a été tué. Et de ses œuvres, bien sûr. Vous voudriez en voir quelques-unes ? demanda-t-elle en se levant subitement.

— Rien ne me ferait plus plaisir.

Ils se rendirent en file indienne dans le salon. Plusieurs tableaux sans cadre – relevant du surréalisme, du cubisme, de l'expressionnisme abstrait – décoraient les murs. Ils manquaient d'originalité, mais pas de talent.

— Où a-t-il été formé ?

— Aux Beaux-Arts, à Paris.

— Ça se voit.

— Lucien était un excellent dessinateur, expliqua Françoise Vionnet. Mais il n'a jamais eu beaucoup de succès. Il joignait les deux bouts en faisant des copies.

— Je vous demande pardon ?

— Lucien peignait des copies de tableaux impressionnistes et les vendait dans les boutiques de souvenirs du Luberon. Il travaillait aussi pour une société qui commercialisait en ligne des copies réalisées à la main. Celles-ci lui rapportaient un peu plus, mais pas beaucoup. Quelque chose comme vingt-cinq euros. Il les produisait très vite. Il pouvait peindre un Monet en quinze ou vingt minutes.

— Vous en avez gardé ?

— *Non**. Lucien n'était pas fier de cet aspect de son travail. À peine les toiles sèches, il les envoyait à ses clients.

Dehors, la fille sortit de l'eau et s'étendit sur une chaise longue. Gabriel n'aurait su dire si elle était nue ou non, car son attention était accaparée par l'œuvre la plus indiscutablement remarquable de la pièce. Elle entretenait une ressemblance frappante avec un tableau intitulé *Les Amoureux aux coquelicots* de l'artiste franco-russe qui avait vécu un certain temps rue de la Fontaine-Basse à Gordes. Pas une copie exacte, plutôt un pastiche. L'original était signé dans le coin droit. La version de Lucien Marchand ne portait aucune signature.

— C'était un grand admirateur de Chagall, commenta Françoise Vionnet.

— Je le suis aussi. En d'autres circonstances, j'aurais pu prendre ce tableau pour un original. Peut-être était-ce le but ? demanda Gabriel après un silence.

— Lucien peignait ses Chagall pour le plaisir. C'est pour ça qu'il n'y a pas de signature.

— Je suis prêt à vous faire une offre généreuse.

— Je crains qu'il ne soit pas à vendre, monsieur Ziegler.

— Puis-je vous demander pourquoi ?

— Raisons sentimentales. C'est le dernier tableau que Lucien a achevé.

— Pardonnez-moi, madame Vionnet, mais je ne me souviens plus de la date de sa mort.

— Le 17 septembre.

— Il y a cinq ans ?

— *Oui**.

— C'est étrange.

— Pourquoi ?

— Parce que cette peinture semble beaucoup plus vieille que ça. En fait, elle me donne l'impression d'avoir été exécutée à la fin des années 1940.

— Lucien utilisait des techniques pour vieillir artificiellement ses peintures.

Gabriel décrocha le tableau du mur et le retourna. La toile et le châssis avaient au moins un demi-siècle. La barre de maintien horizontale supérieure était frappée des caractères *6 F*. La colle d'une étiquette y adhérait encore.

— Et Lucien utilisait aussi des techniques spéciales pour vieillir ses toiles et ses châssis ? Ou avait-il un fournisseur de vieux tableaux sans valeur sous la main ?

Françoise Vionnet considéra froidement Gabriel entre ses paupières mi-closes.

— Sortez de chez moi, dit-elle sans desserrer les dents. Ou je lâche le chien.

— Si ce chien s'approche un tant soit peu de moi, je l'abattrai. Et ensuite j'appellerai la police et je les préviendrai que votre fille et vous vivez de recel de contrefaçons.

Ses lèvres pleines dessinèrent un léger sourire. Apparemment, elle ne s'effrayait pas si facilement.

— Qui êtes-vous ?

— Vous ne me croiriez pas si je vous le disais.

— Et lui ? interrogea-t-elle en regardant Christopher.

— Il est tout sauf imprudent.

— Qu'est-ce que vous voulez ?

— Que vous m'aidiez à trouver la femme qui se fait appeler Miranda Álvarez. Je voudrais aussi que vous me confiiez toutes les contrefaçons que vous avez ici, ainsi qu'une liste complète de toutes celles que Lucien a vendues.

— C'est impossible.

— Pourquoi ?

— Il y en a beaucoup trop.

— Qui les écoulait ?

— Lucien vendait la plupart de ses faux à un galeriste de Nice.

— A-t-il un nom ?

— Edmond Toussaint.

Gabriel se tourna vers Christopher.

— Ceci explique cela.

34

Roussillon

— Pourquoi ne m'avez-vous pas dit la vérité dès le début, monsieur Allon ?

— Je craignais que vous ne vous embarrassiez pas des amabilités d'usage avant de passer directement au lâcher de chien.

— Vous l'auriez vraiment abattu ?

— *Non**. M. Reckless l'aurait fait pour moi.

Françoise Vionnet lorgna Christopher par-dessus sa Gitane tout juste allumée et hocha lentement la tête. Ils avaient repris place à la table de la cuisine, cette fois autour d'une bouteille de bandol rosé fraîche.

— Y a-t-il du vrai dans ce que vous nous avez raconté ? demanda Gabriel.

— Une grande partie.

— Où a commencé la fiction ?

— Chloé ne passe pas l'hiver à Chamonix.

— Où va-t-elle ?

— À Saint-Barthélemy.

— Elle travaille là-bas ?

— Chloé ? Elle n'a jamais levé le petit doigt, dit-elle avec une grimace. Nous avons une villa à Lorient.

— Lucien a dû peindre pas mal de copies à vingt-cinq euros pour se payer ça.

— Il n'a jamais cessé de le faire, vous savez. Il avait besoin de justifier de revenus officiels.

— Quand a-t-il commencé à faire des faux ?

— Deux ans après que Chloé et moi avons emménagé avec lui.

— C'était votre idée ?

— Plus ou moins.

— Plutôt plus ou plutôt moins ?

— La qualité de ses copies sautait aux yeux. Un jour, je lui ai demandé s'il pensait pouvoir tromper qui que ce soit. Une semaine plus tard, il m'a montré sa première contrefaçon. Une reprise de *Place du village* du cubiste français Georges Valmier.

— Qu'est-ce que vous en avez fait ?

Elle l'avait emportée à Paris et l'avait accrochée au mur de l'appartement chic d'un ami, dans le VIe. Puis elle avait appelé une des maisons de vente – elle refusa de préciser laquelle –, qui avait envoyé un prétendu expert y jeter un coup d'œil. L'expert avait posé quelques questions sur la provenance, l'avait déclaré authentique et en avait proposé quarante mille euros à Françoise. Elle avait donné la moitié de cette somme à son ami parisien et l'autre à Lucien. Ils avaient utilisé une partie de cet argent pour agrandir la piscine et rénover la petite dépendance que Lucien utilisait comme atelier. Le reste, ils l'avaient déposé sur un compte en banque du Credit Suisse à Genève.

— Quant à sa reprise de *Place du village* de Georges Valmier, elle a récemment été vendue aux enchères à New York pour neuf cent mille dollars. Ce qui veut dire que le commissaire-priseur a gagné plus en frais et commissions que Lucien n'a été payé pour son travail. Alors qui est le criminel, monsieur Allon ? Le commissaire-priseur a-t-il *vraiment* cru vendre un tableau authentique ? Comment est-ce possible ?

Elle avait cédé plusieurs autres contrefaçons à la même maison de vente parisienne – chaque fois des cubistes et des surréalistes peu connus, chaque fois pour des sommes à cinq chiffres –, et à l'hiver 2004 elle avait vendu un Matisse à la galerie Edmond Toussaint. Et un deuxième quelques mois plus tard, rapidement suivi d'un Gauguin, d'un Monet et d'un paysage de la montagne Sainte-Victoire de Cézanne. Mais alors Toussaint avait avoué à Françoise qu'il savait que les cinq tableaux étaient des faux.

— Et c'était précisément pour ça qu'il vous les avait achetés en premier lieu, comprit Gabriel.

— *Oui**. M. Toussaint voulait un contrat d'exclusivité. Plus de ventes indépendantes aux maisons parisiennes ou à d'autres négociants. Il trouvait ça beaucoup trop risqué. Il a promis de prendre bien soin des finances de Lucien.

— Et il l'a fait ?

— Lucien ne s'en est jamais plaint.

— Combien a-t-il gagné ?

— Sur toute la durée de leur arrangement ? Six ou sept millions, répondit Françoise Vionnet avec un haussement d'épaules.

— À d'autres.

— Plus ou moins trente millions.

— Plutôt plus ou plutôt moins ?

— Plutôt plus, admit-elle. Indéniablement.

— Et M. Toussaint ? Combien a-t-il pris au passage ?

— Deux cents millions, au moins.

— Alors Lucien s'est fait avoir.

— C'est ce que cette Espagnole lui a dit.

— Miranda Álvarez ?

— C'est ainsi qu'elle se faisait appeler.

— Où l'avez-vous rencontrée ?

— Ici, à Roussillon. Sur la chaise même où vous êtes assis.

— C'était une galeriste ?

— En quelque sorte. Elle ne parlait d'elle qu'à contrecœur.

— Que voulait-elle ?

— Que Lucien travaille pour elle plutôt que pour Toussaint.

— Comment savait-elle que Lucien produisait des contrefaçons ?

— Elle a refusé de le dire. Mais il était clair que le côté obscur du métier n'avait aucun secret pour elle. Selon elle, Toussaint vendait plus de faux que le marché de l'art ne pouvait en absorber, et ce n'était qu'une question de temps avant que Lucien et moi nous fassions arrêter. Elle a dit faire partie d'un réseau tentaculaire qui savait vendre des contrefaçons sans se faire prendre, et que ça nous rapporterait le double de ce que Toussaint nous payait.

— Comment Lucien a-t-il réagi ?

— Il était intrigué.

— Et vous ?

— Moins.

— Mais vous avez accepté de réfléchir à son offre ?

— Je lui ai demandé de revenir trois jours plus tard.

— Et quand elle est revenue ?

— Je lui ai dit que l'affaire était entendue. Elle nous a donné un million d'euros en espèces et nous a dit qu'elle nous contacterait.

— Quand est-ce que l'accord a pris l'eau ?

— Quand j'ai dit à Toussaint que nous le quittions.

— Combien vous a-t-il proposé pour que vous restiez ?

— Deux millions.

— Je suppose que vous avez mis le million de l'Espagnole à l'ombre.

— *Oui**. Et six mois plus tard, Lucien était mort. Il travaillait sur un nouveau Cézanne quand on l'a tué. La police ne l'a jamais trouvé.

— J'imagine que vous ne leur avez pas dit que Lucien était un faussaire, ni qu'il avait récemment reçu la visite d'une mystérieuse Espagnole qui se faisait appeler Miranda Álvarez.

— Si je l'avais fait, je n'aurais pas pu cacher mon rôle dans l'affaire.

— Comment avez-vous expliqué les trente millions à Genève ?

— Trente-quatre, à cette époque, reconnut Vionnet. Et la police n'a jamais découvert ce compte.

— Et la villa à Saint-Barthélemy ?

— Elle appartient à une société-écran enregistrée aux Bahamas. Chloé et moi faisons profil bas ici, dans le Luberon. Mais quand nous sommes sur l'île…

— Vous menez grand train sur les bénéfices des contrefaçons de Lucien.

Pour toute réponse, elle alluma une nouvelle Gitane.

— Combien en reste-t-il ?

— Des faux ? demanda-t-elle en soufflant un nuage de fumée vers le plafond. Seulement le Chagall. Tous les autres sont partis.

Gabriel posa son téléphone sur la table.

— Combien, Françoise ?

Dehors, Chloé était étendue comme un nu de Modigliani sur les dalles recuites par le soleil au bord de la piscine.

— Si elle se faisait payer pour ça, dit sa mère d'une voix critique, Chloé serait la femme la plus riche de France.

— Vous étiez la représentante d'un faussaire, fit remarquer Gabriel. Pas vraiment un bon exemple pour elle.

Elle leur fit emprunter l'allée de gravier menant à l'atelier de Lucien. C'était un petit bâtiment de couleur ocre au toit de tuiles. La porte était fermée par un cadenas, tout comme les volets en bois.

— Quelqu'un a essayé de s'y introduire peu après la mort de Lucien. C'est à cette époque que j'ai pris un chien.

Elle décadenassa la porte et conduisit Gabriel et Christopher à l'intérieur. L'air renfermé sentait la toile, la poussière et l'huile de lin. Un vieux chevalet se dressait sous un Velux, avec une table de travail encombrée pourvue de tablettes et de tiroirs de rangement. Une vingtaine de tableaux étaient grossièrement empilés contre les murs, à l'horizontale.

— Ils sont tous là ? interrogea Gabriel.

Françoise hocha la tête.

— Pas d'entrepôt ni de box de stockage quelque part ?

— *Non**. Tout est là.

Elle s'avança vers le plus proche empilement et fit défiler les tableaux, comme s'il s'était agi de 33-tours. Elle en sortit un à contrecœur et le montra à Gabriel.

— Fernand Léger.

— Vous avez l'œil, monsieur Allon.

Elle passa à l'empilement voisin, dont elle extirpa un pastiche de *Maisons à l'Estaque* de Georges Braque. Le suivant révéla un Picasso et un nouveau Léger.

— J'imagine que la police a fouillé cet atelier après le meurtre.

— Oui, bien sûr. Mais heureusement ils ont envoyé l'inspecteur Clouseau, répondit-elle en lui montrant une autre peinture, une version de *Paysage bleu* de Roger Bissière. J'ai toujours aimé celui-ci. Je dois vraiment m'en séparer ?

— Continuez.

Il y eut encore un Matisse, un Monet, un Cézanne, un Dufy et pour finir un second Chagall.

— C'est tout ?

Elle hocha la tête.

— Vous savez ce qui se passera si j'en trouve d'autres ?

Elle soupira et produisit deux autres contrefaçons – un second Matisse et un magnifique André Derain. Douze en tout, pour une valeur estimée de deux cents millions d'euros sur le marché. Gabriel les prit tous en photo avec son téléphone, ainsi que le Chagall du salon. Puis il les détoila tous les treize et les empila dans la cheminée. Christopher lui tendit son briquet Dunhill en or.

— Non, je vous en prie, l'implora Françoise.

— Vous préférez que je les remette à la police française ? demanda Gabriel en allumant le briquet et en approchant la flamme des toiles. Il va falloir que vous vous contentiez de trente-quatre millions.

— Il n'en reste que vingt-cinq.

— Que vous pourrez garder aussi longtemps que vous ne parlez de moi à personne.

Françoise Vionnet raccompagna Gabriel et Christopher à la porte et attendit qu'ils soient presque dans la Renault avant de lâcher le chien. Ils partirent sans avoir recours à la violence.

— Dis-moi une chose, fit Christopher alors qu'ils gagnaient de la vitesse dans la pittoresque vallée. À quel moment as-tu décidé de sortir Herr Ziegler du placard ?

— J'y ai pensé pendant que tu m'expliquais inutilement que Françoise Vionnet était selon toutes probabilités la mandataire de Lucien.

— Je dois dire que ce fut une de tes meilleures performances. Tu as cependant commis une erreur tactique majeure.

— Et quelle est-elle ?

— Tu as brûlé les foutues preuves.

— Pas toutes.

— Le Cézanne ?

— Idiot, murmura Gabriel.

35

Le Train Bleu

Ils abandonnèrent la Peugeot à la gare Saint-Charles et prirent le TGV de 14 heures à destination de Paris. Une heure avant leur arrivée prévue, Gabriel composa le numéro d'Antiquités scientifiques, rue de Miromesnil. N'obtenant aucune réponse, il consulta sa montre puis appela une boutique voisine qui vendait de la verrerie ancienne et des figurines. Sa propriétaire, Angélique Brossard, parut légèrement essoufflée quand elle décrocha. Elle ne s'embarrassa d'aucune expression de surprise ou de dénégation quand Gabriel demanda à parler à Maurice Durand. Leurs *cinq à sept** suivis étaient l'un des secrets les moins bien gardés du VIIIe arrondissement.

— Vous vous amusez bien ? s'enquit Gabriel quand Durand reprit la communication.

— Nettement moins, maintenant, répondit le Français. J'espère que c'est important.

— Je me demandais si vous seriez disponible pour aller boire un verre, disons à 17 h 30.

— Je crois bien que j'ai une opération à cœur ouvert à cette heure-ci. Laissez-moi regarder mon agenda.

— Rendez-vous au Train Bleu.

— Si vous insistez.

L'emblématique brasserie parisienne, avec ses miroirs dorés clinquants et ses plafonds peints, dominait le grand hall de la Gare de Lyon. À 17 h 30, Maurice Durand les attendait dans un luxueux fauteuil bleu roi du bar lounge de la brasserie devant une bouteille de champagne. Il se leva et serra la main de Christopher après une hésitation.

— N'est-ce pas là mon vieil ami monsieur Batholomew ? Vous vous occupez toujours des veuves et des orphelins ou bien vous êtes-vous dégotté un travail honnête ? demanda-t-il avant de se tourner vers Gabriel. Et qu'est-ce qui vous ramène à Paris, monsieur Allon ? Une autre bombe à poser ? C'est une façon comme une autre de mettre hors-jeu une galerie peu recommandable, ajouta-t-il avec un sourire.

Gabriel s'assit et tendit son téléphone à Durand. Le petit Français chaussa une paire de demi-lunes et regarda l'écran.

— Une réinterprétation plutôt intéressante de *Maisons à l'Estaque* de Braque.

— Faites défiler.

Durant s'exécuta.

— Roger Bissière.

— Continuez.

Durand fit glisser le bout de son index sur l'écran avec un sourire.

— J'ai toujours eu un faible pour Fernand Léger. Un de mes premiers.

— Que dites-vous du suivant ?

— Mon vieil ami Picasso. Plutôt bon, d'ailleurs.

— Les Chagall sont meilleurs. Le Monet, le Cézanne et les deux Matisse ne sont pas mal non plus.

— Où les avez-vous trouvés ?

— À Roussillon, répondit Gabriel. Dans l'atelier d'un peintre raté du nom de…

— Lucien Marchand ?

— Vous le connaissiez ?

— Pas personnellement, mais je connaissais son travail.

— Comment ?

— Nous faisions affaire avec la même galerie à Nice.

— La galerie Edmond Toussaint ?

— *Oui**. Possiblement la galerie d'art la plus corrompue de France, voire de tout le monde occidental. Seul un imbécile achèterait un tableau là-bas.

Gabriel échangea un coup d'œil avec Christopher avant de reporter son attention sur Durand.

— Je croyais que vous traitiez directement avec des collectionneurs.

— La plupart du temps. Mais il m'arrive d'honorer des commandes spéciales pour M. Toussaint. Il fait un commerce florissant d'œuvres d'art volées, mais Lucien Marchand était sa poule aux œufs d'or.

— Raison pour laquelle il s'est tant démené pour garder Lucien quand la représentante d'un réseau de contrefaçons concurrent a essayé de le débaucher.

Durand sourit à Gabriel par-dessus le rebord de sa coupe de champagne.

— Vous commencez à devenir bon, monsieur Allon. Bientôt vous n'aurez plus besoin de mon aide.

— Qui est-elle, Maurice ?

— Miranda Álvarez ? Ça dépend à qui vous posez la question. Elle tient apparemment du caméléon. On dit qu'elle vit dans un village isolé des Pyrénées. On dit aussi qu'elle et le faussaire sont amants, ou peut-être même mari et femme. Mais ce n'est qu'une rumeur.

— Qui, *on* ?

— Des gens qui s'agitent entre les draps sales du commerce de l'art.

— Des gens comme vous, vous voulez dire ?

Durand resta silencieux.

— Et le faussaire, il est espagnol lui aussi ?

— On le suppose. Mais, là aussi, ce n'est que spéculation. À la différence de certains de ses congénères qui aspirent à la notoriété, cet homme-là ne plaisante pas avec son intimité. On prétend que la femme est une des deux seules personnes à connaître son identité.

— Quelle est l'autre ?

— L'homme qui gère le pan commercial du réseau. Voyez-les comme une maudite trinité.

— Quel est le rôle de l'Espagnole ?

— Elle supervise la livraison des tableaux aux galeries qui en font l'acquisition. Ce sont pour la plupart des œuvres de valeur médiane, mais dont le volume génère d'énormes revenus. Mais, de temps à autre, une nouvelle toile de maître prétendument perdue réapparaît magiquement.

— On parle de combien de galeries ?

— Je ne saurais le dire.

— Essayez.

— J'ai eu vent d'une galerie à Berlin, d'une autre à Bruxelles. D'une récente expansion en Asie et au Moyen-Orient.

— On se demande, dit Gabriel avec insistance, pourquoi vous ne m'avez pas parlé de ça lors de notre dernière conversation.

— Peut-être que si vous m'aviez dit que vous aviez l'intention d'acheter un tableau à la galerie Fleury je me serais montré plus disert. *Paysage fluvial aux moulins à vent lointains*, énonça Durand avec un sourire. Indiscutablement *pas* de la main du peintre de l'âge d'or néerlandais Aelbert Cuyp.

— Comment êtes-vous au courant ?

— Fleury était discret sur certaines choses, beaucoup moins sur d'autres. Il s'en est vanté auprès de plusieurs de ses concurrents, en dépit du fait qu'il avait laissé le conseiller artistique de Mme Rolfe quitter la France sans licence d'exportation.

— Il avait des doutes à mon sujet ?

— Apparemment aucun.

— Alors pourquoi ai-je été pris pour cible par un assassin quand je suis retourné à la galerie quatre jours plus tard ?

— Ça, il faudrait le demander à l'homme qui a posé la bombe.

Gabriel tendit une deuxième fois son téléphone au Français.

— Vous le reconnaissez ?

— Heureusement, non.

— Je crois qu'il a assassiné une femme à Bordeaux il n'y a pas longtemps.

— La Berrangar ?

Gabriel poussa un profond soupir.

— Y a-t-il quelque chose que vous ne sachiez *pas*, Maurice ?

— L'information est la clé de ma longévité, monsieur Allon. Et de la vôtre, j'imagine, ajouta Durand avant de baisser de nouveau les yeux sur le téléphone. Comment expliquer autrement le fait que vous soyez en possession de cette photo ?

— Elle m'a été remise par le chef de l'OCBC.

— Jacques Ménard ?

Gabriel confirma d'un hochement de tête.

— Et quelle est exactement la nature de votre relation ?

— Un peu comme la nôtre.

— Coercitive et violente ?

— Discrète et officieuse.

— Est-il au courant de notre collaboration passée ?

— *Non**.

— Vous m'en voyez soulagé, dit Durand en lui rendant son téléphone. Cela étant, je pense que cette entrevue est la dernière que nous aurons avant longtemps.

— Je crains que ce ne soit pas possible.

— Pourquoi ?

— Parce que j'ai une mission pour vous.

— Le nom de ces galeries à Berlin et à Bruxelles ?

— Si ce n'est pas trop vous demander.

Durand ôta ses lunettes et se leva.

— Par curiosité, monsieur Allon, que sont devenues les peintures que vous avez trouvées dans l'atelier de Lucien ?

— Elles sont parties en fumée.

— Le Picasso ?

— Toutes.

— Quel dommage, fit Durand avec un soupir. Je leur aurais trouvé un joli foyer.

À 10 h 30 le lendemain matin, attablé au Café Marly, Gabriel fit son premier rapport à Jacques Ménard. Le récit des faits fut précis et complet, mais Gabriel resta évasif sur ses sources et ses méthodes. Comme Christopher Keller, assis à une table voisine, Ménard jugea qu'il avait commis une erreur en détruisant toutes les contrefaçons de Lucien Marchand. Néanmoins, il fut impressionné par l'étendue des découvertes de son informateur.

— Je dois admettre que les pièces du puzzle s'emboîtent parfaitement. Le monde criminel de l'art est un peu comme *la pyramide**, déclara-t-il en désignant la structure étincelante de verre et d'acier au milieu de la cour Napoléon. Des dizaines de milliers de personnes sont impliquées dans ce commerce illégal, mais il est contrôlé par quelques acteurs majeurs au sommet. Et il ne fait aucun doute que vous en connaissez au moins un ou deux.

— Pas vous ?

— *Si**. Mais pas les bons, apparemment. Votre capacité à réunir tant d'informations en si peu de temps est pour le moins embarrassante.

— Edmond Toussaint n'est jamais apparu sur votre radar ?

— Pas plus que Lucien Marchand, répondit Ménard en secouant la tête. Et je me fous de ce que vous avez promis à cette Françoise Vionnet. Je vais ouvrir une enquête sur elle et saisir ces actifs, y compris la villa dans le Luberon.

— Une chose à la fois, Ménard.

— Je crains que rien n'ait changé. Mes mains restent liées.

— Alors je suppose que vous allez devoir forcer sur les liens.

— Comment ?

— En faisant part de mes découvertes à l'un de vos partenaires européens.

— Lequel ?

— Puisque nous cherchons une Espagnole qui réside ou ne réside pas dans un village isolé des Pyrénées, je dirais que la *guardia civil* serait le choix le plus logique.

— Je ne leur fais pas confiance.

— Je suis sûr qu'ils pensent la même chose de vous.

— Je vous le confirme.

— Et pourquoi pas les Britanniques ?

— Scotland Yard a démantelé son Art and Antiquities Squad il y a quelques années. Ils traitent le vol et la contrefaçon d'œuvres d'art comme s'il s'agissait de n'importe quelle atteinte à la propriété ou d'un crime financier.

— Alors il ne reste que les Italiens.

— Ce sont les meilleurs, concéda Ménard. Mais quel serait le lien avec l'Italie ?

— Pour l'instant, il n'y en a aucun. Mais je suis sûr que le général Ferrari en trouvera un.

— Il dit le plus grand bien de vous, le général.

— Il peut. Je l'ai aidé à démanteler un trafic d'antiquités il y a quelques années. Je l'ai aussi aidé à retrouver un retable disparu.

— Pas le Caravage ?

Gabriel confirma de la tête.

— La baleine blanche, souffla Ménard. Où l'avez-vous trouvé ?

— J'ai engagé une équipe de voleurs d'art français pour soustraire les *Tournesols* au musée Van Gogh à Amsterdam. Puis j'en ai fait une copie dans un appartement refuge qui donne sur le pont Marie et je l'ai vendue pour vingt-cinq millions d'euros à un Syrien nommé Sam dans un entrepôt en banlieue parisienne. Tout ça à votre nez et à votre barbe, ajouta Gabriel en baissant la voix.

Le visage de Jacques Ménard prit la couleur de la nappe.

— Vous n'allez pas voler de tableaux cette fois, n'est-ce pas ?

— *Non**. Mais il se peut que je produise quelques contrefaçons.

— Combien ?

— Quatre, je pense, répondit Gabriel avec un sourire.

36

Mason's Yard

Ces derniers temps, Oliver Dimbleby se faisait la réflexion qu'il était un homme très chanceux. Certes, sa galerie avait connu des hauts et des bas – la Grande Récession avait bien failli avoir raison d'elle –, mais d'une façon ou d'une autre la main de la destinée avait toujours intercédé en sa faveur pour le sauver de la ruine. Et il en allait de même pour sa vie personnelle, laquelle était, de notoriété publique, la plus dissolue du monde de l'art londonien. En dépit de son âge avancé et de son tour de taille en constante croissance, Oliver n'avait jamais manqué de partenaires consentantes. Après tout, il était un négociant porté aux nues – un homme sûr de son charme et de son charisme qui aurait pu, comme il aimait à le dire, vendre du sable à un Saoudien. Il n'était cependant pas un coureur de jupons. C'était du moins ce dont il essayait de se convaincre chaque fois qu'il se réveillait en présence d'un corps étranger de l'autre côté de son lit. Oliver aimait les femmes. *Toutes* les femmes. Et c'était justement la cause de son problème.

Ce soir-là, il n'avait rien d'autre dans son agenda qu'un verre bien mérité – et peut-être quelques éclats de rire aux dépens de Julian Isherwood – au Wiltons. Pour parvenir à sa destination, il devait simplement prendre à gauche à la sortie de sa galerie et marcher cent quatorze pas sur les pavés immaculés de Bury Street. Son trajet le faisait passer devant les locaux d'une douzaine de ses concurrents, dont la puissante P & D Colnaghi & Co, la plus ancienne galerie d'art au monde. Elle jouxtait le magasin historique de Turnbull & Asser, où l'ardoise d'Oliver approchait des sommets himalayens.

En pénétrant dans le Wiltons, il fut heureux de trouver Sarah Bancroft seule à sa table habituelle. Il commanda un verre de pouilly-fumé au bar et se joignit à elle. La chaleur inattendue de son sourire lui fit manquer un battement de cœur.

— Oliver, ronronna-t-elle. Quelle agréable surprise.

— Vous le pensez ?

— Pourquoi cette question ?

— Parce que j'ai toujours eu la nette impression que vous me trouviez repoussant.

— Ne soyez pas bête. Je vous adore.

— Alors il y a encore un espoir pour moi ?

Elle leva la main gauche pour lui montrer son alliance et le diamant de trois carats qui ornait sa bague de fiançailles.

— Je suis toujours mariée, je le crains.

— Un divorce en perspective ?

— Ce n'est pas à l'ordre du jour.

— Dans ce cas, fit Oliver avec un soupir dramatique, je suppose que je vais devoir me contenter d'être votre esclave sexuel.

— Vous-même en avez déjà quantité. Et puis, mon mari risque de ne pas être d'accord.

— Peter Marlowe ? L'assassin professionnel ?

— Il est consultant en stratégie commerciale.

— Je crois que je le préférais en tueur à gages.

— Et moi donc.

Juste à cet instant, la porte s'ouvrit sur Simon Mendenhall et Olivia Watson.

— Vous avez entendu la rumeur qui court sur ces deux-là ?

— À propos de leur aventure torride ? Il me semble que Jeremy Crabbe m'en a parlé. Ou était-ce Nicky Lovegrove ? C'est sur toutes les lèvres.

— Quel scandale.

— J'aimerais tellement qu'on dise la même chose de vous et moi, fit Oliver avec un sourire carnassier avant de prendre une gorgée de vin. Vous avez vendu quelque chose dernièrement ?

— Deux Vinci et un Giorgione. Et vous ?

— Pour tout vous dire, je connais une petite baisse d'activité ces temps-ci.

— Pas vous, Ollie ?

— C'est dur à croire, je le sais.

— Comment se porte votre trésorerie ?

— Comme un robinet qui fuit.

— Que sont devenus les cinq millions que je vous ai fait discrètement gagner sur la vente de l'Artemisia ?

— Vous parlez de ce tableau nouvellement découvert que j'ai vendu pour un prix record à un spécialiste du capital-risque suisse, avant de me retrouver empêtré dans un scandale impliquant les finances du président russe ?

— Mais on s'est bien amusés, n'est-ce pas ?

— Avec les cinq millions, oui. Le reste, j'aurais pu m'en passer.

— Balivernes, Oliver. Vous n'êtes jamais aussi heureux que lorsque vous êtes le centre de l'attention. Surtout quand il y a de jolies femmes dans le tableau. Des Espagnoles, notamment, ajouta-t-elle après un silence.

— Où avez-vous été chercher une idée pareille ?

— Je sais que vous nourrissez un amour secret pour Penélope Cruz depuis des années.

— Nicky, grommela Oliver.

— Non, c'est Jeremy qui me l'a dit.

Oliver considéra Sarah un moment.

— Pourquoi ai-je l'impression de passer un entretien d'embauche ?
— Peut-être est-ce le cas.
— Pour un sale boulot ?
— Extrêmement sale.
— Dans ce cas, je suis tout ouïe.
— Pas ici.
— Chez moi ou chez vous ?
— Chez moi, répondit Sarah avec un sourire.

Ils sortirent discrètement du Wiltons et remontèrent Duke Street jusqu'à la ruelle menant à Mason's Yard. Isherwood Fine Arts occupait le coin nord-est de la place carrée, sur deux étages d'un entrepôt fatigué qui avait jadis appartenu à Fortnum & Mason. Une Bentley Continental argentée était garée devant. Oliver fit courir ses doigts sur son capot encore chaud.

— N'est-ce pas la voiture de votre mari ?

Mais Sarah se contenta de déverrouiller la porte de la galerie en souriant.

À l'intérieur, ils grimpèrent une volée de marches couvertes d'un tapis, puis empruntèrent l'ascenseur exigu jusqu'à la salle d'exposition de Julian. Dans la semi-pénombre, Oliver distingua deux silhouettes. L'une d'elles contemplait *Le Baptême du Christ* de Paris Bordone. L'autre contemplait Oliver. Il portait un costume droit de Savile Row[1], peut-être un Richard Anderson. Il avait les cheveux décolorés par le soleil. Les yeux d'un bleu très vif.

— Bonsoir, Oliver, lança-t-il d'une voix traînante. Je suis Peter Marlowe, ajouta-t-il, comme une pensée après coup.

— Le porte-flingue ?

— L'ancien porte-flingue, corrigea-t-il avec un sourire ironique. Je suis maintenant un prospère conseiller en stratégie

1. Rue de Londres où sont installés les meilleurs tailleurs.

commerciale. Raison pour laquelle j'ai une Bentley et une femme aussi belle que Sarah.

— Je n'ai jamais posé un doigt sur elle.

— Bien sûr que non.

Il prit Oliver par l'épaule et le guida vers le Bordone. L'homme qui se tenait devant la toile se retourna lentement. Ses yeux verts semblaient luire dans la faible lumière.

— Mario Delvecchio ! s'exclama Oliver. Bonté divine ! Ou bien est-ce Gabriel Allon ? J'ai souvent du mal à les différencier.

Ne recevant aucune réponse, il regarda tour à tour l'homme qu'il connaissait sous le nom de Peter Marlowe, puis Sarah. Si c'était bien son nom. À cet instant, il ne savait même plus où il habitait.

— Le chef des services secrets israéliens à la retraite, un ancien tueur à gages et une belle Américaine qui a ou n'a pas travaillé pour la CIA. Que pouvez-vous bien vouloir à l'adipeux Oliver Dimbleby ?

Le maître-espion israélien prit la parole.

— Son inépuisable réservoir de charme, son bagout capable de le tirer de n'importe quelle situation et sa réputation de savoir regarder ailleurs quand il le faut.

— Moi ? s'indigna Oliver pour la galerie. Vos insinuations me blessent. Et si c'est un marchand d'art malhonnête que vous voulez, Roddy Hutchinson est votre homme.

— Roddy n'a pas votre notoriété. J'ai besoin de quelqu'un capable de faire pencher la balance.

— Pour quoi ?

— Je voudrais que vous vendiez quelques tableaux pour moi.

— Lesquels ?

— Un Titien, un Tintoret et un Véronèse.

— Provenance ?

— Une vieille collection européenne.

— Et le sujet ?
— Je finis de les peindre et je vous réponds.

Le premier défi du faussaire consiste à acquérir des toiles et des châssis dont l'âge, les dimensions et l'état sont conformes à l'original. Quand il avait copié les *Tournesols* de Van Gogh, Gabriel avait acheté un paysage urbain impressionniste de piètre qualité à une petite galerie près du jardin du Luxembourg. Cette fois il n'eut pas besoin d'avoir recours à de telles méthodes. Il se contenta de descendre en ascenseur jusqu'à la réserve de Julian, encombrée d'un inventaire apocalyptique de ce que, dans le métier, on appelait affectueusement les invendus. Il choisit six œuvres mineures de l'école vénitienne du XVIe siècle – disciple d'Untel, à la manière de Trucmuche, atelier de Machin – et demanda à Sarah de les lui envoyer par colis express chez lui à San Polo.
— Pourquoi six et non pas trois ?
— Je préfère en avoir deux de rechange en cas de désastre.
— Et le dernier ?
— J'ai l'intention de laisser un Gentileschi à mon mandataire à Florence.
— J'aurais dû y penser, ironisa Sarah. Mais comment allons-nous expliquer ces disparitions à Julian ?
— Avec un peu de chance, il ne les remarquera pas.
Sarah exigea des transporteurs qu'ils passent le lendemain matin avant 9 heures et conseilla à Julian de prendre sa journée. Celui-ci s'aventura néanmoins sur Mason's Yard à son heure habituelle, 12 h 15, au moment où les tableaux mis en caisse étaient chargés à l'arrière d'un Ford Transit. La tragicomédie qui s'ensuivit impliqua une nouvelle collision avec un objet inanimé. Il s'agissait cette fois de la déchiqueteuse de Sarah, dans laquelle Julian, avec un soubresaut d'auto-apitoiement, tenta de s'insérer.

Gabriel n'assista pas à l'incident, car il se trouvait à l'arrière d'un taxi qui le conduisait de l'aéroport Fiumicino à la piazza di Sant'Ignazio, à Rome. Là, il prit une table au Le Cave, l'un de ses restaurants préférés du *centro storico.* Il était situé à quelques pas du palazzo jaune et blanc qui abritait le quartier général de l'Art Squad.

La porte du palazzo s'ouvrit à 13 h 30 et livra passage au général Cesare Ferrari revêtu de son uniforme bleu et or bardé de médailles. Il traversa la place aux pavés gris et s'assit sans un mot à la table de Gabriel. Le serveur déposa aussitôt devant lui une bouteille de frascati glacé et une assiette d'*arancini* frits.

— Pourquoi ça n'arrive jamais quand je m'installe dans un restaurant ? demanda Gabriel.

— C'est l'uniforme qui fait ça, répliqua le général en saisissant une boulette de risotto dans l'assiette. Ne devriez-vous pas être à Venise avec votre femme et vos enfants ?

— Probablement. Mais je voulais d'abord échanger quelques mots avec vous.

— À quel sujet ?

— Je songe à me reconvertir dans le crime, et je me demandais si vous voudriez y jouer un rôle actif.

— Quel genre de méfait envisagez-vous cette fois ?

— La contrefaçon d'art.

— Ma foi, vous avez certainement le talent nécessaire. Mais qu'est-ce que j'y gagnerais ?

— Une affaire très médiatisée qui secouerait le monde de l'art jusqu'à la moelle et vous assurerait que les généreuses dotations et les effectifs alloués à l'Art Squad demeurent inchangés pour les années à venir.

— Un crime a été commis sur le sol italien ?

— Pas encore, répondit Gabriel avec un sourire. Mais ça ne saurait tarder.

37

Pont des Soupirs

Umberto Conti, universellement considéré comme le plus grand restaurateur d'art du XXe siècle, avait légué à Francesco Tiepolo un trousseau de clés magique qui ouvrait n'importe quelle porte de Venise. Après quelques verres au Harry's Bar, Francesco les confia à son directeur artistique. Tard ce soir-là, Gabriel s'introduisit dans la Scuola Grande di San Rocco et passa deux heures de communion solitaire en compagnie des plus grandes œuvres du Tintoret. Puis il força les défenses de l'église des Frari voisine et fut subjugué par la vision de la magistrale *Assomption de la Vierge* du Titien. Dans le profond silence de la nef caverneuse, il se rappela ce qu'Umberto lui avait dit à l'époque où il était un garçon brisé de vingt-cinq ans aux cheveux gris.

Seul un homme à la toile endommagée peut devenir un grand restaurateur…

Umberto n'aurait pas approuvé la dernière commande de son talentueux pupille. Ni Francesco, d'ailleurs. Ce dernier avait néanmoins accepté d'endosser le rôle de conseiller dans ce projet. Après tout, c'était l'un des plus grands experts mondiaux des peintres de l'école vénitienne. Si Gabriel parvenait à tromper Francesco Tiepolo, il tromperait n'importe qui.

Il consentit également à se joindre aux déambulations nocturnes de Gabriel, ne serait-ce que pour éviter une nouvelle mésaventure comme celle qui s'était mal terminée pour le *capitano* Rossetti. Ils s'introduisirent dans des églises et des *scuole*, rôdèrent à l'Academia et au musée Correr, et passèrent même en coup de vent au palais des Doges. Tout en scrutant les environs à travers les fenêtres en pierre nue du pont des Soupirs, Francesco résuma les difficultés qui les attendaient.

— Quatre différentes œuvres de quatre des plus grands peintres de l'histoire. Seul un fou tenterait une chose pareille.

— S'il peut le faire, moi aussi.

— Le faussaire ?

Gabriel hocha la tête.

— Ce n'est pas une compétition, tu sais.

— Bien sûr que si. Je dois leur prouver que je serais une bonne recrue pour leur réseau. Sinon ils ne me feront pas d'avances.

— C'est pour ça que tu t'es laissé entraîner là-dedans ? Pour le défi ?

— Où as-tu été chercher l'idée que ce serait un défi pour moi ?

— Tu ne manques pas de confiance, n'est-ce pas ?

— Lui non plus.

— Les faussaires sont tous les mêmes. Vous avez tous quelque chose à prouver. Lui est probablement un peintre raté qui prend sa revanche sur le monde de l'art en dupant les connaisseurs et les collectionneurs.

— Les connaisseurs et les collectionneurs n'ont encore rien vu, dit Gabriel.

Il passait ses journées dans son studio avec ses monographies, ses catalogues raisonnés et ses photos de restaurations passées, dont plusieurs qu'il avait exécutées pour Francesco. Après de nombreux débats, parfois houleux, ils parvinrent à se mettre d'accord sur le sujet et l'iconographie des quatre contrefaçons. Gabriel produisit une série de croquis préparatoires, puis transforma ces croquis en quatre brouillons rapides. Francesco déclara que le Gentileschi, une révision de *Danaé et la pluie d'or*, était le meilleur du lot, suivi de près par *Suzanne et les vieillards* de Véronèse. Gabriel partageait l'avis de Francesco sur le Gentileschi, mais il adorait aussi sa réinterprétation d'*Ariane, Vénus et Bacchus* du Tintoret. Son Titien, un pastiche de *Les Amants*, n'était pas mauvais non plus, mais il trouvait ses coups de pinceau un peu timides.

— Comment pourrait-on ne *pas* être intimidé en copiant un Titien ?

— Ça crève les yeux, Francesco. Je dois *devenir* le Titien. Sans quoi nous sommes fichus.

— Que vas-tu faire de celui-ci ?

— Crémation. Les autres aussi.

— Tu as perdu l'esprit ?

— Clairement.

Tôt le lendemain matin, Gabriel déballa l'un des tableaux qu'il avait pillés dans la réserve de Julian, une scène sacrée de l'école de Venise, début du XVIe siècle, sans valeur ni grand mérite. Pourtant, il ressentit une pointe de culpabilité en détoilant l'œuvre de cet artiste inconnu et en l'enduisant de gesso et d'une *imprimatura* de blanc de céruse maculé de traces de noir de fumée et d'ocre jaune. Puis il exécuta son dessin sous-jacent – avec un pinceau, tel que *lui* l'aurait fait – et prépara sa palette avec soin. Blanc de céruse, bleu outremer franc, laque de garance, terre de Sienne brûlée, malachite, ocre jaune, ocre rouge, orpin de Perse, noir d'ivoire. Avant de se mettre au travail, il songea une nouvelle fois aux aléas de sa carrière. Il n'était plus le chef d'un puissant service de renseignement ni même l'un des meilleurs restaurateurs au monde.

Il était le soleil dans un ciel ponctué de petites étoiles.

Il était le Titien.

Durant la majeure partie de la semaine suivante, Chiara et les enfants ne le virent pas beaucoup. Les rares fois où il émergeait de son studio, il était nerveux et préoccupé, pas du tout lui-même. Il n'accepta qu'une seule fois une invitation à déjeuner de Chiara. Ses mains laissèrent des traces de peinture sur ses seins et son ventre.

— J'ai l'impression d'avoir fait l'amour à un autre homme, dit-elle.

— C'est exactement ce que tu as fait.

— Qui es-tu ?

— Viens. Je vais te montrer.

Enroulée dans un drap, Chiara le suivit dans le studio et s'arrêta devant la toile.

— Tu es un monstre, murmura-t-elle au bout d'un moment.

— Tu aimes ?

— C'est absolument...

— Stupéfiant, n'est-ce pas ?

— J'y vois une touche de Giorgione.

— C'est parce que j'étais encore sous son influence quand je l'ai peint en 1510.

— Quelle sera ta prochaine incarnation ?

Jacopo Robusti, autrement appelé le Tintoret, était un austère érudit qui mettait rarement les pieds hors de Venise et ne recevait que peu de visiteurs dans son atelier. D'un autre côté, il était un des peintres les plus rapides de la République. Gabriel acheva sa version d'*Ariane, Vénus et Bacchus* en deux fois moins de temps que ne lui en avait pris le Titien. Chiara le trouva cependant supérieur en tout point, et Francesco aussi.

— Je crains que ta femme n'ait raison. Tu es vraiment un monstre.

Ensuite, Gabriel fit siennes la personnalité et la remarquable palette de Paolo Véronèse. *Suzanne et les vieillards* requit la plus grande des toiles qu'il avait subtilisées à Julian et lui coûta quelques jours de retard – en grande partie parce qu'il endommagea volontairement la peinture afin de la restaurer. Luca Rossetti lui rendit visite trois fois durant l'exécution de ce tableau. Pinceau en main, Gabriel instruisit le jeune officier des *carabinieri* des mérites artistiques et des pedigrees frauduleux de ses quatre contrefaçons. En échange de quoi Rossetti le briefa sur les préparatifs de leur opération à venir. Ils comportaient l'acquisition de deux propriétés – une villa isolée pour le faussaire reclus et un appartement à Florence pour son mandataire.

— Il se trouve sur la rive sud de l'Arno, sur le Lungarno Torrigiani. Nous l'avons rempli de tableaux et d'antiquités piochées parmi les pièces à conviction de l'Art Squad. On dirait vraiment l'appartement d'un marchand d'art.

— Et la villa ?

— Votre ami le Saint-Père a appelé le comte Gasparri. Tout est arrangé.

— Quand pourrez-vous vous installer dans l'appartement et endosser votre nouvelle identité ?

— Dès que vous m'en jugerez prêt.

— L'êtes-vous ?

— Je connais mon texte, répondit Rossetti. Et j'en sais plus sur les peintres de l'école vénitienne que je ne l'aurais jamais cru possible.

— Quel était le nom de Véronèse quand il était jeune ? interrogea Gabriel.

— Paolo Spezapreda.

— Et pour quelle raison ?

— Son père était tailleur de pierre. Traditionnellement, on nommait les enfants d'après le métier de leur père.

— Pourquoi a-t-il peint ses premières œuvres sous le nom de Paolo Caliari ?

— Sa mère était la fille illégitime d'un noble, un certain Antonio Caliari. Le jeune Paolo pensait que le patronyme d'un noble avait plus de valeur que celui d'un tailleur de pierre.

— Pas mal. Mais serez-vous capable de faire aussi bien si on pointe une de ces choses sur votre tête ? demanda Gabriel en tirant son Beretta de sa ceinture.

— J'ai grandi à Naples. La plupart de mes amis d'enfance font maintenant partie de la Camorra. Ce n'est pas la vue d'une arme qui me fera perdre mes moyens.

— J'ai entendu dire qu'un vieux peintre de l'école vénitienne vous avait mis une raclée il y a peu à San Polo.

— Le vieux peintre en question m'a agressé sans avertissement.

— C'est comme ça que ça fonctionne dans le monde réel. Les criminels n'annoncent pas souvent leurs intentions avant de recourir à la violence, dit Gabriel en rangeant son pistolet et en se tournant vers la grande toile. Qu'en pensez-vous, signore Calvi ?

— Vous devriez assombrir les vêtements des deux vieillards, autrement Oliver Dimbleby ne croira jamais que ce tableau a été peint à la fin du XVIe siècle.

— Oliver Dimbleby sera le cadet de nos soucis.

Lorsqu'il commença à travailler sur le Gentileschi, Gabriel était si épuisé qu'il pouvait à peine tenir un pinceau. Heureusement, Chiara accepta de poser pour lui, car l'artiste qu'il prétendait incarner s'inscrivait sur ce point dans les pas du Caravage, qui peignait en s'inspirant de modèles vivants. Il donna à sa Danaé le corps et les traits de Chiara, mais il lui fit les cheveux blonds et une peau d'albâtre lumineuse. La plupart de leurs cessions impliquaient nécessairement un intermezzo dans la chambre à coucher – rapide, car le temps de Gabriel était compté. Il résulta de leur collaboration une peinture d'une beauté à couper le souffle et d'un érotisme voilé. C'était, de leur avis à tous les deux, la plus exquise des quatre œuvres.

Comme les trois autres, elle était dépourvue de craquelure, ce qui l'identifiait sans doute possible comme une contrefaçon moderne et non le travail d'un vieux maître. La solution résidait dans un grand four professionnel. Le général Ferrari en dénicha un dans l'inventaire saisi d'une société de matériel de cuisine appartenant à la mafia et le fit livrer à l'entrepôt continental des Ateliers de Restauration Tiepolo. Après avoir détoilé les quatre peintures, Gabriel les mit à cuire pendant trois heures à 220 ° Fahrenheit. Ensuite, avec l'aide de Francesco, il les posa sur une table de travail rectangulaire, d'abord à la verticale puis à l'horizontale. Un fin réseau de fissures de style italien apparut à la surface.

Ce soir-là, seul dans son studio, Gabriel vernit les tableaux. Et au matin, quand ce fut sec, il les prit en photo avec un Nikon sur pied. Il accrocha le Titien et le Tintoret dans le salon de l'appartement, abandonna le Gentileschi au général Ferrari et fit livrer le Véronèse à Sarah Bancroft à Londres. Les photos, il les envoya directement par mail à Oliver Dimbleby, propriétaire et unique gérant de Dimbleby Fine Arts, Bury Street, sur les épaules rondes duquel reposait toute leur entreprise. Peu avant minuit, l'une des images apparut sur le site web d'*ARTnews*, sous la signature d'Amelia March. Gabriel lut l'article exclusif à sa Danaé brune à la peau sombre. Elle lui fit l'amour dans une pluie d'or.

38

Kurfürstendamm

L'autrice de l'article prétendait tenir ses informations d'une seule source, qui avait souhaité garder l'anonymat. Même cela était erroné, car c'était Sarah qui l'avait tuyautée et Oliver qui lui avait fourni la confirmation officieuse et la photo – l'article s'appuyait donc sur deux sources.

Le tableau en question mesurait censément quatre-vingt-douze centimètres de haut pour soixante-quatorze de large. Cela au moins était exact. Mais ce n'était pas l'œuvre perdue du peintre de la fin de la Renaissance connu sous le nom du Titien, et il n'y avait pas eu de vente discrète à un collectionneur de premier plan qui désirait rester anonyme. À la vérité, il n'y avait aucun acquéreur de quelque sorte que ce soit ni aucun échange d'argent. Quant au tableau lui-même, il était maintenant accroché dans un splendide *piano nobile* avec vue sur le Grand Canal de Venise, pour le plus vif plaisir de la femme et des deux enfants du faussaire nouvellement fortuné qui l'avait produit.

Les galeristes, conservateurs et commissaires-priseurs du milieu de l'art londonien accueillirent la nouvelle avec stupéfaction et une jalousie à peine dissimulée. Après tout, Oliver se prélassait toujours dans la lumière de son dernier gros coup. Dans les salles de vente et les abreuvoirs de St James et de Mayfair, on se posait des questions, souvent d'une voix conspiratrice. Est-ce que le nouveau Titien avait une provenance avérée ou est-ce qu'il était tombé du camion ? L'adipeux Oliver était-il certain de son attribution ? Était-elle corroborée par des gens plus savants que lui ? Et quel avait été son rôle exact dans la transaction ? Avait-il vraiment *vendu* le tableau à cet acheteur anonyme ? Ou avait-il simplement agi comme un intermédiaire et empoché une commission lucrative au passage ?

Durant trois jours interminables, Oliver refusa de confirmer ou d'infirmer qu'il s'était bien occupé de l'œuvre en question. Il finit par faire une brève déclaration à peine plus éclairante que l'article original d'Amelia March. Elle ne contenait que deux nouvelles informations : le tableau avait émergé d'une vieille collection européenne, et il avait été examiné par quatre éminents experts de l'école vénitienne. Tous quatre avaient affirmé sans aucune hésitation que la toile avait été exécutée par le Titien lui-même et non par un membre de son atelier ou un disciple tardif.

Ce soir-là, Oliver accomplit les cent quatorze pas entre sa galerie et le Wiltons et sacrifia à la tradition du quartier en commandant dès son arrivée six bouteilles de champagne. Il fit sensation en choisissant du Taittinger Comtes de Champagne blanc de blancs, le plus cher de la carte. Pourtant, tous ceux qui étaient présents trouvèrent Oliver bien sombre pour quelqu'un qui venait de faire l'un des plus gros coups du monde de l'art depuis des années. Il refusa de divulguer le prix du Titien et feignit d'être sourd quand Jeremy Crabbe le pressa de questions sur la provenance du tableau. Vers 20 heures, il prit Nicky Lovegrove en tête à tête, alimentant l'hypothèse selon laquelle son acquéreur anonyme pourrait être un des clients super-riches de Nicky. Puis, après avoir embrassé la joue offerte de Sarah Bancroft, il sortit en se dandinant dans Jermyn Street et disparut.

Le lendemain, un long article dans *l'Art Newspaper* révélait que le mystérieux acquéreur avait fait une offre devant le tableau, qu'Oliver lui avait montré en exclusivité dans sa galerie. Selon l'*Independant*, l'offre en question se montait à vingt-cinq millions de livres. Niles Dunham, spécialiste des vieux maîtres à la National Gallery, nia avoir authentifié le tableau à la demande d'Oliver. Curieusement, tous les experts de la peinture italienne que comptait le Royaume-Uni firent de même.

Mais ce fut la photo de la peinture qui souleva le plus de sourcils, du moins parmi les langues de vipère du quartier de St James. Pendant des années, Oliver avait eu recours aux services du même photographe d'art – le célèbre Prudence Cuming de Dover Street. Mais pas, comme on le découvrit rapidement, pour son Titien nouvellement découvert. Qu'il prétende avoir pris la photo lui-même était peut-être encore plus suspect. Tous s'accordèrent à dire qu'Oliver savait manier un verre de bon whisky, ou une chute de reins gracieuse, mais pas un appareil photo.

Et pourtant personne, pas même le crapuleux Roddy Hutchinson, ne soupçonna Oliver d'un quelconque méfait. Le consensus voulait qu'il ne soit coupable de rien de plus grave que de protéger l'identité de sa source, une pratique commune chez les négociants d'art. Selon toute logique, ce n'était qu'une question de temps avant qu'un autre tableau d'importance n'émerge de la même collection européenne.

Quand l'inévitable finit par arriver, ce fut encore Amelia March d'*ARTnews* qui révéla l'information. Cette fois, l'œuvre en question était *Ariane, Vénus et Bacchus* du Tintoret – vente très privée, prix indisponible même sur demande. Exactement dix jours plus tard, à la surprise de personne, Dimbleby Fine Arts annonça sa nouvelle mise sur le marché : *Suzanne et les vieillards*, huile sur toile, 194 x 194 cm, de Paolo Véronèse. La galerie loua les services de Prudence Cuming de Dover Street pour la photo. Le monde de l'art se pâma.

À l'exception notable du puissant directeur de la galerie des Offices à Florence, qui trouva à tout le moins suspecte la soudaine apparition de trois vieux maîtres italiens. Il appela le général Ferrari de l'Art Squad et exigea une enquête immédiate. Il ne faisait aucun doute, cria-t-il dans son téléphone, que les toiles avaient été sorties illégalement d'Italie en violation du Code de l'héritage culturel. Le général promit d'approfondir la question, tout en croisant les doigts dans son dos. Évidemment il n'informa pas le directeur que les tableaux incriminés étaient toutes des contrefaçons modernes que lui-même exploitait en collaboration avec le faussaire.

Le mandataire fantôme dudit faussaire – un collectionneur et vendeur occasionnel qui se faisait appeler Alessandro Calvi – vivait ces temps-ci dans un appartement rempli d'œuvres d'art à portée de vue de la galerie des Offices, sur le Lungarno Torrigiani. En l'occurrence, le général Ferrari eut l'occasion d'appeler ce personnage peu recommandable deux jours plus tard, pour tout à fait autre chose. C'était à propos d'une information que le faussaire avait reçue d'un informateur bien placé à Paris, un voleur d'art et marchand d'antiquités appelé Maurice Durand.

— Galerie Konrad Hassler. Elle est située sur le Kurfürstendamm, à Berlin. Il y a un café sur le trottoir opposé. Ton associé t'y retrouvera demain à 15 heures.

C'est ainsi que le mandataire fantôme, en réalité le *capitano* Luca Rossetti, quitta son luxueux appartement sur l'Arno tôt le lendemain matin et prit un taxi jusqu'à l'aéroport de Florence. Il portait un costume sur mesure italien neuf et onéreux, tout comme l'étaient ses chaussures cousues main et son attaché-case en cuir souple. Il avait au poignet une montre Patek Philippe. À l'instar de sa collection d'art et d'antiquités, elle provenait des pièces à conviction des *carabinieri*.

L'avion de Rossetti fit escale à Zurich, et il n'était pas loin de 15 heures quand il arriva au café sur le Kurfürstendamm. Gabriel était assis en terrasse, dans l'ombre tachetée d'un platane. Il commanda deux expressos à la serveuse dans un allemand rapide, avant de tendre une enveloppe kraft à Rossetti.

Elle contenait deux photos. La première montrait trois toiles sans cadre posées côte à côte contre le mur d'un atelier d'artiste – un Titien, un Tintoret et un Véronèse. La seconde était une image en haute résolution de *Danaé et la pluie d'or*, prétendument d'Orazio Gentileschi. Rossetti connaissait bien cette œuvre. Pour l'heure, elle était accrochée au mur de son appartement florentin.

— À quelle heure m'attend-il ?

— 15 h 30. Il croit que vous vous appelez Giovanni Rinaldi et que vous êtes de Milan.

— Comment voulez-vous que je m'y prenne ?

— Je voudrais que vous proposiez à Herr Hassler une chance unique d'acquérir un chef-d'œuvre perdu. Et que vous ne fassiez aucun mystère du fait que vous êtes la source des trois tableaux qui ont refait surface à Londres.

— Je lui dis que ce sont des faux ?

— Vous n'aurez pas à le faire. Il le comprendra quand il verra les photos.

— Pourquoi est-ce que je viens le voir ?

— Parce que vous cherchez un deuxième distributeur pour votre marchandise et que vous avez entendu dire qu'il n'était pas très regardant.

— Comment pensez-vous qu'il réagira ?

— Soit il vous fait une offre, soit il vous jette dehors. Je parie sur la deuxième option. Assurez-vous de laisser derrière vous la photo du Gentileschi.

— Et s'il appelle la police ?

— Les criminels n'appellent pas la police, Rossetti. En fait, ils font tout ce qu'ils peuvent pour l'éviter.

L'officier des *carabinieri* baissa les yeux sur le cliché.

— Date de naissance ? demanda tranquillement Gabriel.
— 1563.
— Nom ?
— Orazio Lomi.
— Profession du père ?
— Orfèvre à Florence.
— Qui était Gentileschi ?
— Un oncle chez qui il a vécu quand il a déménagé à Rome.
— Où a-t-il peint *Danaé et la pluie d'or* ?
— Probablement à Gênes.
— Où ai-je peint ma version ?
— Pas vos putains d'oignons.

Le *capitano* Luca Rossetti quitta le café à 15 h 27 et traversa l'élégant boulevard bordé d'arbres. Gabriel se crispa lorsque le jeune officier des *carabinieri* tendit la main droite vers l'interphone de la galerie Konrad Hassler. Quinze secondes s'écoulèrent, bien assez pour que le marchand ait le temps de détailler son visiteur sous toutes les coutures. Puis Rossetti poussa la porte en verre et disparut à l'intérieur.

Cinq minutes plus tard, le téléphone de Gabriel vibra.

— Pas d'explosion ? s'enquit le général Ferrari.

— Pas encore.

— Prévenez-moi à la minute où il sort, ordonna-t-il, et il raccrocha.

Gabriel reposa son téléphone sur la table et se concentra de nouveau sur la galerie. Les deux hommes devaient maintenant en avoir fini avec les présentations et s'étaient sans doute retirés dans le bureau du galeriste pour discuter en toute tranquillité. Une photo avait dû atterrir sur son bureau. Peut-être deux. Quand on les mettait côte à côte, elles prouvaient qu'un nouveau faussaire de talent était monté sur la scène du marché de l'art illégal. L'exact message que Gabriel voulait envoyer.

À cet instant son téléphone vibra de nouveau.

— Qu'est-ce qui se passe là-dedans ? demanda le général Ferrari.

— Attendez, je traverse la rue et je vais voir.

Cette fois, ce fut Gabriel qui raccrocha. Deux minutes plus tard, la porte de la galerie se rouvrit, et Rossetti sortit, suivi d'un homme bien habillé aux cheveux gris et à la face cramoisie. On échangea quelques mots, on pointa des doigts colériques. Puis Rossetti s'engouffra dans un taxi et partit, laissant l'homme au visage écarlate seul sur le trottoir. Il regarda d'un côté puis de l'autre sur le boulevard puis réintégra la galerie.

Message passé, se félicita Gabriel.

Il composa le numéro de Rossetti.

— On dirait que vous vous êtes entendus comme larrons en foire.

— Ça s'est passé exactement comme vous l'avez prédit.

— Où est la photo ?

— Il se peut que dans ma précipitation à quitter la galerie je l'aie laissée sur son bureau.

— Combien de temps avant qu'il ne l'envoie à la fille ?

— Pas longtemps, répondit Rossetti.

39

Queen's Gate Terrace

Jusqu'à la fin de cette semaine-là, le téléphone de Dimbleby Fine Arts sonna sans discontinuer. Cordelia Blake, la réceptionniste d'une patience à toute épreuve, faisait office de premier rempart. Ceux dont elle reconnaissait le nom – les clients de longue date ou les représentants de musées d'importance –, elle les transférait à Oliver. Ceux qui ne jouissaient pas de ce passe-droit étaient invités à laisser un message détaillé, sans garantie que leur requête recevrait une réponse. M. Dimbleby nourrissait l'ambition, expliqua-t-elle à ses interlocuteurs, de trouver un foyer convenable pour le Véronèse. Il n'avait pas l'intention de le vendre au premier venu.

Ce que Cordelia ignorait, c'est qu'Oliver envoyait chacun de ses Post-it roses à Sarah Bancroft à Mason's Yard, qui à son tour transmettait les noms et les numéros qui y figuraient à Gabriel à Venise. Vendredi soir, plus de deux cents personnes avaient demandé à voir le faux Véronèse – directeurs des plus grands musées au monde, représentants d'éminents collectionneurs, toutes sortes de journalistes et de marchands d'art, connaisseurs avisés des vieux maîtres italiens. À l'exception de celui du conservateur du musée J Paul Getty de Los Angeles, aucun des noms sur la liste n'était d'origine hispanique, et aucun des numéros de téléphone ne commençait par l'indicatif de l'Espagne. Quarante-deux femmes désiraient voir le tableau, et toutes étaient des personnalités bien connues du monde de l'art.

L'une d'elles était une journaliste des bureaux londoniens du *New York Times*. Avec l'accord de Gabriel, Oliver l'invita à voir l'œuvre le lundi suivant, et deux jours plus tard son article et les photos qui l'accompagnaient étaient sur toutes les lèvres. Il en résultat pour Dimbleby Fine Arts une nouvelle avalanche de coups de fil. Vingt-deux femmes. Aucun numéro espagnol. Et, selon Cordelia Blake, aucune qui se soit exprimée avec un accent ibère.

Gabriel craignit le pire : que la représentante du réseau de contrefaçons n'ait aucune intention d'assister à la fête qu'il avait si méticuleusement préparée en son honneur. Il demanda néanmoins à Oliver d'établir un planning de rendez-vous, qui devrait s'étaler sur une semaine au maximum. La fourchette de prix serait comprise entre quinze et vingt millions de livres, afin de séparer le bon grain de l'ivraie. Oliver devrait clairement informer les acquéreurs potentiels qu'il se réservait le droit de ne pas vendre au plus offrant.

— Et tamisez l'éclairage de la salle d'exposition, ajouta Gabriel. Il ne faudrait pas que l'œil perçant de vos clients remarque la supercherie.

— Aucune chance. À première vue, on dirait vraiment un Véronèse du XVIe siècle.

— Et c'en est un, Oliver. La seule différence, c'est que c'est moi qui tenais le pinceau.

Gabriel passa son samedi sur l'Adriatique avec Chiara et les enfants, et le dimanche, veille des premiers rendez-vous, il s'envola pour Londres, où il se rendit immédiatement chez Christopher et Sarah. Là, il trouva, disposés sur le plan de travail en granit de l'îlot central de la cuisine, une photo prise par les caméras de surveillance de l'aéroport de Heathrow, le scan d'un passeport espagnol et un formulaire d'enregistrement de l'hôtel Lanesborough.

Souriante, Sarah lui tendit une coupe de Bollinger Spécial Cuvée.

— Tagliatelles en sauce ou veau à la milanaise ?

Elle était grande et mince, avec des épaules carrées de nageuse, des hanches étroites et de longues jambes. Elle portait un tailleur-pantalon sombre et austère, mais le décolleté audacieux de son chemisier blanc laissait entrevoir les courbes délicates de sa poitrine pigeonnante. Ses cheveux presque noirs et raides lui descendaient jusqu'au milieu du dos. Même dans la lumière peu flatteuse du terminal 5 de Heathrow, ils brillaient comme un tableau tout juste verni.

D'après le passeport, elle s'appelait Magdalena Navarro, avait trente-neuf ans et résidait à Madrid. Elle était arrivée en Angleterre par le vol Iberia 7549 et avait appelé Dimbleby Fine Arts à 15 h 7 depuis sa chambre au Lanesborough. L'appel avait automatiquement été transféré sur le portable d'Oliver. Après avoir écouté le message, il avait appelé Sarah, qui avait convaincu son mari, un officier des services secrets de Sa Majesté, de jeter un petit coup d'œil officieux aux renseignements disponibles sur l'Espagnole. Ce qu'il avait fait avec l'accord de son directeur général.

— Monter le dossier a coûté vingt minutes à nos petits camarades du MI5.

— Est-ce qu'ils ont documenté ses récents voyages ?

— Apparemment, elle se rend souvent en France, en Belgique et en Allemagne. Elle passe aussi pas mal de temps à Hong Kong et à Tokyo.

Christopher alluma une Marlboro et recracha un nuage de fumée vers le plafond de son salon élégamment décoré. Il portait un chino bien coupé et un onéreux pull en cachemire. Sarah était vêtue de façon plus ordinaire, d'un jean stretch et d'un sweat de

Harvard. Elle vola une cigarette dans le paquet de Christopher et l'alluma avant que Gabriel n'ait pu formuler d'objection.

— D'autres voyages intéressants ? demanda-t-il.

— Elle va à New York environ une fois par mois. Il semblerait qu'elle y ait un peu vécu au milieu des années 2000.

— Carte de crédit ?

— Une American Express de société, laquelle est vaguement enregistrée au Lichtenstein. Visiblement, elle ne l'utilise qu'à l'étranger.

— Pour mieux dissimuler son véritable lieu de résidence en Espagne, dit Gabriel, puis il se tourna vers Sarah. Comment se présente-t-elle dans le message ?

— Comme une courtière. Mais elle n'a pas de site Internet ni de fiche LinkedIn, et ni Julian ni Oliver n'ont jamais entendu parler d'elle.

— On dirait bien notre cliente.

— La question est : combien de temps la faisons-nous attendre ?

— Assez pour lui donner l'impression qu'elle ne nous intéresse pas du tout.

— Et après ?

— Elle devra convaincre Oliver de lui montrer le tableau.

— Ça pourrait être dangereux.

— Il s'en sortira très bien.

— Ce n'est pas Oliver qui m'inquiète.

— En amour comme en matière de contrefaçon, tous les coups sont permis, dit Gabriel avec un sourire.

40

Dimbleby Fine Arts

Le directeur de la National Gallery arriva chez Dimbleby Fine Arts à 10 heures le lendemain matin, accompagné de l'infaillible Niles Dunham et de trois autres conservateurs spécialistes des vieux maîtres italiens. Ils reniflèrent, tâtèrent, aiguillonnèrent, testèrent et examinèrent la toile à la lumière ultraviolette. Aucun d'eux ne remit en question l'authenticité de l'œuvre, seulement la provenance.

— Une vieille collection européenne ? C'est un peu maigre, Oliver. Cela dit, il me le faut.

— Alors je vous suggère de faire une offre.

— Ne comptez pas sur moi pour entrer dans des enchères.

— C'est pourtant ce que vous ferez.

— Qui est votre prochain client ?

— Le Getty.

— Vous n'oseriez pas.

— Tout est question de prix.

— Crapule.

— La flatterie ne vous mènera nulle part.

— On se voit au Wiltons ce soir ?

— À moins que je n'aie une meilleure offre.

La délégation du Getty arriva à 11 heures. Ils étaient jeunes, bronzés et pleins aux as. Ils firent une offre préemptive de vingt-cinq millions de livres, soit cinq de plus que la fourchette estimée. Oliver les envoya sur les roses.

— Nous ne reviendrons pas, jurèrent-ils.

— Quelque chose me dit que si.

— Qu'est-ce que vous en savez ?

— Je le vois dans vos yeux.

Il était midi quand Oliver reconduisit les Getty à la porte de la galerie. Cordelia lui tendit une pile de messages en sortant déjeuner. Il les feuilleta rapidement avant d'appeler Sarah.

— Elle a appelé deux fois ce matin.

— Excellente nouvelle.

— Peut-être devrions-nous arrêter de la faire languir.

— Au contraire, nous voudrions que vous vous fassiez désirer encore un moment.

— Ce n'est pas vraiment dans mes habitudes.

— J'ai remarqué, Ollie.

La session de l'après-midi ressembla comme deux gouttes d'eau à celle du matin. La délégation du Metropolitan Museum tomba amoureuse, celle de Boston bava d'envie. Le directeur de l'Art Gallery of Ontario, lui-même un expert de Véronèse, en resta presque sans voix.

— Combien en voulez-vous ? parvint-il à articuler.

— Getty m'en propose vingt-cinq.

— Ce sont des barbares.

— Mais des barbares riches.

— Je devrais pouvoir faire vingt.

— C'est inédit, comme tactique de négociation.

— Je vous en prie, Oliver. Ne me demandez pas de vous supplier.

— Alignez-vous sur l'offre de Getty, et il est à vous.

— C'est une promesse ?

— Vous avez ma parole.

Et c'est ainsi que se termina la première journée de rendez-vous, sur une dernière contrevérité. Oliver raccompagna la délégation d'Ontario à la porte et récupéra de nouveaux Post-it sur le bureau de Cordelia.

Magdalena Navarro avait rappelé à 16 h 15.

— Elle était plutôt énervée, fit remarquer Cordelia.

— Non sans raison.

— Qui croyez-vous qu'elle représente ?

— Quelqu'un d'assez fortuné pour la loger au Lanesborough.

Cordelia rassembla ses affaires et sortit. Une fois seul, Oliver appela une nouvelle fois Sarah.

— Comment s'est passé l'après-midi ?

— J'ai une guerre d'enchères sur les bras pour un tableau que je ne peux pas vendre. Sinon, rien qui sorte de l'ordinaire.

— Combien de fois a-t-elle appelé ?

— Une seule.

— Peut-être que son intérêt faiblit.

— Raison de plus pour que je la rappelle et qu'on en finisse.

— Discutons-en au Wiltons. Je sens un martini approcher.

Oliver raccrocha et se lança dans le rituel familier de fermeture de la galerie. Il abaissa les écrans de sécurité devant les vitres, enclencha l'alarme puis couvrit d'une feutrine *Suzanne et les vieillards*, huile sur toile, 194 x 194 cm, de Gabriel Allon.

Dehors, Oliver ferma la porte à triple tour et se mit en route sur Bury Street. Ça aurait dû être une marche triomphale. Après tout, il était la star du monde de l'art, le galeriste qui était tombé sur une collection de vieux maîtres inconnue du public. Peu importait que les tableaux soient tous des contrefaçons. Oliver se rassurait en se disant qu'il servait une noble cause. À défaut d'autre chose, ça ferait une bonne histoire à raconter un jour.

En traversant Ryder Street, il prit conscience que quelqu'un marchait derrière lui. Quelqu'un portant une paire d'escarpins de qualité, estima-t-il, avec des talons aiguille. Il s'arrêta devant la galerie Colnaghi et jeta un regard vers la gauche.

Grande, mince, dispendieusement vêtue, cheveux noirs brillants ramenés derrière une épaule.

Dangereusement séduisante.

À la grande surprise d'Oliver, la femme le rejoignit et fixa de ses yeux sombres la toile de vieux maître affichée en vitrine.

— Bartolomeo Cavarozzi, dit-elle dans un anglais à peine accentué. Un des premiers disciples du Caravage, qui a travaillé pendant deux ans en Espagne, où il était très admiré. Si je ne m'abuse, il a peint ce tableau après son retour à Rome, en 1619.

— Mais qui êtes-vous ?

La femme se tourna vers lui et sourit.

— Magdalena Navarro, monsieur Dimbleby. J'ai essayé de vous joindre toute la journée.

Le Wiltons était infesté de conservateurs américains et canadiens, qui formaient des camps bien définis. Sarah serra la main du directeur du Met, d'origine autrichienne, puis se fraya un chemin jusqu'au bar où elle dut attendre son martini dix minutes. Le vacarme de ces agapes était si assourdissant qu'elle mit un moment à se rendre compte que son téléphone sonnait. C'était Oliver, qui l'appelait depuis son propre portable.

— Êtes-vous quelque part dans cet asile de fous ? demanda-t-elle.

— Changement de programme, je le crains. Il va falloir remettre ça à une autre fois.

— Mais de quoi parlez-vous ?

— Oui, demain soir, parfait. Cordelia vous appellera demain matin pour les détails.

Là-dessus, il raccrocha.

Sarah appela rapidement Gabriel.

— Je peux me tromper, dit-elle, mais je crois que la fille vient de jouer son coup suivant.

41

Piccadilly

— Où m'emmenez-vous ?

— Quelque part où vous ne serez qu'à moi.

— Pas au Lanesborough ?

— Non, monsieur Dimbleby, dit-elle en lui lançant un regard de reproche feint. Pas le premier soir.

Ils marchaient le long de Piccadilly dans la lumière aveuglante du soleil. C'était l'une de ces parfaites soirées de début d'été à Londres, adoucie par une brise légère. Le parfum entêtant de la femme rappelait à Oliver le sud de l'Espagne. Fleur d'oranger, jasmin et un soupçon de manzanilla. Deux fois le dos de sa main frôla la sienne. Son contact était électrique.

Elle s'arrêta devant le Hide, l'un des restaurants les plus chers de Londres, un temple de l'excès gastronomique et social adulé par les milliardaires russes, les princes des Émirats et manifestement les belles criminelles ibères.

— Je ne suis pas assez chic pour cet endroit, protesta Oliver.

— Ce soir le monde de l'art est à vos pieds, monsieur Dimbleby. Vous êtes, sans doute aucun, l'homme le plus chic de Londres.

Leur entrée fit sensation – un corpulent marchand d'art aux joues rubicondes avec une grande et élégante femme aux cheveux noirs miroitants. Ils empruntèrent un escalier tournant en chêne qui les mena au bar à l'éclairage tamisé.

— Je suis impressionné, dit Oliver.

— Le maître d'hôtel du Lanesborough s'est occupé de la réservation.

— Vous y descendez souvent ?

— Seulement quand un de mes clients en particulier règle la note.

— Un client intéressé par l'acquisition du Véronèse ?

— Ne brûlons pas les étapes, monsieur Dimbleby, dit-elle en se penchant dans la lumière chaude de la bougie. Dans mon pays, on aime prendre son temps.

Le haut de son chemisier s'était entrouvert, laissant voir la courbe intérieure d'un sein en forme de poire.

— C'est aussi bien qu'on le dit ? s'étrangla Oliver.

— Quoi donc, monsieur Dimbleby ?

— Le Lanesborough.

— Vous n'y êtes jamais allé ?

— Seulement au restaurant.

— J'ai une suite qui donne sur Hyde Park. La vue est charmante.

Celle d'Oliver l'était aussi. Il se força néanmoins à baisser les yeux sur le menu des cocktails.

— Que recommandez-vous ? demanda-t-il.

— Leur *currant affairs* est proprement époustouflant.

Oliver lut les ingrédients.

— Champagne Bruno Paillard, vodka Ketel One, groseilles rouges et goyave ?

— Ne le jugez pas avant de l'avoir essayé.

— Je bois en général mon champagne et ma vodka séparément.

— Ils ont un choix de sherrys extraordinaire.

— Une bien meilleure idée.

Elle fit venir le serveur d'un haussement de sourcils et commanda une bouteille de cuatro palmas amontillado.

— Êtes-vous déjà allé en Espagne, monsieur Dimbleby ?

— De nombreuses fois.

— Pour affaires ou pour le plaisir ?

— Un peu des deux.

— Je suis originaire de Séville. Mais ces temps-ci je vis surtout à Madrid.

— Votre anglais est tout à fait remarquable.

— J'ai suivi un programme d'histoire de l'art d'un an à Oxford.

Elle fut interrompue par le retour du serveur. Après leur avoir savamment présenté le vin, il remplit deux verres et se retira. Elle leva le sien de quelques centimètres.

— À la vôtre, monsieur Dimbleby. J'espère que vous l'apprécierez.

— Je vous en prie, appelez-moi Oliver.

— Je n'oserais pas.

— J'insiste, dit-il, et il prit une gorgée.

— Qu'en pensez-vous ?

— De l'ambroisie. J'espère juste que c'est aux frais de votre client.

— Évidemment.

— A-t-il un nom ?

— Plusieurs, en fait.

— C'est un espion, votre client ?

— C'est un membre de l'aristocratie. Il a un nom plutôt encombrant, pour tout dire.

— Il est aussi espagnol ?

— Peut-être.

Olivier soupira bruyamment avant de reposer son verre sur la table.

— Pardonnez-moi, monsieur Dimbleby, mais mon client est un homme extrêmement riche qui ne souhaite pas que le monde de l'art connaisse l'étendue de sa collection. Je ne peux pas révéler son identité.

— Dans ce cas, peut-être pourrions-nous discuter de la vôtre.

— Comme je l'ai expliqué à votre assistante, je suis une courtière.

— Comment se fait-il que je n'aie jamais entendu parler de vous ?

— Je préfère agir dans l'ombre. Comme vous, apparemment, ajouta-t-elle après un silence.

— Bury Street n'est pas vraiment l'endroit le plus secret au monde.

— Mais vous avez été, comment dire, plus qu'évasif sur l'origine du Véronèse. Sans parler du Titien et du Tintoret.

— Vous ne savez pas grand-chose du commerce de l'art, n'est-ce pas ?

— J'en connais un rayon, figurez-vous. Et mon client aussi. C'est un collectionneur raffiné et malin. Jusqu'à ce qu'il tombe amoureux d'un tableau, cela dit. Dans ce cas-là, l'argent n'est plus un sujet.

— Donc si je comprends bien, il a un faible pour mon Véronèse ?

— Un vrai coup de foudre.

— J'ai déjà deux offres à vingt-cinq millions.

— Mon client s'alignera sur la plus haute offre que vous recevrez. Sous réserve que j'examine minutieusement la toile et la provenance, bien sûr.

— Et si je le lui vendais, qu'en ferait-il ?

— Il serait accroché bien en vue dans l'une de ses nombreuses demeures.

— Acceptera-t-il de le prêter pour des expositions ?

— Jamais.

— J'admire votre honnêteté.

Elle sourit pour toute réponse.

— Combien de temps prévoyez-vous de rester à Londres ?

— Je dois retourner à Madrid demain soir.

— Quel dommage.

— Pourquoi ?

— Parce qu'il se pourrait que j'aie un créneau dans mon emploi du temps mercredi. Jeudi, au pire.

— Et pourquoi pas maintenant ?

— Désolé, mais ma galerie est bouclée pour la nuit. Sans compter que la journée a été longue et que je suis épuisé.

— Quel dommage, répéta-t-elle avec malice. J'espérais que vous accepteriez de dîner avec moi au Lanesborough.

— Tentant. Mais pas le premier soir.

Sur le trottoir de Piccadilly, Oliver tendit sa main à l'Espagnole en guise d'adieu, mais elle le gratifia d'un baiser. Non pas la bise ibérique aérienne, mais une chaude démonstration d'affection qui atterrit près de son oreille et y demeura longtemps après que la femme se fut éloignée vers Hyde Park et son hôtel. Elle paracheva leur soirée en lui lançant un dernier regard séducteur par-dessus son épaule. *Petit idiot*, pensait-elle.

Il partit dans la direction opposée et, se sentant dans un léger état d'ébriété, prit son téléphone dans la poche intérieure de sa veste. Il avait reçu plusieurs appels et textos depuis la dernière fois qu'il l'avait consulté, mais aucun de Sarah. Curieusement, son nom et son numéro avaient disparu de son historique d'appels, ainsi que de son répertoire. Le numéro de Julian s'était lui aussi évaporé. Il n'y avait d'ailleurs même plus d'entrée pour Isherwood Fine Arts.

Son téléphone vibra à cet instant précis. Oliver ne reconnut pas le numéro. Il décrocha et porta l'appareil à son oreille.

— Votre voiture et votre chauffeur vous attendent sur Bolton Street, dit une voix masculine, et la communication fut coupée.

Oliver rangea son portable dans sa poche et poursuivit son chemin vers l'est. Bolton Street se trouvait quelques pas plus loin sur la gauche. Il tourna au coin et repéra une Bentley Continental argentée stationnée au bord du trottoir. Le mari de Sarah se trouvait derrière le volant. Oliver cala son séant rondelet sur le siège passager. Un instant plus tard, ils se dirigeaient vers l'ouest sur Piccadilly.

— Vous vous appelez vraiment Peter Marlowe ?

— Pourquoi en doutez-vous ?

— On dirait un nom inventé.

— Tout comme Oliver Dimbleby, répondit Christopher avec un sourire.

Il montra du doigt la femme élancée aux cheveux noirs miroitants qui franchissait l'entrée de l'Athenaeum.

— Voilà notre cliente.

— Je n'ai jamais posé un doigt sur elle.

— Mieux vaut ne pas mélanger travail et plaisir, vous ne croyez pas ?

— Si, dit Oliver alors que la splendide Espagnole disparaissait. D'ailleurs, ce n'est vraiment pas mon genre.

42

Queen's Gate Terrace

Parmi ses cadeaux de retraite, Gabriel avait reçu du Bureau une copie personnelle de Proteus, un malware de conception israélienne qui s'en prenait aux téléphones portables. La plus insidieuse de ses particularités était que la cible n'avait nul besoin de commettre une étourderie – une mise à jour de logiciel hasardeuse, un clic sur une innocente photo ou publicité. Gabriel n'avait rien de plus à faire qu'entrer le numéro de la cible dans l'application Proteus sur son ordinateur portable, et quelques minutes plus tard il devenait maître de l'appareil. Il pouvait lire les textos et les mails de la cible, consulter son historique web et les métadonnées du téléphone, et même surveiller ses allées et venues via le GPS. Mieux encore, il pouvait activer le micro et la caméra du portable et ainsi faire de celui-ci un instrument de surveillance permanent. Il avait préventivement installé Proteus sur le Samsung Galaxy d'Oliver Dimbleby, mais ne l'avait autorisé à se réveiller qu'à 17 h 42 cet après-midi-là. D'un clic sur le trackpad de son ordinateur – ce qu'il avait fait en buvant le thé dans la cuisine de Sarah et Christopher –, il avait observé que son agent disparu se déplaçait vers l'ouest sur Piccadilly, accompagné par une femme à la voix sensuelle qui s'exprimait dans un anglais teinté d'espagnol. Sarah revint en toute hâte du Wiltons juste à temps pour entendre les dernières minutes de leur conversation dans le bar branché du Hide.

— Notre Magdalena est une adversaire de taille. Il ne faut pas la prendre à la légère.

— Raison de plus de ne pas lâcher la bride à l'adipeux Oliver.

Gabriel en convint et envoya Christopher à Mayfair chercher son atout indiscipliné. Il était près de 19 h 30 quand ils arrivèrent à la maison. Le débriefing commença par un aveu embarrassé de Gabriel.

— Cela explique pourquoi Sarah et Julian ont disparu de mes contacts, dit Oliver en fronçant les sourcils.

— Je les ai effacés par précaution sitôt que vous avez accepté de boire un verre avec cette femme sans nous en avertir.

— Je crains qu'elle ne m'ait pas vraiment laissé le choix.

— Pourquoi ?

— Parce que c'est une créature d'une beauté à couper le souffle de près d'un mètre quatre-vingts. Et qu'en quittant Madrid, elle semble avoir oublié d'emporter un soutien-gorge. Finalement, je veux bien boire quelque chose, ajouta-t-il en regardant Sarah.

— Un *currant affairs* ou un *tropic thunder* ?

— Whisky, si vous avez.

Christopher ouvrit l'armoire à liqueurs et en sortit une bouteille de Johnnie Walker Black Label et deux verres en cristal taillé. Il versa deux doigts de whisky dans l'un d'eux et le fit glisser sur le plan de travail jusqu'à Oliver.

— Baccarat, observa ce dernier d'un air approbateur. Peut-être êtes-vous réellement un consultant en stratégie commerciale extrêmement prospère après tout. Proteus n'est-il pas le logiciel que le prince héritier d'Arabie saoudite a utilisé pour espionner le journaliste qu'il a assassiné ? demanda-t-il à Gabriel.

— Le journaliste en question s'appelait Omar Nawwaf. Et oui, le Premier ministre israélien a autorisé la vente de Proteus aux

Saoudiens malgré mes vives protestations. Entre les mains d'un gouvernement répressif, le malware peut devenir un dangereux outil de surveillance et de chantage. Imaginez comment une telle arme pourrait être utilisée pour faire taire un journaliste trop curieux ou un défenseur de la démocratie.

Gabriel cliqua sur l'icône LECTURE de l'application.

« Parce que c'est une créature d'une beauté à couper le souffle de près d'un mètre quatre-vingts. Et qu'en quittant Madrid, elle semble avoir oublié d'emporter un soutien-gorge. »

Gabriel arrêta l'enregistrement.

— Bon Dieu, murmura Oliver.

— Et que dites-vous de ça ? fit Gabriel en relançant la lecture.

« Comment se fait-il que je n'aie jamais entendu parler de vous ?

— Je préfère agir dans l'ombre. Comme vous, apparemment.

— Bury Street n'est pas vraiment l'endroit le plus secret au monde. »

Gabriel cliqua sur PAUSE.

— Vous n'allez pas nous faire écouter le moment où j'ai renoncé à une nuit de sexe débridé dans une suite du Lanesborough ?

— Je crois qu'il était question d'un dîner.

— Vous devriez sortir plus, monsieur Allon.

Gabriel ferma le logiciel.

— Et maintenant ? s'enquit Oliver.

— Demain après-midi, vous l'inviterez à voir le tableau mercredi à 18 heures. Vous lui demanderez aussi le numéro de son téléphone portable. Elle refusera de vous le donner.

— Et quand elle arrivera à ma galerie mercredi soir ?

— Ça n'arrivera pas.

— Pourquoi pas ?

— Parce que vous l'appellerez mercredi après-midi pour fixer un nouveau rendez-vous jeudi à 20 heures.

— Pourquoi ferais-je ça ?

— Pour qu'elle sache qu'elle est la dernière de vos préoccupations.

— Si seulement c'était vrai. Mais pourquoi si tard ?

— Je ne veux pas de Cordelia Blake dans les parages quand vous lui montrerez le tableau. Ça gâcherait l'ambiance, ajouta Gabriel en baissant la voix.

— Elle souhaite vraiment l'acheter ?

— Pas du tout. Elle veut juste y jeter un coup d'œil avant qu'il ne disparaisse.

— Et si ce qu'elle voit lui plaît ?

— Après avoir examiné la provenance, elle vous demandera de révéler l'identité de celui qui vous l'a vendu. Bien sûr, vous refuserez, ce qui l'obligera à trouver l'information par d'autres moyens.

— Continuez, ça m'intéresse.

— Il est possible qu'elle essaie de vous séduire, admit Gabriel. Mais ne soyez pas déçu si elle menace seulement de vous détruire.

— Croyez-moi, elle ne serait pas la première.

Gabriel pianota un instant sur son ordinateur.

— Je viens d'ajouter un nom à votre répertoire. Alessandro Calvi. Numéro de portable uniquement.

— Qui est-ce ?

— Mon mandataire à Florence. Appelez-le en présence de l'Espagnole. Signore Calvi s'occupera du reste.

Le mandataire en question, qui n'était autre que Luca Rossetti, quitta Florence à 10 heures le lendemain matin et prit l'Autostrata E35 en direction du sud. Il conduisait une Maserati Quattroporte. À l'instar du chronographe Patek Philippe à son poignet, elle était la propriété de l'*arma dei carabinieri*.

Il arriva à l'aéroport Fiumicino en banlieue de Rome à 13 h 30. Il s'écoula encore une heure avant que Gabriel ne sorte par la porte du terminal 3. Il jeta sa valise dans le coffre et se laissa tomber sur le siège passager.

— Je commençais à m'inquiéter, dit Rossetti en accélérant.

— J'ai passé presque autant de temps dans la queue du contrôle des passeports que dans l'avion. Joli traîneau, ajouta Gabriel en contemplant l'intérieur luxueux de la berline.

— Elle appartenait à un trafiquant d'héroïne de la Camorra.

— Un de vos copains d'enfance ?

— Je connaissais son petit frère. Ils sont tous les deux écroués à la prison de Pagliarelli, à Palerme.

Rossetti s'engagea sur l'A90, la rocade de Rome, en direction du nord. Il quitta la route des yeux juste assez longtemps pour observer la photo de surveillance que Gabriel lui mettait dans la main.

— Comment s'appelle-t-elle ?

— D'après son passeport et ses cartes de crédit, Magdalena Navarro. Elle a fait des avances à Oliver Dimbleby hier soir.

— Comment s'en est-il sorti ?

— Aussi bien qu'on aurait pu s'y attendre, répondit Gabriel en reprenant le cliché. Vous êtes le prochain.

— Quand ?

— Jeudi soir. Un coup de fil rapide. Je veux que vous lui donniez l'heure et le lieu d'un rendez-vous et que vous raccrochiez avant qu'elle ne puisse poser la moindre question.

— Quelle est l'heure ?

— 21 heures, vendredi.

— Et le lieu ?

— Sous l'*arcone*, piazza della Repubblica. Vous n'aurez aucun mal à l'identifier, conclut Gabriel en glissant la photo dans sa mallette. En quelle année s'est-il rendu en Angleterre ?

— Qui ?

— Orazio Gentileschi.

— Il est parti pour Londres depuis Paris en 1626.

— Artemisia était-elle avec lui ?
— Non. Seulement ses trois fils.
— Quand est-il revenu en Italie ?
— Jamais. Il est mort à Londres en 1639.
— Où est-il enterré ?

Rossetti hésita.

— Dans la Queen's Chapel de Somerset House, répondit Gabriel en fronçant les sourcils. Est-ce que votre traîneau lambine toujours autant ? J'aimerais arriver en Ombrie tant qu'il y a encore de la lumière.

Rossetti mit le pied au plancher.

— Mieux. Vous êtes un criminel désormais, signore Calvi. Arrêtez de conduire comme un flic.

43

Villa dei Fiori

La Villa dei Fiori, une propriété de quatre cents hectares située entre le Tibre et la Nera, appartenait à la famille Gasparri depuis l'époque où l'Ombrie était encore sous autorité papale. Il y avait une lucrative exploitation bovine, un centre équestre où l'on élevait certains des chevaux de saut les plus performants d'Italie, et un troupeau de chèvres malicieuses qu'on ne gardait qu'à des fins décoratives. Ses oliveraies produisaient une huile parmi les meilleures d'Ombrie, et son petit vignoble fournissait chaque année plusieurs centaines de kilos de raisin à la coopérative locale. Des tournesols illuminaient ses champs.

La villa elle-même se dressait au bout d'un chemin poussiéreux ombragé par de grands pins parasols. Au XIe siècle, cela avait été un monastère, dont il restait une petite chapelle et, dans la cour intérieure close, les vestiges du four où les frères faisaient cuire leur pain quotidien. Au pied de la maison, la grande piscine se prolongeait d'un jardin aux nombreux treillis où le romarin et la lavande poussaient le long de murets en pierres étrusques.

L'actuel comte Gasparri, un membre falot de l'aristocratie romaine qui entretenait des liens étroits avec le Saint-Siège, ne louait pas la Villa dei Fiori, pas plus qu'il ne la prêtait à ses amis ou à ses proches. D'ailleurs, aucun visiteur non accompagné n'était venu depuis ce restaurateur d'art morose des musées du Vatican et sa magnifique femme d'origine vénitienne, une expérience que les quatre membres du personnel n'oublieraient pas de sitôt. Ils furent donc surpris d'apprendre que le comte Gasparri avait accepté de confier la villa à une connaissance dont il ne divulgua pas le nom, pour une durée indéterminée. Oui, dit le comte, il était probable que cette connaissance ait ses propres invités. Non, il ne requerrait pas les services du personnel. Très à cheval sur les questions de privauté, il ne souhaitait pas qu'on le dérange.

En conséquence de quoi deux des membres de la domesticité – Anna la légendaire cuisinière et Margherita la gouvernante caractérielle – quittèrent la Villa dei Fiori mardi matin pour un bref congé inattendu. Les deux autres employés restèrent cependant à leur poste : Isabella l'Italo-Suédoise éthérée qui gérait le centre équestre, et Carlos le gaucho argentin qui s'occupait du bétail et des terres. Tous deux ne manquèrent pas de remarquer le van Fiat Ducato bleu et noir qui rebondit sur le chemin peu avant 9 heures. Ses deux occupants déchargèrent leur marchandise avec la célérité de voleurs se débarrassant d'un butin compromettant. Celui-ci se composait de deux grandes caisses en métal du genre de celles qu'utilisaient les musiciens en tournée, d'assez de provisions pour nourrir une petite armée et, curieusement, d'un chevalet de qualité professionnelle et d'une grande toile blanche.

Non, se dit Isabella. C'était impossible. Pas après toutes ces années.

Le van repartit rapidement, et la villa retomba dans une attente anxieuse, à laquelle le rugissement d'un moteur de Maserati mit un terme à 15 h 42. Un instant plus tard, la voiture passait devant le centre équestre dans un nuage de poussière. Malgré cela, Isabella parvint à apercevoir le passager. Son trait le plus distinctif était la touche de gris à sa tempe droite, comme une trace de cendre dans ses cheveux.

C'était une coïncidence, tenta de se convaincre Isabella. Ça ne pouvait pas être le même homme.

Le moteur de la Maserati se réduisit à un bourdonnement alors que la berline filait vers la villa entre les deux rangées de pins parasols. Elle s'arrêta devant les murs de l'ancienne cour, et l'homme aux tempes grises en descendit. De taille moyenne, nota Isabella avec une terreur croissante. Mince comme un cycliste.

Il récupéra un petit sac de voyage dans le coffre et dit quelques mots d'adieu au conducteur. Puis il épaula son sac – comme un soldat, songea Isabella – et s'approcha de la grille de la cour. La même inclinaison des épaules vers l'avant. Les mêmes jambes légèrement arquées.

— Dieu du ciel, murmura Isabella alors que la Maserati passait devant elle dans un brouillard. Alors c'était vrai.

Le restaurateur était revenu à la Villa dei Fiori.

Le lendemain matin, Gabriel se coula dans sa routine familière. Il se lança dans une promenade à marche forcée autour de la propriété. Enchaîna avec un crawl vigoureux dans la piscine. Feuilleta un livre à propos du peintre flamand baroque Antoine Van Dyck dans une flaque d'ombre du jardin. Carlos et Isabella l'observèrent de loin. Son humeur s'était nettement améliorée. Comme si un fardeau avait quitté ses épaules. Carlos déclara qu'il avait changé, mais Isabella alla encore plus loin. Il n'avait pas seulement changé, dit-elle. C'était un homme nouveau.

Ses habitudes de travail avaient cependant conservé la discipline d'antan. Son labeur devant le chevalet commença mercredi après un déjeuner spartiate et se poursuivit tard dans la nuit. Dans sa précédente incarnation, il écoutait de la musique en travaillant. Mais il semblait à présent absorbé par un horrible programme à la radio, qui s'apparentait aux crachotements d'un téléphone ayant appelé un correspondant par erreur. On y entendait un certain Oliver, galériste londonien au charme espiègle, et sa courageuse assistante, Cordelia. De cela au moins, Isabella était sûre. Pour le reste, c'était un fatras de bruits de trafic routier, de chasses d'eau, de coups de fil à sens unique et d'éclats de rire dans un bar.

L'épisode diffusé jeudi matin restituait une conversation entre Oliver et Cordelia à propos d'une banale question d'emploi du temps – un rendez-vous à la galerie pour une certaine Magdalena Navarro. L'émission terminée, le restaurateur partit faire une éprouvante randonnée sur les terres de la propriété. Et Isabella, en violation des instructions du comte Gasparri, partit faire une petite visite de la villa désormais sans défense. Elle entra par la cuisine et se rendit dans la grande salle, que le restaurateur avait de nouveau convertie en atelier d'artiste.

La toile sur le chevalet brillait d'une récente application de peinture à l'huile. Il s'agissait d'un portrait en genoux d'une femme vêtue d'une robe de soie dorée et de dentelle blanche. Isabella, qui avait étudié l'histoire de l'art avant de consacrer sa vie aux chevaux, reconnut le style de Van Dyck. Le visage de la femme n'était pas terminé, seulement ses cheveux, très sombres. Noir de fumée, songea Isabella, avec un magnifique éclat rendu par des touches de blanc de céruse, de lapis-lazuli et de vermillon.

Il avait disposé ses pigments et ses huiles sur une table à proximité. Isabella savait qu'elle ne devait toucher à rien, car il notait méticuleusement la position de tous ses instruments pour confondre un éventuel intrus. Son pinceau Winsor & Newton Série 7 en poils de martre était resté sur sa palette. Comme la toile, il était encore humide. Juste à côté, son ordinateur portable pour l'heure en veille était connecté à la paire d'enceintes Bose par laquelle il écoutait les tribulations d'Oliver et de Cordelia.

Elle se tourna de nouveau vers le tableau inachevé. Il avait bien avancé en si peu de temps. Mais pourquoi *peignait*-il une nouvelle toile au lieu d'en restaurer une ? Et où était son modèle ? Il n'en avait pas besoin, se dit-elle en réponse à sa propre question. Elle se souvenait de l'œuvre magnifique sortie de ses pinceaux après qu'il avait reçu cette terrible blessure à l'œil – *Deux enfants sur une plage*, dans le style de Mary Cassatt. Il l'avait achevé dans des conditions marathoniennes, guidé par sa seule mémoire.

— Qu'en pensez-vous jusque-là ? demanda-t-il d'une voix posée.

Isabella se retourna dans un sursaut et porta la main à son cœur. Elle parvint elle ne sut comment à ne pas crier.

Il s'avança d'un pas.

— Qu'est-ce que vous faites ici ? questionna-t-il.

— Le comte Gasparri m'a demandé de m'assurer que vous n'aviez besoin de rien.

— Dans ce cas, pourquoi être venue en sachant que j'étais absent ? Vous n'avez touché à rien, n'est-ce pas ? demanda-t-il en regardant ses pigments et ses huiles.

— Bien sûr que non. Je me demandais juste sur quoi vous travailliez.

— C'est tout ? Ou vous demandiez-vous aussi pourquoi j'étais revenu après toutes ces années ?

— Oui, ça aussi, reconnut Isabella.

Il s'avança encore d'un pas.

— Savez-vous qui je suis ?

— Jusque-là, je vous prenais pour un restaurateur d'art qui travaillait occasionnellement pour les musées du Vatican.

— Et vous avez changé d'avis ?

— Oui, répondit-elle au bout d'un moment.

Un silence s'étira.

— Pardonnez-moi, fit Isabella, et elle partit en direction de la porte.

— Attendez.

Elle s'arrêta et se retourna lentement. L'éclat de ses yeux verts était perturbant.

— Oui, signore Allon ?

— Vous ne m'avez pas dit ce que vous pensiez de mon portrait.

— Il est tout à fait extraordinaire. Mais qui est-elle ?

— Je ne le sais pas encore.

— Quand serez-vous fixé ?

— Bientôt, j'espère.

Il prit sa palette et ses pinceaux, et ranima son ordinateur.

— Ça s'appelle comment ?

— Portrait d'une inconnue.

— Pas le tableau. L'émission sur Oliver et Cordelia.

Il leva vivement les yeux.

— Vous mettez le volume assez fort, et le son porte loin dans la campagne.

— J'espère que ça ne vous a pas dérangée.

— Pas du tout, dit Isabella en se retournant pour partir.

— Votre téléphone, dit-il subitement.

— Quoi ?

— Laissez-le-moi. Et apportez-moi votre ordinateur et les clés de votre voiture. Dites à Carlos de faire la même chose. Pas de coups de fil ni de mails jusqu'à nouvel ordre. Et pas question de quitter la propriété.

Isabella éteignit son téléphone et le posa sur la table, à côté de l'ordinateur de Gabriel. En quittant la villa, elle entendit l'espiègle Oliver dire à un certain Nicky que son client devrait augmenter son offre à trente millions de livres s'il voulait le Véronèse. Nicky traita Oliver de voleur, puis il lui demanda s'il était disponible pour un verre en soirée. Oliver déclina.

« Comment s'appelle-t-elle ?

— Magdalena Navarro.

— Espagnole ?

— Je le crains.

— À quoi ressemble-t-elle ?

— Un peu à Penélope Cruz, mais en plus jolie. »

44

Dimbleby Fine Arts

Ce fut Sarah Bancroft, assise à une table de Franco's, un restaurant italien de Jermyn Street, qui la première repéra la grande femme mince aux cheveux presque noirs, vêtue d'une jupe courte et d'un haut blanc ajusté. Elle tourna au coin de Bury Street et attira instantanément l'attention de Simon Mendenhall, qui sortait de Christie's après un interminable comité de direction. Fidèle à lui-même, Simon s'arrêta pour admirer la chute de reins de la femme et la vit avec horreur se diriger droit vers Dimbleby Fine Arts. Simon fila au Wiltons et informa tous ceux qui s'y trouvaient, y compris la galeriste d'art contemporain avec qui il était supposé avoir une aventure torride, que la bonne fortune d'Oliver ne se démentait toujours pas.

À 20 heures précises, la femme aux cheveux aile de corbeau sonna à la porte de la galerie. Oliver attendit qu'elle sonne une deuxième fois avant de se lever de son fauteuil Eames et d'aller ouvrir la porte. Franchissant le seuil, elle planta un baiser suggestif sur sa joue. Ils avaient joué au chat et à la souris toute la semaine, durant laquelle Oliver avait esquivé deux invitations à dîner et une proposition indécente à peine masquée. Seul le ciel savait ce qui se passerait au cours des prochaines minutes.

Il ferma la porte et tira le verrou.

— Voudriez-vous boire quelque chose ?

— Avec plaisir.

— Whisky ou whisky ?

— Plutôt un whisky.

Oliver la fit entrer dans la semi-pénombre de son bureau et servit deux gobelets de scotch.

— Blue Label, observa-t-elle.

— Je le garde pour les grandes occasions.

— Que fêtons-nous ?

— La vente imminente et fracassante de *Suzanne et les vieillards* de Paolo Véronèse.

— À combien se monte l'offre ?

— À l'heure où nous parlons, j'ai deux offres fermes à trente.

— Des musées ?

— Un musée et un particulier.

— Je crains que vos deux enchérisseurs ne soient déçus.

— L'offre du musée est définitive. Le collectionneur a fait fortune durant la pandémie et a de l'argent à jeter par les fenêtres.

— Mon client aussi. Il est inquiet de ne pas avoir de mes nouvelles.

— Alors peut-être ne devrions-nous pas le faire attendre davantage.

Ils emportèrent leurs boissons dans la salle d'exposition au fond de la galerie. Le grand tableau, installé sur une paire de chevalets d'exposition couverts de feutrine, était à peine visible dans la lumière tamisée.

Olivier tripota le variateur. Lorsque Suzanne et les deux vieillards émergèrent de l'obscurité, la femme porta une main à sa bouche et murmura quelque chose en espagnol.

— Ce qui veut dire ? s'enquit Oliver.

— C'est intraduisible, répondit-elle en s'approchant révérencieusement de la peinture, comme pour ne pas déranger les personnages. Pas étonnant que vous ayez tout le monde l'art à vos pieds, monsieur Dimbleby. C'est le chef-d'œuvre d'un artiste au sommet de son art.

— Je crois que ce sont les mots exacts du communiqué de presse.

— Ah oui ? fit-elle en fouillant dans son sac.

— Pas de photos, je vous prie.

Elle sortit une petite lampe ultraviolette.

— Voudriez-vous éteindre un moment ?

Oliver plongea de nouveau la pièce dans la pénombre. La femme éclaira la surface de la toile à la lumière violet-bleu de sa lampe.

— Les lacunes sont importantes.

— Les *lacunes*, répliqua Oliver, sont telles qu'on s'attendrait à les trouver sur une œuvre de l'école vénitienne vieille de quatre cent quinze ans.

— Qui s'est occupé de la restauration ?

— Je l'ai acquis dans cet état.

— Quelle chance, dit-elle, et elle éteignit la lampe UV.

Oliver laissa l'obscurité s'attarder encore un moment avant de rallumer lentement l'éclairage. La femme tenait maintenant une loupe rectangulaire à LED, qu'elle utilisa pour examiner la chair exposée de la gorge et de l'épaule de Suzanne, puis la robe vermillon qu'elle serrait contre son sein.

— Les coups de pinceau sont très visibles, dit-elle. Pas seulement dans les vêtements, mais aussi sur la peau.

— Véronèse est devenu plus ouvertement pictural dans ses coups de pinceau plus tard dans sa carrière, expliqua Oliver. Cette œuvre témoigne de l'évolution de son style précoce.

Elle rangea la loupe dans son sac et s'écarta de la peinture. Une minute s'écoula. Puis deux.

Oliver s'éclaircit la voix discrètement.

— J'ai entendu, dit-elle.

— Je ne veux pas vous presser, mais il se fait tard.

— Avez-vous un moment pour me montrer la provenance ?

Oliver raccompagna l'Espagnole dans son bureau. Puis il sortit le document d'un tiroir fermé à clé et le posa sur la table. Elle le parcourut avec un scepticisme justifié.

— Une ancienne collection européenne ?

— Très ancienne. Et très privée.

La femme repoussa le document vers lui.

— Je dois connaître l'identité du précédent propriétaire, monsieur Dimbleby.

— Le précédent propriétaire, comme votre client, tient à son anonymat.

— Vous êtes en contact avec lui ?

— Elle, corrigea Oliver. Et la réponse est non. Je traite avec son mandataire.

— Un avocat ? Un négociant ?

— Je suis désolé, mais je ne peux révéler le nom de cette personne, ni la nature de son lien avec la collection. Surtout à une concurrente. Même une concurrente aussi séduisante que vous, ajouta-t-il en baissant la voix.

Elle apprécia le compliment d'une moue coquette.

— N'y a-t-il vraiment rien que je puisse faire pour que vous changiez d'avis ?

— Je crains que non.

— Et si je vous offrais, disons, trente-cinq millions de livres pour votre Véronèse ?

— Ma réponse serait la même.

Elle tapota la provenance du bout de l'index.

— Aucun de vos autres acquéreurs potentiels ne s'est inquiété de la légèreté de l'historique ?

— Absolument pas.

— Comment cela se peut-il ?

— L'origine n'a guère d'importance. L'œuvre parle d'elle-même.

— De fait, elle m'a parlé. En fait, elle s'est montrée très loquace.

— Et que vous a-t-elle dit ?

Elle se pencha au-dessus du bureau et le regarda droit dans les yeux.

— Que Véronèse ne l'a pas peinte.

— C'est absurde.

— Vraiment, monsieur Dimbleby ?

— J'ai passé ces quatre derniers jours à montrer ce tableau à d'éminents spécialistes venus des musées les plus respectés au monde.

— Et s'ils n'ont rien trouvé, c'est parce qu'ils ignorent tout de l'homme qui s'est rendu à la galerie Konrad Hassler à Berlin quelques jours après que vous avez annoncé la redécouverte de votre prétendu Véronèse. Cet homme a montré à Herr Hassler une photo du prétendu Véronèse, côte à côte avec un prétendu Titien et un prétendu Tintoret. Le cliché avait été pris dans le studio du faussaire qui les a peints.

— Ce n'est pas possible.

— Je crains que si.

— Il m'a assuré que les tableaux étaient authentiques.

— Signore Rinaldi ?

— Jamais entendu un tel nom, jura Oliver sans mentir.

— C'est celui sous lequel il s'est présenté à Herr Hassler. Giovanni Rinaldi.

— Je le connais sous un autre nom.

— Lequel ?

Oliver ne répondit pas.

— Il vous a roulé, monsieur Dimbleby. Ou peut-être souhaitiez-vous l'être. Quoi qu'il en soit, vous êtes maintenant dans une situation très délicate. Mais ne vous inquiétez pas, cela restera notre petit secret. Moyennant une petite rétribution, bien sûr, ajouta-t-elle après un bref silence.

— Petite comment ?

— La moitié de ce que vous obtiendrez pour le Véronèse.

Contrairement à ses habitudes, Oliver choisit la voie de la sagesse.

— Il est hors de question que je vende ce tableau après ce que vous m'avez dit.

— Si vous vous dédisez maintenant, vous serez obligé de rendre les millions de livres que vous avez acceptés pour le Titien et le Tintoret. Et alors…

— Je serai ruiné.

Elle tendit à Oliver une feuille de papier à lettres du Lanesborough.

— Je voudrais que vous viriez quinze millions de livres sur ce compte demain à la première heure. Si le compte n'est pas crédité avant la fin de la journée, j'appellerai cette journaliste du *New York Times* et je lui dirai la vérité à propos de votre prétendu Véronèse.

— Vous êtes un corbeau de bas étage.

— Et vous, monsieur Dimbleby, vous n'en savez pas autant que vous le croyez sur le monde de l'art.

Il baissa les yeux sur le numéro de compte.

— Vous recevrez l'argent *après* la vente du tableau. Qui, ajouterais-je, est un authentique Véronèse et pas un faux.

— Paiement immédiat. J'insiste.

— Impossible.

— Dans ce cas, je vais vous demander un acompte.

— Combien ?

— Pas de l'argent, monsieur Dimbleby. Un nom.

Oliver hésita, puis répondit :

— Alessandro Calvi.

— Et où donc vit signore Calvi ?

— À Florence.

— Appelez-le depuis votre portable. J'aimerais échanger quelques mots avec lui.

Il était 20 h 30 quand Oliver la raccompagna dans Bury Street. Elle lui tendit la main en guise d'adieu. Et comme il refusait de la lui serrer, elle approcha les lèvres de son oreille et le mit en garde contre l'humiliation qu'il subirait s'il ne respectait pas sa promesse.

— Un dîner au Lanesborough ? proposa-t-il alors qu'elle partait en direction de Jermyn Street.

— Une autre fois, dit-elle par-dessus son épaule, et elle disparut.

De retour dans la galerie, Oliver regagna son bureau. Une odeur de fleur d'oranger et de jasmin flottait toujours. Deux verres encore pleins de Johnnie Walker Blue Label, la provenance fictionnelle d'un faux tableau de Paolo Véronèse et une feuille de papier à lettres de l'hôtel Lanesborough encombraient le bureau. Oliver rangea la provenance dans le tiroir, et prit en photo la feuille de papier à lettres avec son téléphone.

Qui sonna quelques secondes plus tard.

— Bravo ! dit une voix à l'autre bout de la ligne. Je n'aurais pas fait mieux.

45

Firenze

Le général Ferrari arriva à la Villa dei Fiori le lendemain à 14 heures, accompagné de quatre officiers tactiques et deux techniciens. Les premiers inspectèrent la maison et les environs tandis que les seconds transformaient la salle à manger en cellule opérationnelle. Le général, en costume de ville et chemise à col ouvert, s'assit dans le grand salon et regarda Gabriel peindre.

— Votre Espagnole est arrivée à Florence peu avant midi.

— Comment a-t-elle fait ?

— Un Dassault Falcon affrété depuis l'aéroport de London City. Le Four Seasons lui a envoyé un chauffeur. Elle s'y trouve au moment où nous parlons.

— Et que fait-elle ?

— Nos capacités de surveillance à l'intérieur de l'hôtel sont limitées. Mais nous la garderons à l'œil si elle décide de faire un peu de tourisme. Et quoi qu'il arrive, nous aurons deux équipes piazza della Repubblica à 21 heures.

— Si elle les repère, nous sommes morts.

— Cela vous surprendra peut-être, mon ami, mais l'*arma dei carabinieri* a déjà mené de telles opérations. Et sans votre aide. À la minute où elle achètera ce tableau, nous aurons toute autorité pour l'arrêter pour fraude et conspiration. Elle risque une longue peine dans une prison pour femmes en Italie. Une perspective assez déplaisante pour une habituée du Lanesborough à Londres.

— Je me fiche qu'elle aille en prison. Je veux l'avoir face à moi dans une salle d'interrogatoire, et je veux qu'elle nous dise tout ce qu'elle sait.

— Moi aussi. Mais la loi italienne m'oblige à lui fournir un avocat si elle en désire un. Si je ne le fais pas, tout ce qu'elle dira sera irrecevable devant un tribunal.

— Et que dit la loi italienne à propos des restaurateurs d'art qui assistent à l'interrogatoire ?

— Comme vous pouvez vous en douter, la loi italienne est muette sur ce point. Si elle consent à la présence dudit restaurateur, rien ne s'y oppose.

Gabriel s'écarta de la toile et jugea son travail du regard.

— Peut-être le portrait la mettra-t-il dans de bonnes dispositions.

— Je ne compterais pas là-dessus. En fait, il serait sans doute préférable de lui passer les menottes avant que vous ne lui montriez.

— N'en faites rien, je vous en prie, dit Gabriel en chargeant son pinceau. Je ne voudrais pas gâcher la surprise.

Elle passa l'après-midi à la piscine et réintégra sa suite à 18 heures pour se doucher et s'habiller. Elle choisit ses vêtements avec soin. Jean stretch bleu clair. Chemisier blanc large. Mocassin en suédine à talons plats. Son visage rayonnant sous la lumière toscane n'avait pas besoin de beaucoup de maquillage. Elle noua ses cheveux aile de corbeau en chignon, dont elle laissa quelques mèches descendre dans son cou. Attirante, estima-t-elle en se regardant dans le miroir, mais sérieuse. Pas de flirt ce soir. Pas le genre de jeu auquel elle avait joué avec le galeriste de Londres. L'homme avec lequel elle avait rendez-vous piazza della Repubblica ne se laisserait ni séduire ni duper. Elle avait visionné la vidéo de sa visite à la galerie Hassler à Berlin. Il était jeune, beau, athlétique. Un homme dangereux, jugea-t-elle. Un professionnel.

En bas, elle traversa le hall et quitta l'hôtel par la porte sans prétention donnant sur le Borgo Pinti. La foule de la journée s'était retirée, tout comme la chaleur. Elle s'arrêta boire un expresso au Caffè Michelangelo, puis rejoignit la piazza della Repubblica dans la douceur du crépuscule. On la reconnaissait au grand arc de triomphe qui délimitait son flanc ouest. Suivant les instructions, elle arriva sur les lieux à 21 heures précises. Un scooter Piaggio s'arrêta à côté d'elle une minute plus tard.

Elle reconnut l'homme aux commandes.

Jeune, beau, athlétique.

Il recula sur la selle sans un mot. Magdalena enfourcha le deux-roues et lui demanda où ils allaient.

— Le Lungarno Torrigiani. C'est sur le…

— Je sais où c'est, dit-elle avant d'exécuter un demi-tour parfait dans la rue étroite.

Alors qu'elle accélérait en direction du fleuve, les mains puissantes de l'homme lui tâtèrent les reins, les hanches, l'entrejambe, l'intérieur des cuisses, les seins. Il n'y avait rien d'érotique dans ses gestes. Il cherchait une arme dissimulée.

C'était un professionnel, se répéta-t-elle. Heureusement, elle aussi en était une.

L'appel arriva à la Villa dei Fiori à 9 h 03. Il émanait d'un des *carabinieri* en planque sur la piazza della Repubblica. La femme s'était présentée au rendez-vous dit. Rossetti et elle étaient maintenant en route pour l'appartement. Le général Ferrari transmit rapidement l'information à Gabriel, qui travaillait toujours devant son chevalet. Ce dernier essuya soigneusement la peinture de son pinceau et se rendit dans la cellule opérationnelle pour assister à l'acte suivant. C'était maintenant au tour d'Alessandro Calvi d'entrer dans la lumière des projecteurs. Une erreur, songea Gabriel, et ils étaient morts.

46

Lungarno Torrigiani

L'immeuble terre de Sienne s'ornait d'une balustrade qui courait tout le long du premier étage. L'appartement se situait au deuxième. Dans l'entrée plongée dans la pénombre, Rossetti soulagea la femme de son sac à main Hermès Birkin et en vida le contenu sur le plan de travail de la cuisine. Il trouva une lampe ultraviolette, une loupe à LED professionnelle et un portable Samsung jetable. L'appareil était éteint, et sa carte SIM avait été ôtée.

Rossetti examina son passeport.

— Vous vous appelez vraiment Magdalena Navarro ?

— Vous vous appelez vraiment Alessandro Calvi ?

Il ouvrit son portefeuille Cartier, regarda ses cartes de crédit et son permis de conduire espagnol, tous au nom de Magdalena Navarro. La poche à billets contenait environ trois mille euros et une centaine de livres sterling. Il trouva dans le compartiment zippé quelques reçus, qui dataient tous de sa visite à Londres. En dehors de ça, le portefeuille comme le sac ne renfermaient rien du bazar qu'on y trouve habituellement.

Il rangea les différents objets dans le sac, à l'exception d'un seul : la photo de *Danaé et la pluie d'or* de Gabriel Allon.

— Où l'avez-vous eue ? interrogea-t-il.

— Il se trouve que j'étais à Berlin il y a peu, où j'ai déjeuné avec un vieil ami. Il m'a raconté une intéressante histoire à propos d'un homme venu récemment voir sa galerie d'art. Apparemment, ce visiteur a essayé de vendre à mon ami le tableau figurant sur cette photographie. Il prétendait qu'il venait de la même collection privée dont étaient issues les toiles qui avaient tant fait sensation à Londres. Il a également montré à mon ami une photo de ces tableaux. Trois tableaux, une photo. Mon ami a trouvé ça pour le moins étrange.

— Le cliché a été pris par mon restaurateur.

— D'après mon expérience, les restaurateurs font les meilleurs faussaires. Vous ne croyez pas ?

— C'est le genre de question que poserait un policier.

— Je ne suis pas de la police, signore Calvi. Je suis une courtière qui met en contact des acquéreurs et des vendeurs et se contente des miettes.

— De grosses miettes, d'après ce que j'ai entendu.

Il la conduisit dans le vaste salon. Trois grandes fenêtres à battant ouvertes sur l'air du soir dominaient les dômes et les campaniles de Florence. La femme n'avait cependant d'yeux que pour les œuvres accrochées aux murs.

— Vous avez un goût exquis.

— L'appartement me sert aussi de salle de vente.

Elle montra une magnifique amphore étrusque en terre cuite.

— Vous faites aussi dans les antiquités, à ce que je vois.

— C'est même l'essentiel de mon commerce. Les milliardaires chinois adorent la poterie grecque et étrusque.

Elle fit courir un doigt sur les courbes du vase.

— Cette pièce est charmante, signore Calvi. C'est une contrefaçon, comme les trois tableaux que vous avez vendus à M. Dimbleby ? Ou vous êtes-vous contenté de la piller ?

— Les peintures que j'ai vendues à Dimbleby ont été examinées par les plus éminents experts des vieux maîtres italiens que vous puissiez trouver à Londres. Aucun d'eux n'a remis l'attribution en question.

— Parce que votre faussaire est le plus grand vieux maître vivant.

— Il n'existe pas de vieux maître *vivant*.

— Bien sûr que si. Je suis bien placée pour le savoir. Voyez-vous, je travaille pour l'un d'eux. Lui aussi est capable de berner les experts. Mais votre faussaire est bien plus talentueux que le mien. Ce Véronèse est un chef-d'œuvre. J'ai failli m'évanouir en le voyant.

— Je vous croyais courtière.

— Je *suis* une courtière. Mais les tableaux que je vends se trouvent être des contrefaçons.

— Alors un mandataire ? C'est bien ce que vous dites ? Que faites-vous à Florence ?

— Je suis venue vous faire une offre, à vous et à votre faussaire.

— Quelle sorte d'offre ?

— Montrez-moi le Gentileschi, et je vous expliquerai tout.

Rossetti la conduisit dans la pièce voisine. Elle contempla le tableau en silence, comme frappée de mutisme.

— Voulez-vous que je vous apporte la loupe et la lampe UV ? demanda Rossetti au bout d'un moment.

— Ça ne sera pas nécessaire. Cette peinture est…

— Incandescente ?

— Incendiaire, murmura la femme. Mais aussi très dangereuse.

— Vraiment ?

— Oliver Dimbleby s'est montré très téméraire en mettant sur le marché ces trois tableaux issus de votre prétendue ancienne collection européenne. On murmure déjà dans certains recoins du monde de l'art qu'ils pourraient être des faux. Et vous avez aggravé les choses en vous comportant comme vous l'avez fait à la galerie Hassler. Ce n'est qu'une question de temps avant que la supercherie ne soit éventée. Et quand elle le sera, il y aura des victimes collatérales.

— Vous ?

Elle hocha la tête.

— Le marché pour les vieux maîtres d'une telle qualité est pour le moins réduit, signore Calvi. De telles œuvres sont rares et les collectionneurs et les musées disposés à dépenser des millions pour les acquérir le sont plus encore. Deux réseaux de contrefaçons de vieux maîtres ne peuvent se concurrencer et espérer survivre. L'un d'eux finira par s'effondrer. Et il entraînera l'autre dans sa chute.

— Quelle est l'autre possibilité ?

— Je suis prête à vous proposer, à vous et à votre partenaire, la protection d'un réseau de distribution éprouvé, qui vous garantira de solides revenus pour les années à venir.

— Je n'ai pas besoin de votre réseau.

— Votre attitude à Berlin m'a convaincue du contraire. Le tableau dans la pièce d'à côté vaut trente millions, si l'on s'y prend bien. Et vous vouliez le laisser à Herr Hassler pour deux petits millions.

— Et si je vous le confiais ?

— Je le vendrais d'une manière qui privilégie la sécurité à long terme plutôt que les gains financiers à court terme.

— Je n'ai pas entendu de prix.

— Cinq millions, répondit la femme. Mais j'insisterais pour voir votre faussaire et son studio avant le moindre paiement.

— Dix millions, contra Rossetti. Et vous virerez l'argent sur mon compte avant de rencontrer mon faussaire.

— Quand ?

Rossetti consulta la montre Patek Philippe à son poignet.

— Peu après minuit, je suppose. À condition que vous ayez plus que trois mille euros cachés dans votre portefeuille Cartier.

— Où se trouve votre compte, signore Calvi ?

— Banca Monte dei Paschi di Siena.

— J'ai besoin de votre RIB complet.

— Je vais vous chercher votre téléphone.

Elle composa le numéro de mémoire. Son premier appel ne reçut aucune réponse, et elle raccrocha sans laisser de message. La deuxième tentative obtint le même résultat, mais à la troisième on lui répondit.

Elle s'adressa à son interlocuteur dans un anglais parfait. Il n'y eut aucun échange de civilités, juste un ordre de virement de dix millions d'euros promptement exécuté vers la plus vieille banque au monde. Le mail de confirmation arriva quelques minutes après la fin de la conversation. Elle le montra à Rossetti en cachant du pouce le nom de son auteur. Puis elle alla vers la fenêtre la plus proche et jeta le téléphone dans les eaux noires de l'Arno.

— Où allons-nous ? demanda-t-elle.

— Une petite localité dans le sud de l'Ombrie.

— Pas en scooter, j'espère.

La Maserati était garée au pied de l'immeuble. Rossetti conduisit prudemment en ville, mais se lâcha sitôt qu'ils furent sur l'Autostrada. Il attendit qu'ils aient atteint Orvieto avant d'informer son faussaire – par téléphone, via le système Bluetooth de la voiture – qu'il venait l'entretenir d'une affaire importante. Son faussaire ne cacha pas sa contrariété : il avait prévu de terminer un tableau le soir même, ce que cette visite inopinée rendrait impossible.

— Ça ne peut pas attendre demain matin ?

— Je crains que non. Et je vous apporte de bonnes nouvelles.

— En parlant de nouvelles, vous avez lu le *Times* ? Oliver Dimbleby a annoncé qu'il avait vendu le Véronèse à un collectionneur privé. Trente-cinq millions. C'est en tout cas ce que dit la rumeur.

Et là-dessus il raccrocha.

— Il n'a pas l'air content, dit l'Espagnole.

— Et pour cause.

— C'était une vente en consignation ?

— Vente directe.

— Combien Dimbleby vous l'a acheté ?

— Trois millions.

— Et le nouveau tableau ?

— C'est un Van Dyck.

— Vraiment ? Et quel en est le sujet ?

— Je ne voudrais pas gâcher la surprise, répondit Rossetti, qui mit le pied au plancher.

Peu avant minuit, Isabella fut tirée d'un rêve agréable par les aboiements frénétiques des chiens. En général, le coupable de cette agitation était l'un des sangliers sauvages qui traînaient dans les bois environnants. Mais il s'agissait ce soir-là de deux hommes qui arpentaient le pré sous la lune. Ils étaient arrivés avec un certain nombre de leurs congénères l'après-midi même. Isabella soupçonnait que ces *invités* n'en étaient pas du tout, mais devaient plutôt être des policiers. Comment expliquer autrement la présence de ces deux-là sur le pré en pleine nuit, armés de mitraillettes compactes ?

Les chiens finirent par se taire, et Isabella retourna dans son lit, pour être réveillée une deuxième fois à 0 h 37. Cette fois le coupable était la maudite Maserati. Celle-là même, se rappela-t-elle, qui avait déposé le restaurateur à la Villa dei Fiori plus tôt dans la semaine. Elle passa sous la fenêtre de sa chambre dans un nuage de poussière et s'engagea sans ralentir dans l'allée bordée d'arbres menant à la villa. Deux silhouettes en émergèrent dans l'avant-cour. Celle d'un homme athlétique, peut-être un autre policier, et celle d'une femme de grande taille aux cheveux aile de corbeau.

Celle-ci entra la première dans la villa, l'homme sur ses talons. Les cris éclatèrent quelques secondes plus tard, de terribles gémissements angoissés, comme ceux d'un animal blessé. Cela avait sans doute quelque chose à voir avec le tableau. *Portrait d'une inconnue*… Peut-être s'était-elle trompée, se dit Isabella en se couvrant les oreilles. Peut-être que signore Allon était toujours le même homme.

TROISIÈME PARTIE

Pentimento

47

Villa dei Fiori

Elle ne se rendit pas sans combattre, mais ils s'y étaient attendus. Luca Rossetti le premier tenta de la maîtriser et devint aussitôt la cible d'une féroce contre-attaque. Gabriel, qui protégeait le tableau, abandonna son poste pour venir au secours de son nouvel ami. Il reçut le prompt renfort de deux des officiers tactiques, qui firent irruption dans la pièce, leurs pistolets dégainés, comme dans une pièce comique. Les techniciens se joignirent bientôt à la mêlée, dont Gabriel se retira sagement pour observer de loin les derniers soubresauts. Ce fut Rossetti, le nez en sang, qui lui passa les menottes. Le déclic métallique du mécanisme de fermeture ravit les oreilles de Gabriel.

Le général Ferrari attendit cet instant pour entrer en scène sans se presser. Après avoir constaté avec satisfaction que la suspecte n'avait pas été blessée, il se lança dans l'énoncé des charges retenues contre elle. Elles portaient sur un virement de dix millions d'euros vers la Banca Monte dei Paschi di Siena, ainsi que des aveux filmés où la suspecte reconnaissait être un rouage essentiel d'un réseau de contrefaçons international. Pour l'heure, les *carabinieri* s'efforçaient de déterminer l'origine du paiement. Ils tentaient également d'identifier les trois derniers numéros appelés depuis le Samsung jetable qui gisait à présent au fond de l'Arno. Ces deux tâches, affirma le général, ne devraient pas poser de problème majeur.

Mais même sans ces informations, poursuivit-il, les preuves étaient suffisantes selon la loi italienne pour remettre la suspecte à un magistrat et instruire un procès en comparution immédiate. Parce qu'elle avait été prise en *flagrante delicto* de fraude et de crimes financiers, le résultat d'une telle procédure ne faisait pas mystère. Elle écoperait probablement d'une longue peine dans une des prisons pour femmes d'Italie, qui étaient, hélas, parmi les pires d'Europe occidentale.

— À votre sortie, vous serez extradée vers la France, où vous devrez répondre de votre rôle dans la mort de Valérie Berrangar, de Georges Fleury et de Bruno Gilbert. Et je ne doute pas que les procureurs espagnols trouveront eux aussi quelque chose contre vous. En d'autres termes, vous serez devenue une très vieille femme avant de goûter de nouveau à la liberté. À moins bien sûr que vous n'acceptiez la bouée de sauvetage que je m'apprête à vous lancer.

Si elle respectait sa part du marché, la suspecte éviterait la prison pour les crimes commis dans le cadre de l'opération d'infiltration du jour. En échange, elle fournirait aux *carabinieri* les noms des autres membres de son réseau, une liste complète des contrefaçons actuellement en circulation et bien sûr le nom de son faussaire. Toute tentative d'esquive ou de tromperie de sa part se solderait par l'annulation du marché et son incarcération immédiate. Selon toutes probabilités, il n'y aurait pas d'autre offre d'immunité.

Ils s'étaient attendus à ce qu'elle clame son innocence, mais elle n'en fit rien. Pas plus qu'elle ne requit les services d'un avocat ni ne demanda au général Ferrari de mettre les termes du marché par écrit. Elle se contenta de regarder Gabriel et de lui poser une seule question.

— Comment m'avez-vous trouvée, monsieur Allon ?

— J'ai peint quatre tableaux. Et vous m'êtes tombée dans les bras.

C'est alors que la mêlée reprit. Mais le capitaine Luca Rossetti demeura la seule victime.

La jeune femme commença par lever toute ambiguïté sur son identité. Oui, elle s'appelait bien Magdalena Navarro. Et oui, elle était née et avait grandi à Séville. Son père vendait des tableaux de vieux maîtres espagnols et des meubles antiques. Sa galerie était située près de la plaza Virgen de los Reyes, à quelques pas de l'hôtel Doña Maria. Elle pourvoyait aux besoins des plus riches, les Sévillans de noble extraction ayant hérité leur fortune. Le clan Navarro ne faisait pas partie de cette strate sociale exclusive, mais la galerie avait donné à Magdalena un aperçu de la vie de ceux pour qui l'argent n'était pas un problème.

La galerie avait aussi instillé en elle l'amour de l'art – l'art espagnol en particulier. Elle révérait Vélasquez et Goya, mais Picasso était son obsession. Petite, elle imitait ses dessins, et à l'âge de douze ans elle produisit une copie presque parfaite de *Deux enfants lisant*. Elle commença sa formation peu après, dans une école d'art privée de Séville, et une fois son lycée terminé elle intégra l'Academia de Arte de Barcelona. Au grand désarroi de ses camarades de classe, elle vendit ses premières toiles avant même d'avoir obtenu son diplôme. Un éminent chroniqueur écrivit dans la presse culturelle barcelonaise qu'un jour Magdalena Navarro deviendrait la peintre la plus célèbre d'Espagne.

— Quand j'ai eu mon diplôme en 2004, deux galeries d'art majeures m'ont proposé de montrer mon travail. L'une à Barcelone, l'autre à Madrid. Inutile de vous dire qu'elles ont été très surprises que je décline leurs offres.

Ils l'avaient assise sur une chaise du grand salon. Ses pieds étaient posés à plat sur le carrelage en terre cuite ; ses mains, menottées dans son dos. Le général Ferrari avait pris un siège face à elle, flanqué de Rossetti d'un côté et d'une caméra montée sur un trépied de l'autre. Gabriel contemplait la déchirure en *L*, 15 x 23 cm, dans le coin inférieur gauche de *Portrait d'une inconnue.*

— Pourquoi avez-vous refusé ?

— Pourquoi ne pas avoir saisi l'occasion de montrer mon travail à l'âge tendre de vingt et un ans ? Parce que je n'avais aucune intention de devenir la peintre la plus célèbre d'Espagne.

— Un pays trop petit pour un talent comme le vôtre ?

— C'est ce que je croyais à cette époque.

— Où êtes-vous allée ?

Elle était arrivée à Manhattan à l'automne 2005 et s'était installée dans un studio de C Avenue, dans le quartier d'Alphabet City. L'appartement s'était bientôt rempli de tableaux tout juste achevés, qu'elle ne parvint pas à vendre. L'argent qu'elle avait apporté d'Espagne se tarit rapidement. Son père lui envoyait ce qu'il pouvait, mais ça ne suffisait jamais.

Un an après son arrivée à New York, elle n'avait plus eu les moyens d'acheter ses fournitures et avait risqué l'expulsion. Aussi s'était-elle fait embaucher comme serveuse à El Pote Español à Murray Hill et chez Katz's Delicatessen sur East Houston Street. Elle s'était rapidement retrouvée à travailler soixante heures par semaine, ce qui ne lui laissait plus aucune énergie pour peindre.

Déprimée, elle s'était mise à boire plus que de raison et s'était découvert un goût pour la cocaïne. Elle avait fini par se mettre en couple avec son dealer, un beau Dominicain d'origine espagnole nommé Hector Martínez, et était bientôt devenue coursière et livreuse dans son réseau. Bon nombre de ses clients réguliers étaient des traders de Wall Street qui gagnaient des fortunes en vendant des produits dérivés et des créances hypothécaires, les complexes outils d'investissement qui mèneraient trois ans plus tard l'économie mondiale au bord de l'effondrement.

— Sans compter les rockers, les scénaristes, les producteurs de Broadway, les peintres, les sculpteurs, les galeristes. Aussi étrange que cela paraisse, devenir dealeuse de cocaïne à New York a été un tremplin pour ma carrière. Tous ceux qui comptaient en prenaient. Et ils connaissaient mon nom.

L'argent qu'elle gagnait lui avait permis d'arrêter ses jobs alimentaires et de reprendre la peinture. Elle avait donné l'une de ses toiles à un galeriste de Chelsea qui consommait pour mille dollars de cocaïne par semaine. Plutôt que de garder le tableau pour lui-même, le marchand l'avait vendu à l'un de ses clients pour cinquante mille dollars. Il avait partagé la somme avec Magdalena, mais refusé de lui donner le nom de l'acquéreur.

— Il vous a dit pourquoi ? demanda Gabriel.

— Le client tenait à son anonymat, d'après lui. Mais il craignait surtout que je le court-circuite.

— Pourquoi nourrissait-il une telle crainte ?

— J'étais la fille d'un marchand d'art. Je savais comment fonctionnaient les choses.

Le galeriste de Chelsea avait acheté deux autres toiles à Magdalena, qu'il avait immédiatement vendues au même client anonyme. Puis il avait informé Magdalena que le client en question était un riche investisseur qui admirait son travail et souhaitait devenir son mécène.

— Mais seulement si j'arrêtais de vendre de la cocaïne.

— Je suppose que vous avez accepté.

— J'ai jeté mon pager dans un égout de la 35e Rue Ouest et n'ai plus jamais fait la moindre livraison.

Et son nouveau mécène, poursuivit-elle, avait respecté sa part du marché. Au cours de l'été 2008, il lui avait acheté quatre nouvelles œuvres par l'entremise de la même galerie de Chelsea. Elles avaient rapporté plus de cent mille dollars à Magdalena. Par crainte de perdre le support financier de son mécène, elle n'avait pas cherché à découvrir son identité. Mais par un froid matin de mi-décembre elle avait été réveillée par un coup de fil d'une femme qui s'était présentée comme la secrétaire de son bienfaiteur.

— Elle voulait savoir si j'étais libre pour dîner le soir même. Je l'étais, et elle m'a prévenue qu'une limousine passerait me chercher chez moi à 16 heures.

— Pourquoi si tôt ?

— Mon mécène anonyme prévoyait de m'emmener au Cirque. Il voulait s'assurer que j'avais une tenue appropriée.

La limousine était arrivée à l'heure dite et avait déposé Magdalena chez Bergdorf Goodman, où une conseillère particulière nommée Clarissa l'avait affublée pour vingt mille dollars de vêtements et bijoux, dont une montre Cartier en or. Puis elle avait conduit Magdalena au salon de coiffure privé de la boutique pour une coupe et un brushing.

Le Cirque était situé quelques pâtés de maisons plus loin, dans l'hôtel Palace. Magdalena était arrivée là-bas à 20 heures, et on l'avait immédiatement installée au centre de la salle à manger iconique. Elle s'était imaginé son mécène en septuagénaire bien conservé portant des blazers et vivant sur Park Avenue. Mais l'homme qui l'attendait était grand, blond, et ne devait pas avoir plus de quarante-cinq ans. Il s'était levé, avait tendu la main à Magdalena et s'était enfin présenté.

Il s'appelait Phillip Somerset.

48

Villa dei Fiori

Gabriel dut reconnaître que c'était le dernier nom qu'il s'était attendu à entendre sortir de la bouche de Magdalena Navarro. Son expérience des interrogatoires lui permit de ne trahir ni surprise ni incrédulité. Il se tourna vers le général Ferrari et Luca Rossetti, à qui le nom ne disait rien, et se lança dans une version abrégée de son CV. Ancien trader sur obligations pour Lehman Brothers. Fondateur et P-DG de Masterpiece Art Ventures, un fonds spéculatif basé sur les œuvres d'art qui assurait régulièrement à ses clients un profit de vingt-cinq pour cent par an. Le général soupçonnait clairement que Gabriel taisait certaines choses. Il le laissa néanmoins reprendre l'interrogatoire. Gabriel commença par demander à Magdalena de lui décrire sa soirée dans ce qui avait un jour été le restaurant le plus prisé de Manhattan.

— La nourriture était atroce. Et le décor ! s'exclama-t-elle en levant au ciel ses beaux yeux sombres.

— Et votre compagnon ?

— Notre conversation était cordiale et professionnelle. Rien de romantique là-dedans.

— Pourquoi la robe de soirée et la montre Cartier ?

— Il montrait ainsi qu'il avait le pouvoir de transformer ma vie. Toute la soirée s'apparentait à une performance artistique.

— Il vous a impressionnée ?

— Non, au contraire. Il m'a fait l'effet d'un croisement entre Jay Gatsby et Bud Fox[1]. Il prétendait être quelqu'un qu'il n'était pas.

— Et qui prétendait-il être ?

— Un homme d'une richesse et d'une sophistication extraordinaires. Un mécène des arts. Un Médicis.

— Mais Phillip était bel et bien riche.

— Pas autant qu'il le laissait entendre. Et il ne connaissait rien à l'art. Phillip gravitait autour du monde de l'art parce qu'il y avait de l'argent à se faire.

— Et pourquoi gravitait-il autour de vous ?

— J'étais jeune, belle et talentueuse. J'avais un nom exotique, d'ascendance hispanique, dont il voulait faire une marque internationale à plusieurs milliards de dollars. Il a promis que je m'enrichirais au-delà de mes rêves les plus fous.

— Était-ce vrai ?

— Je suis devenue riche. Pour le reste…

Phillip achetait les tableaux de Magdalena à peine la peinture sèche et déposait l'argent sur un compte de Masterpiece Art Ventures. Le solde avait bientôt excédé deux millions de dollars. Elle avait quitté son studio d'Alphabet City pour s'installer dans une maison de ville sur la 11e Rue Ouest. Phillip en demeurait le propriétaire, mais il lui avait permis d'y vivre sans payer de loyer. Il lui rendait souvent visite.

— Pour voir vos dernières œuvres ?

— Non. Pour me voir moi.

— Vous étiez amants ?

1. Personnage incarné par Charlie Sheen dans le film *Wall Street*. Jeune trader naïf et ambitieux, il brûle les étapes pour parvenir au sommet, souvent avec maladresse.

— L'amour n'avait pas sa place entre nous, monsieur Allon. Notre relation était… un peu comme notre dîner au Cirque.

— Atroce ?

— Cordiale et professionnelle.

Parfois Phillip l'emmenait à Broadway ou à un vernissage. Mais la plupart du temps il la gardait cachée dans sa maison, où elle passait ses jours à peindre, comme la fille du paysan à son rouet dans le conte du *Nain Tracassin*. Il lui avait assuré qu'il organiserait une exposition de ses œuvres, un événement qui ferait d'elle la coqueluche du Tout-New York artistique. Mais, alors que l'exposition promise tardait à prendre forme, elle avait accusé Phillip de l'avoir trompée.

— Comment a-t-il réagi ?

— Il m'a emmenée dans un loft à Hell's Kitchen, à deux pas de la Neuvième Avenue.

— Qu'y avait-il dans ce loft ?

— Des tableaux.

— Authentiques ?

— Non, répondit Magdalena. Pas un seul.

Il s'agissait cependant d'œuvres d'une beauté et d'une qualité à couper le souffle, exécutées par un faussaire au talent et aux compétences techniques immenses. Il n'avait pas copié des peintures existantes. Il avait intelligemment imité le style de vieux maîtres pour créer des œuvres pouvant se faire passer pour des tableaux nouvellement redécouverts. Les toiles, les châssis, les cadres correspondaient à la période et à l'école, ainsi que les pigments utilisés. Autrement dit, aucune des peintures ne pouvait être identifiée comme contrefaçon par un examen scientifique.

— Phillip vous a-t-il révélé le nom du faussaire ce soir-là ?

— Bien sûr que non. Il ne me l'a jamais dit.

— Vous n'imaginez tout de même pas qu'on va avaler ça ?

— Pourquoi l'aurait-il fait ? Du reste, cette information n'était pas pertinente pour ce que Phillip voulait de moi.

— Et que voulait-il ?

— Que je vende les tableaux, évidemment.

— Mais pourquoi vous ?

— Pourquoi *pas* moi ? J'étais une historienne de l'art diplômée et une ancienne dealeuse qui savait comment entrer dans une pièce avec sept grammes de cocaïne et en ressortir avec l'argent. J'étais aussi la fille d'un marchand d'art de Séville.

— Une porte d'entrée idéale vers le marché européen.

— Et le parfait endroit où emporter quelques contrefaçons pour un galop d'essai.

— Mais pourquoi un businessman outrageusement prospère comme Phillip Somerset irait-il se compromettre dans un tel commerce illégal ?

— À votre avis, monsieur Allon ?

— Parce que le businessman n'était pas si outrageusement prospère que ça.

Magdalena confirma d'un hochement de tête.

— Masterpiece Art Ventures était un fiasco depuis le premier jour. Même quand les prix de l'art ont atteint des sommets, Phillip n'a jamais trouvé la formule gagnante. Il avait besoin de faire quelques bons coups pour rassurer ses investisseurs.

— Et vous avez accepté d'entrer dans la combine ?

— Pas au début.

— Qu'est-ce qui vous a fait changer d'avis ?

— Deux millions de plus sur mon compte.

Un mois plus tard, Magdalena était retournée à Séville, où elle avait reçu les six premiers tableaux de New York. Les bordereaux de livraison les décrivaient comme des œuvres de vieux maîtres sans grande valeur, toutes produites par des disciples tardifs ou des imitateurs des maîtres eux-mêmes. Mais quand Magdalena les avait mis en vente à la galerie de son père, elle avait gonflé l'attribution en « entourage de » ou « atelier de », ce qui avait significativement accru leur valeur. En quelques semaines la clientèle sévillane aisée de son père se les était arrachés. Magdalena avait donné à son père dix pour cent des profits et viré le reste à Masterpiece Art Ventures via un compte au Lichtenstein.

— Combien ?

— Un million et demi, répondit Magdalena en haussant les épaules. Une bouchée de pain.

Après ce premier essai fructueux, les tableaux étaient arrivés de New York à un rythme soutenu. Il y en avait trop pour les vendre tous à la galerie, aussi Magdalena s'était-elle établie comme courtière à Madrid. Elle avait vendu l'une des toiles – une scène biblique prétendument de la main du peintre vénitien Andrea Celesti – au plus gros négociant de vieux maîtres d'Espagne, qui l'avait à son tour cédée à un musée dans le Midwest américain.

— Où elle est toujours accrochée.

Mais Phillip avait bientôt découvert qu'il était bien plus simple de vendre les tableaux *à* Masterpiece Art Ventures – à des prix insolemment gonflés, sans qu'aucun argent soit échangé. Ainsi les œuvres entraient et sortaient de l'inventaire de Masterpiece via des ventes privées fantômes, en passant par tout un éventail de sociétés-écrans. Chaque fois qu'un tableau était supposé changer de mains, sa valeur augmentait.

— Fin 2010, Masterpiece Art Ventures prétendait contrôler pour plus de quatre cents millions d'œuvres d'art. La plupart de ces œuvres étaient des contrefaçons dont la valeur avait été artificiellement gonflée par des ventes fictives.

Mais c'était encore trop peu pour Phillip, poursuivit-elle. Il voulait afficher une croissance explosive de la valeur de l'inventaire de Masterpiece et des gains supérieurs pour ses investisseurs. Pour atteindre ce but, il fallait introduire de nouveaux tableaux sur le marché. Jusque-là, ils s'étaient essentiellement limités à des œuvres de niveau intermédiaire, mais Phillip était impatient de passer à la vitesse supérieure. Son réseau de distribution habituel n'y suffisait pas ; il voulait une galerie de premier plan au cœur d'une plaque tournante majeure du monde de l'art. Magdalena avait trouvé un l'endroit idéal à Paris, rue La Boétie.

— La galerie Georges Fleury.

Magdalena hocha la tête.

— Comment saviez-vous que M. Fleury accepterait de faire affaire avec vous ?

— Il avait acheté un tableau à mon père, qu'il avait commodément oublié de payer. Même selon les critères biaisés du monde de l'art, M. Fleury était un chacal.

— Comment avez-vous abordé la question ?

— Directement.

— Il n'avait pas de scrupules à vendre des contrefaçons ?

— Aucun. Mais il a insisté pour soumettre l'un de nos tableaux à une analyse scientifique avant d'accepter de s'en occuper.

— Que lui avez-vous donné ?

— Un portrait de Frans Hals. Et vous savez ce que M. Fleury en a fait ?

— Il l'a montré au futur président du Louvre. Celui-ci l'a donné au Centre de recherche et de restauration des musées de France, qui a attesté son authenticité. Et maintenant le faux Hals fait partie de la collection permanente du Louvre, avec un Gentileschi, un Cranach et le plus délicieux petit Van der Weyden sur lequel vous ayez jamais posé les yeux.

— Par vraiment le résultat attendu par Phillip. Mais une sacrée réussite quand même.

— Combien de vos contrefaçons sont-elles passées par la galerie Fleury ?

— Entre deux et trois cents, je dirais.

— Quelle compensation percevait Fleury ?

— Les premières ventes étaient en consignation.

— Et après ?

— Phillip a acheté la galerie via une société-écran en 2014. En pratique, M. Fleury est devenu un employé de Masterpiece Art Ventures.

— À quel moment la galerie Hassler à Berlin est-elle passée sous votre contrôle ?

— L'année suivante.

— J'ai entendu dire que vous aviez un point de distribution à Bruxelles.

— La galerie Gilles Raymond, rue de la Concorde.

— J'en oublie ?

— Hong Kong, Tokyo et Dubai. Qui toutes remplissent les coffres de Masterpiece Art Ventures.

— La plus grande arnaque de l'histoire de l'art, dit Gabriel. Et ça aurait pu continuer indéfiniment si Phillip n'avait pas acheté *Portrait d'une inconnue* à Isherwood Fine Arts à Londres.

— C'est la faute de votre amie, Sarah Bancroft. Si elle ne s'était pas vantée de cette vente auprès de cette journaliste d'*ARTnews*, la Française ne l'aurait jamais su.

Ce qui les amena, à 2 h 30, à Valérie Berrangar.

49

Villa dei Fiori

La première fois que Magdalena avait entendu le nom de Valérie Berrangar, elle se trouvait dans sa suite habituelle à l'hôtel Pierre, à New York. Phillip, frustré, était étendu près d'elle, agacé qu'elle ait interrompu leurs ébats pour prendre un appel. Il émanait de Georges Fleury à Paris.

— Que faisiez-vous à New York ? demanda Gabriel.

— J'y fais un saut une fois par mois pour discuter de sujets qu'on ne peut pas mettre par écrit.

— Phillip et vous finissez toujours au lit ?

— Cet aspect de notre relation n'a jamais changé. Même durant sa toquade avec Sarah Bancroft, Phillip couchait avec moi.

— Sa femme est au courant ?

— Lindsay ne se doute de rien. Elle ne se doute pas de grand-chose, à vrai dire.

Avec l'accord du général Ferrari, Rossetti lui avait enlevé ses menottes. Elle avait posé ses longues mains sur ses jambes croisées. Ses yeux sombres suivaient les déambulations de Gabriel dans la pièce.

— J'imagine que M. Fleury devait être nerveux, cet après-midi de mi-mars, dit-il.

— Complètement paniqué. Un policier français, Jacques Ménard, était venu à l'improviste à la galerie pour lui poser des questions sur *Portrait d'une inconnue*. Il craignait que le château de cartes ne soit sur le point de s'effondrer.

— Pourquoi vous a-t-il appelée vous et pas Phillip ?

— Je m'occupe des ventes et de la distribution. Phillip possède les galeries, mais il reste à distance des négociants. Jusqu'à ce qu'il y ait un problème, bien sûr.

— Comme Valérie Berrangar ?

— Oui.

— Qu'a fait Phillip ?

— Il a passé un coup de fil.

— À qui ?

— À un homme qui le débarrasse de ses problèmes.

— Cet homme a-t-il un nom ?

— Certainement, mais je ne le connais pas.

— Il est américain ?

— Je n'en sais rien.

— Que *savez*-vous ?

— C'est un ancien officier du renseignement qui dispose d'un réseau de professionnels compétents. Ils ont piraté le téléphone portable et l'ordinateur de Mme Berrangar, et se sont introduits chez elle à Saint-André-du-Bois. C'est là qu'ils ont découvert l'entrée sur le calendrier de son bureau. Et le tableau, bien sûr.

— *Portrait d'une inconnue*, huile sur toile, cent quinze centimètres par quatre-vingt-douze, attribué à un disciple du peintre flamand baroque Antoine Van Dyck.

— C'était une terrible erreur de la part de Fleury, déclara Magdalena. Il aurait dû me dire qu'il avait vendu la version originale du tableau. Mais la vente remontait à si loin qu'elle lui était sortie de l'esprit.

— Comment le faussaire a-t-il réalisé sa copie ?

— À partir d'une photo trouvée dans un vieux catalogue d'exposition, visiblement. C'était une œuvre mineure produite par un artiste anonyme qui peignait dans le style de Van Dyck. Le faussaire en a simplement exécuté une version plus habile, *et voilà**, un Van Dyck a soudain réapparu après être resté dans l'ombre pendant des siècles.

— Dans la même galerie où le mari de Valérie Berrangar avait acheté l'original trente-quatre ans plus tôt.

— Le scénario était plausible, mais à tout le moins suspect. Si l'Art Squad français avait ouvert une enquête…

— Vous auriez été arrêtée. Et l'empire de fraude et contrefaçon de Phillip Somerset se serait effondré de façon spectaculaire.

— Avec des conséquences désastreuses pour tout le monde de l'art. Des fortunes auraient été perdues et d'innombrables réputations ruinées. Des mesures d'exception devaient être prises pour limiter les dégâts.

— Éliminer Mme Berrangar. Et découvrir ce qu'elle avait dit, ou pas, à Julian Isherwood et à son associée, Sarah Bancroft.

— Je n'ai rien à voir avec la mort de cette femme. C'est Phillip qui a tout organisé.

— Un malheureux accident sur une portion de route vide. Problème résolu, ajouta Gabriel après un silence.

— C'est ce que nous avons cru. Mais moins d'une semaine après sa mort, Sarah Bancroft et vous vous êtes rendus chez Phillip à Long Island.

— Il nous a dit qu'il avait vendu *Portrait d'une inconnue*, et qu'une deuxième expertise de l'attribution avait confirmé que le tableau était bien un authentique Van Dyck.

— Aucune de ces affirmations n'était vraie.

— Mais pourquoi a-t-il acheté une de ses propres contrefaçons ?

— Je vous l'ai déjà expliqué.

— Recommencez.

— En réalité, Masterpiece Art Ventures n'a pas dépensé six millions et demi de livres pour *Portrait d'une inconnue*.

— Parce qu'Isherwood Fine Arts l'avait acheté sans le savoir à Masterpiece Art Ventures pour trois millions d'euros.

— Exact.

— Néanmoins, Phillip a sorti un sacré paquet d'argent pour un tableau sans valeur.

— Mais pas *son* argent. Et le tableau est loin d'être sans valeur pour un homme comme Phillip. Il peut l'utiliser comme garantie pour obtenir des prêts bancaires et le revendre à un autre investisseur pour une somme supérieure.

— Et en faisant passer la vente originale par Isherwood Fine Arts, ajouta Gabriel, Phillip se dédouanait de toute responsabilité si quelqu'un découvrait qu'il s'agissait d'une contrefaçon. Après tout, c'était Sarah qui la *lui* avait vendue. Et c'était Julian, un expert respecté des vieux maîtres néerlandais et flamands, qui avait conclu que l'œuvre avait été peinte par Antoine Van Dyck et non par un disciple tardif.

— La bénédiction de Julian Isherwood a significativement augmenté la valeur du tableau.

— Où est-il maintenant ?

— Chelsea Fine Arts Storage.

— Qui appartient également à Phillip, je suppose.

— Phillip contrôle l'intégralité de l'infrastructure physique du réseau, dont Chelsea. Et il avait peur que Sarah et vous ne mettiez tout par terre.

— Qu'a-t-il fait ?

— Il a passé un coup de fil.

— À qui ?

— À moi.

Avec une petite partie de l'argent qu'elle avait gagné en travaillant pour Phillip Somerset et Masterpiece Art Ventures, Magdalena avait acheté un luxueux appartement à Madrid, calle de Castelló, dans le quartier de Salamanque. Son cercle d'amis comptait des artistes, des écrivains, des musiciens et des créateurs de mode qui ne savaient rien de la véritable nature de ses activités. Comme la plupart des jeunes Espagnols, ils dînaient en général vers 22 heures avant de sortir en boîte. C'est pourquoi Magdalena dormait encore quand Phillip l'avait appelée un lundi à 13 heures et lui avait demandé d'aller faire le ménage à la galerie Fleury.

— Quel genre de ménage avait-il en tête ?

— Détruire les contrefaçons et, si nécessaire, vous rendre le million d'euros que la violoniste et vous aviez payé pour *Paysage fluvial aux moulins à vent lointains*.

— Alors j'avais raison, c'était un faux ?

Elle opina.

— Vous avez dit à Phillip que vous l'aviez confié à Aiden Gallagher pour analyse. Phillip était convaincu qu'Aiden serait capable de voir la supercherie.

— Parce qu'Aiden est le meilleur dans sa partie.

— Parole d'évangile, acquiesça Magdalena.

— Et quand vous appris que la galerie avait explosé ?

— J'ai su que Phillip m'avait une nouvelle fois trompée. Et qu'il avait commis une terrible erreur, ajouta-t-elle après un silence.

Pendant trois semaines, poursuivit-elle, elle était restée prisonnière de son appartement madrilène. Elle avait suivi obsessionnellement les nouvelles venues de Paris, s'était rongé les ongles au sang, avait peint un autoportrait à la manière de Picasso et bu plus que de raison. Ses valises étaient prêtes dans l'entrée. L'une d'elles contenait un million d'euros en espèces.

— Où aviez-vous l'intention d'aller ?

— À Marrakech.

— Et vous auriez laissé votre père payer pour vos crimes ?

— Mon père n'a rien fait de mal.

— Je doute que la *guardia civil* ait vu les choses de cette façon, fit observer Gabriel. Mais je vous en prie, poursuivez.

Elle avait ordonné aux autres galeries du réseau de geler toutes les ventes de contrefaçons et limita ses contacts téléphoniques et écrits avec Phillip au strict nécessaire. Mais fin avril il l'avait convoquée à New York et lui avait demandé de rouvrir le robinet.

— Un de ses plus gros investisseurs avait exigé une rédemption de quarante-cinq millions de dollars. Le genre de remboursement qui laissait un trou dans la trésorerie. Masterpiece avait besoin de reconstituer rapidement ses réserves de cash.

Ainsi, les contrefaçons avaient inondé le marché, et l'argent inondé les comptes de Phillip aux îles Cayman. En juin, l'explosion de la galerie Fleury ne faisait plus les gros titres, et les yeux du monde de l'art étaient tournés vers Londres, où Dimbleby Fine Arts s'apprêtait à exposer une version nouvellement découverte de *Suzanne et les vieillards* de Paolo Véronèse. Le tableau avait, paraît-il, émergé de la même collection européenne anonyme qui avait précédemment produit un Titien et un Tintoret. Mais, à la différence du reste du monde de l'art, Magdalena savait qu'il s'agissait de faux.

— Parce que le mandataire du faussaire, conjectura Gabriel, avait fait tout un foin à la galerie Hassler à Berlin.

Magdalena regarda Rossetti.

— J'avais des soupçons avant même que votre mandataire n'essaie de vendre le Gentileschi à Herr Hassler.

— Pourquoi ?

— Je reconnais une provenance fumeuse quand j'en vois une, monsieur Allon. La vôtre n'était ni très maligne ni originale. Pour autant, je n'ai pas été surprise par la réaction du monde de l'art. Tel est le secret de notre succès.

— C'est-à-dire ?

— La crédulité des collectionneurs et des prétendus experts et connaisseurs. Le monde de l'art veut désespérément croire qu'il existe des chefs-d'œuvre perdus qui n'attendent qu'à être redécouverts. Phillip et moi exauçons ses vœux. Comme vous, monsieur Allon, ajouta-t-elle avec un sourire. Votre Véronèse m'avait déjà coupé le souffle, mais le Gentileschi était à tomber par terre.

— Il vous le fallait ?

— Non. C'est *vous* qu'il me fallait.

— Parce que le marché pour les vieux maîtres d'une telle qualité est réduit ? Parce que deux réseaux de contrefaçons de vieux maîtres ne peuvent se concurrencer et espérer survivre ?

— Et parce que le faussaire de Phillip est incapable de satisfaire la demande de mon réseau de distribution. Et, malgré tout son talent, il ne vous arrive pas à la cheville.

— Dans ce cas, j'accepte votre offre.

— Quelle offre ?

— De rejoindre l'équipe de Masterpiece Art Ventures, dit Gabriel en éteignant la caméra. Allons marcher un peu, Magdalena. Nous avons quelques détails à régler avant que vous n'appeliez Phillip pour lui annoncer la bonne nouvelle.

50

Villa dei Fiori

Ils descendirent la pente douce de l'allée sous la canopée des pins parasols. Les premiers coups de pinceau de l'aube crêtaient de lumière les collines à l'est, mais les étoiles brillaient encore. L'air était frais et immobile, sans un souffle. Cela sentait la fleur d'oranger, le jasmin et la cigarette que Magdalena avait soutirée à Rossetti.

— Où avez-vous appris à peindre comme ça ? demanda-t-elle.

— Dans le ventre de ma mère.

— C'était une artiste ?

— Et mon grand-père avant elle. C'était un disciple de Max Beckmann.

— Comment s'appelait-il ?

— Viktor Frankel.

— Je connais le travail de votre grand-père. Mais les gènes n'expliquent pas à eux seuls un talent comme le vôtre. J'aurais pu vous prendre pour un apprenti de l'atelier du Titien.

— J'ai bel et bien fait mon apprentissage à Venise, mais c'était avec un célèbre restaurateur du nom d'Umberto Conti.

— Et vous étiez sans aucun doute son meilleur élève.

— Je suppose que j'ai un don pour ça.

— Restaurer des peintures ?

— Pas seulement les peintures. Les gens aussi. Je n'arrive pas encore à savoir si vous en valez l'effort, dit-il en lui jetant un regard de biais. J'ai la terrible impression que vous êtes irréparable.

— Je me suis moi-même infligé ces dégâts, je le crains.

— Pas tous. Phillip vous a choisie pour cible. Il a gagné votre confiance. Il a joué sur vos vulnérabilités. Il vous a hameçonnée. Je connais ses techniques. Je les ai moi-même utilisées une ou deux fois.

— Comme maintenant ?

— Un peu, admit-il.

Elle se détourna et expira un fin nuage de fumée.

— Et si je vous disais que j'étais volontairement tombée dans le piège que Phillip m'a tendu ?

— Pour l'argent ?

— Sûrement pas pour le sexe.

— De combien parle-t-on ?

— En plus du million d'euros dans ma valise ? Quatre ou cinq autres dispersés en Europe, calcula-t-elle en levant les yeux vers le ciel. Mais l'essentiel de mon argent est investi dans Masterpiece Art Ventures.

— Solde actuel ?

— Quelque chose comme cinquante-cinq.

— Millions ?

— C'est une fraction de ce que je mérite. Sans moi, Masterpiece Art Ventures n'existerait pas.

— Pas vraiment de quoi faire briller votre CV, Magdalena.

— Combien de personnes peuvent se vanter d'avoir bâti un réseau de contrefaçons international valant plusieurs millions de dollars ?

— Ou de l'avoir démantelé, renchérit posément Gabriel.

— Comment m'avez-vous trouvée, monsieur Allon ? interrogea-t-elle en fronçant les sourcils. La vérité cette fois.

— Vos efforts pour recruter Lucien Marchand m'ont donné de précieuses informations sur la façon dont vous gérez votre affaire.

Magdalena tira une dernière bouffée de sa cigarette et projeta d'une pichenette le mégot embrasé dans les ténèbres.

— Comment va Françoise ? Elle vit toujours à Roussillon ? Où s'est-elle définitivement installée dans la villa de Lucien à Saint-Barthélemy ?

— Pourquoi avez-vous essayé de l'engager ?

— Phillip voulait étendre notre catalogue aux impressionnistes et aux artistes d'après-guerre. Son faussaire n'en était pas capable, alors il m'a demandé de trouver quelqu'un qui le serait. Je lui ai fait une offre généreuse, qu'il a acceptée.

— Ainsi qu'un million d'euros en espèces.

Elle ne répondit pas.

— C'est pour ça que vous l'avez fait assassiner ? insista-t-il. Un malheureux million.

— Je m'occupe des ventes et de la distribution, monsieur Allon. C'est Phillip qui s'occupe des problèmes.

— En quoi Lucien en était-il un ?

— Ai-je vraiment besoin de vous l'expliquer ?

— Après que Lucien et Françoise ont accepté l'argent, mais sans honorer leur part du marché, Phillip était inquiet qu'ils deviennent une menace pour vous et pour Masterpiece Art Ventures.

— Françoise a eu de la chance que Phillip lui laisse la vie sauve, confirma-t-elle avec un hochement de tête. C'était elle le cerveau de leur petit réseau. Lucien tenait le pinceau et Toussaint encaissait l'argent, mais Françoise était la colle qui tenait l'ensemble.

Elle s'arrêta devant un petit sanctuaire dédié à la Vierge Marie, comme il y en avait plusieurs sur la propriété.

— Mais où sommes-nous ? demanda-t-elle.

— La villa était autrefois un monastère. L'actuel propriétaire est proche du Vatican.

— Comme vous. C'est ce qu'on dit, du moins.

Elle se signa et poursuivit son chemin.

— Vous êtes croyante ?

— Comme quatre-vingt-dix pour cent de mes compatriotes, je ne vais plus à la messe, et cela fait plus de vingt ans que je n'ai pas mis les pieds dans un confessionnal. Mais oui, monsieur Allon. Je reste une croyante.

— Vous croyez aussi à l'absolution ?

— Tout dépend du nombre d'*Ave Maria* que vous comptez me faire réciter.

— Si vous m'aidez à faire tomber Phillip Somerset, vos péchés seront pardonnés.

— Tous ?

— Il y a quelques années, j'ai rencontré une femme qui avait une galerie d'art moderne à Saint-Tropez. Un commerce destiné à blanchir l'argent de l'empire de la drogue de son compagnon. Je l'ai sortie de là proprement. C'est maintenant une galeriste prospère à Londres.

— Je doute qu'il y ait une galerie d'art dans mon avenir. Mais qu'avez-vous en tête ?

— Un dernier face-à-face avec Phillip à New York, la semaine prochaine.

— Pour lui parler du tout nouveau membre de l'équipe Masterpiece Art Ventures ?

— Exactement.

— J'imagine qu'il est impatient de jeter un coup d'œil à votre Gentileschi.

— Raison pour laquelle vous allez l'expédier sous vingt-quatre heures à Chelsea Fine Arts Store.

— J'espère que votre mandataire couvre les frais d'envoi.

— Je crains qu'ils ne soient pas compris dans l'adjudication.

— Pour dix millions, on n'a plus rien. Mais comment allons-nous faire passer le tableau à la douane italienne ?

— Je crois que nous sommes couverts de ce côté-là, dit Gabriel en lui tendant un téléphone. Cet appel est enregistré à des fins d'amélioration de la qualité de nos services. Si vous essayez de lui transmettre un message, je vous remets au général Ferrari et vous ne me reverrez plus.

Elle composa le numéro et porta l'appareil à son oreille.

— Bonjour, Lindsay, c'est Magdalena. Je suis navrée d'appeler à une heure pareille, mais je crains qu'il ne s'agisse d'une urgence. Je vous promets de ne pas garder Phillip trop longtemps.

51

Villa dei Fiori

Rossetti raccompagna Magdalena à Florence pour qu'elle récupère ses affaires au Four Seasons et règle l'exorbitante note. À midi, ils avaient regagné la Villa dei Fiori, et Magdalena, lunettes de soleil et maillot de bain deux pièces d'un blanc éblouissant, était étendue sur une chaise longue au bord de la piscine, un verre d'orvieto frais à la main. Le général Ferrari lui jeta un regard désapprobateur depuis l'ombre d'une treille du jardin.

— Y a-t-il quelque chose que le personnel de l'hôtel Carabinieri puisse faire pour rendre son séjour plus agréable ? grommela-t-il.

— Que vouliez-vous que je fasse ? rétorqua Gabriel. Que je la confine dans sa chambre jusqu'à ce que nous partions pour New York ?

— Je suis sûr qu'il y a des geôles quelque part. Après tout, cet endroit a été construit au XIe siècle.

— Je crois savoir que le comte Gasparri les a converties en cave à vin.

Ferrari soupira pour toute réponse.

— L'Art Squad n'a-t-il jamais passé un marché avec un voleur ou un receleur pour atteindre le barreau suivant de l'échelle ? s'enquit Gabriel.

— On le fait tout le temps. Et le plus souvent, le voleur ou le receleur ne nous raconte qu'une partie de l'histoire. Tout comme la splendide créature qui se pavane au bord de la piscine, ajouta-t-il après un silence. Elle est plus maligne que vous le croyez. Et tout à fait dangereuse.

— Je suis un ancien officier du renseignement, Cesare. Je sais comment manier un atout.

— Ce n'est pas un atout, mon ami. C'est une criminelle et une virtuose du secret qui a des millions de dollars disséminés dans le monde entier et se déplace en jet privé.

— Au moins, elle n'a pas de tatouages, fit remarquer Gabriel.

— La seule chose qui la sauve. Mais je vous l'assure, vous ne devez pas lui faire confiance.

— J'ai assez de choses contre elle pour la garder dans le droit chemin, dont une confession filmée.

— Ah, oui. La tragique histoire d'une artiste prometteuse plongée dans le crime par Phillip Somerset, cet infâme manipulateur. Vous avez conscience que la moitié de ce qu'elle a raconté est faux, j'espère.

— Quelle moitié ?

— Je n'en sais fichtre rien. Mais j'ai du mal à avaler qu'elle ne connaisse pas le nom du faussaire.

— Il est tout à fait plausible que Phillip le lui ait caché.

— Peut-être. Mais il est aussi tout à fait plausible que ce soit elle qui ait emmené Phillip dans ce loft à Hell's Kitchen et que le faussaire soit en train de se prélasser sous le soleil d'Ombrie, un verre d'orvieto à la main.

— Elle n'a pas la formation requise pour peindre des toiles de vieux maîtres.

— C'est elle qui le dit. Si j'étais à votre place, je reconsidérerais la question.

— Pourquoi ne pas la faire frire dans l'huile solaire après le déjeuner ?

— Pourquoi ne me laissez-vous pas l'emmener à Rome, plutôt ? Elle pourra raconter son histoire tragique au représentant du FBI à l'ambassade. Une prise comme Magdalena ferait des merveilles pour mon statut à Washington. Et puis, c'est le problème des Américains maintenant. Laissons-les s'en occuper.

— Et vous savez ce que le représentant du FBI fera ? Il appellera son supérieur au QG. Et son supérieur appellera le directeur adjoint, qui appellera le directeur, qui traversera Pennsylvania Avenue pour aller en parler au *department of Justice*. Lequel confiera l'affaire au procureur du *southern district* de New York, et le procureur passera des mois à rassembler les preuves avant d'arrêter Phillip et de fermer sa société.

— Les roues de la justice tournent lentement.

— Voilà pourquoi je vais m'occuper de Phillip moi-même. Quand j'en aurai terminé, il ne restera de Masterpiece Art Ventures qu'une ruine fumante. Les fédéraux n'auront d'autre choix que de procéder à des arrestations immédiates et de geler les actifs.

— *Un fait accompli** ?

— Ça sonne vraiment mieux en français, commenta Gabriel avec un sourire.

Le général Ferrari et son équipe quittèrent la Villa dei Fiori à 14 heures. En dehors de l'unité de la station Amelia qui resta sur place pour surveiller le portail, Gabriel et Magdalena étaient seuls. Elle dormit tout l'après-midi et insista pour s'occuper du dîner : tapas et tortilla. Ils mangèrent dehors, sur la terrasse de la villa, dans la fraîcheur du soir. Le téléphone personnel de Magdalena demeura posé entre eux, s'allumant fréquemment au gré des messages entrants et des appels silencieux, provenant pour la plupart de ses amis madrilènes.

— Il n'y a pas d'homme dans votre vie ? demanda Gabriel.

— Seulement Phillip, je le crains.
— Vous l'aimez ?
— Mon Dieu, non.
— Vous en êtes certaine ?
— Pourquoi posez-vous la question ?
— Parce que j'ai l'intention de vous laisser seule avec lui pendant plusieurs heures la semaine prochaine, quand nous serons à New York. Et je veux savoir si vous avez l'intention de respecter notre marché ou de vous enfuir avec lui.
— Ne vous inquiétez pas, monsieur Allon. Je vous ramènerai tout ce dont vous avez besoin pour faire tomber Phillip.
Il demanda où auraient lieu leurs retrouvailles.
— Ça dépendra de Phillip. Parfois il me fait venir aux bureaux de Masterpiece, sur la 53e Rue Est. Mais en général nous nous retrouvons dans la maison de la 74e. Elle sert de galerie à Masterpiece. C'est là que Phillip reçoit ses investisseurs et ses acquéreurs potentiels.
— Comment gère-t-il les ventes ?
— Il préfère traiter directement avec les clients pour éviter la surveillance et les commissions. Mais si les clients insistent pour avoir un intermédiaire, alors il fait passer la vente par un autre marchand ou par une maison d'enchères.
— Combien d'autres personnes travaillent pour la société ?
— Trois jeunes expertes en art et Kenny Vaughan. Kenny et Phillip étaient collègues chez Lehman Brothers. Il est mouillé jusqu'au cou.
— Et les femmes ?
— Elles croient que le soleil se lève et se couche sur Phillip, et que je suis une courtière qui achète et vend des tableaux pour son compte en Europe.
— Le général Ferrari est convaincu que c'est vous, la faussaire.
— Moi ? s'écria-t-elle en riant. Un Picasso à la rigueur. Mais pas un vieux maître. Je n'ai pas votre talent.

Gabriel lut jusque tard ce soir-là et fut soulagé de trouver Magdalena dans son lit à son réveil. Après avoir chargé l'*automatico* d'Illy et de San Benedetto, il lâcha Proteus sur le téléphone personnel de Phillip et s'en rendit maître en quelques minutes. Une carte évolutive le renseigna sur sa position et son altitude actuelle : il était sur la rive est d'une péninsule ovale, quatre mètres au-dessus du niveau de la mer.

Gabriel téléchargea les données du téléphone sur son ordinateur portable et passa le reste de la matinée à fouiller les débris digitaux d'un des plus grands maîtres arnaqueurs de l'histoire. Il était 12 h 30 quand Magdalena daigna enfin faire une apparition. Elle se rendit dans la cuisine et en ressortit un moment plus tard avec un bol de café au lait, qu'elle but en silence, sans cligner des yeux.

— Vous n'êtes pas du matin ? s'enquit Gabriel.

— Tout l'inverse. Un oiseau de nuit.

— L'oiseau de nuit est-il prêt à se mettre au travail ?

— Si vous insistez, dit-elle, et elle emporta son café au bord de la piscine.

Gabriel la suivit avec son ordinateur.

— Quels étaient les six premiers tableaux que vous avez vendus par la galerie de votre père ?

— C'était il y a mille ans, grogna-t-elle.

— Soit le temps que vous passerez dans une prison italienne si vous ne vous mettez pas à table.

Elle énuméra l'artiste, le titre et les dimensions de chaque œuvre, ainsi que le nom de l'acquéreur et le prix de vente. Puis elle détailla plus de cent tableaux qui étaient passés par son courtage à Madrid durant les premières années du montage. Elle s'était contentée de revendre la plupart d'entre eux à Masterpiece Art Ventures. Phillip avait gonflé leur valeur via plusieurs autres ventes fantômes avant de les refourguer à d'innocents acheteurs afin de capitaliser sur leur investissement. Il utilisait aussi les tableaux pour garantir des prêts faramineux, et il employait cet argent pour acquérir des œuvres d'art authentiques et verser de jolis dividendes à ses investisseurs.

— Les prêts, déclara Magdalena, sont la clé de voûte. Sans cet effet de levier, Phillip et Kenny Vaughan seraient incapables de faire fonctionner le système.

— Donc en plus de vendre des contrefaçons, Phillip fait dans la fraude bancaire ?

— À peu près tous les jours.

— Avec quelle banque travaille-t-il ?

— Principalement avec Ellis Gray à la JPMorgan Chase. Mais il a aussi des relations avec la Bank of America.

— Quelle est sa dette actuelle ?

— Je ne suis pas sûr que Phillip lui-même connaisse la réponse à cette question.

— Qui saurait ?

— Kenny Vaughan.

Ils abordèrent ensuite le rôle de Magdalena dans le développement de la vente au détail, en commençant par son partenariat avec la galerie Georges Fleury à Paris et en terminant par la récente acquisition de galeries à Hong Kong, Tokyo et Dubai. Le nombre total de contrefaçons que le réseau avait lâchées sur le marché de l'art excédait les cinq cents, soit pour plus d'un milliard sept cents millions d'euros – bien trop pour que Magdalena se souvienne de chaque œuvre avec précision. Elle était cependant certaine qu'un pourcentage significatif d'entre elles était passé par l'inventaire de Masterpiece.

— Combien en a-t-il actuellement en stock ?

— Impossible à dire. Phillip ne montre même pas les tableaux authentiques en sa possession, sans parler des contrefaçons. Ses œuvres les plus précieuses sont accrochées chez lui, à Manhattan et à Long Island. Le reste se trouve dans un entrepôt sur la 91e Rue Est. C'est l'équivalent de son portefeuille de transaction.

— Vous y avez accès ?

— Pas sans l'accord de Phillip. Mais un répertoire du contenu actuel de l'entrepôt répondrait à toutes vos questions.

Durant le déjeuner, Gabriel se connecta au compte ProtonMail de Magdalena et transféra plusieurs années de mails chiffrés vers sa propre adresse. Ils passèrent ensuite en revue ses finances personnelles, y compris son compte chez Masterpiece Art Ventures. Son solde était de 56 245 539 dollars.

— N'allez même pas imaginer faire un retrait, l'avertit Gabriel.

— Ma prochaine fenêtre de rédemption ne sera pas avant septembre. Je ne pourrais pas même si j'essayais.

— Je suis sûr que Phillip ferait une exception dans votre cas.

— En fait, il est très à cheval sur les rédemptions. Kenny et lui jouent avec le feu. Si une poignée d'investisseurs majeurs s'avisaient de retirer simultanément leurs fonds, il devrait vendre une partie de son fonds ou souscrire un nouveau prêt.

— En utilisant un tableau comme garantie ?

— Les prêts garantis par les œuvres sont la clé de voûte, répéta Magdalena.

Gabriel téléchargea les relevés de compte de Magdalena, puis il consulta les informations de géolocalisation de *Danaé et la pluie d'or*. Le tableau se trouvait quelque part au-dessus de l'Atlantique et se dirigeait vers l'ouest. Il passerait la nuit au centre de fret aérien de l'aéroport John-F.-Kennedy et devait atteindre sa destination finale, Chelsea Fine Arts Storage, lundi à midi.

Une recherche de vols entre Rome et New York produisit plusieurs options.

— Que dites-vous du Delta de 10 heures atterrissant à JFK ? demanda Gabriel.

— Il faudrait se lever plusieurs heures avant midi.

— Vous pourrez dormir dans l'avion.

— Je ne dors jamais en avion, dit Magdalena en s'arrogeant l'ordinateur. Je peux payer votre billet ?

— Phillip pourrait trouver ça suspect.

— Laissez-moi au moins vous donner quelques miles.

— J'en ai plein.

— Combien ?

— Assez pour aller jusqu'à la Lune et revenir.

— J'en ai plus, le contra-t-elle en réservant leurs sièges. Il ne reste plus que l'hôtel. Le Pierre, ça vous va ?

— Je crois que Sarah préfère le Four Seasons.

— Ne me dites pas qu'elle vient avec nous.

— J'ai besoin de quelqu'un pour garder un œil sur vous quand je ne serai pas dans les parages.

Magdalena réserva sa suite habituelle au Pierre et regagna sa chaise longue au bord de la piscine avec une moue boudeuse. Ses blessures, songea Gabriel, elle se les était effectivement infligées. Pourtant, la jeune femme n'était pas irréparable. Après tout, si un ancien tueur à gages comme Christopher Keller était récupérable, il n'y avait aucune raison pour que Magdalena ne le soit pas elle aussi.

Pour le moment, elle n'était qu'un moyen d'atteindre son but. Gabriel n'avait besoin que d'un journaliste pour changer son histoire remarquable en une arme qui réduirait Masterpiece Art Ventures en cendre. Un journaliste familier du monde de l'art et de la finance. Idéalement, qui aurait déjà enquêté sur Masterpiece.

Une seule candidate cochait toutes les cases. Fort opportunément, son numéro de portable figurait dans les contacts de Phillip Somerset. Gabriel le composa et se présenta. Non pas sous un des pseudonymes qu'il avait autrefois utilisés, ni même sous un patronyme fantaisiste dicté par l'inspiration du moment, mais sous son vrai nom.

— Ouais, d'accord, dit-elle, et elle raccrocha.

52

Rotten Row

Immédiatement après, Gabriel appela Sarah Bancroft et la trouva à Hyde Park, sur Rotten Row, où elle tentait de déloger un billet de dix livres que le vent avait plaqué contre sa hanche. Les nouvelles qu'il lui rapporta lui causèrent un choc, à tel point qu'elle demanda à Gabriel de répéter pour être sûre d'avoir bien compris. Ce ne fut pas moins stupéfiant la deuxième fois. Masterpiece Art Ventures, le fonds spéculatif dans lequel Sarah avait investi une partie de son héritage, était une fraude à un milliard deux cents millions de dollars, rendue possible par la vente et la mise en garantie de faux tableaux. En outre, il semblerait que Magdalena Navarro, avec ses cheveux noirs brillants et son corps svelte, ait couché avec Phillip alors même qu'il sortait avec Sarah. Rien que pour cette raison, elle sauta sur l'occasion de prendre part à la destruction de son empire. Même si ça impliquait de descendre au Pierre.

— Dois-je emmener M. Marlowe ? Il peut se révéler très utile dans ce genre de situation.

— J'en conviens. Mais j'ai une autre tâche en tête pour lui.

— Rien de dangereux, j'espère.

— Je crains que si.

Sarah partit pour New York tôt le lendemain matin et arriva à JFK à midi. Un Nissan Pathfinder l'attendait à l'agence Hertz. Elle tua une heure dans le salon connecté, et à 14 h 15 elle se rendit au terminal 1. Gabriel apparut un moment plus tard, accompagné de la femme que Sarah avait vue la dernière fois arpenter le trottoir de Jermyn Street.

Aujourd'hui comme alors, elle portait une jupe courte et un haut blanc ajusté. Gabriel chargea leurs bagages dans le coffre et se glissa sur la banquette arrière. Magdalena se hissa sur le siège passager dans un parfum de fleur d'oranger et de jasmin. Elle croisa les jambes et sourit. Sarah enclencha la marche avant et prit la route de Manhattan.

L'hôtel Pierre se dressait au coin de la 61e Rue Est et de la Cinquième Avenue. Magdalena pénétra dans le hall richement décoré et fut accueillie par le personnel de l'hôtel comme une reine. Sa suite, avec sa vue imprenable sur Central Park, se situait au dix-neuvième étage. Gabriel et Sarah se virent attribuer des chambres de l'autre côté du couloir. Comme Magdalena, ils s'étaient enregistrés sous un faux nom et avaient demandé à la réceptionniste de bloquer tout appel de l'extérieur.

Tous trois se réunirent dans le salon de la suite de Magdalena. Elle ouvrit la bouteille de champagne taittinger offerte par la maison pendant que Gabriel connectait son ordinateur portable au wi-fi de l'hôtel et lançait Proteus. Visiblement, Phillip avait décidé de rester à North Haven plutôt que de rentrer en ville. Gabriel augmenta le volume du flux transmis par le micro de son téléphone et entendit le cliquetis des touches d'un clavier. La caméra n'affichait qu'un rectangle noir.

Gabriel tendit son téléphone à Magdalena.

— Dites-lui que vous êtes arrivée et que vous voudriez le voir dès que possible. Et souvenez-vous que…

— Cet appel est enregistré à des fins d'amélioration de la qualité de vos services.

Gabriel emporta son ordinateur dans la chambre et ferma la lourde porte de séparation. Phillip répondit à la première sonnerie.

— Pourquoi pas 13 heures demain ? proposa-t-il. Nous déjeunerons.

— Lindsay se joindra à nous ?

— Malheureusement, elle passe la semaine sur l'île.

— Chanceux.

— Je t'enverrai une voiture, dit Phillip, et il raccrocha.

Gabriel écouta une minute ou deux de tapotage de clavier avant de retourner dans le salon.

— Et maintenant, le Gentileschi, dit-il à Magdalena.

Le numéro de l'entrepôt se trouvait dans son répertoire. Elle appuya sur l'écran et porta l'appareil à son oreille.

— Anthony ? Bonjour, c'est Magdalena Navarro. Est-ce que le tableau est arrivé de Florence comme prévu ?... Formidable. Envoyez-le à la résidence de M. Somerset demain matin... Oui, sa maison en ville, s'il vous plaît. Posez-le sur le chevalet dans la galerie. Et assurez-vous qu'il arrive avant midi.

Magdalena coupa la communication et rendit son téléphone à Gabriel.

— Votre portefeuille et votre passeport également.

Elle sortit ces objets de son sac à main Hermès Birkin et les lui donna.

— J'ai une course à faire, ce qui signifie que Sarah et vous allez avoir l'occasion de faire plus ample connaissance. Mais ne vous inquiétez pas, ajouta Gabriel en gagnant le couloir. Je n'en ai pas pour longtemps.

Sarah mit la chaîne derrière lui et retourna dans le salon. Magdalena refaisait le niveau de sa coupe de champagne.

— C'est vrai que Phillip couchait avec vous alors qu'il sortait avec moi ? finit par demander Sarah.

— Seulement quand j'étais à New York.

— Quel soulagement.

— Si vous voulez tout savoir, il vous utilisait.

— Pour ?

— Pour rencontrer les riches bienfaiteurs du Museum of Modern Art.

— Et dire que je lui ai donné deux millions de dollars à investir.

— Quel est votre solde actuel ?

— Quatre et demi. Et vous ?

— Cinquante-six virgule deux.

Sarah sourit sans découvrir ses dents.

— Je suppose que vous étiez un meilleur coup que moi.

53

Literary Walk

Au printemps 2017, le magazine *Vanity Fair* avait publié une enquête intitulée « Somerset le Magnifique ». Long de douze mille mots, l'article chroniquait l'ascension de son sujet depuis une ville ouvrière du nord-est de la Pennsylvanie jusqu'au pinacle de Wall Street et du monde de l'art. Aucun aspect de sa vie personnelle n'avait été épargné par l'examen : l'instabilité de son enfance, les prouesses athlétiques de sa jeunesse, sa brève mais météoritique carrière chez Lehman Brothers, son inélégant divorce, son curieux penchant pour le secret. Une source uniquement décrite comme un ami d'enfance confiait qu'il avait un côté sombre. Un ancien collègue allait plus loin, en suggérant qu'il était un sociopathe et un pervers narcissique. Les deux sources s'accordaient à dire qu'il cachait quelque chose.

L'article était signé par Evelyn Buchanan, une journaliste primée dont le travail pour *Vanity Fair* avait inspiré deux films à Hollywood et une série Netflix. Pour l'heure, elle était assise sur un banc de Literary Walk, à Central Park. Robert Burns, plume à la main, les yeux tournés vers le ciel en quête d'inspiration, se dressait au-dessus de son épaule droite. De l'autre côté de l'allée, un portraitiste attendait un sujet.

Evelyn Buchanan attendait elle aussi. Non pas un sujet, mais une source. L'homme l'avait inopinément appelée la veille – d'où ? il avait refusé de le dire. Non, s'était-il défendu, ce n'était pas un canular ; il était vraiment celui qu'il prétendait être. Il était de passage à New York pour des raisons privées et souhaitait la voir. Elle ne devait dire à personne qu'ils étaient en contact. Il lui avait promis qu'elle ne serait pas déçue.

— Mais la sécurité nationale, ce n'est pas mon rayon, avait protesté Evelyn.

— L'affaire dont je souhaite vous entretenir est liée au monde de la finance et au marché de l'art.

— Pouvez-vous être un peu plus précis ?

— Somerset le Magnifique, avait-il répondu avant de raccrocher aussitôt.

C'était un indice intéressant, et d'autant plus si l'identité de la source était avérée. Au printemps, il avait assisté à une réception littéraire que Phillip avait donnée dans sa propriété tape-à-l'œil de North Haven. Du moins le prétendait Ina Garten, et elle avait ajouté qu'il avait une petite blonde sexy à son bras. Evelyn, qui avait elle aussi fait partie des convives, n'en avait pas cru un mot. Elle devait maintenant admettre que c'était possible. Comment expliquer autrement qu'un homme comme Gabriel Allon s'intéresse à ce tordu de Phillip Somerset ?

Evelyn consulta sa montre. Dans une minute, il serait 17 heures. Dans une minute, le plus célèbre espion à la retraite au monde devrait apparaître. La promenade était bondée de touristes, de joggers en élasthanne et de nounous de l'Upper East Side poussant dans leurs landaus les magnats de demain. Mais aucun d'eux ne semblait pouvoir être Gabriel Allon. Sauf peut-être cet homme de taille et de corpulence moyennes plongé dans la contemplation du cartel au pied de la statue de Walter Scott.

À 17 heures pile, il traversa l'allée et s'assit sur le banc d'Evelyn.

— Allez-vous-en, je vous en prie, dit-elle à voix basse. Mon mari sera là d'une minute à l'autre, et il a du mal à contrôler sa colère.

— Je croyais vous avoir dit de venir seule.

Evelyn se retourna en sursaut. Puis, reprenant son sang-froid, elle regarda droit devant elle.

— Qui était la blonde ?

— Je vous demande pardon ?

— La femme que vous avez amenée à la réception donnée en l'honneur de Carl Bernstein.

— Elle travaillait au MoMA. Elle est maintenant galeriste à Londres. Je l'aidais à résoudre un problème.

— Quel problème ?

— Somerset le Magnifique.

— Vous avez visiblement lu mon article.

— Plusieurs fois.

— Pourquoi ?

— Comme vous pouvez l'imaginer, la capacité à lire entre les lignes est une compétence essentielle pour un officier du renseignement. L'information est-elle exacte, ou mon adversaire cherche-t-il à me tromper ? Mon agent exagère-t-il son affaire ou est-il trop prudent ? Ma source a-t-elle, pour une raison ou une autre, omis de son rapport quelque information critique ?

— Et quand vous avez eu fini de lire mon article sur Phillip ?

— J'ai eu l'impression tenace que vous en saviez plus que ce que vous partagiez avec vos lecteurs.

— Bien plus, reconnut-elle.

— Pourquoi ces informations ne figuraient-elles pas dans l'article ?

— Vous d'abord, monsieur Allon. Pourquoi vous intéressez-vous à Phillip Somerset ?

— Masterpiece Art Ventures est une arnaque. Et je voudrais que ce soit vous qui révéliez la supercherie.

— Qu'est-ce que vous avez pour moi ?

— Une lanceuse d'alerte.
— Une employée de la société.
— Plus ou moins.
— Qu'est-ce que ça veut dire ?
— Ça veut dire que je vais vous imposer des règles plutôt strictes afin de protéger l'identité de cette personne et de dissimuler mon rôle dans cette affaire.
— Et si je refuse ces règles ?
— Je trouverai quelqu'un d'autre qui le fera. Et vous et votre magazine vous retrouverez à courir après le train quand Masterpiece partira en fumée.
— Dans ce cas, j'écoute ce que vous et votre lanceuse d'alerte avez à me dire. Mais seulement si vous me révélez d'abord comment vous avez eu mon numéro de portable, ajouta-t-elle après un silence.
— Je l'ai trouvé dans le répertoire de Phillip.
— Question idiote, réponse idiote, commenta Evelyn Buchanan avec un sourire.

54

Central Park

— Comment l'avez-vous trouvée ?

— Elle a été arrêtée en Italie le week-end dernier après avoir acheté un faux Gentileschi à un officier des *carabinieri* sous couverture. J'ai joué un rôle de consultant auprès de la police italienne.

— De consultant ? releva Evelyn, dubitative.

— Il est possible que j'aie peint le Gentileschi pour eux.

— Une fausse contrefaçon peinte par Gabriel Allon ? Cette histoire me plaît de plus en plus.

Ils arpentaient à pas lents les allées de Central Park. Pour le moment, le carnet d'Evelyn restait sagement au fond de son sac Chanel. C'était une femme de petite taille d'une cinquantaine d'années, aux cheveux courts et sombres, le visage partiellement masqué par des lunettes à monture d'écaille surdimensionnées. Ces lunettes, de même que sa prose tranchante, son esprit acerbe et son sens impitoyable de la compétition étaient ses marques de fabrique.

— Où se trouve le tableau ? demanda-t-elle.

— Dans un entrepôt de la 91e Rue Est.

— Chelsea Fine Arts Storage ?

— Exactement.

— Je me souviens quand Phillip a acheté cette entreprise. Je dois dire que ça n'avait aucun sens à mes yeux, à cette époque. Pourquoi un magnat comme Phillip Somerset voudrait-il posséder une modeste société de services artistiques comme Chelsea ?

— Parce que le magnat en question avait besoin de pouvoir transporter et stocker ses contrefaçons, sans qu'on lui pose de questions gênantes. Il a inondé le marché de l'art avec des centaines de faux tableaux, dont quatre ont fini au Louvre. Mais le plus beau dans cette histoire, c'est que…

— Phillip utilise ses contrefaçons pour garantir des prêts massifs.

— Comment le savez-vous ?

— Une déduction logique, répondit Evelyn en souriant. Ai-je mentionné que mon mari travaille pour Millenium Management ? C'est l'un des plus gros fonds spéculatifs au monde. Avant ça, il était procureur pour le *southern district* de New York. Quand je travaillais sur le portrait de Phillip, Tom a mis le nez dans…

— Ne me dites pas que votre mari s'appelle Tom Buchanan[1] ?

— Vous voulez entendre le reste de l'histoire ou pas ?

— Je vous en prie.

— Quand Tom a analysé les résultats annuels de Masterpiece, il était très impressionné. Envieux, même.

— Parce que Masterpiece surclassait Millenium ?

— Largement. Fidèle à lui-même, Tom a creusé un peu.

— Et ?

— Il était convaincu que Phillip utilisait de l'argent emprunté et celui des nouveaux investisseurs pour rémunérer les anciens. Pour faire court, Tom pense que Phillip Somerset est le Bernie Madoff du monde de l'art.

— Un système de Ponzi ?

— Exact.

1. C'est le nom d'un des personnages de *Gatsby le Magnifique.*

— Vous ne pouviez pas le prouver ?

— Les preuves étaient trop légères pour mon directeur de publication. Mais Phillip a compris que j'étais sur son dos.

— Comment ?

— Il emploie un certain Leonard Silk pour garder ses arrières. Silk est un agent de la CIA à la retraite. Quand il a quitté l'Agence, il a ouvert une société de sécurité privée dont il est le seul employé, ici à New York. Il m'a appelée quand je travaillais sur Phillip et m'a menacée de poursuites si l'article évoquait quelque malversation que ce soit. J'ai aussi reçu des messages d'un homme qui savait que j'aimais faire de longues promenades au parc. Il m'a dit de faire attention, que des choses graves arrivaient parfois aux femmes qui se baladaient seules dans New York.

— Quelle subtilité.

— Leonard Silk ne s'embarrasse pas de subtilité. Contrairement à Phillip. Il était incroyablement charmant durant nos interviews. Pas étonnant que votre lanceuse d'alerte ait accepté de travailler pour lui.

— En l'occurrence, elle a vu clair dans son jeu dès le début.

— Quel était leur lien initial ?

— La drogue. Comme elle ne parvenait pas à vendre ses propres peintures, elle s'est tournée vers le trafic de cocaïne. La plupart de ses clients étaient des types de Wall Street.

— Phillip se poudrait copieusement le nez quand il était chez Lehman Brothers. C'est d'ailleurs une des raisons pour lesquelles il a été viré. Même selon les critères de Wall Street, il était ingérable.

— Votre article disait qu'il avait quitté Lehman en bons termes.

— C'est la version officielle de l'histoire, mais elle est fausse. Phillip a pratiquement été jeté dehors manu militari, et ça s'est vite su. Comme personne ne voulait plus l'embaucher, il a monté un fonds spéculatif appelé Somerset Asset Management. Et quand celui-ci s'est écroulé, une nouvelle idée lui est venue.

— Il gravitait autour du monde de l'art parce qu'il y avait de l'argent à se faire.

Evelyn confirma d'un hochement de tête.

— Phillip a commencé à fréquenter les vernissages et les galas de collecte de fonds des musées, toujours avec une jolie femme au bras et la poche pleine de cartes de visite. Il faut lui rendre justice. Ce fonds spéculatif basé sur les œuvres d'art était une idée intrigante. Les prix des valeurs sûres du marché de l'art grimpaient plus vite que les autres types d'actifs. Comment aurait-il pu se tromper ?

— Ça n'a jamais fonctionné. C'est pour ça qu'il a commencé à enrichir son catalogue de contrefaçons.

Ils étaient arrivés à Grand Army Plaza.

— Vous ne m'avez pas dit le nom de votre lanceuse d'alerte.

— Magdalena Navarro.

— Où se trouve-t-elle à présent ?

Gabriel tourna les yeux vers l'hôtel Pierre.

— C'est son adresse à New York. Elle a cinquante-six millions de dollars d'avoirs dans Masterpiece Art Ventures, qu'elle a gagnés en vendant des contrefaçons pour Phillip.

— C'est ce qu'elle dit. Mais je ne peux pas accuser Phillip Somerset de la plus grande arnaque de l'histoire de l'art sur la seule foi d'une ancienne dealeuse de drogue. Il me faut la preuve qu'il vend sciemment des contrefaçons.

— Et si vous pouviez l'entendre directement de la bouche de Phillip ?

— Vous avez un enregistrement.

— La conversation n'a pas encore eu lieu.

— Quand ?

— Demain, à 13 heures.

— Le sujet de cette conversation ?

— Moi.

Ils se frayèrent un chemin à travers le trafic engorgé de la Cinquième Avenue et pénétrèrent dans le hall climatisé du Pierre par la porte tambour. En haut, Gabriel toqua doucement à la suite de Magdalena. Sarah s'assura de son identité avant d'ouvrir.

— Comment va la prisonnière ? demanda-t-il.

— Elle se repose dans sa chambre, répondit Sarah en tendant la main à Evelyn. Avons-nous besoin de clarifier les règles de base avant de commencer ?

— Mlle Buchanan a accepté que ton nom et celui de ta célèbre galerie n'apparaissent pas dans son article. Elle te décrira uniquement comme une personne bien introduite dans le monde de l'art. N'est-ce pas, mademoiselle Buchanan ?

— Et comment devrais-je *vous* décrire ?

— Il n'est pas question de moi, mais de Phillip Somerset et de Masterpiece Art Ventures. Les informations que je vous communique ne servent qu'à contextualiser votre histoire. Vous ne me citerez pas directement. Pas plus que vous ne direz où cet entretien a eu lieu.

— Un endroit confidentiel.

— Le choix des mots vous appartient, mademoiselle Buchanan. Je ne suis pas journaliste.

— Vous n'êtes que le consultant auprès de la police italienne, qui s'est fait passer pour un faussaire, c'est bien ça ?

— Exactement.

— Dans ce cas, il est peut-être temps que je rencontre la prisonnière.

Gabriel frappa à la porte de la chambre, dont Magdalena émergea un moment plus tard.

— Eh bien, lâcha Evelyn Buchanan. Cette histoire me plaît de plus en plus.

55

Hôtel Pierre

Ils reprirent tout depuis le début une première fois. Puis une deuxième, en se concentrant sur les faits pertinents et les dates. L'enfance de Magdalena à Séville. Sa formation artistique à Barcelone. Les années passées à dealer de la cocaïne à New York. Sa rencontre avec Phillip Somerset au Cirque. Son rôle dans la construction et la pérennisation de la fraude artistique et financière la plus lucrative et la plus élaborée de tous les temps. Il n'y eut aucune différence entre l'histoire que Magdalena avait révélée lors de son interrogatoire en Ombrie et celle qu'elle raconta à Evelyn Buchanan. Toutefois, Gabriel se fit la réflexion que la version de l'hôtel Pierre était encore plus captivante. De même que sa protagoniste. Elle se présentait comme une femme cosmopolite, sophistiquée et, plus important, crédible. Jamais elle ne perdit son sang-froid, même quand les questions prirent une tournure plus personnelle.

— Comment décide-t-on de devenir dealeuse, quand on a un talent comme le vôtre ?

— Au début, j'avais besoin d'argent. Puis j'ai découvert que j'aimais ça.

— Vous étiez bonne ?

— Très.

— Vendre de la drogue et des contrefaçons, ce n'est pas la même chose.

— Il y a plus de points communs que vous ne l'imaginez. Pour certains, l'art est une drogue. Ceux-là *doivent* posséder l'œuvre qu'ils convoitent. Phillip et moi nous contentions de pourvoir à leur addiction.

Il y avait un angle mort dans l'histoire de Magdalena : le faisceau de circonstances qui l'avait conduite dans les bras de la police italienne. Evelyn tenta d'obtenir des détails de la part de Gabriel, mais il ne s'éloigna pas de sa déclaration originale. Magdalena avait été arrêtée après avoir acheté un faux Gentileschi à Florence. Le tableau se trouvait à présent dans un entrepôt sur la 91e Rue Est. Le lendemain matin, on l'expédierait au domicile new-yorkais de Phillip Somerset. Et à 13 heures il deviendrait le sujet d'une conversation qui fournirait à Evelyn tout ce dont elle aurait besoin pour confondre Masterpiece Art Ventures.

— Magdalena portera un micro ?

— Son téléphone fera office d'émetteur. Celui de Phillip aussi est compromis.

— Je suppose qu'il n'a pas donné son consentement pour cette mise sur écoute.

— Je ne lui en ai pas donné l'occasion.

À 21 heures, ils s'arrêtèrent pour dîner. Sarah fit monter une tournée de martinis du bar tandis que Magdalena commandait leur dîner chez Perrine, le restaurant si réputé de l'hôtel. Sur une suggestion de Gabriel, Evelyn invita son mari à se joindre à eux. Il arriva alors que les serveurs faisaient rouler une table dans la suite. Tom Buchanan était un homme affable et érudit, tout l'inverse du joueur de polo né avec une petite cuiller en argent dans la bouche qui menait grand train sur la côte d'East Egg et s'inquiétait du déclin de la race blanche[1].

Evelyn fit jurer le secret à son mari puis lui communiqua les détails de la remarquable histoire dont elle avait eu connaissance plus tôt dans l'après-midi. Tom Buchanan passa sa colère sur sa salade César.

— On pouvait compter sur Phillip Somerset pour inventer un truc pareil. Cela dit, son ingéniosité force l'admiration. Il a trouvé une faille dans le système et a su l'exploiter intelligemment.

— De quelle faille parlez-vous ? demanda Gabriel.

— Le marché de l'art ne fait l'objet d'aucune régulation. Les prix sont arbitraires, le contrôle de la qualité à peu près inexistant, et la plupart des œuvres changent de main dans le plus grand secret. Des conditions propices à la fraude. Phillip a poussé le curseur à l'extrême, évidemment.

— Comment est-il possible que personne ne s'en soit rendu compte ?

— De la même manière que personne ne s'est rendu compte que les créances hypothécaires et les *subprimes* étaient sur le point de mener l'économie mondiale à sa perte.

— Tout le monde gagne trop d'argent ?

Tom hocha la tête.

— Et pas seulement les investisseurs de Phillip. Ses banquiers aussi. Et ils vont tous perdre des sommes faramineuses quand l'article d'Evelyn paraîtra. Néanmoins, j'approuve vos méthodes. Attendre l'intervention des fédéraux n'est pas une option. Cela dit, je serais plus rassuré si vous donniez à ma femme quelques documents compromettants.

1. *Gatsby le Magnifique* oppose les vieilles fortunes d'East Egg aux nouveaux riches de West Egg, deux péninsules de Long Island. La famille Buchanan fait partie de l'aristocratie établie et méprise les parvenus comme Jay Gatsby.

— Vous parlez du mémo interne dans lequel Phillip expose comment il compte mettre au point la plus grande fraude artistique de l'histoire ?

— Vous marquez un point, monsieur Allon. Mais pourquoi pas les documents qu'il garde à l'entrepôt de la 91e Rue Est ?

— L'inventaire de Phillip ?

— Exactement. Si Magdalena peut affirmer sans l'ombre d'un doute que le catalogue recèle des contrefaçons, ce serait dévastateur.

— Est-ce que l'ancien procureur fédéral que vous êtes suggère que j'acquière clandestinement une liste exhaustive des œuvres contenues dans cette propriété privée ?

— Je n'oserais en rêver. Mais si vous le faisiez, il faudrait indiscutablement que vous la transmettiez à ma femme.

— Un autre conseil, maître ?

— Si j'étais vous, je songerais à mettre un peu de pression sur les finances de Phillip.

— En encourageant une poignée de ses plus importants investisseurs à retirer leurs avoirs, vous voulez dire ?

— J'ai comme l'impression que vous avez déjà un plan en tête, dit Tom.

— Vous connaissez Nicholas Lovegrove ? Il travaille à Londres, c'est un des conseillers artistiques les plus prisés au monde. Plusieurs de ses clients ont investi dans Masterpiece Art Ventures.

— Nous autres gestionnaires de fonds spéculatifs avons tendance à nous méfier quand les investisseurs reprennent massivement leurs billes. Il faut agir avec la plus grande discrétion.

— Ne vous inquiétez pas, répondit Sarah. Nous autres marchands d'art sommes les champions de la discrétion.

56

Galerie Watson

La destruction de Masterpiece Art Ventures débuta le lendemain matin à 10 h 45, heure de Londres – 5 h 45 à New York –, quand Christopher Keller se présenta à la galerie Watson sur King Street. La petite pancarte en vitrine annonçait UNIQUEMENT SUR RENDEZ-VOUS. Christopher n'en avait pas pris, gageant qu'une attaque surprise se révélerait plus payante. Il appuya sur le bouton de l'interphone et attendit une réponse en grimaçant.

— Tiens donc, souffla une voix féminine et sensuelle. Regardez-moi ce que le chat a déposé sur le pas de ma porte. N'est-ce pas mon bon ami M. Bancroft ?

— C'est Marlowe, je te rappelle. Allez, ouvre.

— Désolée, mais je suis débordée.

— Eh bien, borde-toi et fais-moi entrer.

— J'*adore* t'entendre supplier, chéri. Attends, je n'arrive pas à atteindre ce fichu bouton d'ouverture.

Quelques secondes plus tard, le verrou se débloqua avec un bruit sourd et la porte répondit à la pression de Christopher. Il trouva Olivia assise à un bureau noir aux lignes élégantes dans la salle d'exposition principale. Sa posture étudiée aurait pu laisser croire qu'une caméra invisible enregistrait chacun de ses gestes. Comme toujours, elle avait le menton légèrement tourné vers la gauche, son profil droit étant celui que les photographes et les publicitaires avaient privilégié. Christopher n'avait pas de préférence. Olivia était une œuvre d'art, quel que soit l'endroit où on la regarde.

Elle se leva, contourna le bureau, croisa les jambes et posa la main sur sa hanche. Elle était vêtue d'une veste savamment coupée et d'un pantalon slim assorti, d'une couleur et d'une légèreté de saison.

— Marks and Spencer ? supputa Christopher.

— C'est un petit quelque chose que Giorgio a cousu rapidement pour moi, répondit-elle en levant le menton de quelques degrés pour toiser Christopher par-dessus les lignes droites de son nez. Qu'est-ce qui t'amène dans mon coin de quartier ?

— Un de nos amis communs aurait besoin d'un service.

— De quel ami s'agit-il ?

— Celui qui a nettoyé les erreurs de ton passé et t'a permis d'ouvrir une galerie respectable à St James. Une galerie remplie de tableaux achetés avec l'argent de la drogue de ton petit copain, ajouta-t-il après un silence.

— Notre ami commun t'a rendu un service similaire, si je ne m'abuse, rétorqua Olivia en croisant les bras. Est-ce que ton adorable Américaine de femme est au courant de tes activités passées ?

— Je te saurais gré de laisser mon adorable Américaine de femme en dehors de ça.

— C'est vrai qu'elle a travaillé pour la CIA ?

— Où as-tu entendu une chose pareille ?

— Une rumeur dans le quartier. Il y en a une autre selon laquelle je m'enverrais en l'air avec Simon Mendenhall.

— Je croyais que tu sortais avec une pop star.

— Colin est comédien. Et il est actuellement à l'affiche de la pièce la plus courue du West End.

— C'est sérieux entre vous ?

— On ne peut plus.

— Alors pourquoi fais-tu la bête à deux dos avec le peu recommandable Simon ?

— La rumeur a été lancée par ta femme, répliqua Olivia sans hausser le ton.

— J'ai du mal à le croire.

— Elle murmure aussi le mot *garce* chaque fois qu'elle me voit au Wiltons.

Christopher sourit malgré lui.

— Heureuse que ça t'amuse, ajouta Olivia en passant en revue la tenue de Christopher. Où t'habilles-tu ces temps-ci ?

— Chez Dicky[1].

— Sympa.

— Je ne manquerai pas de lui faire part de tes commentaires élogieux.

— Je préférais que tu dises à ton adorable Américaine de femme de me lâcher, fit Olivia en secouant lentement la tête. Honnêtement, je ne vois pas pourquoi elle se livre à de telles bassesses.

— Elle est un peu jalouse, c'est tout.

— S'il en est une qui a des raisons d'être jalouse ici, c'est moi. Après tout, c'est Sarah qui a fini par te mettre le grappin dessus.

— Allons, Olivia. Tu ne le penses pas vraiment. J'étais juste une épaule confortable où poser ta tête le temps que tu trouves tes marques à Londres. Maintenant tu sors avec une pop star, et ta galerie casse la baraque.

— Tout ça grâce à notre ami commun ?

Christopher ne répondit pas.

1. *Dicky* est un des diminutifs du prénom Richard – ici Richard Anderson, le tailleur.

— Je croyais qu'il avait pris sa retraite, dit-elle.

— C'est une affaire privée impliquant un certain Phillip Somerset.

— *Le* Phillip Somerset ?

— Un ami à toi ?

— J'étais assise à côté de lui et de sa femme lors de la vente nocturne d'art contemporain et d'après-guerre organisée par Christie's il y a deux ans. Sa femme a fait un peu de mannequinat avant de toucher le gros lot avec Phillip. Laura ? Linda ?

— Lindsay.

— Oui, c'est ça. Très jeune et indiciblement stupide. Des deux, c'est clairement Phillip, le cerveau. Il m'a demandé si je souhaitais investir dans son fonds. Je lui ai dit que nous ne jouions pas dans la même ligue.

— Très sage de ta part.

— Il y a un problème ?

— Phillip est un peu comme ton ancien petit copain. Brillant à l'extérieur, sale à l'intérieur. Et le bruit court à New York que ses finances seraient un peu vacillantes.

— Encore une rumeur ?

— Celle-ci est avérée. Notre ami commun voudrait que tu la murmures à l'oreille d'un éminent conseiller artistique londonien dont la clientèle compte certains des plus riches collectionneurs au monde.

— Comment suis-je censée m'y prendre ?

— Un aparté au cours d'un agréable déjeuner professionnel.

— Quand ?

— Aujourd'hui.

— Mais il est presque 11 heures, protesta-t-elle en jetant un coup d'œil à sa montre. Nicky doit sûrement déjà avoir un déjeuner.

— Mon petit doigt me dit qu'il va l'annuler.

Olivia alla chercher son téléphone.

— Je le ferai à une condition.

— Je vais parler à Sarah.

— Merci, dit-elle avant de composer le numéro et de porter le téléphone à son oreille. Allô, Nicky ? C'est Olivia Watson. Je sais que c'est un peu improvisé, mais je me demandais si vous seriez libre pour déjeuner aujourd'hui… Au Wolseley à 13 heures ? Parfait, à tout à l'heure, Nicky.

57

Le Wolseley

Tout partit d'une remarque faussement négligente autour d'un déjeuner coûteux dans l'un des meilleurs restaurants de Mayfair. Le bruit des couverts entrechoqués du coup de feu de midi était tel que Nicky dut se pencher par-dessus son crabe du Dorset pour demander à Olivia de répéter. Ce qu'elle fit sur le ton du murmure confessionnel, assorti d'une injonction à ne pas la citer. Il était alors 13 h 30, en tout cas selon Julian Isherwood, qui déjeunait à une table voisine et remarqua le teint de cendre que prit le visage de Nicky. L'adipeux compère de Julian ne vit rien, occupé qu'il était à faire la cour à la jeune Tessa, le tout dernier ajout au personnel de service du Wolseley.

Nicky somma Olivia de révéler sa source, ce qu'elle refusa. Il s'excusa alors et appela immédiatement Sterling Dunbar, un riche promoteur de Manhattan qui achetait des tableaux à la pelle, toujours sur les conseils de Nicky. Sterling avait été l'un des premiers investisseurs majeurs de Masterpiece Art Ventures.

— Savez-vous à combien se monte mon solde ? lança-t-il.

— Je suis sûr qu'il est bien plus considérable que le mien.

— Cent cinquante millions, cinq fois mon investissement initial. Phillip m'assure que son fonds est solide comme un roc. Pour être honnête, j'envisage de lui donner un autre million.

L'industriel réactionnaire Max Van Egan avait deux cent cinquante millions de dollars d'avoirs chez Masterpiece. Il dit à Nicky qu'il ne bougerait pas. Simon Levinson – des commerces de détail du même nom – était lui aussi enclin à la prudence. Mais Ainsley Cabot, un collectionneur au goût exceptionnel, mais dont la fortune restait en deçà du milliard, suivit le conseil de Nicky. Il appela Phillip à 9 h 15, heure de la côte Est, alors que Phillip descendait de son Sikorsky à l'héliport de la 34e Rue Est.

— Combien ? cria-t-il pour couvrir le sifflement des rotors.

— Tout.

— Une fois que vous aurez fait ça, vous ne pourrez plus revenir. Vous m'avez bien compris, Ainsley ?

— Épargnez-moi les fanfaronnades et envoyez-moi mon argent, Phillip.

Buffy Lowell joignit Phillip à 9 h 24 alors qu'il remontait la Troisième Avenue dans sa Mercedes avec chauffeur. Livingston Ford l'appela huit minutes plus tard alors qu'il se traînait sur la 72e Rue Est. Livingston avait cinquante millions de dollars dans le fonds et voulait les retirer.

— Vous allez le regretter, avertit Phillip.

— C'est ce que ma troisième femme m'a dit, et je n'ai jamais été aussi heureux que depuis que je l'ai quittée.

— Je voudrais que vous réfléchissiez à l'idée d'une rédemption partielle.

— Êtes-vous en train de suggérer qu'il n'y a pas assez d'argent dans la tirelire ?

— L'argent ne dort pas sur un compte à la Citybank. Je vais devoir me délester de plusieurs tableaux pour vous rembourser intégralement.

— Dans ce cas, Phillip, je suggère que vous commenciez tout de suite.

Et c'est ainsi qu'une remarque faussement négligente – prononcée quarante-cinq minutes plus tôt – creusa un trou de cent millions de dollars dans la caisse de Masterpiece Art Ventures. Le fondateur de la société ignorait cependant tout de cet événement. En manque cruel d'informations, il lança deux requêtes Internet rapides – l'une sur son nom, l'autre sur celui de la société –, mais elles lui ne révélèrent rien qui puisse expliquer pourquoi trois de ses plus gros investisseurs avaient soudain déserté son fonds. Une recherche sur les réseaux sociaux ne le renseigna pas davantage. Finalement, à 9 h 42, il appuya sur l'icône de Telegram, la messagerie chiffrée adossée au cloud, et ouvrit un fil de discussion secret existant.

C'est l'hémorragie, tapa-t-il. Découvre pourquoi.

Quand Phillip Somerset avait acheté sa maison sur la 74e Rue Est en 2014, trente millions étaient une grosse somme d'argent. Il avait obtenu le prêt de son banquier chez JPMorgan Chase en hypothéquant plusieurs contrefaçons, l'un de ses tours de magie pour changer des bandes de toile sans valeur en or. Plusieurs autres faux tableaux ornaient l'intérieur de sa gentilhommière, qui lui servaient tant à impressionner ses investisseurs potentiels qu'à lui conférer un vernis de richesse et de sophistication extraordinaires. Ses investisseurs étaient l'élite du monde de l'art. Des gens qui possédaient plus d'argent que de jugement. Phillip était lui-même une arnaque et une habile contrefaçon, mais ses investisseurs étaient les fous qui avaient rendu possible cette combine élaborée. Sans parler de Magdalena, se rappela-t-il subitement. Ça n'aurait jamais fonctionné sans elle.

Il pénétra dans le manoir par le vestibule du rez-de-chaussée, où il fut accueilli par Tyler Briggs, son chef de la sécurité. Tyler était un vétéran d'Irak. Son costume noir ne parvenait pas à masquer sa musculature entretenue.

— Comment s'est passé le trajet depuis Long Island, monsieur ?

— Mieux que celui depuis l'héliport.

Le téléphone de Phillip sonna de nouveau. C'était cette fois Scooter Eastman, un investisseur pesant vingt millions de dollars.

— Des livraisons prévues aujourd'hui ? demanda Tyler.

— Un tableau est censé arriver de l'entrepôt d'une minute à l'autre.

— Des clients ?

— Pas aujourd'hui. Mais Mlle Navarro devrait passer vers 13 heures. Faites-la monter dans mon bureau quand elle sera là.

Phillip bascula Scooter Eastman vers sa boîte vocale et monta l'escalier. Soledad et Gustavo Ramírez, le couple de Péruviens qui supervisaient la domesticité, l'attendaient sur le palier du premier étage. Phillip leur rendit distraitement leur salut, les yeux rivés sur son téléphone. Rosamond Pierce. Sang bleu foncé. Dix millions investis dans Masterpiece Art Ventures.

— Je déjeunerai à la maison aujourd'hui. Mlle Navarro se joindra à moi. Salade Cobb aux fruits de mer. Vers 13 h 30.

— Bien, monsieur, répondirent les Ramírez à l'unisson.

Une fois dans son bureau, il écouta ses nouveaux messages vocaux. Scooter Eastman et Rosamond Pierce voulaient tous deux reprendre leur argent. En l'espace de trente minutes, il avait perdu cent trente-cinq millions de dollars d'investissement. Des rédemptions de cette ampleur menaceraient même le plus éthique des fonds spéculatifs. Pour un fonds comme celui de Masterpiece Art Ventures, c'était cataclysmique.

Il communiqua l'information à Kenny Vaughan, le directeur des investissements, lors de leur visioconférence quotidienne de 10 heures.

— Tu te fous de moi ?

— Si seulement.

— Cent trente-cinq millions, ça va faire mal, Phillip.

— Combien de temps avant que nous ne commencions à sentir la douleur ?

— Livingston Ford, Scooter Eastman et Rosamond Pierce sont tous les trois éligibles à une rédemption ce mois-ci.

— Quatre-vingts millions ?

— Plutôt quatre-vingt-cinq.

— De combien de cash dispose-t-on ?

— Dans les cinquante. Peut-être.

— Je pourrais fourguer le Pollock.

— Tu devras soixante-cinq millions à JPMorgan, si tu fais ça. Le vendre n'est pas une option.

— De combien as-tu besoin pour rattraper le coup, Kenny ?

— Quatre-vingt-cinq, ce serait parfait.

— Sois raisonnable.

— Y a-t-il une chance pour que tu trouves quarante millions ?

Phillip s'approcha de la fenêtre et observa deux hommes en bleu de travail décharger une grande caisse rectangulaire de l'arrière d'un camion de livraison estampillé Chelsea Fine Arts Storage.

— Ouais, Kenny. Peut-être bien.

58

Hôtel Pierre

Evelyn Buchanan arriva au Pierre à 12 h 30. Une fois dans la suite de Magdalena, elle informa Gabriel que ses rédacteurs en chef avaient donné leur feu vert à son projet d'article. Il sortirait sitôt terminé sur le site de *Vanity Fair* et figurerait également dans le prochain numéro imprimé. Le service marketing du magazine était en train de concocter un raz-de-marée sur les réseaux sociaux. Le *New York Times*, le *Wall Street Journal*, Reuters, Bloomberg News et CNBC avaient été avertis qu'un article majeur aux implications financières profondes était en préparation.

— Autrement dit, l'article deviendra viral dans les minutes suivant sa publication. Phillip n'aura aucun moyen de limiter les dégâts. Il sera mort avant de savoir ce qui lui tombe dessus.

— Dans combien de temps pouvez-vous publier ?

— Si tout se passe comme prévu, l'article peut être prêt ce soir.

— Au train où vont les choses, Phillip ne survivra peut-être pas si longtemps.

— Les rédemptions ?

— Cent trente-cinq millions, et ce n'est pas fini.

— Il doit être sous le choc.

— Voyez par vous-même.

Gabriel lança un enregistrement de la visioconférence.

« De combien de cash dispose-t-on ?
— Dans les cinquante. Peut-être.
— Je pourrais fourguer le Pollock.
— Tu devras soixante-cinq millions à JPMorgan, si tu fais ça. Le vendre n'est pas une option. »

Gabriel mit l'enregistrement en pause.

— Vous vous rendez compte de ce que vous avez là ? demanda Evelyn.

— Il y a mieux.

Gabriel cliqua sur LECTURE.

« De combien as-tu besoin pour rattraper le coup, Kenny ?
— Quatre-vingt-cinq, ce serait parfait.
— Sois raisonnable.
— Y a-t-il une chance pour que tu trouves quarante millions ?
— Ouais, Kenny. Peut-être bien. »

Gabriel mit de nouveau en pause.

— Où va-t-il trouver l'argent ?

— Je n'ai pas de certitude, mais le timing indique qu'il songe à faire entrer mon Gentileschi en scène.

— S'il fait ça…

— Nous aurons la preuve irréfutable que Phillip est impliqué dans une fraude bancaire.

À cet instant, la porte de chambre s'ouvrit sur une Magdalena vêtue d'un pantalon moulant blanc, d'un chemisier ample et de talons aiguille.

Gabriel lui rendit son téléphone.

— Gardez-le avec vous en toutes circonstances. Et quoi que vous fassiez…

— Où voulez-vous que j'aille sans passeport, monsieur Allon ? À Staten Island ?

Elle laissa tomber l'appareil dans son sac à main et sortit. Son parfum capiteux s'attarda dans la pièce longtemps après son départ.

— Est-ce qu'il lui arrive de mettre un soutien-gorge ? s'enquit Evelyn.

— Apparemment elle a oublié d'en emporter.

Gabriel bascula le flux de Proteus du portable de Phillip à celui de Magdalena. Puis il appela Sarah, qui patientait en bas dans le SUV Nissan de location.

— Ne t'inquiète pas, dit-elle. Je ne la lâche pas d'une semelle.

Deux minutes plus tard, Sarah vit Magdalena émerger par la porte tambour de l'hôtel et se glisser à l'arrière de la Mercedes Classe S Limousine de Phillip qui l'attendait. Le chauffeur tourna trois fois de suite à droite et prit Madison Avenue en direction des beaux quartiers. Sarah lui collait aux fesses – une violation des règles de base de la filature motorisée, mais nécessaire. Le trafic était congestionné, et Sarah n'avait pas d'autre plan de secours que le téléphone dans le sac à main de Magdalena.

La circulation s'éclaircit dans la 66e Rue Est, et la Mercedes accéléra. Sarah dut griller deux feux rouges pour ne pas la perdre de vue, mais arrivée dans la 75e Rue Est elle fut forcée de s'arrêter. Quand le feu passa enfin au vert, la Mercedes n'était nulle part. Deux virages à gauche amenèrent Sarah à la porte de la maison de Phillip.

Pas de Mercedes.

Aucun signe de Magdalena.

Sarah continua jusqu'au bout du pâté de maisons et trouva une place. Une fois garée, elle se jeta sur son téléphone et appela Gabriel.

— Je t'en supplie, dis-moi qu'elle est à l'intérieur de cette maison.

— Elle est en train de monter.

Sarah raccrocha et sourit. Profites-en tant que tu le peux, se dit-elle.

Tyler Briggs avait envoyé Magdalena directement au troisième étage, où Phillip l'attendait dans son bureau. Au lieu de quoi elle avait fait un détour par la galerie. Le Gentileschi était installé sur un chevalet d'exposition. Magdalena prit une photo du tableau avec son portable. Puis deux autres au grand angle qui laissaient peu de doute quant à son emplacement actuel – une pièce décrite en détail dans un portrait peu flatteur écrit pour *Vanity Fair* par la femme qui se trouvait à cet instant dans la suite de Magdalena au Pierre.

Elle se rendit subitement compte que Tyler l'observait depuis le seuil de la galerie. Il avait dû la repérer via la vidéosurveillance. Elle réagit avec le calme étudié d'une dealeuse de drogue.

— Extraordinaire, n'est-ce pas ?

— Si vous le dites, mademoiselle.

— Vous n'appréciez pas l'art, Tyler ?

— Pour être honnête, je n'y connais pas grand-chose.

— M. Somerset l'a vu ?

— Vous lui demanderez vous-même. En fait, il doit être en train de se demander ce que vous faites.

Magdalena reprit l'ascension de l'escalier. La porte du bureau de Phillip était ouverte. Il était assis à sa table de travail, son téléphone collé à l'oreille et la paume pressée contre son front.

— Vous commettez une grosse erreur, aboya-t-il, et il raccrocha.

Un silence glacial s'installa dans la pièce.

— Qui commet une grosse erreur ? demanda Magdalena.

— Warren Ridgefield. C'est un de nos investisseurs. Malheureusement, plusieurs autres commettent la même erreur.

— Je peux faire quelque chose pour t'aider ?

Phillip la prit par la main et sourit.

59

Upper East Side

La douche de Phillip faisait deux fois la taille de la cuisine de l'ancien appartement de Magdalena à Alphabet City, féerie aquatique de marbre et de verre, la douche d'un homme qui avait tout. Magdalena ne se rappelait jamais quelle poignée en chrome brossée faisait quoi. Elle en tourna une et se retrouva assaillie par des canons à eau jaillissant de toutes parts. Elle en actionna frénétiquement une autre et fut caressée par une douce cascade tropicale. Elle se lava avec le savon aux senteurs masculines de Phillip, se sécha avec une serviette brodée du monogramme de Phillip puis contempla son corps nu dans le miroir à cadre doré de Phillip. *Portrait d'une dealeuse*, songea-t-elle. *Portrait d'une voleuse.*

Portrait d'une inconnue…

Dans la grande chambre à coucher, il n'y avait plus aucun signe de Phillip, sinon la tache qu'il avait laissée sur le drap. Leurs ébats avaient frôlé le viol, avec en fond sonore les notifications et la sonnerie quasi ininterrompue de son portable. Celui de Magdalena était au fond de son sac à main Hermès, près des vêtements que Phillip lui avait quasiment arrachés. Consciente que d'autres oreilles écoutaient, elle avait enduré ses assauts dans le plus grand silence. Son amant vorace n'avait cependant pas fait preuve de la même discrétion.

Rhabillée, elle ramassa son sac et se mit à la recherche de Phillip. Elle le trouva en bas, dans la galerie, debout devant le faux Gentileschi. Il arborait l'expression de raffinement expert qu'il prenait toujours face aux investisseurs candides. Phillip Somerset, mécène des arts. Aux yeux de Magdalena, il serait toujours le philistin inculte qu'elle avait rencontré au Cirque. Bud Fox avec une touche de Jay Gatsby. Une contrefaçon. Et pas très difficile à percer à jour.

— Il est si bon que ça ? finit-il par lui demander.

— Meilleur que la version du Getty.

— Prix ?

— Sauf imprévu... trente millions.

— Je dois le vendre.

— Je te le déconseille, Phillip.

— Pourquoi ?

— Parce qu'il provient de la même source que ceux qui ont été vendus par Oliver Dimbleby à Londres. Si encore une œuvre émerge de la même prétendue ancienne collection européenne, tous les drapeaux rouges se lèveront. Il a besoin d'une provenance entièrement nouvelle et d'assez de temps pour refroidir. Il faudrait peut-être aussi baisser l'attribution d'un cran ou deux.

— Attribué à Gentileschi ?

— Voire à l'entourage de Gentileschi. Ou même à un disciple.

— J'aurai de la chance si j'en tire un million.

— Ce n'est pas un tableau que j'ai acheté à Florence, Phillip. J'ai acheté le plus grand faussaire de tous les temps. Les bénéfices seront immenses dans les années à venir. Mets le Gentileschi au frais à l'entrepôt et sois patient.

— Je crains que la patience soit une vertu que je ne puisse m'offrir pour l'instant, dit-il en regardant son téléphone.

— Qui est-ce encore ?

— Harriet Grant.

— Que se passe-t-il ?
— Je n'en ai pas la moindre idée.

Ils mangèrent leurs salades Cobb aux fruits de mer à la table de la cuisine, avec CNBC en toile de fond. Magdalena sirotait du sancerre, mais Phillip, déshydraté par ses efforts dans la chambre à coucher, buvait du thé glacé à grandes gorgées. Son téléphone reposait près de son coude, et quoiqu'il soit en mode silencieux, des notifications de messages illuminaient fréquemment l'écran.

— Tu ne m'as pas donné son nom, dit-il.

— Impossible, je le crains.

— Pourquoi ?

— Question de réciprocité, je suppose. Tu as ton faussaire, et maintenant j'ai le mien.

— Mais tu as acheté le tien avec dix millions de dollars de mon argent.

— Tu n'aurais pas le moindre sou sans moi, Phillip. Et tu n'imagines pas à quel point ça a été difficile de le trouver. Je crois que je vais le garder pour moi.

Il posa ses couverts et la lorgna d'un regard vide.

— Delvecchio, lâcha-t-elle avec un soupir. Mario Delvecchio.

— Quelle est son histoire ?

— Rien qui sorte de l'ordinaire. Un peintre raté qui prend sa revanche sur le monde de l'art avec sa palette et ses pinceaux. Il vit dans une villa isolée dans le sud de l'Ombrie. Il est incroyablement bien éduqué et formé. Et très beau, je dois reconnaître. Nous sommes devenus amants durant mon séjour. Lui au moins connaît quelque chose au plaisir féminin.

— Y a-t-il quelque chose d'autre que je puisse faire pour toi ?

— J'adorerais avoir un peu plus de ce sancerre.

Phillip fit signe à señora Ramírez.

— Est-ce que ton amant a d'autres œuvres terminées sous le coude ?

— Aucune que je puisse mettre sur le marché pour le moment. Je lui ai dit de se calmer un peu sur les chefs-d'œuvre et de se concentrer sur les artistes de moindre importance que je peux écouler sous les radars.

— Qu'est-ce que nous allons faire de son partenaire, cet Alessandro Calvi ?

— Maintenant que Mario et moi couchons ensemble, je pense que je peux le convaincre de mettre un terme à sa relation torride avec signore Calvi.

— Tu me fais marcher, pas vrai ?

— Tu sais qu'il n'y a que toi, Phillip, dit-elle en lui tapotant le dos de la main. Pour être honnête, je suis plus préoccupée par celui dont on ne doit pas prononcer le nom que par signore Calvi.

— Laisse-moi m'inquiéter de lui.

— Comment réagira-t-il à l'idée d'avoir un compagnon d'écurie spécialisé dans les vieux maîtres ?

— Je ne lui ai jamais promis l'exclusivité.

— J'ai déjà entendu ça quelque part, releva Magdalena en portant son verre à ses lèvres.

Phillip adopta une nouvelle expression – celle de l'ami et de l'amant attentionné. Encore moins crédible que sa posture d'intellectuel et de connaisseur des arts.

— Qu'est-ce qui te prend ? demanda-t-il.

— À part toi, tu veux dire ? fit-elle en riant de son propre mot d'esprit. Je réfléchis à mon avenir, voilà tout.

— Ton avenir est tout tracé.

— Vraiment ?

— As-tu consulté ton solde récemment ? Tu pourrais prendre ta retraite demain et passer le reste de ta vie étendue sur une plage d'Ibiza.

— Et si je le faisais ?

Phillip ne répondit pas ; il fixait de nouveau son téléphone.

— C'est qui cette fois ?

— Nicky Lovegrove, répondit-il en transférant l'appel sur sa boîte vocale. Plusieurs de ses clients essaient de sortir de mon fonds.

— Mon argent est engagé dans ce fonds. *Tout* mon argent.

— Ton argent est en sécurité.

— Tu m'as aussi assuré un jour que tu allais faire de moi la Damien Hirst espagnole. Mais ce n'était rien d'autre qu'un habile stratagème pour mettre un peu de cash dans ma poche.

— Ce n'était pas *un peu* de cash, si je me souviens bien.

— Où sont-ils ? demanda subitement Magdalena.

— Les tableaux ?

Elle hocha la tête.

— À l'entrepôt.

— Je voudrais les récupérer.

— Impossible.

— Pourquoi ?

— Parce qu'ils m'appartiennent. Comme toi, Magdalena. Ne l'oublie jamais.

Son téléphone s'éclaira.

— Encore un ?

— Non, ce n'est que Lindsay.

— Transmets-lui mes amitiés, dit-elle avec un sourire.

Après avoir brièvement parlé à sa femme et salué sa partenaire en affaires et maîtresse, Phillip Somerset regagna son bureau et appela Ellis Gray, directeur du service des prêts garantis contre œuvres d'art chez JPMorgan Chase. Phillip et Ellis s'étaient croisés par hasard à Sag Harbor le week-end précédent, aussi se passèrent-ils des préliminaires. Phillip lui expliqua qu'il avait besoin d'un peu de liquidités. Ellis, qui avait gagné des millions en travaillant avec Masterpiece Art Ventures, se contenta de demander à Phillip le montant qu'il avait en tête et la description du tableau qu'il avait l'intention d'hypothéquer.

— Quarante millions

— Et le tableau ?

Phillip lui répondit.

— Un Gentilseschi ?

— Nouvellement découvert. J'ai l'intention de le garder sous cloche un an ou deux avant de le mettre sur le marché.

— L'attribution ?

— En béton.

— Et la provenance ?

— Un peu mince.

— À qui l'avez-vous acheté ?

— À un négociant espagnol. C'est tout ce que je peux dire.

Ellis Gray, qui gagnait sa vie en prêtant de l'argent contre des tableaux, était bien au fait de l'opacité du monde de l'art. Néanmoins, il n'était pas prêt à débourser quarante millions de dollars de chez JPMorgan Chase sur une œuvre sans passé, même pour un client aussi important et fiable que Phillip Somerset.

— Pas sans un examen scientifique, déclara Ellis. Envoyez-le à Aiden Gallagher à Westport. Si Aiden dit qu'il est casher, je vous enverrai l'argent.

Phillip coupa la communication. Puis il appela Kenny Vaughan en visioconférence et l'informa qu'aucune injection d'argent urgente n'était à l'ordre du jour.

— Il va peut-être falloir envisager de suspendre les rédemptions.

— Impossible. On doit trouver un moyen.
— Je vais allumer quelques cierges et voir ce que je peux faire.
Phillip coupa la chique à Kenny et accepta un autre appel.
C'était Allegra Hughes.
Elle voulait récupérer son argent.

60

Hôtel Pierre

Gabriel avait sollicité Yuval Gershon plus tôt ce matin-là. Oui, il avait conscience que c'était une demande inopportune et pas tout à fait légale, puisqu'il n'avait plus de statut officiel. Et non, il ne pouvait pas affirmer avec certitude que ce serait la dernière fois. Il semblait être devenu une escale incontournable pour tous ceux qui avaient un problème : les Premiers ministres britanniques adultères, les souverains pontificaux romains, les marchands d'art londoniens. Son enquête actuelle, comme souvent, avait failli lui coûter la vie. Yuval Gershon était au courant, bien entendu. En fait, sans son intervention, Gabriel ne serait plus de ce monde.

Yuval avait confié la tâche à une nouvelle recrue. Peu importait ; dans leur champ de compétences, les jeunes étaient souvent meilleurs que les vieux. Celui-ci était un artiste au sens propre du terme. Il s'était lancé à 10 h 15, heure de la côte Est, et à 14 h 30, il était maître des lieux – les lieux en question se trouvant être une firme de Manhattan appelée Chelsea Fine Arts Storage.

Suivant ses instructions, le gamin fondit sur la base de données : dossiers d'assurance, documents fiscaux, fichiers personnels, un registre d'expédition contenant un an de collectes et de livraisons, une liste exhaustive des tableaux stockés dans un entrepôt sécurisé et climatisé de la 91e Rue Est, non loin de York Avenue. Il y en avait sept cent quatre-vingt-neuf en tout. Chaque entrée détaillait le nom de l'œuvre, l'artiste, le support, les dimensions, la date d'exécution, la valeur estimée, l'actuel propriétaire et l'emplacement exact du tableau dans l'entrepôt, par étage et par numéro de casier.

Six cent quinze des œuvres étaient déclarées appartenir directement à Masterpiece Art Ventures – qui détenait également Chelsea Fine Arts Storage. Les autres étaient au nom de sociétés-écrans dotées d'acronyme en trois lettres qu'affectionnaient les dissimulateurs d'actifs et les kleptocrates du monde entier. La plus récente arrivée était *Danaé et la pluie d'or*, prétendument d'Orazio Gentileschi. Sa valeur déclarée était de trente millions de dollars, soit trente millions de dollars de plus que ce qu'il valait réellement. Pour l'instant, le tableau n'était pas assuré.

L'entrepôt contenait aussi seize toiles de la main d'une artiste espagnole autrefois prometteuse du nom de Magdalena Navarro. À 15 h 15 – après un déjeuner compromettant avec un certain Phillip Somerset, fondateur et P-DG de Masterpiece Art Ventures – elle regagna l'hôtel Pierre. Une fois arrivée dans sa suite, elle remit immédiatement son téléphone à Gabriel. Il lui donna une liste de sept cent quatre-vingt-neuf tableaux, et ils se mirent au travail.

Ils s'installèrent dans un rythme prévisible, quoique déprimant. Magdalena, liste sous les yeux, les prévenait quand elle repérait ce qu'elle savait être une contrefaçon. Puis elle précisait à Sarah et Evelyn, qui notaient tout soigneusement, la date et les circonstances dans lesquelles le tableau avait trouvé le chemin de l'inventaire de Masterpiece Art Ventures. L'écrasante majorité des toiles avaient été acquises via des ventes fantômes conclues au sein du réseau de distribution de Magdalena, ce qui signifiait qu'aucun argent n'avait changé de mains. Mais quelques-unes étaient passées par des galeristes réputés, dégageant Phillip de toute responsabilité si un jour l'authenticité de ces œuvres venait à être remise en question.

Parmi les absences notoires, Gabriel releva celle de *Portait d'une inconnue* de Sir Antoine Van Dyck, huile sur toile, 115 x 92, que Masterpiece avait récemment acheté à Isherwood Fine Arts. D'après le registre d'expédition, le tableau avait été envoyé à Sotheby's, à New York, mi-avril.

— Une semaine après l'explosion de la galerie Georges Fleury, fit remarquer Gabriel.

— Phillip doit s'en être débarrassé, supputa Magdalena. Ce qui veut dire qu'un collectionneur innocent est maintenant l'heureux propriétaire d'une peinture sans la moindre valeur.

— J'aurai une petite conversation avec Sotheby's demain matin.

— Une conversation discrète, avertit Sarah.

— Mon petit doigt me dit que ce ne sera pas une option, dit Gabriel en jetant un coup d'œil à Evelyn.

À 17 heures, ils avaient passé la liste au crible deux fois. Le score final s'élevait à deux cent vingt-sept contrefaçons, dont la valeur déclarée cumulée excédait les trois cents millions de dollars, soit vingt-cinq pour cent des actifs supposément gérés par Masterpiece. Si l'on ajoutait cela au reste des éléments rassemblés par Gabriel et Magdalena – dont la tentative de Phillip, dûment enregistrée, d'obtenir auprès de JPMorgan Chase un prêt garanti par une contrefaçon –, ils avaient la preuve irréfutable que Masterpiece Art Ventures était une entreprise criminelle dirigée par le plus grand escroc de l'histoire.

Quand ils en eurent terminé, Evelyn appela son rédacteur en chef au siège de *Vanity Fair* sur Fulton Street et l'informa qu'elle aurait terminé son article avant 21 heures. Puis elle s'assit devant son ordinateur et se lança dans l'écriture.

— À un moment, dit-elle à Gabriel, je vais devoir solliciter Phillip pour un commentaire.

Heureusement, ils savaient où le joindre. D'après Proteus, son téléphone se trouvait pour l'heure à l'angle de la Cinquième Avenue et de la 74e Rue Est, quarante mètres au-dessus du niveau de la mer. Il y avait six appels manqués, trois nouveaux messages vocaux et vingt-deux textos non lus. La caméra était tournée vers le plafond. Le microphone ne transmettait rien. Ce fichu truc était juste posé là, conclut Gabriel. Comme un presse-papiers animé d'un pouls numérique.

61

Sutton Place

Leonard Silk connaissait bien le côté obscur de la nature humaine. Ses clients, tous assez fortunés pour louer ses services, formaient une bande d'arnaqueurs, de conspirateurs, d'escrocs, de voleurs, de fraudeurs, de délinquants financiers, de coureurs de jupons et de déviants sexuels de la pire espèce. Silk ne les jugeait pas, car lui-même n'était pas exempt de péchés. Il lui aurait pour cela fallu balayer d'abord devant sa porte, et il n'était pas balayeur.

Silk était tombé en disgrâce à la fin des années 1980, alors qu'il travaillait au poste de la CIA à Bogotá. Récemment divorcé, ruiné, il avait fait de lucratives affaires avec le cartel de cocaïne de Medellín. Silk avait fourni aux barons de la drogue de précieuses informations sur les efforts de la DEA[1] et des autorités colombiennes pour infiltrer leur cartel. En retour, il avait été grassement rémunéré – vingt millions de dollars en cash, qui provenaient du trafic de drogue sur le sol du pays qu'il avait juré de défendre.

Étonnamment, Silk avait réussi à s'extirper de ce partenariat en conservant sa fortune mal acquise et sa vie, et il avait pris sa retraite de l'Agence quelques jours avant les attentats du 11-Septembre. Il avait utilisé une partie de ses fonds pour acheter un appartement

1. *Drug Enforcement Administration*, agence américaine anti-drogue.

de luxe à Sutton Place. Et à l'hiver 2002, alors que ses anciens collègues livraient la première bataille de la guerre mondiale contre le terrorisme, Silk s'était établi comme consultant en sécurité et détective privé. Amusé par le sigle, il avait baptisé sa petite entreprise Integrity Security Solutions.

Silk proposait à ses clients l'habituel éventail de services de conseil, mais l'essentiel de ses revenus provenait d'activités illégales comme l'espionnage industriel, le piratage informatique, le chantage, le sabotage, et d'un produit qu'il appelait par euphémisme la « défense de la réputation ». Il était connu pour sa capacité à faire disparaître les problèmes ou, quand une telle chose était possible, éviter qu'ils se produisent en premier lieu. Il possédait aussi la compétence, en dernier ressort, de transformer le « problème » en accident de voiture ou en overdose, ou de le faire purement et simplement disparaître. Il n'employait aucun collaborateur directement, mais engageait des free-lances quand il en avait besoin. Deux récentes opérations avaient eu lieu en France, où Silk était bien introduit, pour le bénéfice d'un seul et même client.

À 9 h 42 ce matin-là, le client en question avait demandé à Silk de déterminer pourquoi certains de ses investisseurs avaient demandé la rédemption de plusieurs millions de dollars de leurs avoirs. Après quelques coups de fil à son réseau d'informateurs, dont il s'assurait la loyauté par l'argent ou la contrainte, Silk avait découvert une explication possible. Ce n'était pas le genre d'affaire dont il souhaitait discuter par téléphone, aussi convoqua-t-il son chauffeur et prit-il la route des beaux quartiers. En arrivant à la résidence de son client sur la 74e Rue Est, il vit deux ouvriers manipuler un tableau dans sa caisse à l'arrière d'un camion de livraison. Tyler Briggs, l'agent de sécurité, observait leurs efforts depuis le pas de la porte.

— Où est votre patron ? interrogea Silk.

— En haut, dans son bureau.

— Seul ?

— Maintenant, oui. Il avait de la compagnie, tout à l'heure.

— Quelqu'un d'intéressant ?

Briggs fit entrer Silk dans le PC sécurité du manoir. La résidence remplie d'œuvres d'art était protégée par un ensemble de caméras haute résolution. Pour l'heure, l'une d'elles était pointée sur son client. Il était assis à son bureau, un téléphone à son oreille. Il n'avait pas l'air bien.

Briggs s'assit devant un ordinateur et pressa quelques touches sans un mot. Un instant plus tard, une grande femme aux cheveux noirs apparut sur un des moniteurs. Elle se tenait devant un tableau dans la galerie. Un Gentileschi, remarqua Silk. Impressionnant, mais très certainement une contrefaçon.

— Pourquoi le prend-elle en photo ?

— Je ne lui ai pas posé la question.

— Où est-elle allée ensuite ?

L'homme de la sécurité mit l'enregistrement en lecture.

— Ça suffira, merci, dit Silk au bout d'un moment.

L'image se figea.

— Montez voir M. Somerset dans son bureau et dites-lui à voix basse de me retrouver dans le jardin.

Briggs se leva et se dirigea vers la porte.

— Une dernière chose, Tyler.

— Oui, monsieur ?

— Précisez à M. Somerset de laisser son téléphone là-haut.

Silk emprunta un couloir menant à l'arrière de la maison. Il passa devant la cave à vin, le *home cinema* et la salle de yoga, et émergea dans un jardin clos de murs. Il était ombragé par un grand arbre feuillu et, au nord et à l'est, par de vénérables immeubles. Des meubles d'extérieur de décorateur se dressaient tristement sur le dallage sans défaut. Le clapotis de la fontaine à l'italienne couvrait le bruit du trafic de la Cinquième Avenue.

Phillip Somerset le rejoignit cinq minutes plus tard. Comme à son habitude, il arborait une tenue d'inspiration nautique. Ils prirent place dans des fauteuils bas en rotin. Silk lui fit part de ses découvertes sans préambule ni civilités d'usage. C'était un homme occupé, et Phillip Somerset avait de sérieux problèmes.

— Sérieux à quel point ?

— Mes sources n'ont pas d'information sur le contenu de l'article lui-même.

— N'est-ce pas exactement le genre d'informations pour lesquelles je vous paie, Leonard ?

— Le marketing du magazine a contacté tous les services des informations financières de la ville. Ils ne l'auraient pas fait si ce n'était pas pour quelque chose d'important.

— Fatal ?

— Possiblement.

— Et vous êtes certain que l'article parle de moi ?

Silk confirma d'un hochement de tête.

— Le FBI est impliqué ?

— Pas d'après mes sources.

— Alors d'où ça vient ? Et pourquoi plusieurs de mes investisseurs ont-ils décidé justement aujourd'hui de récupérer leur argent ?

— Il est possible que des rumeurs courent dans le milieu de l'art à propos d'un article à charge en préparation. Mais l'explication la plus probable est une attaque coordonnée par un adversaire déterminé et plein de ressources.

— Vous avez des candidats en tête ?

— Un seul.

Silk ne prononça pas son nom ; ce n'était pas nécessaire. Il s'était opposé à l'idée de cibler un homme comme Gabriel Allon, mais il avait cédé quand Phillip avait proposé de le payer dix millions de dollars. Silk avait cédé une portion congrue de cette somme à une organisation française appelée le Groupe, celle-là même qui s'était occupée de Valérie Berrangar. Il avait aussi communiqué au Groupe des informations détaillées sur les projets de voyage de Gabriel – notamment son intention de se rendre dans une galerie d'art située rue La Boétie à Paris. Malgré cela, l'Israélien et son amie Sarah Bancroft avaient réussi à ressortir vivants de la galerie.

— Vous m'avez assuré qu'Allon n'était plus un problème, dit Phillip.

— La vidéo de l'arrivée de Mlle Navarro ici un peu plus tôt cet après-midi suggère le contraire.

— Tyler Briggs travaille pour vous ou pour moi, Leonard ? demanda Phillip en fronçant les sourcils.

Silk ignora la question.

— Elle a pris plusieurs photos du tableau exposé dans la galerie. Des plans rapprochés et d'autres au grand angle. J'ai eu l'impression qu'elle cherchait à montrer où il se trouvait.

L'expression de Phillip s'assombrit, mais il ne dit rien.

— Est-ce que vous avez parlé affaires après votre partie de jambes en l'air ?

— En détail, répondit Phillip.

— Vous aviez votre téléphone avec vous ?

— Oui, bien sûr.

— Où était le sien ?

— Dans son sac à main, je suppose.

— Il enregistrait probablement chacune de vos paroles. Partez du principe que votre téléphone aussi est compromis.

Phillip jura dans sa barbe.

— Je n'ose pas vous demander si vous l'avez utilisé.

— J'ai eu deux franches conversations avec Kenny Vaughan. J'ai aussi essayé d'obtenir un prêt garanti contre une œuvre d'art auprès d'Ellis Gray chez JPMorgan Chase.

— Parce que plusieurs de vos plus gros investisseurs se sont retirés de votre fonds le jour même où Mlle Navarro se trouvait chez vous à prendre un tableau en photo.

Phillip se leva d'un bond.

— Asseyez-vous, dit calmement Silk. Ce n'est pas le moment d'aller la chercher.

— Vous travaillez pour *moi*, Leonard.

— Une information que le FBI n'a pas besoin de connaître. Ni Gabriel Allon, d'ailleurs. Donc vous allez faire exactement ce que je vous dis.

Phillip parvint à sourire.

— Est-ce que vous venez de me menacer ? demanda-t-il.

— Seuls les amateurs menacent. Et je ne suis pas un amateur.

Phillip se laissa retomber dans le fauteuil.

— Où loge-t-elle ? questionna Silk.

— Dans sa suite habituelle au Pierre.

— Je pense que j'irai lui rendre une petite visite. En attendant, je voudrais que vous remontiez et que vous fassiez votre valise.

— Où vais-je ?

— À déterminer.

— Si je quitte le pays maintenant...

— Les investisseurs qui vous restent encore se rueront sur les canots de sauvetage, et votre fonds s'écroulera en quelques heures. La question est : voulez-vous être à New York quand ça se produira ? Ou préférez-vous vous prélasser sur une plage avec Lindsay ?

Phillip ne répondit pas.

— Combien avez-vous à portée de main ?

— Pas beaucoup.

— Dans ce cas, c'est le bon moment pour régler votre facture auprès de Integrity Security Solutions, dit Silk en lui tendant un téléphone. Votre solde est débiteur de quinze millions.

— C'est rude, vous ne trouvez pas ?

— Ce n'est pas le moment de mégoter, Phillip. Je suis la seule chose qui se dresse entre vous et une cellule du Metropolitan Correctional Center.

Phillip appela Kenny Vaughan et lui demanda de virer quinze millions de dollars sur le compte de Silk à la Oceanic Bank and Trust ltd. À Nassau.

— Je sais, Kenny. Contente-toi de faire ce que tu as à faire.

Phillip raccrocha et voulut rendre le téléphone à Silk.

— Gardez-le, dit ce dernier. Laissez le vôtre sur votre bureau, branché à un chargeur, et allez à Long Island. Ne faites rien avant que je vous appelle.

62

Hôtel Pierre

Tandis qu'il roulait le long des treize pâtés de maisons séparant la résidence de Phillip Somerset de l'hôtel Pierre, Leonard Silk passa une série de coups de fil hâtifs. Il appela d'abord Executive Jet Service à l'aéroport MacArthur sur Long Island ; puis un homme qui avait vendu des armes aux Contras et de la cocaïne pour les cartels ; et enfin un vieil ami de l'Agence nommé Martin Roth. Marty était un fournisseur de spécialistes en cybersurveillance et, si les circonstances l'exigeaient, de muscles et de puissance de feu. Son officine de sécurité privée était basée dans un entrepôt à Greenpoint. Silk faisait souvent appel à ses services.

— Tu en as besoin quand ? demanda Marty.

— Il y a vingt minutes.

— Les bouchons de Midtown sont infernaux. Et je suis coincé un moment, comme c'est parti.

— Fais ce que tu peux, dit Silk alors que son Escalade s'arrêtait devant l'entrée du Pierre sur la Cinquième Avenue. Mon client te sera reconnaissant. Et moi aussi.

À l'intérieur, les hôtesses du Two E Bar & Lounge saluèrent Silk par son nom et le conduisirent à une table d'angle. Un verre de single malt apparut un moment plus tard, suivi de près par Ray Bennett, un inspecteur du NYPD à la retraite qui assurait maintenant la sécurité du Pierre. Rien de ce qui se passait dans l'hôtel n'échappait à Bennett, compétence pour laquelle Silk lui payait des honoraires mensuels substantiels.

Bennett n'était pas seul. Il y en avait d'autres comme lui dans tous les hôtels huppés de la ville, qui tous nourrissaient Silk d'un flot continu de ragots, pour la plupart accompagnés de reçus et d'enregistrements vidéo. Les informations sur la vie privée des journalistes étaient prioritaires. Bennett avait ainsi donné à Silk les moyens d'empêcher le magazine *New York* de faire des révélations sur un de ses plus importants clients. Silk avait récompensé son indic d'un bonus de vingt-cinq mille dollars, assez pour le soulager du poids financier de son divorce et lui permettre de payer les frais de scolarité de son gosse.

Les règles de l'hôtel interdisaient à Bennett de s'asseoir avec un client, aussi resta-t-il debout quand Silk formula sa demande.

— Une femme occupe une des suites du dix-neuvième étage. Elle est liée à un de mes gros clients, qui craint pour sa sécurité.

— Comment s'appelle-t-elle ?

— Elle s'est enregistrée sous le nom de Miranda Álvarez. Son véritable nom est…

— Magdalena Navarro. C'est une cliente régulière.

— Vous avez remarqué quelque chose d'inhabituel ?

— Si je ne me trompe pas, elle n'est sortie de l'hôtel qu'une seule fois depuis son arrivée.

— Qu'est-ce qu'elle fait de son temps ?

— Elle a reçu des gens à dîner dans sa chambre, hier.

— Vraiment ? Qui ça ?

— Ses amis, qui ont leurs chambres en face de la sienne. Ils se sont enregistrés en même temps qu'elle. Faux noms, comme Mlle Navarro.

— J'ai besoin de leurs vrais noms.

— À combien évaluez-vous ce besoin ?

— Dix mille.

— Vingt.

— Ça marche, fit Silk.

Ray Bennett regagna son bureau, ferma la porte et s'assit à son ordinateur. En tant que chef de la sécurité, il avait accès à toutes les informations sur les clients, même les plus confidentielles. Il appela Leonard Silk aussitôt et lui lut les noms.

— Sarah Bancroft et Gabriel Allon.

Le téléphone de Bennett signala l'arrivée d'un nouveau texto.

— Regardez la photo que je viens de vous envoyer, dit Silk.

Bennett agrandit l'image.

— Vous la reconnaissez ?

— C'est cette journaliste de *Vanity Fair*.

— Est-ce qu'elle s'est rendue dans la suite de Mlle Navarro ?

— Je crois qu'elle y est en ce moment même.

— Merci, Ray. Votre chèque est au courrier, dit Silk avant de raccrocher.

Bennett considéra les deux noms sur l'écran de son ordinateur. L'un d'eux lui était familier. *Gabriel Allon*… Bennett était certain de l'avoir vu quelque part. Mais où ?

Google lui donna la réponse.

— Merde, lâcha-t-il entre ses dents.

Une fois dehors, Leonard Silk s'installa à l'arrière de son Escalade et appela Phillip sur le téléphone jetable qu'il lui avait donné.

— Vous lui avez parlé ? demanda Phillip.

— Je n'ai pas pu. Elle est occupée pour le moment.

— Occupée à quoi ?

— À raconter tout ce qu'elle sait sur Masterpiece Art Ventures à Evelyn Buchanan. Gabriel Allon et votre amie Sarah Bancroft sont avec elle. C'est fini, Phillip. Un avion a été affrété pour vous à MacArthur. Il décolle à 22 h 15. Ne soyez pas en retard.

— Je devrais peut-être prendre le Gulfstream.

— Le but de cette opération est de vous faire sortir du pays, Lindsay et vous, sans laisser de trace. À Miami, une voiture vous emmènera à Key West. Et quand le soleil se lèvera, vous serez déjà à mi-chemin de la péninsule du Yucatán.

— Et vous, Leonard ?

— Ça dépend. Vous avez parlé de moi à votre amie sévillane ?

— Ne vous inquiétez pas, elle ne peut pas vous impliquer dans quoi que ce soit.

Silk entendit un concert de klaxons dans son téléphone.

— Pourquoi n'êtes-vous pas déjà dans l'hélico ?

— La Deuxième Avenue est complètement bouchée.

— Vous n'aurez plus à vous inquiéter de la circulation, là où vous allez.

Silk raccrocha et leva les yeux vers les étages supérieurs de l'hôtel. *Elle ne peut pas vous impliquer dans quoi que ce soit*... Peut-être pas, mais Silk n'était pas prêt à courir ce risque.

Il appela Ray Bennett.

— J'ai une autre mission pour vous, si ça vous intéresse.

— Je vous écoute.

Silk lui expliqua ce qu'il attendait de lui.

— Combien ? demanda Bennett.

— Cinquante mille.

— Pour s'opposer à un homme comme Gabriel Allon ? Soyez réaliste, Leonard.

— Soixante-quinze ?

— Cent.

— Ça marche.

63

North Haven

Seule dans la grande maison vide de North Haven, Lindsay Somerset était assise en tailleur, les mains sur les genoux. La baie vitrée face à elle dominait les eaux couleur cuivre de Peconic Bay. Habituellement, le paysage la remplissait de satisfaction, mais pas aujourd'hui. Elle ne trouvait pas la paix intérieure, le *shanti*.

Par terre, à côté de son tapis de sol, son téléphone s'illumina. Ne reconnaissant pas le numéro, elle déclina l'appel. Il se ranima aussitôt, et elle refusa une nouvelle fois de prendre la communication. Après deux tentatives supplémentaires de décourager l'intrus, elle porta rageusement l'appareil à son oreille.

— Mais qu'est-ce que vous voulez, à la fin ?

— J'espérais échanger quelques mots avec ma femme.

— Pardon, Phillip. Je n'ai pas reconnu le numéro. À qui appartient ce téléphone ?

— Je t'expliquerai tout quand je serai là.

— Je croyais que tu restais en ville pour la nuit.

— Changement de plans. Je vais atterrir à East Hampton à 18 h 45.

— Excellente nouvelle. Tu veux que je réserve une table quelque part ?

— Je crois que je n'aurai pas le courage d'affronter la foule ce soir. On prendra à quelque chose à emporter sur le retour.

— Chez Lulu ?

— Parfait.

— Une préférence ?

— Surprends-moi.

— Quelque chose ne va pas, Phillip ? Tu n'as pas l'air dans ton assiette.

— Dure journée, c'est tout.

Lindsay raccrocha, se leva et enfila une paire de Nike et un sweat à capuche Lululemon. Puis elle descendit dans la pièce à vivre. *Rothko, Pollock, Warhol, Basquiat, Lichtenstein, Diebenkorn...* Il y en avait pour un demi-milliard de tableaux, et ils appartenaient tous à Masterpiece Art Ventures. Phillip avait soigneusement tenu Lindsay à distance des affaires de la société, dont elle ne connaissait que le fonctionnement basique. Phillip achetait intelligemment et revendait en faisant de faramineux profits dont il gardait une partie pour lui-même et donnait le reste à ses investisseurs. Les banques se bousculaient pour lui prêter de l'argent, car il ne manquait jamais un remboursement et utilisait son inventaire comme garantie. Les prêts lui permettaient d'acheter plus d'œuvres d'art, qui produisaient davantage de richesse pour ses investisseurs. La plupart d'entre eux voyaient leurs avoirs doubler en à peine trois ans, et peu d'entre eux en demandaient une rédemption. Masterpiece était une trop bonne affaire.

Lindsay contempla le Basquiat. Elle avait été avec Phillip le soir où il l'avait acheté chez Christie's pour soixante-quinze millions de dollars. En fait, cela avait été leur premier vrai rendez-vous. Ensuite, il l'avait emmenée au Bar SixtyFive, où ils avaient fêté cette acquisition avec ses employés dans la Rainbow Room. C'était une petite équipe – trois jeunes femmes à queue-de-cheval et chaussures plates, diplômées des plus grandes universités américaines, et un type du nom de Kenny Vaughan qui avait travaillé avec Phillip chez Lehman Brothers. Il y avait aussi une grande et belle Espagnole appelée Magdalena Navarro. Phillip avait dit qu'elle était son agente et sa courtière en Europe.

— Tu couches toujours avec elle ? avait demandé Lindsay alors qu'ils rentraient chez Phillip.

— Avec Magdalena ? Non, c'est fini.

Lindsay avait posé la même question quand Phillip l'avait demandée en mariage – et une fois encore quand il avait insisté pour qu'elle signe un contrat de mariage lui assurant un versement de dix millions de dollars en cas de divorce. À aucun moment elle n'avait cru les négations de Phillip. Elle était d'ailleurs convaincue que son mari et Magdalena étaient encore amants aujourd'hui. La force d'attraction érotique entre eux sautait aux yeux dans chacun de leurs gestes et de leurs expressions. Lindsay n'était pas aveugle. Et pas aussi idiote qu'ils le croyaient.

Je t'expliquerai tout quand je serai là...

Son impression de dissonance revint en force. Elle n'aurait su dire si elle concernait leur mariage ou les affaires de Phillip. Mais quelque chose clochait. Elle en était certaine.

Elle sortit, s'installa derrière le volant de son Range Rover blanc et s'engagea dans l'allée. Lorsqu'elle passa devant la maisonnette du personnel, un garde agita la main pour la forme et ouvrit le portail. Elle tourna à gauche sur Actors Colony Road puis appela Lulu Kitchen & Bar à Sag Harbor. Après avoir salué la réceptionniste par son prénom, elle passa commande de calamars frits, de poulpe grillé, de deux laitues Boston, de deux flétans grillés et d'un steak de hampe. Ils avaient déjà le numéro de la carte de crédit de Phillip.

— Pour 19 h 15, ça ira, madame Somerset ? Nous avons pas mal de monde ce soir.

— 19 heures, ce serait mieux.

En suivant la Route 114, qui traversait la péninsule dans le sens de la longueur, elle arriva dans le centre-ville de Sag Harbor. L'aéroport se trouvait environ six kilomètres au sud du village, au bout de Daniels Hole Road. Autrefois propriété de la ville d'East Hampton, il était maintenant entièrement privé et répondait aux besoins de gens comme les Somerset. Le Sikorsky de Phillip entamait sa phase d'atterrissage dans la nuit claire alors que Lindsay se présentait à l'entrée. Le garde lui permit de s'avancer sur le tarmac, épargnant à M. Somerset l'indignité de devoir marcher jusqu'au parking.

Il se laissa tomber sur le siège passager du Range Rover pendant que le personnel au sol chargeait deux grosses valises Rimowa doublées d'aluminium dans le coffre. Elles paraissaient inhabituellement lourdes.

— Des haltères ? interrogea Lindsay alors que Phillip l'embrassait sur la bouche.

— Dans l'une, il y a deux millions de dollars en espèces. Dans l'autre, des lingots d'or de cinq cents grammes.

— Pourquoi ?

— Parce que je ne suis pas l'homme que tu crois. Et que j'ai des ennuis.

64

Hôtel Pierre

Peu après avoir repris la gestion des affaires courantes d'Isherwood Fine Arts, un officier supérieur du renseignement russe avait fait subir à Sarah Bancroft un interrogatoire musclé en la menaçant avec une toxine radiologique mortelle. Regarder Evelyn Buchanan écrire son article était à peine moins angoissant. Sarah lui apportait son aide quand elle le pouvait, mais elle garda le plus souvent la tête baissée et s'efforça de rester hors de sa ligne de mire, laquelle était principalement dirigée vers Gabriel. Non, répétait-il continuellement, il n'avait aucune envie de voir apparaître son nom dans l'article. Les règles étaient les règles. Elles n'allaient pas changer à la dernière minute.

— Dans ce cas, dit Evelyn, j'aurais quelques autres questions à poser à Magdalena.

— À quel sujet ?

— Oliver Dimbleby.

— Qui ?

— Magdalena a mentionné ce nom quand elle discutait avec Phillip de votre Gentileschi.

— Ah bon ? Je n'ai pas fait attention.

— Elle a aussi suggéré que tous les tableaux nouvellement découverts étaient des contrefaçons.

— Parce qu'ils le sont.
— Qui les a peints ?
— À votre avis ?
— Dans quel but ?
— Pour faire sortir Magdalena du bois.
— Est-ce que quelqu'un les a *achetées* ?
— Grands dieux, non. Ça aurait été immoral.
— Je vous en prie, racontez-moi cette histoire.
— Terminez déjà celle qui est devant vous, Evelyn. Votre patron attend votre premier jet à 21 heures.

À 18 h 30, Sarah n'en put plus. Elle se leva et leur annonça qu'elle descendait boire un martini Belvedere. Magdalena demanda la permission de se joindre à elle.

— Permission refusée.
— Si j'avais eu l'intention de m'enfuir, je l'aurais fait cet après-midi quand j'étais avec Phillip. Et nous avons un marché, monsieur Allon.

Elle marquait un point.

— Un verre seulement. Et ni téléphone ni passeport.
— Deux verres, contra Sarah, avant de se tourner vers Magdalena. Je vous retrouve aux ascenseurs dans cinq minutes.
— Plutôt dix.

Les deux femmes partirent dans leurs chambres respectives pour se rafraîchir, laissant Gabriel seul avec Evelyn.

— Je voudrais vous poser encore quelques questions.
— Le contraire m'aurait étonné, répliqua distraitement Gabriel.

Puis il jeta un coup d'œil aux transmissions du téléphone de Phillip Somerset. L'appareil n'avait pas bougé depuis plus de trois heures. Quatorze appels manqués, huit nouveaux messages vocaux, trente-sept textos non lus.

Pas d'image.

Pas de son.

Pas de Phillip.

Quand ce fut terminé, tout le monde ou presque s'accorda à dire que c'était la faute de Christopher. Il appela Sarah de Londres au moment où elle entrait dans sa chambre et la garda en ligne tandis qu'elle ôtait ses vêtements froissés pour en enfiler de plus appropriés. Rajuster sa coiffure et son maquillage se révéla plus difficile que prévu, et elle arriva aux ascenseurs deux minutes après l'heure fixée. Et poussa un soupir de soulagement en constatant que sa nouvelle amie était elle aussi en retard.

Mais trois minutes plus tard, ne voyant toujours pas Magdalena apparaître, Sarah devint nerveuse. Sa crainte d'un désastre imminent empira quand le bouton d'appel s'alluma sous sa pression, mais ne produisit aucune cabine. Elle décrocha frénétiquement le combiné du téléphone mural de l'hôtel, expliqua sa détresse à l'opérateur et fut assurée que tout rentrerait bientôt dans l'ordre.

La cabine arriva enfin. Elle s'arrêta une demi-douzaine de fois pour charger une ménagerie de clients agacés avant d'atteindre enfin le rez-de-chaussée. Sarah fonça vers le bar, mais Magdalena n'était nulle part. Elle demanda à un serveur s'il avait vu une grande brune d'environ quarante ans, très belle. Malheureusement pas, lui répondit le serveur.

Sarah reçut la même réponse de la fille à la réception. Ainsi que de l'agent de sécurité en costume sombre qui s'en tenait à proximité. Et des bagagistes et des voituriers aux deux entrées de l'hôtel.

Elle finit par appeler Gabriel.

— Je t'en prie, dis-moi que Magdalena est en haut avec toi.

— Elle est partie il y a quinze minutes.

Sarah cria des obscénités qui résonnèrent dans tout le hall. Elle avait quitté un instant Magdalena des yeux, et l'Espagnole avait disparu.

65

Midtown

Magdalena avait reconnu l'homme qui l'avait accueillie à la sortie de l'ascenseur. Elle le voyait chaque fois qu'elle descendait au Pierre. C'était le chef de la sécurité de l'hôtel. Un type costaud aux traits irlandais qui s'exprimait avec un accent de la banlieue. Dans sa précédente vie, Magdalena aurait évité un homme comme lui. Un flic, sans l'ombre d'un doute. À la retraite, certes, mais un flic quand même.

Ce soir-là cependant, l'ancien agent de police dont Magdalena ne connaissait pas le nom s'était présenté comme son gardien. D'une voix calme et assurée, il lui avait discrètement demandé si elle attendait des visiteurs. Et quand elle avait répondu par la négative, il l'avait informée qu'il avait vu deux hommes traîner devant sa suite un peu plus tôt dans l'après-midi. Et ces mêmes hommes, expliqua-t-il, buvaient à l'instant même de l'eau gazeuse au bar du hall d'entrée. D'après lui, ils travaillaient pour le gouvernement.

— FBI ?

— Probablement. Et je pense qu'il y en a deux autres dehors.

— Pouvez-vous me faire sortir d'ici ?

— Tout dépend de ce que vous avez fait.

— J'ai fait confiance à la mauvaise personne.

— Ça m'est arrivé une ou deux fois, dit-il en la toisant de haut en bas. Avez-vous besoin de récupérer quoi que ce soit dans votre suite ?

— Je ne peux pas y retourner.

— Pourquoi pas ?

— Parce que la mauvaise personne en question s'y trouve.

Là-dessus, il la prit par le bras et lui fit franchir une porte. Elle s'ouvrait sur un couloir desservant de petits bureaux et, au bout, l'aire de chargement de l'hôtel. Une Escalade noire était garée le long du trottoir de la 61e Rue Est.

— Le chauffeur attend un autre client. Mais il peut vous emmener, si vous le désirez.

— Je n'ai aucun moyen de le payer.

— Je le connais. Ne vous inquiétez pas pour ça.

L'ancien flic aux larges épaules et aux traits irlandais l'escorta jusqu'à la voiture et ouvrit la portière arrière. Un homme au costume et au teint gris était déjà assis sur la banquette. L'ancien flic poussa Magdalena à l'intérieur et claqua la porte. L'Escalade partit dans une embardée et tourna à gauche dans la Cinquième Avenue.

L'homme au costume et au teint gris posa sur Magdalena un regard sans expression tandis qu'elle s'excitait sur la poignée de la portière. Elle finit par capituler et se tourna vers lui.

— Qui êtes-vous ?

— Celui qui fait disparaître les problèmes de Phillip, répondit-il. Et vous, mademoiselle Navarro, vous êtes un problème.

Le chauffeur avait le cou épais comme une borne d'incendie et les cheveux trop longs. À l'angle de la 59e Rue Est et de Park Avenue, Magdalena lui demanda poliment de déverrouiller la portière. Ne recevant aucune réponse, elle répéta sa demande à l'homme au costume et au teint gris, qui lui dit de la fermer.

Furieuse, elle essaya de l'énucléer. Son assaut prit fin lorsqu'il lui attrapa le poignet et le lui tordit dans le dos.

— Vous avez terminé ?

— Oui.

— Vous en êtes certaine ? demanda-t-il en appuyant plus fort.

— Je promets.

Il ne relâcha que très légèrement la pression.

— Que faites-vous à New York ?

— J'ai été arrêtée.

— Où ça ?

— En Italie.

— Comment Allon s'est-il retrouvé impliqué là-dedans ?

— Il travaillait avec la police italienne.

— Je suppose que vous avez passé un marché ?

— Qui ne l'aurait pas fait ?

— Quels en étaient les termes ?

— Il m'a promis que je resterais libre si je l'aidais à faire tomber Phillip.

— Et vous avez cru à ces absurdités ?

— Il m'a donné sa parole.

— Il vous a utilisée, mademoiselle Navarro. Et vous pouvez être sûre qu'il comptait vous livrer au FBI à la minute où il n'aurait plus eu besoin de vous.

Magdalena s'arracha à sa poigne et s'éloigna de l'homme autant que l'espace exigu de l'habitacle le permettait. Ils traversaient au pas l'intersection de la 59e Rue Est et de la Troisième Avenue. Juste derrière la vitre teintée, un agent de la circulation agitait les bras. Si Magdalena parvenait à attirer son attention, elle parviendrait peut-être à se tirer de cette situation. Mais elle déclencherait aussi une chaîne d'événements qui la conduirait inévitablement en prison. Mieux valait tenter sa chance avec l'homme de Phillip.

— Qu'est-ce qu'Allon sait ? interrogea-t-il.

— Tout.
— Et la journaliste ?
— Plus qu'assez.
— Quand l'article va-t-il paraître ?
— Dans la soirée. Il ne restera rien de Masterpiece demain matin.
— Il y aura mon nom dedans ?
— Comment serait-ce possible ? Je ne le connais même pas.
— Phillip ne vous l'a jamais murmuré quand vous…
— Va te faire foutre, connard.

Le coup arriva sans semonce, un revers de main éclair. Magdalena sentit le goût du sang.

— Comme c'est chevaleresque. Il n'y a rien de plus attirant qu'un homme qui frappe une femme sans défense.

Son téléphone sonna avant qu'il ne puisse poser une autre question. Il porta l'appareil à son oreille et écouta en silence un moment.

— Merci, Marty, finit-il par dire. Préviens-moi si Allon bouge.

Puis il remit son portable dans la poche de sa veste et regarda Magdalena.

— Apparemment, l'ordinateur d'Evelyn Buchanan est sur le point de connaître une défaillance majeure.
— Ça n'empêchera pas l'article.
— Peut-être pas. Mais ça vous permettra, à Phillip et à vous, de sortir du pays avant que le FBI n'émette de mandats d'arrêt à vos noms.
— Je ne vais nulle part avec lui.
— C'est ça ou une tombe peu profonde dans les Adirondacks.

Magdalena garda le silence.

— Un choix avisé, mademoiselle Navarro.

66

Sag Harbor

Lindsay avait insisté pour qu'ils s'arrêtent à Sag Harbor récupérer leur repas chez Lulu. Phillip avait jugé que c'était une folie, un acte sans logique, comme en commettent ces femmes dépressives qui prennent soin d'enfiler leur robe de mariée avant d'avaler une dose fatale de somnifères. Mais maintenant qu'il se trouvait au fond du bar joliment décoré du restaurant, il était soulagé d'avoir un moment pour lui.

Il régnait dans la pièce un agréable brouhaha estival. Mis à part les déboires de Phillip, cela avait été une bonne journée à Wall Street. Prolifique pour certains. Il serra quelques mains importantes, tapota quelques épaules plus importantes encore et nota le hochement de tête discret d'un collectionneur respecté qui avait récemment acheté un tableau à Masterpiece Art Ventures pour quatre millions et demi de dollars. Dans quelques heures, le collectionneur apprendrait que son acquisition était sans l'ombre d'un doute une contrefaçon. Pour donner le change, il assurerait à ses plus proches amis et collaborateurs qu'il avait toujours su que Phillip était un escroc. Il ne recevrait probablement aucun remboursement, car les actifs disponibles de Masterpiece Art Ventures seraient limités et la liste de ses créanciers longue comme le bras. Le talentueux M. Somerset serait incapable d'apporter son aide aux autorités, car il resterait introuvable. Lulu Kitchen & Bar à Sag Harbor serait l'un des derniers endroits où l'on se souviendrait l'avoir vu.

Il sentit une main se poser sur son coude et, se retournant, se retrouva face aux yeux de terrier d'Edgar Malone. Edgar vivait confortablement sur la fortune que lui avait laissée son grand-père, dont il avait imprudemment confié une portion non négligeable à Masterpiece Art Ventures.

— J'ai entendu dire que vous aviez perdu plusieurs investisseurs aujourd'hui.

— Qui ont tous prospéré grassement grâce à moi.

— Dois-je m'inquiéter ?

— Est-ce que j'ai l'air inquiet, Edgar ?

— Non. Cela dit, j'aimerais récupérer une partie de mon argent.

— Réfléchissez bien. Et appelez-moi demain matin pour me dire ce que vous avez décidé.

L'hôtesse informa Phillip que sa commande avait du retard et lui proposa un verre de vin aux frais de la maison, car il était un client fidèle et un membre éminent de la société de l'East End - du moins pour quelques heures encore. Il déclina la boisson, mais accepta un appel entrant sur son téléphone jetable.

— Renvoyez immédiatement l'hélicoptère à Manhattan, dit Leonard Silk.

— Pourquoi ?

— Pour aller chercher le dernier membre de votre virée.

— Quelqu'un que je connais ?

— Appelez votre équipage, insista Silk. Renvoyez ce coucou à Manhattan.

Cinq minutes plus tard, Phillip sortit du restaurant dans l'air doux du soir. Il rangea le dîner à l'arrière du Range Rover et alla s'asseoir sur le siège passager. Lindsay quitta la place de stationnement en marche arrière sans regarder dans son rétroviseur. Des pneus crissèrent, un klaxon beugla. Phillip se fit la réflexion que cet accrochage évité de justesse sur Main Street à Sag Harbor ferait un jour partie de la légende entourant sa disparition. Le fait que Lindsay conduisait ferait couler beaucoup d'encre.

Elle passa rageusement la marche avant, et le Range Rover bondit sur la route.

— Explique-moi comment ça marchait, exigea-t-elle.

— Il n'y a pas le temps. Et tu ne pourrais pas comprendre.

— Parce que je suis trop conne ?

Phillip se rapprocha d'elle, mais elle se raidit. Elle conduisait dangereusement vite.

— Dis-moi ! s'écria-t-elle.

— Au début, c'était une façon de générer la trésorerie dont j'avais besoin pour afficher des profits auprès de mes investisseurs. Mais le temps passant, acheter et vendre des contrefaçons est devenu mon modèle économique. Si j'avais arrêté, le fonds se serait effondré.

— Parce que ton prétendu fonds n'était qu'un système de Ponzi amélioré ?

— Non, c'était un système de Ponzi tout ce qu'il y a de plus banal. Et sacrément lucratif.

Qui se serait perpétué indéfiniment, songea Phillip, sans cette Française, Valérie Berrangar. Elle avait écrit à Julian Isherwood à propos de *Portrait d'une inconnue*, et il avait fallu qu'Isherwood demande au grand Gabriel Allon de mener l'enquête. Phillip s'était toujours joué du FBI, mais Allon était un adversaire autrement plus formidable – un talentueux restaurateur d'art doublé d'un officier du renseignement à la retraite. Quelles étaient les probabilités ? Cela avait été une erreur de le laisser quitter New York vivant.

Lindsay grilla le stop au bout de Main Street et s'engagea sur la route 114 en faisant crisser les pneus. Phillip agrippa son accoudoir alors qu'ils franchissaient en trombe l'étroit pont séparant Sag Harbor de New Haven.

— Il faut vraiment que tu ralentisses.

— Je croyais que tu avais un avion à prendre.

— *Nous* avons un avion à prendre, corrigea Phillip en desserrant l'accoudoir. Il décolle de MacArthur à 22 h 15.

— Pour où ?

— Miami.

— Je sais que je ne suis pas aussi intelligente que toi, Phillip, mais je suis à peu près sûre que Miami se trouve sur le territoire des États-Unis.

— Ce n'est que la première étape.

— Et après ?

— Une jolie maison sur l'océan en Équateur.

— Je croyais que les criminels comme toi et Bobby Axelrod[1] allaient en Suisse pour éviter la prison.

— Seulement dans les films, Lindsay. Nous aurons de nouvelles identités et un paquet d'argent. Personne ne nous trouvera jamais.

— Je ne vais nulle part avec toi, Phillip, dit-elle avec un rire amer.

— Tu sais ce qui se passera si tu restes ici ? À la minute où le fonds s'écroulera, le FBI saisira les maisons et les peintures, et gèlera tous les comptes bancaires. Tu seras une paria. Ta vie sera foutue. Et personne ne croira jamais que tu ignorais que ton mari était un criminel.

— On me croira si je te livre à la police.

Phillip débrancha le téléphone de Lindsay de son chargeur et le glissa dans la poche de sa veste.

— Tu n'as sûrement pas fait ça tout seul.

— Toute la partie comptable était gérée par Kenny Vaughan.

— Et Magdalena ?

1. Homme d'affaires véreux dans la série *Billions*.

— Ventes et distribution.
— Où est-elle maintenant ?
— En route pour l'héliport de la 34e Rue.
Lindsay écrasa l'accélérateur.
— Si tu ne ralentis pas, tu vas tuer quelqu'un.
— Peut-être que je vais te tuer *toi*.
— Pas si je te tue avant, Lindsay.

67

Hôtel Pierre

Quand Magdalena avait quitté sa suite au dix-neuvième étage de l'hôtel Pierre pour la dernière fois, elle était vêtue du même tailleur-pantalon sombre qu'elle avait porté le soir où elle avait intercepté Oliver Dimbleby sur le trottoir de Bury Street. Elle avait sur elle son permis de conduire espagnol et un billet de vingt dollars, mais ni téléphone ni passeport. Et pas son sac à main non plus. Il gisait au pied de son lit défait, à côté d'un exemplaire de *L'Amour au temps du choléra* en langue espagnole. C'était, de l'avis de Gabriel, la preuve la plus évidente de ses intentions. Aucune de ses amies et connaissances ne se serait jamais enfuie sans son sac à main. Il y avait donc une autre explication à la soudaine disparition de Magdalena. Une explication qui, selon toutes probabilités, impliquait Phillip Somerset et Leonard Silk.

Et cela s'était forcément passé sous l'œil des caméras de surveillance de l'hôtel. Gabriel appela Yuval Gershon, lui expliqua la situation et lui demanda de visionner les enregistrements. Yuval lui suggéra de s'adresser à la sécurité de l'hôtel.

— Je crains que la sécurité de l'hôtel ne soit compromise.

— Qu'est-ce qui te fait croire ça ?

— Les ascenseurs se sont mystérieusement bloqués au moment où elle a disparu.

— Décris-la-moi.

— Grande, longs cheveux bruns, tailleur-pantalon sombre, pas de sac à main.

— J'ai l'impression que tu es au dix-huitième étage.

— Dix-neuvième, Yuval.

— Je reviens vers toi dès que j'ai quelque chose.

Gabriel raccrocha. Sarah faisait nerveusement les cent pas dans la chambre. Evelyn Buchanan fixait des yeux son ordinateur portable avec une expression aussi choquée que si elle venait d'être témoin d'un meurtre.

— Quelque chose ne va pas ? demanda Gabriel.

— Mon article vient de disparaître de mon écran, dit-elle en passant frénétiquement l'index sur le trackpad. Et mon dossier « Documents » est vide. Tout mon travail, mes notes, la transcription de mon interview de Magdalena, il n'y a plus rien.

Gabriel déconnecta rapidement son propre ordinateur du wi-fi de l'hôtel et demanda à Evelyn de faire de même.

— Combien de temps vous faut-il pour le retaper ?

— Il ne s'agit pas seulement de le retaper. Je dois le réécrire du début à la fin. Cinq mille mots. Entièrement de mémoire.

— Alors je vous suggère de commencer immédiatement, dit Gabriel en attrapant son téléphone. Ferme la porte à double tour et n'ouvre à personne d'autre que moi, ajouta-t-il à l'intention de Sarah.

Il sortit dans le couloir sans un mot de plus et se dirigea vers les ascenseurs. Une cabine vide apparut instantanément. Il descendit dans le hall et quitta l'hôtel par l'entrée de la Cinquième Avenue.

Dehors, le soleil était passé sous la canopée des arbres de Central Park, mais le crépuscule était luxuriant. Gabriel tourna une première fois à gauche, puis une deuxième dans la 60e Rue Est. Lorsqu'il longea l'entrée du mythique Metropolitan Club, le terrain de jeux privé de l'élite financière de New York, il repéra deux hommes assis dans une Suburban garée. Tous deux étaient munis d'oreillettes. Celui qui se trouvait derrière le volant remarqua Gabriel en premier. Il dit quelque chose à son collègue, qui leva la tête pour apercevoir la légende à son tour.

La légende tourna au coin de Madison Avenue et l'emprunta jusqu'à la 61e Rue Est. La deuxième équipe était stationnée juste en face de l'entrée de service du Pierre. Ils étaient trois – le troisième étant le hacker qui s'était introduit dans le réseau wi-fi de l'hôtel et avait fait disparaître les fichiers d'Evelyn.

Gabriel fut tenté de lui demander de les remettre à leur place. Mais au lieu de ça il traversa la Cinquième Avenue et pénétra dans Central Park. Là, il s'assit sur un banc et attendit que son téléphone sonne en se demandant une fois de plus comment il en était arrivé là.

Quoique Gabriel ne le sache pas, Magdalena se posait la même question. Elle était assise non pas sur le banc d'un parc, mais à l'arrière d'un SUV de luxe, à côté d'un homme qui quelques minutes plus tôt avait menacé de la tuer si elle refusait de quitter le pays avec l'homme d'affaires dont les actes criminels venaient d'être percés à jour. On ne lui avait rien dit de leur destination, mais le fait qu'elle n'ait pas de passeport la laissait supposer que leur voyage n'aurait rien de conventionnel. Il commencerait visiblement par un vol en hélicoptère, car ils se garèrent sous le FDR Drive, non loin du terminal rectangulaire gris clair de l'héliport de la 34e Rue Est.

Magdalena consulta sa montre, la Cartier Tank que Clarissa, la conseillère de vente chez Bergdorf Goodman, avait choisie pour elle cet après-midi glacial de décembre 2008. Toutes ces babioles n'étaient qu'un vaste gâchis, s'avisa-t-elle soudainement. Seul l'art comptait – l'art, les livres et la musique. Et la famille, bien sûr. Impliquer son père dans les magouilles de Phillip avait été une erreur. Elle se rassurait en se disant qu'il ne serait pas poursuivi. Dans le monde de l'art, les criminels ne recevaient jamais la punition qu'ils méritaient. Raison pour laquelle on y commettait autant de méfaits.

Un deuxième SUV se gara près du leur, et Tyler Briggs en sortit par la portière passager. Visiblement, Magdalena aurait un chaperon pour la mettre sur le chemin de l'exil, ou plus probablement pour l'empêcher de faire une bêtise qui mettrait l'équipage en danger. De fait, elle envisageait de se rebeller une dernière fois avant de quitter Manhattan, un cadeau d'adieu pour se venger de sa lèvre fendue et enflée.

Son voisin de banquette avait les yeux baissés sur son téléphone.

— Votre carrosse est sur le point d'atterrir, l'informa-t-il.

— Où vais-je ?

— À East Hampton.

— J'arriverai à l'heure pour dîner, j'espère.

— Ce n'est que la première étape.

— Et après ?

— Quelque part où votre langue natale vous sera utile.

— Vous-même la parlez ?

— Couramment, oui.

— Alors vous n'aurez aucun mal à comprendre ce que je m'apprête à vous dire.

Sans élever la voix, elle proféra en espagnol l'insulte la plus crue et la plus vicieuse qu'elle pouvait se résoudre à prononcer. L'homme au costume et au teint gris se contenta de sourire.

— Phillip a toujours dit que vous aviez la langue bien pendue.

Cette fois ce fut Magdalena qui frappa sans prévenir. Son coup lui ouvrit une petite entaille au coin de l'œil. Il essuya le sang avec un mouchoir en lin.

— Montez dans l'hélicoptère, mademoiselle Navarro, ou c'est une tombe peu profonde qui vous attend.

— J'imagine qu'elle vous attend aussi.

Tyler Briggs ouvrit la portière de Magdalena et l'accompagna jusqu'au Sikorsky. Cinq minutes plus tard, ils se dirigeaient vers l'East River. Devant eux s'étendaient les quartiers ouvriers du Queens et les banlieues des comtés de Nassau et de Suffolk. Cette petite île tapageuse, songea Magdalena.

Elle jeta un coup d'œil à sa Cartier. 19 h 50. Du moins le supposait-elle. Cette foutue montre retardait en permanence.

68

Hôtel Pierre

Ray Bennett, le chef de la sécurité de l'hôtel Pierre, avait plus ou moins les mêmes mensurations que le *capitano* Luca Rossetti. Un bon mètre quatre-vingt-dix, au moins cent kilos. L'essentiel de ce poids demeurait en bonne forme pour un homme en milieu de cinquantaine. Son large visage carré était surmonté de cheveux argent bien peignés. Un visage, pensa Gabriel, fait pour encaisser un coup de poing. Il demanda à son propriétaire s'il était possible qu'ils s'entretiennent en privé. Ray Bennett répondit qu'il préférait parler dans le hall.

— Ce serait une erreur de votre part, monsieur Bennett.

— Et pourquoi donc, monsieur ?

— Parce que vos collègues entendraient ce que j'ai à vous dire.

Bennett fit à Gabriel le regard du flic à qui rien n'échappait.

— De quoi s'agit-il ?

— D'une cliente disparue.

— Quel nom ?

— Pas ici.

Bennett lui fit emprunter un couloir derrière la réception jusque dans son bureau, dont il laissa la porte ouverte. Gabriel la referma silencieusement et se tourna face au malabar.

— Où est-elle ?

— Qui ?

Gabriel porta un coup fulgurant à la trachée de Bennett, puis frappa du genou son entrejambe exposé, histoire d'égaliser les chances. Après tout, Gabriel était le plus âgé et le plus petit des deux. Rien de plus normal à ce qu'il parte avec un peu d'avance.

— Vous vous trouviez près de l'ascenseur quand elle est descendue. Vous lui avez dit quelque chose pour gagner sa confiance et vous l'avez accompagnée jusqu'à l'entrée de service. Une Escalade noire attendait dehors. Vous l'avez forcée à monter à l'intérieur.

Bennett ne répondit rien. Il n'était pas en état de le faire.

— Je crois savoir qui vous a embarqué là-dedans, Ray. Néanmoins, j'aimerais entendre son nom de votre bouche.

— S-s-s-s-s...

— Pardon, je n'ai pas compris.

— S-s-s-s-s...

— Leonard Silk ? C'est ce que vous essayez de me dire ?

Bennett hocha vigoureusement la tête.

— Combien vous a-t-il payé ?

— C-c-c-c-c...

— Je vous demande pardon ?

— C-c-c-c-c...

Gabriel tâta l'avant de la veste de Bennett et trouva son téléphone, un iPhone 13 Pro. Il l'agita devant le visage du chef de la sécurité, et l'appareil se déverrouilla. Le même numéro de portable new-yorkais apparaissait trois fois dans son historique récent. Un appel entrant, deux appels sortants. Le dernier, sortant, remontait à 18 h 41.

Gabriel montra le numéro à Ray Bennett.

— C'est Silk ?

Bennett opina.

Gabriel prit l'écran en photo avec son Solaris. Puis il tendit à Bennett le combiné de son téléphone fixe.

— Dites au voiturier d'amener le véhicule de Mme Bancroft devant l'hôtel. Précisez bien la Cinquième Avenue, pas la 61ᵉ Rue.

Bennett appuya sur le bouton d'appel rapide et articula un incompréhensible borborygme dans le combiné.

— Bancroft, répéta lentement Gabriel. Vous pouvez y arriver, Ray.

De retour au dix-neuvième étage, Gabriel transféra le numéro de Leonard Silk à Yuval Gershon avant de fourrer ses affaires dans sa valise. Dans la chambre voisine, Sarah se hâtait de faire de même. Puis elle traversa le couloir au pas de course et alla ranger les habits et le nécessaire de toilette de Magdalena dans son coûteux sac Louis Vuitton. Assise devant le secrétaire, Evelyn Buchanan martelait le clavier de son ordinateur sans discontinuer, visiblement inconsciente du tumulte autour d'elle.

À 19 h 40, le téléphone de la chambre de Sarah se mit à sonner. C'était le voiturier qui la prévenait que son véhicule l'attendait, comme demandé, devant l'entrée de la Cinquième Avenue. Evelyn Buchanan jeta son ordinateur dans son sac et suivit Gabriel et Sarah dans l'ascenseur. Dans le hall, ils ne virent aucun signe de Ray Bennett. Sarah informa la jeune femme à la réception que son ami et elle s'en allaient plus tôt que prévu.

— Il y a un problème ? s'enquit la femme.

— Changement de programme, mentit Sarah sans effort, avant de décliner le reçu imprimé que l'autre lui proposa.

Un chasseur les soulagea de leurs bagages et les chargea dans le Nissan Pathfinder. Evelyn Buchanan se faufila sur la banquette arrière et récupéra aussitôt son ordinateur. Sarah s'installa sur le siège passager ; Gabriel, derrière le volant. Alors qu'il prenait de la vitesse à l'intersection de la Cinquième Avenue et de la 60ᵉ Rue Est, il détourna la tête pour cacher son visage aux deux hommes assis dans la Suburban stationnée devant le Metropolitan Club. Ils ne firent aucun mouvement pour le suivre.

— Est-ce que le kidnapping est offert par le Pierre ? demanda Sarah. Ou c'est en extra ?

Gabriel rit dans sa barbe.

— Où crois-tu qu'elle soit ?

— J'ai l'affreux pressentiment qu'elle est sur le point de quitter le pays. De gré ou de force.

— Avec Phillip ?

— Qui d'autre ?

— Elle n'a pas de passeport.

— Peut-être qu'elle n'en aura pas besoin là où ils vont.

— Phillip gare son Gulfsream à Teterboro, indiqua Sarah.

— Il est trop malin pour utiliser son propre avion. Il partira dans un appareil affrété que quelqu'un aura réservé pour lui. Quelqu'un comme Leonard Silk, ajouta Gabriel après une pause.

— Peut-être qu'on devrait téléphoner à M. Silk pour lui demander où se rend son client.

— Je doute que M. Silk se montre réceptif à nos avances.

— Dans ce cas, nous devrions probablement contacter le FBI.

— Ça pourrait devenir moche.

— Pour Magdalena ?

— Et pour moi.

— Ça vaut toujours mieux que l'autre éventualité.

— Le FBI ne peut pas arrêter Phillip sans mandat. Et ils n'en obtiendront pas sur la foi de mon seul témoignage. Ils ont besoin d'une preuve irréfutable de malversation.

— Ils l'auront bientôt.

Sarah jeta un coup d'œil par-dessus son épaule à Evelyn Buchanan, qui tapait furieusement sur son ordinateur. Puis elle tourna le regard vers la Cinquième Avenue.

— J'espère que tu te rends compte que rien de tout cela ne serait arrivé si on était descendus au Four Seasons, reprit-elle.

— J'ai retenu la leçon.

— Et je n'ai jamais eu mon martini.

— Tu l'auras une fois qu'on aura empêché Phillip de fuir le pays.

— J'espère bien.

Comme on pouvait s'y attendre, Ray Bennett choisit de ne pas informer Leonard Silk que le numéro de son portable personnel était arrivé entre les mains du plus célèbre des espions à la retraite. Par conséquent, Silk ne prit aucune mesure pour protéger son téléphone contre une tentative de piratage. Celle-ci se produisit alors qu'il remontait la Cinquième Avenue en direction des beaux quartiers – une invasion furtive rendue possible par le malware de conception israélienne baptisé Proteus. Comme d'innombrables autres victimes avant lui, dont plusieurs chefs d'État, Silk ne se rendit pas compte que son appareil était compromis.

Quelques minutes plus tard, le téléphone crachait un geyser de précieuses informations. Yuval s'intéressa en premier lieu aux données de localisation du GPS et à l'historique d'appels. De sa propre initiative, Gershon pirata un deuxième appareil avant d'appeler Gabriel. Il était 20 h 15 à New York. Gabriel fonçait sur Broadway à travers Lower Manhattan. Les deux hommes parlèrent en hébreu pour ne pas risquer la moindre incompréhension.

— Il a quitté le Pierre à 18 h 44. Et c'est aussi l'heure exacte à laquelle Bennett a conduit la fille à la porte de service. Quelque chose me dit que ce n'est pas une coïncidence.

— Où est-il allé ?

— À l'héliport de la 34e Rue. Il y est resté jusqu'à 19 h 52.

— Où est-il maintenant ?

— Il retourne à son appartement de Sutton Place. Au numéro 14, au cas où tu te poserais la question. Quinzième étage, si mon estimation est bonne.

— Des appels intéressants ?

— Executive Jet Services. C'est une compagnie de charters basée à l'aéroport MacArthur, à Long Island.

— Je sais où se trouve MacArthur, Yuval.

— Et tu sais aussi à quelle heure Silk a passé ses appels ?

— Tu devrais peut-être me le dire.

— Le premier remonte à 16 h 23. Il les a rappelés il y a environ vingt minutes.

— J'ai l'impression que quelqu'un a l'intention de s'envoler.

— Et Silk a appelé ce quelqu'un à deux reprises. La dernière fois vers 19 heures. Sur un appareil que j'ai piraté il y a quelques minutes. Il n'y a aucune donnée, ce qui veut dire que c'est probablement un téléphone jetable. Mais j'ai réussi à le localiser.

— Où est-il ?

— Sur la côte est de la péninsule de North Haven.

— Quatre mètres au-dessus du niveau de la mer ?

— Comment as-tu deviné ?

— Envoie-moi un texto s'il ne bouge ne serait-ce qu'une oreille.

Gabriel raccrocha et regarda Sarah.

— Qu'est-ce qu'il a dit ?

— Que nous allons probablement devoir louer un hélicoptère.

Sarah composa le numéro.

Les bureaux de *Vanity Fair* se trouvaient au vingt-quatrième étage du One World Trade Center. Gabriel déposa Evelyn Buchanan sur West Street, non loin du mémorial du 11-Septembre, puis il emprunta Bettery Park Underpass pour rejoindre l'héliport de Downtown Manhattan. Il gara le Pathfinder sur une place vacante dans le petit parking réservé au personnel, donna cinq cents dollars en espèces au préposé pour qu'il garde le véhicule pour la nuit et conduisit Sarah dans le terminal. Leur Bell 407 les attendait au bout du quai en *L*. Il décolla à 21 h 10 et fila vers l'est dans la douceur du crépuscule.

69

North Haven

Les Somerset de North Haven possédaient deux Range Rover. Celui de Phillip était un modèle toutes options de 2022, noir, intérieur sombre. Avec l'aide d'un garde, il chargea cinq valises doublées aluminium Rimowa de Madison Avenue dans le spacieux coffre. Deux d'entre elles contenaient des espèces ; deux autres, des lingots d'or. La plus grande était remplie de vêtements, d'affaires de toilette et de quelques souvenirs – dont une collection de montres de luxe évaluée à douze millions de dollars.

Dans la maison, Phillip trouva Lindsay là où il l'avait laissée, assise à l'îlot central de la cuisine, leur repas disposé devant elle. Elle avait allumé des bougies, servi du vin, mais n'avait touché à rien. L'odeur de lys et de poulpe grillé souleva le cœur de Phillip. Il consulta l'écran de leur téléphone fixe. Lindsay n'avait passé aucun coup de fil durant sa brève absence.

— Est-ce que je te fais une valise ? demanda-t-il.

Elle contemplait silencieusement le vide que Phillip avait créé en elle. Elle n'avait pas prononcé un mot depuis les regrettables menaces qu'il avait brandies. C'était Lindsay qui avait jeté le premier gant, mais sa réponse avait été imprudente. Presque autant que de lui divulguer le nom du pays où il avait prévu d'aller se réfugier.

— Tu ne leur diras pas où je suis, n'est-ce pas ?

— Je le ferai à la première occasion, répliqua-t-elle avec un sourire faux. Mais pas ce soir, Phillip. J'ai décidé qu'il valait mieux que tu disparaisses. Comme ça, je n'aurai plus jamais à voir ton visage ni, le ciel m'en préserve, à te rendre visite en prison.

Phillip retourna dans son bureau et vira plusieurs sommes d'argent, en s'arrangeant pour que leur destination finale soit difficile sinon impossible à déterminer. Mis bout à bout, ces transferts vidaient jusqu'au dernier centime des comptes de Masterpiece Art Ventures. Il ne resta plus rien. Rien sinon les biens immobiliers, les jouets, les dettes et les tableaux. Il y en avait pour sept cents millions de dollars d'œuvres authentiques dans l'inventaire de la société, mais toutes étaient lourdement hypothéquées. Peut-être que Christie's organiserait une vente aux enchères nocturne. *La collection Somerset*... Il fallait reconnaître que ça sonnait bien.

Il se leva, s'approcha de la fenêtre et embrassa son domaine du regard pour la dernière fois. La baie. Son bateau. Son jardin soigneusement entretenu. Sa piscine. Il se rendit soudain compte qu'il ne s'y était pas baigné de tout l'été.

Une diode verte s'alluma sur le terminal multiligne de son bureau. Phillip arracha le combiné à sa base et entendit Lindsay raccrocher brusquement en bas. Apparemment, elle avait toujours l'intention de le livrer à la police. Il bascula sur une autre ligne et appela l'aéroport d'East Hampton. Mike Knox, le directeur des opérations de vol, lui répondit.

— Votre hélicoptère est arrivé il y a environ vingt minutes, monsieur Somerset. Les passagers ont décidé de rester à bord.

— D'autres atterrissages prévus ?

— Un Blade, deux appareils privés et un hélicoptère affrété par Zip Aviation en provenance de Downtown.

— Dans combien de temps est censé arriver le Zip ?

— À peu près vingt-cinq minutes.

— Le plein de mon Sikorsky est fait ?

— On est en train de s'en occuper.

— Merci, Mike. J'arrive.

Phillip raccrocha et ouvrit le tiroir du bas de son bureau, où il gardait son arme non enregistrée.

Pas si je te tue le premier, Lindsay…

Ce serait un bon moyen d'assurer ses arrières, songea-t-il. Mais son nom serait indissociable de cette infamie pour l'éternité. À la vérité, il n'était pas mécontent de cet exil forcé. Maintenir le système de Ponzi et courir toutes ces années l'avaient épuisé ; il avait cruellement besoin de vacances. Et il aurait la belle Magdalena pour réchauffer son lit, au moins jusqu'à ce que l'orage soit derrière eux et qu'elle puisse retourner sans encombre en Espagne.

Ou peut-être pas, s'avisa soudain Phillip. Peut-être qu'ils passeraient le reste de leur vie en cavale. Il s'imagina une existence à la Ripley, avec Magdalena dans le rôle d'Héloïse Plisson. Avec le temps, on le verrait sans doute sous un jour plus favorable – une personnalité mystérieuse et magnétique, un personnage de méchant. Ce qui n'arriverait pas s'il tuait Lindsay. Tout l'Upper East Side voudrait sa mort.

Il referma le tiroir, effaça ses documents et ses mails, et vida sa corbeille numérique. Puis il descendit et rendit son téléphone à Lindsay. Elle regarda à travers lui comme s'il était transparent.

— Pars, dit-elle simplement.

Le Blade qui faisait la navette depuis New York atterrit à l'aéroport d'East Hampton à 21 h 10. Six passagers en provenance de Manhattan se dispersèrent sur le tarmac et, après avoir récupéré leurs bagages, gagnèrent le terminal d'un pas nonchalant. Magdalena les observa depuis la fenêtre du Sikorsky. Tyler Briggs, assis jambes écartées dans le siège face à elle, exposait son entrejambe sans vergogne. Magdalena calcula ses chances de lui porter un coup paralysant et de lui arracher son téléphone des mains. Elles les estima assez bonnes, mais les représailles seraient rapides et violentes. Tyler était un ancien soldat, et ses démêlées avec l'éminence grise avaient déjà bien amoché Magdalena. Elle avait eu son compte d'adrénaline pour la soirée. Mieux valait demander gentiment.

— Puis-je vous emprunter votre téléphone un moment, Tyler ?

— Non.

— Je voudrais juste consulter un site.

— La réponse est toujours non.

— Alors voulez-vous regarder pour moi le site de *Vanity Fair* ?

— Le magazine ?

— Vous n'êtes pas au courant ? Ils sont sur le point de sortir un article sur votre patron. Dès demain matin, la maison sera cernée par les équipes télé. Qui sait ? Si vous la jouez finement, vous pourriez bien vous faire un peu d'argent. Mais je vous en supplie, ne vendez pas ces vidéos coquines que vous avez enregistrées sur votre ordinateur. Ma pauvre mère ne s'en remettrait jamais.

— M. Somerset nous a ordonné d'effacer tout le système cet après-midi.

— Très sage de sa part. Maintenant soyez un amour, Tyler, et allez voir ce site pour moi. *Vanity Fair.* Je peux vous l'épeler, si vous voulez.

Le téléphone sonna avant qu'il ne puisse répondre.

— Oui, monsieur Somerset, dit-il au bout d'un moment. Non, monsieur. Elle n'a posé aucun problème… Entendu, je lui dis, monsieur.

Il raccrocha et glissa le téléphone dans la poche de sa veste.

— Me dire quoi ?

Le garde montra par la fenêtre un Range Rover noir qui arrivait sur le tarmac.

— M. Somerset voudrait échanger quelques mots en privé avec vous avant que nous ne partions.

Il s'arrêta à quelques mètres de la queue du Sikorsky et actionna la commande d'ouverture automatique du hayon. Magdalena aperçut son chargement avant de grimper sur le siège passager. Phillip regardait droit devant lui, les mains agrippées au volant. Un téléphone déverrouillé reposait sur la console centrale. Ce n'était pas celui qu'il utilisait d'habitude.

Il se tourna enfin vers elle.

— Qu'est-il arrivé à ton visage ?

— Apparemment, j'ai dit quelque chose qui n'a pas plu à ton ami. Nous n'avons jamais été formellement présentés l'un à l'autre, ajouta-t-elle après un silence.

— Silk. Leonard Silk.

— Où l'as-tu trouvé ?

— Chez Smith & Wollensky.

— Tu es tombé sur lui par hasard ?

— Il n'y a jamais de hasard avec Leonard.

— C'était à quelle occasion ?

— Hamilton Fairchild.

— Acheteur ?

Phillip hocha la tête.

— Quel tableau ?

— Saint Jérôme.

— Disciple du Caravage ?

— Entourage du Parmesan. Je l'ai fourgué à Hamilton lors d'une vente privée organisée par Bonhams.

— J'ai toujours adoré cette peinture, dit Magdalena.

— Hamilton aussi, jusqu'au jour où il l'a montrée à un galeriste, un certain Patrick Matthiesen, qui lui a mis en tête que c'était l'œuvre d'un… imitateur tardif, pourrions-nous dire.

— J'imagine que Hamilton a voulu récupérer son argent ?

— Naturellement.

— Et tu as refusé ?

— Bien sûr.

— Comment ça s'est terminé ?

— Regrettablement. Hamilton et sa femme sont morts dans un accident d'avion au large des côtes du Maine.

— Combien y en a-t-il eu d'autres ?

— Moins que tu pourrais le croire. Leonard a réglé la plupart de ces différends avec une enveloppe remplie de photos ou d'informations financières compromettantes. Pas seulement des acquéreurs. Des investisseurs aussi. Pourquoi crois-tu que Max Van Egan ait laissé son quart de milliard dans le fonds ?

Phillip prit le téléphone et rafraîchit le navigateur.

— Dans combien de temps l'article va-t-il être publié ? demanda-t-il.

— Je suis surprise qu'il ne le soit pas déjà. Quand il sortira, Masterpiece partira en fumée.

— Tu es aussi coupable que moi, tu sais ?

— Je ne suis pas sûre que tes prêteurs et tes investisseurs verront la chose de cette manière.

Phillip jeta le téléphone avec humeur.

— Pourquoi tu as fait ça ? s'emporta-t-il.

— J'ai été arrêtée une heure après avoir acheté le Gentileschi. C'était une opération d'infiltration complexe conjointement menée par Gabriel Allon et les Italiens. Ils m'ont donné le choix : passer plusieurs années dans une prison italienne ou leur livrer ta tête sur un plateau.

— Tu aurais dû demander un avocat et la fermer.

— Tu as viré dix millions d'euros sur un compte en banque appartenant aux *carabinieri*. Ils auraient fini par remonter jusqu'à toi, avec ou sans mon aide.

— Je suppose que la fuite de mes investisseurs est aussi à mettre au compte d'Allon. Il m'a incité à commettre un acte de fraude bancaire avec un téléphone compromis.

— Je t'ai dit de mettre le tableau au frais. Mais tu ne m'as pas écoutée.

— Tu m'as passé la corde au cou et tu m'as poussé vers l'échafaud.

— Je n'avais pas le choix.

— Tu étais dealeuse de drogue quand je t'ai trouvée. Et c'est comme ça que tu me remercies ?

— Tu as simplement remplacé ces drogues par d'autres. Je suppose que Lindsay n'est pas dans une de ces valises, ajouta-t-elle en jetant un coup d'œil derrière son épaule.

— Il n'y a que nous deux.

— Comme c'est romantique. Et où allons-nous ?

Phillip baissa les yeux sur le téléphone ; Magdalena sur sa montre Cartier.

Il était 21 h 30.

70

Downtown

Au vingt-quatrième étage du One World Trade Center, dans une salle de réunion dominant le port de New York, la guerre était déclarée. Les belligérants étaient au nombre de cinq, répartis en trois camps : deux rédacteurs en chef, deux avocats et une journaliste aux états de service irréprochables, tant en matière d'exactitude que de succès. L'article discuté contenait des allégations de malversation imputées à une éminente personnalité du monde de l'art new-yorkais. Le fait que les hommes de main de l'éminente personnalité en question aient effacé l'unique premier jet de l'article existant compliquait les choses. Et pour ne rien arranger il y avait tout lieu de croire que l'éminente personnalité tentait au même moment de quitter le pays.

Néanmoins, insistaient les avocats, il y avait certaines règles légales et éditoriales à respecter. Sans quoi l'éminente personnalité, qui n'était autre que Phillip Somerset, serait fondée à les poursuivre en justice, ainsi que ses investisseurs.

— Sans parler de ses prêteurs chez JPMorgan Chase et à la Bank of America. Pour faire court, tous les ingrédients sont réunis pour créer un merdier sans fin.

— Ma source est une employée free-lance de Masterpiece Art Ventures.

— Au CV plus que douteux.
— J'ai des enregistrements.
— Fournis par un ancien officier du renseignement israélien qui a compromis un téléphone en dehors de tout cadre légal.
— L'État de New York n'a besoin que d'un seul consentement. Elle savait qu'elle était enregistrée quand elle a vu Phillip.
— Mais ni Phillip ni Ellis Gray chez JPMorgan Chase n'ont donné leur accord pour être enregistrés. Par conséquent, leur conversation concernant le prêt garanti par une œuvre d'art est irrecevable en l'état.
— Et les tableaux stockés dans l'entrepôt ?
— N'y pensez même pas.
Là-dessus, on déclara une trêve temporaire et on se mit au travail. La journaliste écrivait, puis le texte était amendé par les rédacteurs en chef et relu par les avocats – un paragraphe à la fois, à un rythme plus proche du fil de presse à l'ancienne que de celui d'un mensuel d'information et de culture. Mais telles étaient les exigences de publication d'un magazine à l'ère numérique. Même le guindé *New Yorker* avait dû se résoudre à proposer à ses souscripteurs un contenu quotidien. Le monde avait changé, et pas forcément pour le mieux. Phillip Somerset en était la preuve.
À 21 h 30, ils avaient leur article. Il était loin d'être exhaustif, mais son impact n'en serait pas moins dévastateur. Il apparut sur le site de *Vanity Fair* à 21 h 32 et envahit les réseaux sociaux en quelques minutes. Plus tard, sa dernière phrase serait abondamment commentée. Elle disait qu'il avait été impossible de joindre Phillip pour lui demander un commentaire.

Quand les premiers textos assaillirent le téléphone de Lindsay, elle crut qu'ils venaient de Phillip et les ignora. Il y eut une brève pause, puis une seconde salve. Alors l'enfer se déchaîna.

Lindsay prit l'appareil à contrecœur et y lut un flot continu d'imprécations et de menaces, provenant de proches amis. Chacun des textos incluait le même lien vers un article de *Vanity Fair*, dont le titre était : L'ART DU FAUX OU LES COULISSES DU MAGISTRAL SYSTÈME DE PONZI DE PHILLIP SOMERSET. Lindsay cliqua sur le lien. Seuls les trois premiers paragraphes lui étaient accessibles.

Elle ouvrit son historique, trouva le numéro du téléphone jetable de Phillip et appela. Le vrombissement des turbines du Sikorsky lui apprit qu'il n'avait pas encore quitté l'aéroport d'East Hampton.

— Tu as lu l'article ? demanda-t-elle.

— Je suis en train de le faire.

— Je ne peux pas affronter ça toute seule.

— Qu'est-ce que tu racontes ?

— Ne pars pas sans moi, dit-elle en attrapant ses clés de voiture sur le plan de travail.

Le Bell 407 affrété survolait les eaux de Long Island quand l'article d'Evelyn Buchanan s'afficha sur le téléphone de Gabriel. Il le parcourut rapidement et fut soulagé de constater que ni son nom ni celui de Sarah n'y figuraient. Pas plus que celui de Magdalena, d'ailleurs. Ses allégations étaient attribuées à un collaborateur freelance anonyme de Masterpiece Art Ventures. Aucune mention ni de son sexe ni de sa nationalité. Si les choses restaient ainsi, elle ne serait pas inquiétée. Phillip Somerset, lui, était fini.

Les appels vocaux étant interdits à bord de l'hélicoptère, Gabriel envoya un texto à Yuval Gershon pour lui demander la position actuelle de Phillip. Sa réponse lui parvint une minute plus tard. Phillip se trouvait toujours sur le tarmac de l'aéroport d'East Hampton.

— Pourquoi n'est-il pas encore parti ? s'enquit Sarah d'une voix forte pour couvrir le bruit des moteurs du Bell.

— Il semblerait que Lindsay ait changé d'avis. Elle l'a appelé il y a deux minutes pour lui dire de ne pas partir sans elle.

— Peut-être est-il temps que tu aies cette conversation avec le FBI.

— Je crains qu'il n'y ait une complication.

— Une seule ?

— Magdalena est là, elle aussi.

L'hélicoptère resta au-dessus du détroit de Long Island jusqu'au vieux phare de Horton Point, où un virage à tribord les amena en vue de la ville de Southold et des eaux de Peconic Bay. Un ferry traversait l'étroit bras de mer séparant Shelter Island de North Haven. Sur la rive orientale de la péninsule, la propriété maintenant abandonnée de Phillip était brillamment éclairée.

— On dirait que Lindsay était pressée, observa Sarah.

Ils passèrent Sag Harbor et entamèrent leur descente vers l'aéroport d'East Hampton. Sous eux, un Range Rover blanc fonçait vers l'aérodrome sur Daniels Hole Road. Lindsay Somerset, comprit Gabriel. Et elle était effectivement pressée.

Elle aborda le dernier virage avec un soin méticuleux. Mains croisées sur le volant, légère accélération une fois franchi le point de corde. Comme son père le lui avait appris quand elle avait quatorze ans. Le portail donnant sur le tarmac était ouvert. Le garde la salua à son passage. Magdalena se tenait devant le Sikorsky ; Phillip près du hayon ouvert de son Range Rover. Il agita le bras dans sa direction, comme s'il se trouvait sur le pont de son voilier. Lindsay éteignit les phares, écrasa l'accélérateur et ferma les yeux.

QUATRIÈME PARTIE

Dévoilement

71

East Hampton

L'appel arriva sur la ligne d'urgence de la police municipale d'East Hampton à 21 h 55. Le sergent Bruce Logan, à ce poste depuis vingt ans et ayant toujours vécu à Long Island, se prépara au pire. L'appel venait de Mike Knox, à l'aéroport.

— Hélicoptère ou avion ? voulut savoir Logan.

— En fait, il s'agit de deux Range Rover.

— Accrochage dans le parking ?

— Accident mortel sur le tarmac.

— Tu te fous de moi, Mike.

— Si seulement.

Le QG de la police était situé en périphérie de l'aérodrome, au sud, sur Wainscott Road, aussi les premiers agents arrivèrent-ils sur la scène du drame à peine trois minutes après l'appel initial. Ils trouvèrent la victime, un homme blanc dans la cinquantaine, étendu sur le tarmac dans une mare de sang, les jambes presque sectionnées, entouré de plusieurs centaines de lingots d'or de cinq cents grammes soigneusement emballés. La conductrice du véhicule qui avait percuté l'homme était une femme séduisante et mince, d'un peu plus de trente ans. Elle portait un legging, un sweat à capuche Lululemon et une paire de Nike vert fluo. Elle n'avait pas de portefeuille et semblait incapable de se rappeler son nom. Mike

Knox vint à sa rescousse et l'identifia comme Lindsay Somerset. Le défunt aux jambes presque sectionnées était son mari, un riche investisseur qui possédait un palace secondaire à North Haven.

On prononça officiellement la mort, on arrêta la coupable et on prit la déposition des témoins. La nouvelle sortit à minuit sur radio WINS, et à 9 heures le lendemain matin tout le monde ne parlait que de ça. Sterling Dunbar, le magnat de l'immobilier, était dans sa douche quand il apprit que Lindsay Somerset avait écrasé son ordure de mari ; Simon Levinson, le patron de la chaîne du même nom, venait de se réveiller. Ellis Gray, de JPMorgan Chase, qui avait passé une nuit blanche après la lecture de l'article de *Vanity Fair*, se trouvait dans son bureau de Park Avenue. Deux heures plus tard, il informa ses supérieurs que la banque avait accordé pour quatre cent trente-six millions de dollars de prêts à Masterpiece Art Ventures – prêts qui, selon toute probabilité, avaient été garantis par des contrefaçons. Son directeur accepta sa démission, avec effet immédiat.

À midi, le FBI avait pris le contrôle de l'enquête. Des agents perquisitionnèrent les différents domiciles de Phillip, mirent l'entrepôt sous scellés et fondirent sur les bureaux de la 34e Rue Est. Les trois expertes de la société furent emmenées à Federal Plaza pour y être interrogées, mais elles nièrent avoir connaissance de quelque fraude que ce soit, financière ou artistique. Kenny Vaughan, le compagnon d'armes que Phillip avait rencontré à l'époque où ils travaillaient pour Lehman Brothers, restait introuvable. Les agents saisirent ses ordinateurs et tous les documents imprimés qu'ils découvrirent, et émirent un mandat d'arrêt contre lui.

Les crimes internationaux de Phillip eurent des répercussions internationales. Deux éminents galeristes européens – Gilles Raymond à Bruxelles et Konrad Hassler à Berlin – furent arrêtés, et leur inventaire saisi. D'autres à Hong Kong, Tokyo et Dubai connurent le même sort. Lors de leur interrogatoire, tous reconnurent faire partie d'un vaste réseau de distribution qui inondait le marché de l'art de contrefaçons depuis des années. Le ministre français de la Culture admit à contrecœur que quatre de ces contrefaçons avaient trouvé leur chemin jusqu'à la collection permanente du Louvre. Le président du musée démissionna aussitôt, ainsi que le directeur du très estimé Centre de recherche et de restauration des musées de France, qui avait déclaré les quatre tableaux authentiques.

Mais qui était ce maître faussaire qui avait réussi à déjouer les laboratoires d'art les plus sophistiqués au monde ? Et combien de ses œuvres circulaient-elles dans le système sanguin du monde de l'art ? Evelyn Buchanan, dans un article complémentaire, relata que l'entrepôt de Phillip contenait plus de deux cents contrefaçons. Des centaines d'autres, écrivit-elle, avaient déjà été vendues à des acquéreurs peu méfiants. Quand une liste partielle de ces œuvres fut publiée anonymement sur un forum professionnel très suivi, une vague de panique balaya le monde de l'art. Des collectionneurs, des galeristes, des conservateurs et des enchérisseurs – qui s'en remettaient depuis des générations à la foi des connaisseurs – firent appel aux services de scientifiques pour trier le bon grain de l'ivraie. Aiden Gallagher fut si submergé de demandes d'expertise qu'il finit par arrêter de répondre au téléphone et aux mails. « M. Gallagher, écrivit le journaliste spécialiste de l'art du *New York Times*, est le seul gagnant de ce scandale. »

Les perdants étaient évidemment les investisseurs de Phillip, qui avaient vu des centaines de millions de dollars de richesse virtuelle fondre en quelques heures. Leurs plaintes, leurs contre-plaintes et leurs lamentations publiques ne leur valurent qu'une compassion limitée, surtout chez les puristes du monde de l'art qui abhorraient le concept même d'un fonds comme celui de Phillip. Les chefs-d'œuvre, déclarèrent-ils, n'étaient ni des garanties ni des produits dérivatifs que s'échangeaient les super-riches. Ils étaient des objets de beauté et de culture dont la place se trouvait dans les musées.

Sans surprise, ceux qui gagnaient leur vie en achetant et en vendant des tableaux leur rirent au nez. Sans les riches, firent-ils remarquer, il n'y aurait pas d'art. Et pas de musées non plus.

Un juge fédéral désigna un fidéicommissaire pour dresser la liste des actifs de Phillip et distribuer les bénéfices à ceux qu'il avait arnaqués. Trois cent quarante-sept investisseurs demandèrent le remboursement de leurs avoirs. Le plus important d'entre eux, à hauteur de deux cent cinquante-quatre millions de dollars, était l'industriel Max Van Egan. À l'autre bout du spectre, on trouvait une certaine Sarah Bancroft, ancienne conservatrice du Museum of Modern Art et désormais gérante d'une galerie de vieux maîtres à Londres, dont le solde se montait à quatre millions huit cent mille dollars.

Un des investisseurs de Phillip ne fit cependant aucune réclamation : Magdalena Navarro, trente-neuf ans, citoyenne espagnole résidant dans le quartier huppé de Salamanque à Madrid. D'après les documents saisis dans les bureaux de Masterpiece Art Ventures – et les déclarations sous serment des trois employées de la société –, Navarro était une courtière free-lance basée en Europe qui achetait et vendait des tableaux pour le compte de Phillip. Son solde actuel était de cinquante-six millions deux cent mille dollars, une grosse somme d'argent que personne n'abandonnerait derrière soi.

Il s'avéra que les agents du FBI en savaient plus sur Magdalena Navarro que ce qu'ils avaient révélé au public – et en l'occurrence, ils n'avaient rien révélé sur elle. Ils savaient par exemple que Gilles Raymond et Konrad Hassler l'avaient identifiée comme le lien entre leur galerie et Masterpiece Art Ventures. Le Bureau savait aussi que Magdalena Navarro s'était trouvée à New York au moment où le fonds spéculatif s'était spectaculairement effondré. Elle était arrivée de Rome par un vol Delta Air Lines et était repartie moins de douze heures après la mort de Phillip Somerset pour Londres. Plus intéressant encore, elle avait été assise à côté de Gabriel Allon, l'ancien directeur général des services de renseignement israéliens, à l'aller comme au retour. Sarah Bancroft, la marchande d'art qui s'avérait être aussi une ancienne agente infiltrée de la CIA, avait pris le même vol pour Heathrow.

Les enquêteurs établirent que tous trois avaient logé dans des chambres séparées au dix-neuvième étage de l'hôtel Pierre durant leur bref séjour à New York. Et que Magdalena Navarro était probablement la source de l'article de *Vanity Fair*. Et qu'elle avait quitté le Pierre peu avant la publication de l'article – sans bagages, pas même un sac à main – et rejoint l'aéroport d'East Hampton à bord de l'hélicoptère de Phillip Somerset. Et qu'elle avait par la suite quitté ledit aéroport au cours des minutes chaotiques qui avaient suivi la mort horrible de Somerset, à bord d'un Bell 407 loué par Allon et Bancroft. Le pilote les avait déposés à JFK, où ils avaient passé la nuit au Hilton de l'aéroport. Et à 8 heures le lendemain ils étaient partis.

Le FBI arriva à la conclusion qu'une conversation amicale avec Allon ne serait pas de trop. Le trouver se révéla moins difficile que prévu. Le représentant du FBI à Rome appela simplement les Ateliers de Restauration Tiepolo à Venise, et la femme d'Allon leur obtint un rendez-vous. La rencontre eut lieu au Harry's Bar – l'endroit même où Allon avait eu vent de l'affaire pour la première fois. Tout en sirotant un bellini, il instruisit l'agent du FBI d'une enquête privée qu'il avait menée pour le compte d'un vieil ami dont il refusa de donner le nom. Cette enquête privée, conclut-il, l'avait mené à Magdalena Navarro et, *in fine*, au système de Ponzi de Phillip Somerset reposant sur un milliard deux cents millions de dollars de contrefaçons.

— Où est-elle maintenant ? demanda l'homme du FBI, dont le nom était Josh Campbell.

— Quelque part dans les Pyrénées. Elle ne m'a pas dit où exactement.

— Et que fait-elle ?

— Elle peint, je suppose.

— Elle est bonne ?

— Si Phillip n'avait pas mis le grappin sur elle, elle serait devenue une grande artiste.

— Nous voudrions l'interroger.

— Je n'en doute pas. Mais je vous demande de m'accorder une faveur : laissez-la tranquille.

— Le Bureau n'accorde pas de faveurs, Allon.

— Dans ce cas, vous ne me laissez d'autre choix que d'appeler directement le président.

— Vous n'oseriez pas.

— On parie ?

Ainsi l'agent spécial Josh Campbell s'en retourna-t-il à Rome les mains vides, mais avec une histoire fascinante à raconter. Il l'écrivit dans un mémorandum exhaustif qu'il envoya simultanément à Washington et à New York. Ceux qui connaissaient les exploits passés d'Allon doutèrent de la justesse du document – et à raison. Le rapport ne faisait par exemple aucune mention d'un faux portrait d'Antoine Van Dyck. Ni d'une Française récemment décédée du nom de Valérie Berrangar. Ni d'un antiquaire et voleur d'art parisien du nom de Maurice Durand. Ni d'Anna Rolfe, la violoniste suisse. Ni de Don Orsati, la célèbre figure du crime organisé en Corse. Ni d'Oliver Dimbleby, le lubrique mais adorable galeriste londonien, dont la redécouverte fictive et les ventes record de trois chefs-d'œuvre de l'école vénitienne avaient récemment mis le monde de l'art sur des charbons ardents.

Fin juillet, les trois chefs-d'œuvre en question furent accrochés aux murs de l'appartement du faussaire qui les avait peints, à côté de deux versions de *Nu couché* de Modigliani, d'un Cézanne, d'un Monet et d'une réinterprétation saisissante d'*Autoportrait à l'oreille bandée* de Van Gogh. Sur le chevalet de son studio reposait un tableau souffrant d'une déchirure en *L*, de 15 x 23 cm, dans son coin inférieur droit. Après avoir réparé les dégâts et retouché les lacunes, le faussaire expédia l'œuvre à une petite galerie installée non loin de la plaza Virgen à Séville. Puis, tôt le lendemain matin, il disparut.

72

Adriatique

Le mistral souffla pendant les cinq premiers jours de leur voyage. Ce n'était pas l'agresseur froid et violent qui avait assiégé l'île de Beauté au printemps précédent, mais un compagnon tempéré et fiable qui poussait sans effort le Bavaria C42 le long des côtes de l'Adriatique. La mer calme et le vent constant à la poupe de leur spacieux bateau permirent à Gabriel d'enseigner à Irene et Raphael les rudiments de la navigation. Personne ne fut plus soulagé que Chiara, qui s'était préparée à affronter six semaines de canicule, de gémissements, de grognements et de mal de mer.

Leurs journées ne se ressemblaient jamais, ce qui était précisément le but. Le plus souvent, Gabriel se réveillait tôt et s'occupait tandis que Chiara et les enfants finissaient leur nuit dans les cabines sous le pont. Vers midi, il affalait les voiles et descendait la plate-forme de baignade, et ils profitaient d'un long déjeuner à la table de la passerelle. Le soir, ils dînaient dans des restaurants côtiers – une fois en Italie, le lendemain en Croatie ou au Monténégro. Gabriel emportait son Beretta partout où ils débarquaient. Chiara ne s'adressait jamais à lui par son prénom.

Au port de Bari, dans l'Adriatique Sud, ils passèrent la nuit dans un petit hôtel de charme près de la marina, firent tourner d'innombrables lessives et refirent des stocks de nourriture et de quantité de vins locaux. Le lendemain en fin de matinée, quand ils contournèrent le talon de la botte de l'Italie, un *jugo* chaud et étouffant commença à souffler du sud-est. Gabriel mit le cap vers l'ouest sur la mer Ionienne, et ils arrivèrent à Messine, en Sicile, un jour plus tôt que prévu. Le *museo regionale* ne se trouvait qu'à quelques pas de la marina, le long de la côte. Dans la salle numéro 10, ils admirèrent deux toiles monumentales peintes par le Caravage au cours des neuf mois qu'il avait passés en Sicile.

— C'est vrai qu'il a pris un cadavre pour modèle ? demanda Chiara en contemplant *La Résurrection de Lazare.*

— C'est peu probable, répondit Gabriel. Mais pas du domaine de l'impossible.

— Ce n'est pas un de ses meilleurs, n'est-ce pas ?

— Une grande partie de ce que tu vois a été peinte par ses assistants. La dernière restauration a eu lieu il y a environ dix ans. Comme tu peux t'en rendre compte, je n'étais pas disponible à cette époque.

Chiara lui jeta un regard de reproche.

— Je crois que je te préférais en faussaire.

— Heureusement pour toi que je n'aie pas essayé de copier un Caravage. Tu m'aurais jeté dehors.

— Je dois dire que j'ai beaucoup apprécié mes après-midi avec Orazio Gentileschi.

— Pas autant qu'il a apprécié les siens avec Danaé.

— Elle adorerait déjeuner seule avec toi avant la fin de ce voyage.

— Notre cabine est trop proche de celle des enfants.

— Dans ce cas, pourquoi pas un petit en-cas de minuit ? demanda-t-elle avec un sourire en tournant les yeux vers le Caravage. Tu crois que tu pourrais en peindre un ?

— Je vais faire comme si je ne t'avais pas entendue.

— Et ton rival ? Il serait capable d'imiter un Caravage ?

— Il a produit des tableaux de vieux maîtres indiscernables des originaux, de toutes écoles et toutes périodes. Il a largement le niveau pour un Caravage.

— De qui crois-tu qu'il s'agisse ?

— De la dernière personne au monde qu'on soupçonnerait.

Leur en-cas de minuit se révéla être un somptueux festin long de plusieurs heures, et il était près de 10 heures du matin quand ils se mirent en route pour Lipari. Leur escale suivante eut lieu dans une petite crique du rivage calabrais. Puis, après une nuit de navigation entrecoupée d'un casse-croûte sur le pont du Bavaria, ils arrivèrent en vue de la côte amalfitaine. De là, ils traversèrent le golfe de Naples en sautant d'île en île – d'abord Capri puis Ischia – avant de se hasarder en mer Tyrrhénienne en direction de la Sardaigne.

Au nord s'étendait la Corse. Gabriel mit le cap sur la côte ouest de l'île, droit dans la gueule d'un mistral fraîchissant. Et deux jours plus tard, un mercredi soir frisquet mais sans nuages, il fit entrer le Bavaria dans la minuscule marina de Porto-Ota. Sur le quai, les bras levés pour les saluer, les attendaient Sarah Bancroft et Christopher Keller.

Le soleil s'était couché avant qu'ils n'arrivent à la demeure bien gardée de Don Anton Orsati. Vêtu d'une tenue simple de *paesanu* corse, il accueillit Irene et Raphael comme s'ils étaient de sa propre famille. Gabriel expliqua à ses enfants que le grand monsieur débonnaire aux yeux sombres et canins produisait la meilleure huile d'olive de toute l'île. Irene, avec ses curieux dons de prescience, se montra sceptique.

Le jardin clos du don était décoré de lampions et rempli de membres de son clan étendu, dont plusieurs qui travaillaient pour ses activités clandestines. Apparemment, l'arrivée de la famille

Allon après un long et périlleux voyage en mer méritait une fête, ainsi que la première visite sur l'île de la femme américaine de Christopher. Nombre de proverbes corses furent prononcés, et le rosé corse coula à flots. Sarah observa Raphael sans discrétion durant tout le dîner, ébahie par la ressemblance troublante avec son père. Gabriel, lui, observait sa femme. Elle n'avait jamais paru si heureuse – ou si belle, songea-t-il.

À la fin du repas, le don convia Gabriel et Christopher dans son bureau. La photo de l'homme qui avait attenté aux vies de Gabriel et Sarah à la galerie Georges Fleury à Paris était posée sur la table.

— Il s'appelait Rémy Dubois, déclara Orsati. Et vous aviez raison, c'était un ancien soldat. Il a passé deux ans à combattre les fous en Afghanistan, où il s'est familiarisé avec les explosifs improvisés. Quand il est revenu chez lui, il a eu du mal à remettre sa vie en ordre. Ça te dit quelque chose ? demanda le don à Christopher.

— Laisse-moi en dehors de ça, tu veux ?

— L'organisation pour laquelle Dubois travaillait s'appelle simplement le Groupe. Les autres membres sont tous d'anciens soldats ou agents du renseignement. La plupart de leurs clients sont de riches hommes d'affaires. Ils sont très bons dans leur partie. Et très chers. On a trouvé Rémy à Antibes. Un bel appartement près de la plage de Juan-les-Pins.

— Ai-je besoin de demander où il se trouve maintenant ?

— Vous êtes probablement passé au-dessus de lui en arrivant à Porto.

— Qu'avez-vous réussi à tirer de lui ?

— Tout dans les moindres détails. Apparemment, l'opération contre vous s'est faite dans la précipitation.

— Aurait-il mentionné à quel moment il a reçu son ordre de mission ?

— Le dimanche avant l'explosion.

— Dimanche soir ?

— Non, le matin. Il a dû assembler la bombe si rapidement qu'il n'a pas eu le temps d'acheter de téléphone jetable pour déclencher le détonateur. Il a utilisé celui qu'il avait récupéré au cours d'une autre mission.

— Celui qui appartenait à Valérie Berrangar. Dubois et ses associés lui ont fait faire une sortie de route au sud de Bordeaux.

— C'est ce qu'il a dit. Il était aussi impliqué dans le meurtre de Lucien Marchand, ajouta Orsati en désignant du menton un paysage inachevé inspiré de Cézanne appuyé contre le mur. On a trouvé ça dans son appartement à Antibes.

— Qui a payé la balle ? demanda Gabriel.

— Un Américain. Un ancien de la CIA, visiblement. Dubois ne connaissait pas son nom.

— Leonard Silk. Il vit à Manhattan, sur Sutton Place. Au numéro 14, dit Gabriel après un silence.

— On a des amis à New York, fit observer Orsati en passant la photo à la déchiqueteuse. De très bons amis, en fait.

— Combien ?

— Vous m'insultez.

— L'argent ne se gagne pas en chantant, dit Gabriel en citant un des proverbes préférés du don.

— Et ce n'est pas la rosée qui emplit le fossé, renchérit-il. Mais gardez votre argent pour vos enfants.

— Petits enfants, petits soucis. Grands enfants, grands soucis.

— Mais pas ce soir, mon ami. Ce soir nous n'avons aucun souci.

Gabriel regarda Christopher et sourit.

— C'est ce qu'on va voir.

En bas, Gabriel trouva Raphael et Irene affalés contre Chiara, les yeux gonflés par le sommeil. Don Orsati les implora de rester encore un peu, mais après un dernier échange de proverbes il consentit à les laisser partir à contrecœur. Il eut du mal à cacher sa déception en apprenant les projets de Gabriel. La famille Allon allait passer la nuit à la villa de Christopher puis se mettrait en route pour Venise dès le lendemain matin.

— Pourquoi ne resteriez-vous pas une semaine ou deux ?

— Les enfants reprennent l'école mi-septembre. Nous ne sommes même pas sûrs d'être rentrés à temps.

— Et où vous emmènera votre bateau l'an prochain ? s'enquit le don.

— Aux Galapagos, je crois.

Là-dessus, ils firent leurs adieux et s'entassèrent dans la vieille Renault de Christopher pour rejoindre la vallée suivante. Gabriel et Chiara s'étaient installés à l'arrière, séparés par les deux enfants. Sarah avait pris place à l'avant, à côté de son mari. Malgré la liesse de la soirée, son humeur devint soudain nerveuse.

— Tu as eu des nouvelles de Magdalena ? demanda-t-elle d'une voix tendue, comme si elle craignait un désastre imminent.

— Magdalena qui ? répliqua Gabriel alors que les phares illuminaient l'énorme bouc cornu qui campait au milieu du chemin, non loin des trois vieux oliviers de Don Casabianca.

Christopher freina, et la voiture s'arrêta doucement.

— Ça vous embête vraiment si je fume une cigarette ? demanda Sarah. Je sens que je vais en avoir besoin.

— Comme ça on sera deux, murmura Gabriel.

Irene et Raphael, somnambules un moment plus tôt, étaient soudain bien réveillés et excités à la perspective d'une nouvelle aventure. Christopher, les mains sur le volant, ses puissantes épaules avachies, offrait l'image personnifiée du malheur.

Ses yeux croisèrent ceux de Gabriel dans le rétroviseur.

— Je préférerais que tes enfants ne regardent pas.

— Ne sois pas ridicule. Pourquoi crois-tu qu'on ait traversé la moitié de la Méditerranée ?

— On a eu deux semaines un peu difficiles, expliqua Sarah. Hier soir…

— Hier soir *quoi* ? insista Irene.

— Je préfère ne pas en parler.

Christopher lui épargna cette peine.

— Il m'a foncé dessus. J'ai eu l'impression d'être percuté par un marteau-pilon.

— Tu as dû provoquer cette pauvre bête, intervint Chiara.

— Aux yeux de cette créature, mon existence même est une provocation.

Christopher donna un coup de klaxon et invita le bouc à s'écarter d'un geste cordial. Ne constatant aucune réaction, il leva légèrement le pied du frein et la voiture avança de quelques centimètres. Le bouc baissa la tête et asséna un coup de cornes à la calandre.

— Je te l'ai dit, fit Sarah. Il est incorrigible.

— Ce n'est pas une façon de parler de son mari, lança Gabriel.

— Qu'est-ce que ça veut dire, incorrigible ? demanda Raphael.

— Qu'on ne peut corriger. Corrompu et invétéré. Dépravé au-delà de tout espoir.

— Dépravé, répéta Irene en gloussant.

Christopher ouvrit sa portière, ce qui alluma les plafonniers. Sarah paraissait dépitée.

— On devrait peut-être tous aller dormir à l'hôtel. Ou mieux encore, passer la nuit sur votre bateau.

— Oui, faisons ça, acquiesça Chiara alors que la voiture tremblait sous un nouveau coup de cornes. Fais quelque chose, chéri, ajouta-t-elle à l'adresse de Gabriel, sans élever la voix.

— Ma main me fait horriblement souffrir.

— J'y vais, dit Irene.

— Même pas en rêve.

— N'écoute pas ton père, reprit Chiara. Vas-y, mon cœur.

Gabriel ouvrit sa portière et regarda sa femme.

— S'il lui arrive quoi que ce soit, je t'en voudrai jusqu'à la fin de mes jours.

Irene crapahuta sur les genoux de son père et bondit hors de la voiture. Elle s'approcha sans peur du bouc et, tout en lui caressant la barbe, lui expliqua qu'elle et sa famille reprendraient la mer pour Venise le lendemain matin, et qu'il fallait qu'ils dorment. Le bouc n'en crut manifestement pas un mot, mais il s'écarta docilement du chemin, et la situation trouva une issue pacifique.

Irene revint se tasser sur la banquette arrière et posa la tête contre l'épaule de son père tandis qu'ils redémarraient.

— Dépravé, murmura-t-elle, et elle partit d'un rire hystérique.

73

Bar Dogale

Faisant contre mauvaise fortune bon cœur, Gabriel accepta de rester en Corse pour le week-end. Il insista cependant pour qu'ils passent la nuit du dimanche à bord du Bavaria, et lorsque Chiara et les enfants se réveillèrent le lundi matin Ajaccio était déjà derrière eux. Poussés par le mistral qui gonflait leur spi, ils atteignirent la pointe sud de la Sardaigne le mardi au coucher du soleil, et la ville de Messine le jeudi après-midi.

Ce soir-là, alors qu'ils dînaient à I Ruggeri, l'une des meilleures tables de la ville, Gabriel lut avec soulagement que le procureur du comté de Suffolk avait abandonné toutes les charges pesant contre Lindsay Somerset dans la mort de son mari. Sans aucun accès à ses domiciles, ses comptes en banque saisis ou gelés, elle affrontait un avenir incertain. Un hebdomadaire de Long Island laissait entendre qu'elle avait l'intention d'ouvrir une salle de fitness à Montauk et de s'installer définitivement dans l'East End. Les réactions locales volontiers complaisantes suggéraient que son acte désespéré à l'aéroport l'avait lavée de toute association avec le scandale.

Trois soirs plus tard, à Bari, Gabriel lut que Kenny Vaughan, le directeur des investissements de Phillip, avait succombé à une apparente overdose dans une chambre d'hôtel de La Nouvelle-

Orléans. L'argent que Phillip avait soustrait aux réserves de cash de la société durant les dernières heures de sa vie restait introuvable. D'après le *New York Times*, la vente des tableaux du fonds spéculatif se révélerait décevante, car les collectionneurs et les musées se montraient méfiants à l'idée d'acquérir quoi que ce soit que Phillip ait touché. Une équipe d'experts du Metropolitan Museum of Art avait tenté de trier les contrefaçons des œuvres authentiques parmi les sept cent quatre-vingt-neuf tableaux que contenait l'entrepôt de la 91e Rue Est. Aucun consensus n'avait été trouvé.

L'article était illustré par une photo de la dernière peinture que Phillip avait acquise avant sa mort : *Danaé et la pluie d'or*, prétendument d'Orazio Gentileschi. Le FBI avait déterminé qu'on l'avait expédiée à New York depuis Florence, sans doute en violation des lois sur le patrimoine culturel strictement appliquées par l'Italie. Les connaisseurs ne purent affirmer s'il s'agissait d'un faux ou d'un authentique chef-d'œuvre perdu – pas sans une rigoureuse analyse scientifique telles que celles proposées par Equus Analytics. Néanmoins, les autorités américaines avaient accédé à la demande de restitution immédiate des Italiens.

Par une heureuse coïncidence, le tableau arriva en Italie le matin même où Gabriel, après une dernière nuit de navigation sous les étoiles de l'Adriatique Nord, amarrait le Bavaria à son ancrage dans la marina della Certoza à Venise. Quatre jours plus tard, après avoir regardé Chiara embarquer dans un vaporetto à l'arrêt San Tomà, il emmena Irene et Raphael à la *scuola elementare* Bernardo Canal pour leur rentrée scolaire. Seul pour la première fois depuis des semaines – et sans rien d'autre de prévu qu'une visite au marché du Rialto –, Gabriel arpenta les rues vides jusqu'au Bar Dogale. Où il trouva, assis à une table en métal couverte d'une nappe bleue, le général Cesare Ferrari.

Le serveur déposa devant eux deux *cappuccini* et une corbeille de *cornetti* à la crème saupoudrés de sucre. Gabriel but le café, mais dédaigna les pâtisseries.

— J'ai passé un mois et demi à ne faire que manger.

— Et pourtant vous n'avez pas l'air d'avoir pris un kilo.

— Je les cache bien.

— Comme beaucoup de choses.

Le général portait son uniforme bleu et or des *carabinieri*. Un portfolio était posé à la verticale contre le pied de sa chaise.

— Vous avez même réussi à tenir secrète votre implication dans l'affaire Somerset, ajouta-t-il.

— Pas tout à fait. Cet agent du FBI m'a tiré l'oreille.

— J'ai cru comprendre que l'interrogatoire s'est déroulé au Harry's Bar autour d'un bellini.

— Vous nous espionniez ?

— Vous ne croyez quand même pas que les agents du FBI se baladent sans surveillance ?

— J'espère bien que non.

— L'agent spécial Campbell m'a aussi passé un savon. Il était convaincu que l'Art Squad était impliqué d'une façon ou d'une autre dans vos manigances. Je l'ai détrompé.

— Le prompt retour de *Danaé et la pluie d'or* semble indiquer qu'il vous a cru.

Le général sirota une gorgée de son cappuccino.

— Un dénouement remarquable, même selon vos standards.

— Où est-il à présent ?

— Toujours au palazzo, répondit Ferrari en se référant au siège romain de l'Art Squad. Mais la Galleria Borghese l'attend aujourd'hui pour analyse.

— Aïe.

— Combien de temps leur faudra-t-il pour conclure que c'est un faux ?

— Selon le *Times*, c'est passé crème à New York.

— Avec tout le respect que je leur dois, nous en savons un peu plus sur Gentileschi que les Américains.

— Les coups de pinceau et la palette sont les siens. Mais à la minute où ils passeront la toile aux rayons X et à la réflectographie infrarouge, je suis cuit.

— J'espère bien. Ce tableau doit être identifié comme contrefaçon et détruit, dit le général en poussant un profond soupir. Vous vous rendez compte que vos ventes fictionnelles par Dimbleby Fine Arts ont ajouté de nouvelles œuvres au corpus de trois des plus grands peintres de l'histoire.

— Pour l'instant, aucune des peintures qu'Oliver a prétendument vendues n'a trouvé le chemin du catalogue raisonné de ces artistes.

— Et si ça arrive ?

— Je sortirai du bois. D'ici là, j'ai l'intention de rester discret.

— En faisant quoi ?

— Je vais passer le mois qui vient à nettoyer mon bateau des miettes et autres débris qui y traînent.

— Et après ?

— Ma femme songe à me confier une peinture à restaurer.

— Pour les Ateliers Tiepolo ?

— Étant donné l'état désastreux de mon compte en banque, je vais peut-être d'abord accepter une lucrative commande privée.

— Faites donc une nouvelle copie, suggéra le général en fronçant les sourcils.

— Ma brève carrière de faussaire est officiellement terminée.

— Et tout ça pour rien.

— J'ai démantelé le plus grand réseau de contrefaçons de l'histoire de l'art.

— Sans avoir trouvé le faussaire, fit remarquer le général.

— Je l'aurais trouvé si Lindsay Somerset n'avait pas démoli un Range Rover en parfait état pour tuer son mari.

— Il n'empêche que la conclusion de cette histoire n'est guère satisfaisante, vous ne croyez pas ?

— Les coupables ont été punis.

— Mais le faussaire court toujours.

— Le FBI doit bien avoir une idée de son identité, maintenant.

— Le jeune Campbell prétend le contraire. Apparemment, votre faussaire a bien couvert ses arrières, dit le général avant de ramasser le portfolio et de le tendre à Gabriel. Mais peut-être que ceci vous aidera à résoudre le mystère.

— Qu'est-ce que c'est ?

— Un cadeau de votre ami Jacques Ménard.

Gabriel posa le portfolio sur ses genoux et déboucla les sangles. Il contenait *Paysage fluvial aux moulins à vent lointains*, huile sur toile, 36 x 58 cm, supposément du peintre de l'âge d'or néerlandais Aelbert Cuyp. Il y avait aussi un exemplaire du rapport du Centre de recherche et de restauration des musées de France. Il établissait que le centre, après des semaines d'analyses scientifiques acharnées, avait été incapable de rendre un jugement définitif quant à l'authenticité de l'œuvre. Il était cependant certain de ses découvertes sur un point.

Paysage fluvial aux moulins à vent lointains ne contenait pas une seule fibre de laine polaire bleu marine.

Gabriel rangea le rapport dans le portfolio et referma celui-ci.

— *Bon voyage**, dit le général Ferrari avec un sourire.

74

Salamanque, Madrid

Contrairement à ce qu'avait affirmé Gabriel à l'agent spécial Josh Campbell, Magdalena ne se cachait pas dans un village isolé des Pyrénées. Elle était terrée dans son appartement de la calle de Castelló, dans le quartier distingué de Salamanque à Madrid. Le lendemain, à 12 h 30, Gabriel pressa le bouton d'appel de l'interphone puis tourna le dos à la caméra. Ne recevant aucune réponse, il appuya une deuxième fois. Le récepteur se mit enfin à crachoter.

— Si vous recommencez, dit une voix féminine ensommeillée, je descends et je vous tue.

— N'en faites rien, Magdalena, plaida Gabriel en se tournant face à la caméra. Ce n'est que moi.

— Mon Dieu ! s'écria-t-elle en déverrouillant la porte.

Gabriel grimpa jusqu'à son appartement. Elle l'attendait dans l'encadrement de la porte, vêtue presque en tout et pour tout d'un pull en coton transparent. Ses cheveux aile de corbeau étaient emmêlés, et ses mains tachées de peinture.

— J'espère que je n'interromps rien, dit Gabriel.

— Seulement mon sommeil. Vous auriez dû me prévenir.

— J'avais peur que vous n'essayiez de fuir le pays.

Il baissa les yeux sur les deux valises Vuitton identiques posées sur le carrelage de l'entrée et demanda :

— Laquelle contient l'argent ?

Elle désigna la plus proche de la porte.

— C'est tout ce qu'il me reste.

— Qu'est-il arrivé aux quatre ou cinq millions que vous aviez cachés sur des comptes un peu partout en Europe ?

— Je les ai donnés.

— À qui ?

— À des pauvres et à des immigrants, surtout. J'ai aussi fait des donations plutôt conséquentes à mon ONG écologique préférée et à mon ancienne école d'art à Barcelone. Anonymement, bien sûr.

— Peut-être reste-t-il un espoir pour vous. Mais pas dans cet accoutrement, ajouta Gabriel en jetant un regard désapprobateur à sa tenue.

En souriant, elle partit dans un couloir d'un pas léger et réapparut un moment plus tard habillée d'un jean stretch et d'un maillot du Real Madrid. Elle se rendit dans la cuisine et prépara un *café con leche*, qu'ils burent en observant la rue étroite. Elle était bordée d'immeubles d'habitation de luxe, de boutiques de créateurs, et de bars et restaurants à la mode. Magdalena était clairement à sa place dans un tel environnement, s'avisa Gabriel. Quel dommage qu'elle ne soit pas parvenue là par des moyens honnêtes.

— Votre peau a la couleur du cuir des selles espagnoles, déclara-t-elle. Où étiez-vous ?

— J'ai fait le tour du monde en voilier avec ma femme et mes enfants.

— Des découvertes intéressantes ?

— Seulement l'identité du faussaire, répondit-il en baissant les yeux sur ses mains maculées de peinture. Je vois que vous avez repris le travail.

— La nuit a été longue, confirma-t-elle en hochant la tête.

— Sur quoi travaillez-vous ?

— Sur la redécouverte prochaine d'une madone à l'enfant attribuée à l'entourage de Raphaël. Et vous ?

— J'ai tourné la page.

— Pas même tenté ?

— De ?

— Copier un tableau ou deux. Ce serait un honneur de devenir votre mandataire. Mais seulement si vous me laissez cinquante pour cent des profits.

— Peut-être que je me suis trompé et que votre cas est sans espoir, après tout.

Elle sourit et but une gorgée de café.

— Je ne suis pas parfaite, monsieur Allon. Mais moi aussi j'ai tourné la page. Et au cas où vous vous poseriez encore la question, ce n'est pas moi le faussaire.

— Si je le croyais, je serais arrivé ici avec une patrouille de la *guardia civil* pour vous arrêter.

— Je les attends d'un jour à l'autre, dit-elle en prenant son téléphone et en ouvrant le navigateur. Vous avez vu les nouvelles d'Allemagne dernièrement ? Herr Hassler coopère avec les procureurs fédéraux. Ce n'est qu'une question de temps avant qu'ils ne demandent mon extradition.

— J'ai déjoué un attentat terroriste majeur qui ciblait la cathédrale de Cologne il n'y a pas si longtemps. Au besoin, je peux leur rafraîchir la mémoire.

— Et que faites-vous des Belges ?

— Bruxelles et Anvers sont les capitales du crime organisé en Europe. Je doute que la police belge demande votre extradition pour quelques contrefaçons.

— Le FBI est sûrement au courant de mon existence.

— Et de la mienne. Pour le moment en tout cas, les Américains sont disposés à nous laisser tranquilles. C'est de vous ? demanda-t-il en tournant les yeux vers la toile sans cadre appuyée contre le mur.

— Oui. C'est celle que j'ai peinte après que Phillip et Leonard ont essayé de vous tuer à Paris. Autoportrait d'une mandataire.

— C'est excellent.

— Mes nouvelles toiles sont bien meilleures. J'adorerais vous les montrer, mais je crains que mon studio ne soit encombré de contrefaçons inachevées pour le moment.

Il n'y en avait aucune, évidemment – juste des œuvres d'une originalité folle exécutée par une artiste au talent et aux compétences techniques incroyables. Gabriel inspecta les tableaux un à un, émerveillé.

— Qu'en dites-vous ? interrogea Magdalena.

— Que le plus grand crime de Phillip Somerset a été de priver le monde de votre travail, répondit Gabriel en se prenant pensivement le menton dans la main. La question, c'est qu'allons-nous en faire ?

— Nous ?

— Ce serait un honneur de devenir votre mandataire. J'insiste cependant pour ne recevoir aucune part des profits.

— Vous êtes dur en affaires, monsieur Allon. Mais comment comptez-vous mettre ces tableaux sur le marché ?

— En organisant une exposition dans une galerie de premier plan, au cœur d'une plaque tournante du monde de l'art. Le genre d'événement qui fera de vous une marque internationale à plus d'un milliard de dollars. Tous les gens importants seront là. Et à la fin de la soirée, tout le monde connaîtra votre nom.

— Pour de bonnes raisons, j'espère. Mais où aura lieu cette exposition ?

— À la galerie Olivia Watson à Londres.

Le visage de Magdalena s'illumina.

— Vous feriez vraiment ça pour moi ?

— À une condition.

— Le nom du faussaire ?

Il hocha la tête.

— C'était moi, monsieur Allon. J'ai peint toutes ces toiles de vieux maîtres entre mes services à El Pote Español et Katz's Delicatessen. Comment pourrais-je un jour vous remercier ? demanda-t-elle en jetant les bras autour de son cou.

— En me permettant d'acheter une de vos peintures.

— Seulement si vous me promettez de ne pas la revendre par cupidité.

— Marché conclu.

75

Equus

Quarante-huit heures plus tard exactement – après un nouveau vol transatlantique à destination de JFK et un bref séjour au Courtyard Marriott dans le centre-ville de Stamford, Connecticut –, Gabriel se glissa derrière le volant d'une berline américaine de location et rallia Westport, aveuglé par le soleil levant. Il était 7 heures passées de quelques minutes quand il arriva en vue d'Equus Analytics. La BMW Série 7 tape-à-l'œil d'Aiden Gallagher n'était nulle part en vue.

Gabriel posa le portfolio sur l'asphalte, sortit son Solaris et composa un numéro. Yuval Gershon répondit à la première sonnerie.

— Prêt ? demanda-t-il.

— Pour quelle autre raison appellerais-je ?

Yuval déverrouilla la porte à distance.

— Amuse-toi bien.

Gabriel glissa le téléphone dans sa poche, ramassa le portfolio et entra.

Le laboratoire était plongé dans le noir par les stores baissés. Gabriel alluma la torche de son téléphone et éclaira un tableau monté sur le Bruker M6 Jetstream, l'appareil d'imagerie spatiale. Un portrait de femme, autour de trente ans, vêtue d'une robe de soie dorée et de dentelle blanche. N'importe quel imbécile aurait vu que la toile mesurait 115 x 92 cm. Gabriel prit en photo la joue pâle de la femme. L'apparence de la craquelure lui déclencha une sensation bizarre dans la nuque.

Il posa le portfolio sur la table d'examen et monta au premier étage. Il ne comportait qu'une seule pièce, de dimensions égales à celles du laboratoire. Tout au bout, côté Riverside Avenue, une vingtaine de caisses de transport contenaient autant de tableaux en attente d'examen par le grand Aiden Gallagher. Seule l'une d'elles était ouverte, celle qui avait renfermé la peinture à présent montée sur le Bruker. Elle avait été envoyée à Equus Analytics par le département des vieux maîtres de Sotheby's à New York.

À l'autre bout de la pièce, il y avait un chevalet, un chariot et un extracteur de fumée portable. Les tiroirs du chariot étaient vides et d'une propreté irréprochable. Comme le chevalet. Gabriel passa le faisceau de sa torche sur le plateau à instruments. Blanc de céruse. Noir de fumée. Laque de garance. Vermillon. Indigo. Terre verte. Lapis-lazuli. Ocre rouge et jaune.

Il redescendit, sortit le paysage fluvial du portfolio et le posa sur la table d'examen. Il plaça les deux rapports à côté. L'un émanait du Centre de recherche et de restauration des musées de France ; l'autre, d'Equus Analytics. Puis il éteignit la torche et attendit. Deux heures et douze minutes plus tard, une voiture se gara dans le parking. Ils régleraient la question discrètement, songea Gabriel, et n'évoqueraient plus jamais le sujet.

Le système d'alarme digne d'un musée émit huit stridulations aiguës avant qu'Aiden Gallagher ne franchisse la porte. Il portait un pantalon kaki et un pull à col en V. Il tendit la main vers l'interrupteur de l'éclairage, puis hésita, comme conscient d'une présence dans le laboratoire.

Les néons du plafond s'allumèrent finalement. Sous l'effet de la surprise, Aiden Gallagher prit une vive inspiration et eut un mouvement de recul.

— Comment êtes-vous entré ici, Allon ?

— Vous avez laissé la porte ouverte. Heureusement, je passais dans le quartier.

Gallagher commença à tapoter son téléphone.

— J'éviterais si j'étais vous, Aiden. Vous ne feriez qu'aggraver votre cas.

Gallagher laissa retomber sa main.

— Qu'est-ce que vous faites ici ?

— Vous devez à ma vieille amie Sarah Bancroft soixante-quinze mille dollars.

— Pourquoi ?

Gabriel baissa les yeux sur *Paysage fluvial aux moulins à vent lointains.*

— Vous nous avez affirmé qu'il y avait des fibres de laine polaire incrustées dans la peinture, et y avez vu la preuve indiscutable qu'il s'agissait d'une contrefaçon. Mais une seconde analyse du tableau a déterminé que vous vous étiez trompé.

— Qui a procédé à l'examen ?

— Le Centre de recherche et de restauration des musées de France.

Gallagher se fendit d'un demi-sourire.

— Vous parlez du laboratoire qui a authentifié quatre contrefaçons avant de les exposer au Louvre ?

— C'était une erreur de bonne foi. Contrairement à la vôtre. D'ailleurs, j'ai su que le Cranach était un faux à l'instant où j'ai posé les yeux dessus. Et je n'ai certainement pas besoin d'un appareil d'imagerie spatiale pour me dire que le Van Dyck est tout aussi faux, ajouta-t-il en tendant le pouce vers le Bruker.

— D'après mes premières analyses, je suis enclin à croire qu'il est authentique.

— Évidemment. Mais ce serait un mauvais calcul de votre part.

— Comment ça ?

— Le meilleur coup à jouer serait de retirer toutes vos contrefaçons de la circulation, une par une. Vous deviendrez le héros du monde de l'art. Et vous vous enrichiriez au passage. D'après mon estimation, rien que les tableaux qu'il y a là-haut ajouteront un million et demi de dollars au résultat d'Equus.

— Grâce au scandale Somerset, mes honoraires se montent désormais à cent mille dollars pour les travaux urgents. Vous pouvez donc revoir votre estimation à la hausse de cinq cent mille dollars.

— Je ne vous ai pas entendu nier, Aiden.

— Que je suis le faussaire ? Je ne pensais pas avoir besoin de le faire. Votre théorie est ridicule.

— Vous êtes un peintre et un restaurateur compétent, et un spécialiste de l'authentification et de la recherche de provenance. Ce qui signifie que vous savez comment choisir les œuvres qui seront acceptées par le monde de l'art et, plus important, comment les concevoir et les exécuter. Mais la meilleure partie de votre combine est que vous êtes le seul à pouvoir authentifier vos propres contrefaçons, ajouta Gabriel avant de baisser les yeux sur *Paysage fluvial aux moulins à vent lointains*. Si vous vous étiez donné la peine d'authentifier celui-ci, Phillip et vous n'auriez jamais été inquiétés. Et je ne serais pas ici aujourd'hui.

— Je n'ai pas authentifié ce tableau, Allon, parce que c'est une contrefaçon évidente.

— À mes yeux, certainement. Mais pas à ceux de la plupart des connaisseurs. C'est pourquoi Phillip et vous avez décidé que je devais mourir. Vous nous avez dit avoir trouvé des fibres de laine polaire parce que c'est l'erreur la plus fréquemment commise par les faussaires inexpérimentés. C'était aussi une découverte plausible au terme d'un examen préliminaire conduit en deux jours. Quand nous avons récupéré le tableau le lundi après-midi, vous nous avez demandé si nous avions l'intention d'aller demander des comptes à Georges Fleury, ce que Sarah vous a imprudemment confirmé.

— Vous mesurez l'absurdité de vos paroles ?

— Attendez, le meilleur est à venir, dit Gabriel en s'avançant d'un pas vers Gallagher. Vous faites partie d'un club très exclusif, Aiden. Celui des chanceux qui ont attenté à ma vie ou à celle de mes amis et qui foulent encore la surface de la Terre. Donc si j'étais vous, j'arrêterais de sourire. Sans quoi je pourrais perdre mon sang-froid.

Gallagher posa un regard sans expression sur Gabriel.

— Je ne suis pas l'homme que vous croyez, Allon.

— Je ne crois rien. Je *sais*.

— Prouvez-le.

— Impossible. Phillip et vous avez été trop prudents. Et l'état de votre atelier à l'étage laisse penser que vous êtes allé très loin pour dissimuler les preuves de vos crimes.

— Vous permettez ? demanda Gallagher en désignant le rapport des Français.

— Je vous en prie.

Il prit le document et commença à lire.

— Ils n'ont pas réussi à trancher sur son authenticité, déclara-t-il au bout d'un moment, d'une voix où poignait un soupçon de fierté. Même leur plus grand expert des peintres de l'âge d'or néerlandais n'a pas pu écarter la possibilité qu'il s'agisse d'un vrai.

— Mais vous et moi savons que ce n'est pas le cas. C'est pourquoi j'aimerais vous emprunter un couteau de laboratoire.

Gallagher hésita. Puis il ouvrit un tiroir et en sortit un Olfa AK-1, qu'il posa sur la table.

— Peut-être devriez-vous le faire, suggéra Gabriel.

— Je vous en prie.

Gabriel saisit le couteau professionnel par sa poignée jaune et pratiqua deux incisions horizontales irréparables sur la toile. Il était sur le point de lui en infliger une troisième quand Gallagher lui attrapa le poignet. La main du Dublinois tremblait.

— Ça suffit, dit-il en desserrant le poing. Inutile de mutiler cette pauvre chose.

Gabriel l'entailla une troisième fois et arracha les bandes de toile au châssis. Puis, sans lâcher le couteau, il s'approcha de *Portrait d'une inconnue.*

— N'y touchez pas, dit Gallagher sans élever la voix.

— Pourquoi pas ?

— Parce que c'est un authentique Van Dyck.

— Ce tableau est une de vos contrefaçons, affirma Gabriel.

— Êtes-vous prêt à parier quinze millions de dollars là-dessus ?

— C'est le prix que Phillip l'a payé ?

Ne recevant aucune réponse, Gabriel délogea la toile du Bruker et en fit des lambeaux. Le visage d'Aiden Gallagher avait perdu toute couleur.

— Pourquoi avez-vous fait ça ?

— La vraie question, c'est pourquoi l'avez-vous peint ? Uniquement pour l'argent ? Ou est-ce que ça vous amuse de ridiculiser des gens comme Julian Isherwood et Sarah Bancroft ? demanda Gabriel en reposant le couteau sur la table d'examen. Vous me devez soixante-quinze mille dollars.

— Le contrat dit explicitement que les sommes versées sont non remboursables.

— Dans ce cas, je pense que nous pouvons trouver un compromis.

— Combien avez-vous en tête ?

Gabriel sourit.

Il ne fut pas difficile de se mettre d'accord sur un chiffre – et pour cause, il n'y eut pas de négociation. Gabriel se contenta d'énoncer son prix, et Aiden Gallagher, après quelques protestations outrées, rédigea le chèque. L'Irlandais exigea ensuite le remboursement du Van Dyck. Gabriel posa un billet de cinq euros sur la table d'examen et, chèque en main, sortit dans le soleil matinal du Connecticut.

Il regagna JFK par des chemins détournés, mais arriva quand même quatre heures avant le départ prévu de son vol. Il prit un déjeuner frugal dans l'un des restaurants de l'aéroport, acheta des cadeaux pour Chiara et les enfants au duty-free puis se dirigea d'un pas nonchalant vers sa porte d'embarquement. Là, il sortit le chèque de sa veste de sport italienne – dix millions d'euros, à l'ordre d'Isherwood Fine Arts.

Cette somme couvrait les soixante-quinze mille dollars payés pour le rapport frauduleux d'Equus Analytics, les trois millions quatre cent mille du faux Van Dyck, les onze cent mille du faux Cuyp, les cent mille de toiles de vieux maîtres acquises par Gabriel pour ses propres contrefaçons, et cinq cent vingt-cinq mille dollars de frais – voyages en classe affaires, hôtels cinq étoiles et martinis Belvedere à trois olives. Et bien sûr les quatre millions huit cent mille dollars que Sarah Bancroft avait perdus dans l'effondrement de Masterpiece Art Ventures.

L'un dans l'autre, se dit Gabriel, cette histoire connaissait une fin plutôt satisfaisante.

Il appela Chiara à Venise pour lui annoncer la bonne nouvelle.

— Dépravé, dit-elle, et elle partit d'un rire hystérique.

Note de l'auteur

Portrait d'une inconnue est une œuvre de fiction et doit être lue comme telle. Les noms, les personnages, les lieux et les événements décrits dans le roman sont le produit de l'imagination de son auteur ou ont été utilisés de manière fictive. Toute ressemblance avec des personnes, vivantes ou mortes, des commerces, des sociétés, des événements ou des endroits réels serait purement fortuite.

Les visiteurs du *sestiere* San Polo chercheront en vain le palazzo donnant sur le Grand Canal où Gabriel Allon, au terme d'une longue et tumultueuse carrière au sein du renseignement israélien, a posé ses bagages avec femme et enfants. Les bureaux des Ateliers de Restauration Tiepolo resteront eux aussi introuvables, car il n'existe aucune entreprise de ce nom. La chanson d'Andrea Bocelli qui passe dans la cuisine de la famille Allon au chapitre 6 est « Chiara », présente sur l'album *Cieli di Toscana* sorti en 2001. J'ai beaucoup écouté ce CD durant la rédaction du premier jet de *The Confessor*[1] en 2002, et la magnifique fille du grand rabbin de Venise, Jacob Zolli, doit son nom à cette chanson. Irene Allon a hérité du prénom de sa grand-mère, l'une des plus éminentes artistes des débuts de l'État d'Israël ; son frère jumeau, de celui du peintre italien de la Haute Renaissance Raffaello Sanzio da Urbino, plus connu sous le nom de Raphaël.

La Villa dei Fiori, ma propriété fictive d'Ombrie, apparaît pour la première fois dans *Moscow Rules*[2], un roman que j'ai conçu durant un long séjour dans une demeure similaire. Le personnel s'est merveilleusement occupé de ma famille et de moi, et je les ai

1. Troisième opus de la série *Gabriel Allon*, inédit en France.

2. Huitième opus de la série *Gabriel Allon*, inédit en France.

remerciés en faisant d'eux des personnages secondaires quoique importants dans l'histoire. Malheureusement, plusieurs commerçants de la ville d'Amelia ont connu le même destin dans la suite de ce roman, *The Defector*[1].

Il y a bien une suite nommée en l'honneur du chef d'orchestre Leonard Bernstein à l'hôtel Crillon, et Chez Janou est sans conteste l'un des meilleurs bistrots parisiens. Néanmoins, l'irruption de la violoniste suisse Anna Rolfe en ces lieux n'aurait pas pu provoquer le moindre murmure étouffé, pour la simple et bonne raison qu'Anna est le produit de mon imagination. Tout comme Maurice Durand et Georges Fleury, l'antiquaire et le galeriste véreux du VIIIe arrondissement. La division artistique de la Police nationale s'appelle bel et bien l'Office central de lutte contre le trafic des biens culturels – dont le sigle, OCBC, sonne vraiment mieux –, mais son personnel ne travaille pas dans les locaux historiques du 36 quai des Orfèvres.

Heureusement, il n'existe aucun fonds spéculatif du nom de Masterpiece Art Ventures, et les crimes de Phillip Somerset n'ont de réalité que dans ma tête. J'ai cependant utilisé les noms de véritables maisons de vente car, au même titre que ceux des grands peintres, ils font partie du lexique du monde de l'art. Il n'est absolument pas question ici de suggérer que Christie's ou Sotheby's vendraient sciemment des contrefaçons. Ni de laisser entendre que la JPMorgan Chase et la Bank of America accepteraient de garantir des prêts par des contrefaçons. Mes plus sincères excuses au chef de la sécurité du Pierre pour le comportement inadmissible de Gabriel durant son bref séjour à l'hôtel. Cet établissement historique de la 61e Rue Est est l'un des meilleurs de New York et n'emploierait jamais un individu comme mon Ray Bennett fictif.

1. Neuvième opus de la série *Gabriel Allon*, inédit en France.

La ménagerie loufoque des galeristes, conservateurs, commissaires-priseurs et journalistes londoniens qui égaient les pages de *Portrait d'une inconnue* sont fabriqués de toutes pièces, tout comme leurs facéties personnelles et professionnelles parfois douteuses. Il y a effectivement une splendide galerie au coin nord-est de Mason's Yard, mais elle appartient à Patrick Matthiesen, l'un des marchands de vieux maîtres les plus talentueux et les plus respectés au monde. Ce brillant historien de l'art à l'œil de faucon ne se serait jamais laissé duper par un faux Van Dyck, même aussi confondant que celui décrit dans l'histoire.

On ne peut cependant pas en dire autant de tous les collègues et concurrents de Patrick. De fait, au cours des vingt-cinq dernières années, le marché international et multimilliardaire de l'art a été secoué par une série de scandales de contrefaçons, soulevant des questions gênantes à propos des processus souvent arbitraires par lesquels sont déterminées l'authenticité et l'origine d'un tableau. Chacun des réseaux de contrefaçons a utilisé une version ou une autre de la même arnaque à la provenance – des tableaux nouvellement redécouverts émergeant d'une collection inconnue jusqu'alors – et a pourtant réussi à tromper les experts et les connaisseurs du monde de l'art avec une facilité déconcertante.

John Myatt, compositeur et professeur d'art à temps partiel qui avait le coup de main pour imiter les grands peintres, élevait seul deux enfants en bas âge dans une ferme délabrée du Staffordshire quand il avait fait la connaissance d'un habile escroc du nom de John Drewe. Ensemble, les deux hommes ont perpétré ce que Scotland Yard a appelé « la plus grande fraude artistique du XXe siècle ». Myatt fournissait les toiles, Drewe les provenances falsifiées, et les deux faussaires ont ainsi mis plus de deux cent cinquante contrefaçons sur le marché de l'art – dont la vente a rapporté quelque vingt-cinq millions de livres sterling à Drewe. Bon nombre de ces faux tableaux ont été vendus par de vénérables maisons d'enchères londoniennes, dont plusieurs œuvres prétendument attribuées à Jean Dubuffet adjugées lors d'une vente nocturne très médiatisée chez Christie's. Le faussaire qui les avait peintes y a assisté, quoiqu'il ait dû se sentir en léger décalage au milieu de cette faune élégante. La fondation Dubuffet, qui gérait le catalogue de l'artiste, avait déclaré ces œuvres authentiques.

De l'autre côté de la Manche, à la même époque, deux autres faussaires ont mis la pagaille dans le monde de l'art – empochant des millions au passage. L'un d'eux était Guy Ribes, un peintre talentueux qui pouvait produire un Chagall ou un Picasso en quelques minutes. D'après la police française et le procureur de la République, Ribes et son réseau de galeristes corrompus ont introduit plus de mille contrefaçons sur le marché de l'art, dont la plupart demeurent en circulation. L'homologue allemand de Ribes, Wolfgang Beltracchi, a été tout aussi prolifique, produisant jusqu'à dix toiles par mois. La femme de Beltracchi, Hélène – et non ma Françoise Vionnet fictive – n'a eu aucun mal à vendre un faux Georges Valmier à une grande maison d'enchères après un examen sommaire.

Après cela, les Beltracchi ont vendu des contrefaçons par l'intermédiaire des plus célèbres maisons pendant des années, et toutes provenaient de la même collection inconnue jusqu'alors. Au passage, ils sont devenus fabuleusement riches. Ils voyageaient autour du monde à bord de leur voilier de vingt-quatre mètres, avec un équipage de cinq personnes. Leur patrimoine immobilier comportait une villa à Fribourg estimée à sept millions de dollars et une grande propriété, le domaine des Rivettes, dans le Languedoc. L'acteur et collectionneur d'art Steve Martin, qui leur a acheté un faux Heinrich Campendonk pour huit cent soixante mille dollars via la galerie Cazeau-Béraudière à Paris en 2004, figure au nombre de leurs victimes.

On aurait pu croire que Knoedler & Company, la plus vieille galerie d'art de New York, aurait résisté au virus qui se répandait sur les marchés européens. Mais en 1995, quand une courtière inconnue du nom de Glafira Rosales s'est présentée à la galerie avec un Rothko emballé dans un carton, la présidente de l'institution, Ann Freedman, n'a apparemment vu aucune raison de se méfier. Au cours de la décennie suivante, Rosales a vendu, directement ou par consignation, près de quarante œuvres de l'expressionnisme abstrait à Knoedler & Company, dont des toiles supposément peintes par Jackson Pollock, Lee Krasner, Franz Kline, Robert Motherwell et Willem de Kooning.

Glafira s'est révélée être la mandataire d'un réseau international de contrefaçons qu'elle formait avec son petit ami espagnol, José Carlos Bergantiños Diáz, et le frère de celui-ci. Le faussaire était un immigré chinois du nom de Pei-Shen Qian, qui peignait dans son garage dans le Queens. Selon l'instruction, Bergantiños Diáz avait découvert Qian alors qu'il vendait des copies dans une rue de Lower Manhattan, et l'avait recruté. Qian touchait neuf mille dollars par tableau, une infime portion de ce qu'ils obtenaient de Knoedler. Assiégée par les poursuites, l'illustre galerie a fermé ses portes en novembre 2011.

Avec tout le respect que je dois aux expressionnistes abstraits, que je révère, copier un Motherwell ou un Rothko n'a pas grand-chose à voir avec le talent que demande l'exécution d'un Lucas Cranach l'Ancien convaincant. Rien que pour ça, une juge française a fait trembler le monde de l'art en mars 2016 quand elle a ordonné la saisie de *Vénus au voile*, l'attraction phare d'une exposition majeure au Caumont Centre d'Art à Aix-en-Provence. Une analyse scientifique exhaustive de deux cent treize pages conclurait plus tard que ce tableau – le clou de l'immense collection détenue par le prince du Liechtenstein – ne pouvait pas avoir été produit par l'atelier de Cranach. Parmi les nombreux drapeaux rouges cités dans le rapport, la craquelure ne coïncidait pas avec l'âge supposé du tableau. Des représentants de Son Altesse Sérénissime ont contesté les découvertes et demandé la restitution immédiate. À ce jour, *Vénus* figure toujours sur le site officiel des collections princières et est exposé au palais Liechtenstein à Vienne.

Mais c'est l'identité du précédent propriétaire du tableau – Giuliano Ruffini, le collectionneur français devenu galeriste – qui a tant mis en émoi le monde de l'art au sens large. Plusieurs œuvres précédemment inconnues avaient récemment émergé de l'inventaire de Ruffini, dont *Portrait d'homme*, prétendument attribué au peintre de l'âge d'or néerlandais Franz Hals. Les experts du Louvre l'avaient examiné en 2008 et avaient déclaré qu'il s'agissait d'un *trésor national** qui ne devrait jamais quitter le sol français. Leurs homologues au Mauritshuis de La Haye partageaient leur extase. Un des conservateurs néerlandais avait même qualifié le tableau d'« ajout majeur à l'œuvre de Hals ». Personne ne semblait s'inquiéter de la provenance, fine comme du papier à cigarette. La toile, disaient les experts, parlait pour elle-même.

Pour des raisons peu claires, le Louvre a choisi de ne pas acquérir le tableau, et en 2010 il a été acheté par deux Londoniens, un galeriste et un investisseur, pour la somme de trois millions de dollars. À peine un an plus tard, les deux hommes avaient revendu le portrait à un éminent collectionneur américain pour plus de trois fois le prix d'achat. L'éminent collectionneur, après avoir appris que *Vénus* avait été saisi par les Français, a sagement soumis le Frans Hals qui lui avait coûté dix millions de dollars à une batterie de tests scientifiques et s'est vu expliquer en des termes sans équivoque que c'était un faux. Sotheby's a rapidement accepté de rendre son argent au collectionneur américain et cherché à se faire rembourser du galeriste et de l'investisseur londoniens. À partir de là, les poursuites ont commencé à pleuvoir.

Pas moins de vingt-cinq toiles de vieux maîtres suspectes, pour une valeur estimée de deux cent cinquante-cinq millions de dollars, sont sorties de la même collection – dont *David avec la tête de Goliath*, faussement attribué à Orazio Gentileschi, qui a été exposé à la National Gallery. Ce n'était pas la première fois que le célèbre musée londonien montrait une œuvre mal attribuée ou frauduleuse. En 2010, la galerie avait aéré son linge sale curatorial à l'occasion d'une exposition intitulée « Faux, Erreurs et Découvertes ». La salle n° 5 exhibait *Une allégorie*, que le musée avait acquis en 1874 en pensant avoir affaire à une œuvre du peintre florentin des débuts de la Renaissance, Sandro Botticelli, alors qu'il s'agissait en réalité d'un pastiche exécuté par un disciple tardif. Plus récemment, une société suisse de recherche artistique utilisant un prototype d'intelligence artificielle a déterminé que *Samson et Dalila*, l'un des tableaux les plus admirés de la National Gallery, n'était presque certainement *pas* de la main de Sir Pierre Paul Rubens.

La National Gallery a acheté ce tableau en 1980 – chez Christie's à Londres – cinq millions quatre cent mille dollars. À l'époque, c'était la troisième plus grosse somme d'argent jamais versée pour une œuvre d'art. Aujourd'hui, une vente de cet ordre ne serait même pas commentée dans les journaux, la flambée des prix ayant fait de l'art une nouvelle classe d'actifs pour les super-riches – ou, comme l'a déclaré feu Eugene Thaw, galeriste à Manhattan : « une marchandise, comme les panses de porc ou le blé ». A. Alfred Taubman, l'homme d'affaires qui, après avoir fait fortune dans les centres commerciaux et les fast-foods, a racheté Sotheby's en 1983, a déclaré non sans cynisme qu'« un précieux tableau de Degas et une tasse givrée de *root beer* » avaient beaucoup en commun, du moins en termes de profits potentiels. En avril 2002, Taubman a été condamné à un an de prison dans une affaire d'entente illicite avec son rival Christie's, une arnaque qui avait coûté plus de cent millions de dollars à leurs clients.

Une part grandissante des œuvres d'art les plus précieuses au monde ne réside plus dans les musées ni chez des particuliers, mais dans des coffres obscurs et climatisés. On estime à plus d'un million le nombre de tableaux cachés au port franc de Genève, dont au moins mille œuvres de Picasso. De nombreux collectionneurs et conservateurs s'inquiètent de voir les peintures devenir de purs produits d'investissement. Mais ceux qui vivent de l'achat et de la vente d'art seront probablement d'un autre avis. « Les tableaux, a déclaré le galeriste new-yorkais David Nash au *New York Times* en 2016, ne sont pas un bien public. »

La plupart d'entre eux changent de mains dans le plus grand secret, à des prix toujours plus fous, avec peu de supervision sinon aucune. Il ne faut donc pas s'étonner que le monde de l'art ait été victime d'une série de scandales impliquant pour plusieurs millions de dollars de contrefaçons. L'apathie des cours de justice et de la police en la matière ne risque pas d'arranger les choses. Il est intéressant de noter qu'aucun des faussaires et de leurs complices susmentionnés n'a reçu plus qu'une tape sur les doigts pour ses crimes. Glafira Rosales a été relaxée au terme de sa détention provisoire pour son rôle dans le scandale Knoedler. John Myatt et Wolfgang Beltracchi, après avoir purgé des peines courtes, vivent maintenant de la vente d'« authentiques faux » et d'œuvres originales sur Internet. Beltracchi, au cours d'une interview pour l'émission *60 minutes* sur CBS News, n'a exprimé qu'un seul regret – celui d'avoir utilisé le tube de blanc de titane mal étiqueté qui l'avait mené à sa perte.

Le faussaire français Guy Ribes a lui aussi pu faire un usage légal de ses talents. C'est Ribes, et non l'acteur Michel Bouquet, qui imite les coups de pinceau de Renoir dans un film de 2012 qui raconte les dernières années de la vie du peintre. Ribes a aussi exécuté les Renoir utilisés par la production du film – avec l'assistance du musée d'Orsay qui lui avait fourni un accès privé à tous les Renoir en sa possession, dont plusieurs que le public n'avait jamais vus. James Ivory a regretté que le célèbre faussaire français n'ait pas été disponible pour travailler sur le film *Surviving Picasso* sorti en 1996. Le légendaire réalisateur a déclaré : « Visuellement, cela aurait été un film différent. »

Remerciements

Je remercie ma femme, Jamie Gangel, de m'avoir patiemment écouté lorsque je travaillais sur l'intrigue complexe de *Portrait d'une inconnue*, puis d'avoir habilement corrigé le premier jet de mon tapuscrit. Ma dette à son égard, comme mon amour, est incommensurable.

Anthony Scaramucci, fondateur de la société d'investissement Skybridge Capital, a consacré un peu de son emploi du temps surchargé pour m'aider à créer un fonds spéculatif artistique frauduleux soutenu par la vente et l'hypothèque de contrefaçons. Le galeriste londonien Patrick Matthiesen a patiemment répondu à mes questions, tout comme Maxwell L. Anderson, qui a dirigé cinq musées nord-américains, dont le Whitney Museum of American Art à New York. L'insurpassable conservateur David Bull – pour le meilleur et pour le pire, il est considéré dans certains cercles comme « le véritable Gabriel Allon » – a lu les quelque six cents pages de mon tapuscrit, tout en se dépêchant de terminer la restauration d'une toile du peintre de la Renaissance italienne Jacopo Bassano.

La légendaire Marie Brenner de *Vanity Fair* m'a fourni d'inestimables éclaircissements sur son travail et sur le milieu de l'art new yorkais ; et David Friend, le rédacteur en chef en charge du développement créatif, a porté à ma connaissance d'éprouvantes enquêtes classées sur les affaires de gens puissants. Je peux affirmer que les comités de rédaction de *Vanity Fair* se tiennent bien dans une salle de réunion au vingt-quatrième étage du One World Trade Center – et qu'elle a une vue imprenable sur le port de New York. En dehors de ça, la séquence d'événements chaotiques décrite à l'acmé de *Portrait d'une inconnue* n'entretient qu'une vague ressemblance avec la façon dont *Vanity Fair* rédige, édite et publie des articles d'importance de journalisme d'investigation.

Michael Gendler, mon super-avocat de Los Angeles a été, comme toujours, une source de conseils avisés. Louis Toscano, mon cher ami et éditeur de longue date, a apporté de nombreuses améliorations au roman, tout comme Kathy Crosby, ma correctrice personnelle aux yeux de faucon. Toute erreur typographique qui serait passée entre les mailles de leur formidable filet est de mon fait.

J'ai consulté plus d'une centaine d'articles de journaux et de magazines en écrivant *Portrait d'une inconnue*, bien trop pour tous les citer ici. J'ai une dette envers les journalistes d'*Artnet*, d'*ARTnews*, de *l'Art Newspaper*, du *Guardian* et du *New York Times* qui ont couvert les plus récents scandales de contrefaçons de vieux maîtres. Cinq livres m'ont été particulièrement utiles : Anthony M. Amore, *The Art of the Con : The Most Notorious Fakes, Frauds, and Forgeries in the Art World* ; Laney Salisbury et Aly Sujo, *Provenance : How a Con Man and a Forger Rewrote the History of Modern Art* ; Noah Charney, *The Art of Forgery : The Minds, Motives and Methods of Master Forgers* ; Thomas Hoving, *False Impressions : The Hunt for Big-Time Art Fakes* ; et Michael Shnayerson, *Boom : Mad Money, Mega Dealers, and the Rise of Contemporary Art.*

Nous avons la chance d'avoir une famille et des amis qui ont rempli nos vies d'amour et de rires aux moments critiques de cette année d'écriture, notamment Jeff Zucker, Phil Griffin, Andrew Lack, Noah Oppenheim, Esther Fein et David Remnick, Elsa Walsh et Bob Woodward, Susan St James et Dick Ebersol, Jane et Burt Bacharach, Stacey et Henry Winkler, Pete Williams et David Gardner, Virginia Moseley et Tom Nides, Cindi et Mitchell Berger, Donna et Michael Bass, Nancy Dubuc et Michael Kizilbash, Susanna Aaron et Gary Ginsburg, Elena Nachmanoff, Ron Meyer, Andy Lassner, et Peggy Noonan. J'ajoute mes plus sincères remerciements à toute l'équipe de HarperCollins, notamment Brian

Murray, Jonathan Burnham, Doug Jones, Leah Wasielewski, Sarah Ried, Mark Ferguson, Leslie Cohen, Josh Marwell, Robin Bilardello, Milan Bozic, David Koral, Leah Carlson-Stanisic, Carolyn Robson, Chantal Restivo-Alessi, Frank Albanese, Josh Marwell et Amy Baker.

Enfin, mes enfants, Lily et Nicholas, ont été une source constante d'inspiration et de soutien. Nicholas, désormais élève à l'institut d'études diplomatiques de l'université de Georgetown, a une fois de plus été contraint de vivre sous le même toit que son père pendant que je m'acharnais à finir ce roman, le vingt-cinquième de ma carrière. Et on se demande pourquoi ni lui ni sa sœur jumelle, une prospère consultante en stratégie commerciale, n'ont choisi de devenir écrivains.

Composé et édité par HarperCollins France.

Achevé d'imprimer en mai 2023.

FIRMIN-DIDOT

à Mesnil-sur-l'Estrée (Eure)

Dépôt légal : juin 2023.

Pour limiter l'empreinte environnementale de ses livres, HarperCollins France s'engage à n'utiliser que du papier fabriqué à partir de bois provenant de forêts gérées durablement et de manière responsable.

Imprimé en France